爱

在

Love in a city

一座城市里

冯小玲 著

时代文艺出版社

图书在版编目（CIP）数据

爱在一座城市里 / 冯小玲著. —长春：时代文艺出版社，2017.5（2021.5重印）

ISBN 978-7-5387-5376-9

Ⅰ.①爱… Ⅱ.①冯… Ⅲ.①游记－作品集－中国－当代 Ⅳ.①I267.4

中国版本图书馆CIP数据核字（2016）第327043号

出 品 人　陈　琛
责任编辑　初昆阳
助理编辑　孙英起
装帧设计　孙　利
排版制作　隋淑凤

爱在一座城市里

冯小玲 著

出版发行 / 时代文艺出版社
地址 / 长春市福祉大路5788号　龙腾国际大厦A座15层　邮编 / 130118
总编办 / 0431-81629751　发行部 / 0431-81629755
官方微博 / weibo.com / tlapress　天猫旗舰店 / sdwycbsgf.tmall.com
印刷 / 保定市铭泰达印刷有限公司
开本 / 710mm×1000mm　1 / 16　字数 / 342千字　印张 / 23
版次 / 2017年5月第1版　印次 / 2021年5月第2次印刷　定价 / 68.00元

图书如有印装错误　请寄回印厂调换

最美的自己在路上（自序）

　　记得刚开始接触星座的时候还很年轻，好奇地翻看自己所谓的生日书，开篇赫然三个字：流浪者。注释为这日出生的人是天生的流浪者，他们生性爱好旅行，或者说命中注定要去旅行。流浪或旅行，是他们生活中最真实的主题，但也可以幻化成精神和情绪层面的探险。

　　小时候晕车，一直晕到结婚生子也没见好转，看到这些字眼儿时觉得星座非常不靠谱，心想我去十几公里外的县城都晕车，怎么可能去流浪？难道走路去不成？及至又读到后面的一段：不要把"流浪"局限在表面的意思，阅读、思考、梦想和旅行等，各种躯体上和心理上的流浪，都足以引发这群流浪者高度的兴趣。我酷爱阅读、喜欢思考，经常白日做梦，动辄梦游千里，如此说来倒与文中解释颇为契合。

　　明白自己内心一直都有所追求，至于追求的具体对象是什么，懵懵懂懂并不明白。后来因为工作关系要不断地往外跑，翻江倒海地晕过几次车后居然适应了，从此飞机、轮船、汽车甚至过山车样样不晕，堪称奇迹。幸运的是，自己的生活和工作环境渐渐改善，也开始有条件外出旅游了。

　　遗憾的是当今社会生活水平提高了，人心反倒浮躁起来，有些人似乎忙得一天到晚脚不沾地跑得飞快，不愿错过一丝一毫谋求名利的机会，金钱地位成为检验是否功成名就的唯一标准。想来凡尘俗事纷纷扰扰自然难以回避，自己在职场摸爬滚打，内心早已疲累不堪，虽然不至于利欲熏心，但也免不了心浮气躁，哪里会有文艺青年的闲情雅致，用华美无比的语言赞美大自然呢，所以开始那些年，外出就是简简单单的旅游，上车睡觉下车拍照回来以后什么也不知道。

不知从哪天起，发现自己很享受在路上的感觉，并不在乎目的地在哪里。每次外出回程在机场候机的时候，看着电子显示屏上滚动的航班信息，没有归心似箭的感觉，总有意犹未尽继续前行的欲望。旅途中总有些令人怦然心动的邂逅，使我开始对人生有所顿悟。

以后长达10年的时间里，我把旅途中遇到的一切都看作是人生中的一种经历，一种体验，面对所有差强人意的事情都能随遇而安，把飞机误点、刮风下雨、景点封闭、吃不上饭睡不好觉——视为不可多得的旅行花絮，不再怒气冲冲，不再影响情绪，更不会抱怨花钱买难受。重要的是，除了一台相机，我从未把笔落下，坚持用最真实最淳朴的文字记下旅途中遇见的各种奇闻趣事，重温各地独特的人文风景和历史典故，分享行走途中所感受到的人情冷暖，描述放逐心情时对生活的感悟和对人生的思索。我深知，再高级的摄影器材只会留下你陶醉于自然风光的影像，却断不会记录下当时的人情故事，更无以表达当时的心境、感悟和瞬间的思绪。

这无疑是一种心态的改变，更是生活态度的自我修正。人生何尝不是一次没有回程的长途旅行！虽然终点只有一个，谁也不可改变，但人人都可以决定收获多少沿途的风景。人生之旅，真正的意义不在于非要实现高大上的人生理想，也不在于拥有多少权势和财富，而是在于能否把有限的生命活出无限的价值和精彩。

喜欢在令人身心愉悦的风景和环境里放慢脚步，在不断轮换的场景中细细观察，静静思索，深深回味，随时随地发现美的存在，不由自主地从世事中抽身，向大自然敞开久被禁锢的心扉，任无边的思绪天马行空地肆意飞扬。终于明白，多年所孜孜追求苦苦寻觅的，无非就是一份身心的自由和安宁。

每人皆有独特的一面，自然各有各精彩，而我精彩于在路上。在路上，一切安好；在路上，岁月静美；在路上，时光总相宜。

我知道，最美的自己永远在路上。

目 录
CONTENTS

西安情结

　　4年前曾到过西安，可惜只在城里停留了一夜，除了上明城墙留个影，在鼓楼小食街吃过一碗羊肉泡馍，剩下的只有深深的遗憾，若有所失之余，没有记下关于西安的只言片语。老实说，对一个喜欢感悟历史，热爱古典诗词的人来说，西安，无疑是一座承载诗情画意的城市，只是八百里秦川，十三朝古都，五千年的风雨，三千年的丝路，如此厚重的文化底蕴，让我不敢对这座城市贸然下笔。

　　每每有西安的网友在空间里走动，或许是饱受浓厚的传统文化和习俗的熏陶，西安的网友都显得内敛沉稳而富有魅力，因此结交了不少西安的朋友，这更让我对西安倍感亲切，情有独钟。一直渴望能有机会再访西安，那景那物，那人那情，时刻拨动着我的心弦，孕育成一份说不清道不明的情结，深藏心底。这一次去西安颇费周折，几经努力屡次改期最终如愿成行，算是皇天不负有心人。非常庆幸这次能在城里逗留3天，终于见到了亲爱的一剪梅姐姐、炎还有烟雨兄。

　　梅姐姐说话软侬温婉，不紧不慢，和声细语，跟她的人和文字一样从容淡定。炎是户外发烧友，经常随西安著名的任我行冠之队穿越秦岭，看起来精神饱满，走起路来风风火火的，害得我们老跟不上他的脚步，我不得不向他抗议，提醒他不能以穿越的速度来考验我。烟雨兄人如其名，儒雅温和而寡言，或许只有跟他说起诗词歌赋才能让他口若悬河，言行中你能感受到他沉默中隐忍的深邃。

西安夜景

　　在西安这座古城旅行，你一定会每天穿梭于长乐门、永宁门、安定门、安远门，却不一定有足够的时间游走于城中的大街小巷，不一定会停下匆匆的脚步仔细端详刻满故事的秦砖汉瓦明城墙，而我因为我的朋友，得以在西安依旧闷热的黄昏，兴致勃勃地在回民区的街巷中游走，品尝西安地道的小吃，凝听清真寺阿訇空灵悠扬的诵经声，在小摊前和回民大叔讨价还价。头一次见到新鲜的核桃，顾不上吃却掰得指头发黑，头一次见到甜甜的蜂蜜凉粽子，顾不上淑女形象边走边吃。逛了一大圈走到鼓楼小食街，只见灯火辉煌人群熙攘，老字号的小店门前好夸张地排着长长的人龙，为了吃上"贾三清真灌汤包"，炎排了半小时的队才轮上了位置，皮薄如纸馅嫩汤鲜的灌汤包果然不愧为古城第一笼。吃饱了直奔南门下的湘子庙，牌楼后就是德福巷，小巷里洁净而静逸，街道两旁酒吧茶馆林立，店面布满闪烁着英文"coffee"的霓虹灯箱，让古城也渗透着时尚的气息。据说这里是西安的"酒吧一条街"，因为是清吧，很有小资情调，我们选择到巷子深处的颇有名气的福宝阁喝茶，阁子里头的装修很有特色，古色古香，环境幽雅。大家围坐在偌大的树桩茶案旁，泡上一壶陕西名茶午子仙毫，细啜慢饮，侃侃而谈，正是："一盏香茶一首诗，三五知己慰所思，秦岭云水谙熟早，南粤游客恨来迟。"

　　一晚下来都觉得意犹未尽，于是第二天黄昏，大家再约明城墙南门，先到南门外的老薛家，凉皮、肉夹膜还有八宝粥，样样都是正宗的西安小吃，都是无法抗拒的诱惑，心想在这待久了准变成一个大肥婆。饭后从南门经瓮城上城墙，总觉得西安的城墙特别高大雄伟，只因这城墙的厚度大于高度，稳固如山。墙顶上可以跑车和操练，城墙周长11.9公里，炎说他经常会花两个小时用穿越的速度绕城墙暴走一圈，把我惊得一愣一愣的，为了消耗晚饭挣下的热量，我硬要在城墙顶上邀炎竞走了5分钟，西安的凉皮可真够分量，让我的步伐丝毫不逊于炎，以至于自信心瞬间爆棚，居然想寻机会跟炎和梅姐姐穿越秦岭了，再也不晓得不自量力是啥东西。

　　沿着城墙向东缓步而行，谈今论古，好不开心。不知不觉间，暗淡的夜色渐将周边的现代建筑悄然隐去，城墙上的红灯笼和霓虹灯箱早已亮起，整座城墙顷刻显得金碧辉煌流光溢彩。时值农历七月十一，一轮明月已悄然悬在半空，与城楼上闪烁的灯光交相辉映。清风习习，古韵悠扬，如斯良辰美景，足以令人心旷神飞，梅姐姐笑着对烟雨兄说，"怎么样，你该有好词了吧？我跟着说是不是可以填首秦楼月呀！"烟雨兄笑而不答，或者已有佳句在心中酝酿，而我迎着晚风凭栏远眺，望十三朝古都，思绪飞扬，脑海里却一时找不到恰如其分的词语形容此刻的心情。大唐的凉亭驿道早已灰飞烟灭，古城的繁华红尘却依旧迷离，神迷之间，恍惚已穿越时空，回到唐朝……

　　有人说，西安是中国最失落的城市，而我眼中的西安，古朴厚重，典雅瑰丽，没有一座城市能够像西安那样承载着如此厚重的历史与文明，也没有一座城市能像西安那样承载着我如此婉约的深情厚谊。人生聚散皆因缘，只因爱在这一座城市里，所以不曾感觉到有距离，感谢朋友的一路陪伴，我的旅途因你们而变得精彩！一回别后一回老，别离易得相逢少，日后相思处，渭水与长安！

　　有词为记："路迥叠千嶂，水远隔关山。琴牙拂弄多时，相聚只因缘。湘子庙街娴雅，德宝明窗棐几，茗饮胜甘泉。把盏共陶侃，不觉夜更阑。城楼月，知我意，正娟娟。华灯竟处，霓彩交映照欢颜。幸得良朋妙理，又赏三秦美景，欲去且流连。从此情难断，一念到长安。"

上海记忆

上海。敲下这两个字后，是我长久的静默。

回来已近半月，仍旧心神不宁，残留在心底的，是一种说不清道不明的情绪。

雍容华贵却略显浮浅，是我对上海的最初印记。

后来我明白，那是因为我脚步太过匆忙的缘故。

5月的上海或是多情的季节。

在绿荫掩映的华山路和衡山路之间兜兜转转，高大的法国梧桐舒展着茂密的枝叶。

街道两旁净是树木葱茏的百年老宅，一幢幢不知名的老公寓，隐匿在绿意盎然的爬山虎后，一脸沧桑。

窥视着老墙上开着的那几扇窗户，猜度着最后贵族的风韵里头，该隐藏着怎么绵长的老故事。

在幽深的小胡同里，我看见开满篱笆的蔷薇。

那一丛丛红白相间的花朵，带着不羁的烂漫，攀爬在我的心头。

层层叠叠，带着明亮，却分明透着淡淡的忧伤。

或许前不久刚刚离世的高处不胜寒老前辈，就住在这泛着花香的胡同里。

我仿佛看见他架着老花眼镜，脸带微笑，为闲愁词写下一行行准确到

上海弄堂

位生动透彻的评语，如春雨，丝丝滋润着我的心田。

敬爱的前辈，天堂里也有这样的蔷薇么？是否也开得如此娇艳？

窗外的交大校园安静极了，春阳懒懒洒在绿油油的草地上。

小情侣们背靠着背读书，竟然可以心专神注。

课堂上教授问，人为什么要活着？

所有人都知道没有标准答案。

我的手机里头还躺着那条令人窒息的信息。

我敬爱的朋友啊，飞机上我还在电话里跟他说说笑笑。

不过几小时后，我飞到上海，他却飞去了天国。

家中留下的，是马上就要高考的儿子，年过七旬的老父老母，还有肝肠寸断的妻。

原来生命可以如此决绝。没人知道，那一刻我的眼眸盈满了泪水，仿佛随时可以破堤而出，一泻千里。

为什么要活着？深深父母恩，殷殷儿女情，酽酽朋友谊，明明白白地告诉我，生不可以选择，死也一样没有选择的余地，你只能活着，哪怕活得死皮赖脸。

感谢我的闺密，我亲爱的朋友，陪我走过条条幽静的街巷胡同，踏着上海斑驳的夕阳，走出哀伤。

衡山路的酒吧，外滩的咖啡馆，奢侈地消磨着难得多余的时光。

陕西南路橱窗里穿着真丝旗袍的模特，脸上淡淡地泛着旧时风月的微笑。

田子坊弄堂里的小店主，似乎个个都是艺术家，狭窄的过道上方飘着上海人家特有的万国旗，一杆杆，晾晒着各自的心情。

清一色的红砖山墙、石籀黑门，有谁知道石库门的老房子见证了多少风尘岁月。

新天地里面的酒吧街弥漫着浓郁的欧陆风情，纸醉金迷，恍如隔世。

朱家角，小桥流水人家。

民宅小院里，一丛芍药开得正艳，主人家是位慈和的大婶，笑眯眯地告诉我这看似娇贵的小花，其实有着超强的生命力。

在课植园流连忘返，只因"花上娇莺哑咤，着色江南图画。"

上海，一定不是令人一见钟情的城市。

但上海确是让人日久生情的大都会。

初到上海，我只看到外滩南京路的繁华旧梦。

再访上海，感受了陆家嘴的现代都市气息。

第三次到上海，我品味到的，是淮海路奢华气息里的典雅，衡山路繁华后面的矜贵。

然后就明白了，为何只要有机会在上海常住的人，会对上海一往情深，不离不弃。

因为上海的韵味，只有慢慢地品，才能品出内涵。

神 秘 西 藏

前 言

　　周一上班，有人问我去哪里休假了，我说，去西藏来着，几乎所有人都很惊讶。西藏很神秘，也许是因为惧怕传说中的高原反应，虽说都很向往，但真正踏上这片神奇土地的游客，相信也不算太多吧！更何况，今年的状况也忒多了点儿！至少我想了3年，今年克服了重重困难才总算得以成行。

　　非常荣幸的是，跟的是摄影团，在机场看到团友们长枪短炮似全副装备，我乐得不行：这对爱拍照的我来说，与这么多位专业摄影师同游神秘的西藏，真是件美妙的事情！事实的确如此，这次旅程美妙异常，带给我无限的惊喜和莫名的感动，西藏，连同新结识的朋友，永远留在我的记忆里，短短9天的旅程，一生长长的缘分！

　　我不能用精确的言语来形容我所看到的西藏，因为我不企图也不可能只凭一两次短期旅行就能真正了解这片神奇而博大的圣土。回来已两三天，却仍然无法平复激动的心情，以至于无法立即把心情记录下来，一切都很杂乱，如同我的感受。我知道，我的心，已经遗留在那里了！

　　尽情地享受过渴望已久的畅快后，我想静下心情来思考自己究竟想要一种什么样的生活，生命如此短暂，怎能让它在名利的侵腐中默然流逝！让我从前言开始，回顾曾在西藏走过的路……

林芝八一镇

取道成都直飞林芝，国航的飞机穿越云雾笼罩的崇山峻岭，在雅鲁藏布江狭窄弯曲的河谷中飞行，在最窄处，峡谷两侧山脊相距不到4公里，我们甚至可以感觉到飞机两侧的机翼离两边的山岭只有一步之遥。

早上9点多，飞机平稳地降落在林芝机场，整个机场只有这架刚抵达的飞机，后来听朋友说因为林芝机场多低云天气，风向多变并伴有风切变等紊乱气流，飞机只能利用上午时刻起降，而且根据气象资料统计，机场全年适航时间累计仅有100天。不管怎样，我已真实地站在了西藏的土地上，刚下过一场雨，空气异常清新，机场周边的高山云雾缭绕，我丝毫没有感觉到所谓的高原缺氧反应，心情激动。

第一站是林芝让我很高兴，不只因为林芝的平均海拔只有2900米，还因为在这里能见到来这里援藏的好朋友。汽车沿着风光旖旎的尼洋河一路

林芝机场

前行，我们要到的地方是八一镇。之前我并不知道林芝行署的所在地和林芝地区政治经济及文化中心是在这个叫八一镇的地方，所以八一镇很让我惊讶。

林芝是广东的援建地区，整个八一镇的建筑风格没有多少西藏的影子，让人觉得更像是广东某一个小城镇。其实以前的八一镇仅是林芝县的一个镇而已，与西藏其他大多数城镇并无太大区别，但随着驻藏部队在此地的中转站不断扩大，它的影响不断加强，再加上拉萨至林芝高等级公路的完全通车，特别是近年来广东和福建省政府的大力对口支援，使林芝八一镇实际成了林芝地区的地区行署及林芝县的实际所在地，发展成为西藏一个具有现代化气息的城市。

这座规划整齐，街道宽敞干净，环境绿化亮美，商业兴旺发达的美丽城市，就像镶嵌在青翠群山之中的一颗明珠，让人惊叹不已！见到朋友后我第一句话就是：想不到八一镇的环境这么优美，怪不得你肯到这里来挂职呢！朋友笑着说，她也是来了以后才知道这里风景如画，立马就爱上这里的一山一水了。

我们下榻的宾馆，隔窗可以看到不远处的青山，如果在冬季，面对白雪皑皑的雪峰，应该颇有"窗含西岭千秋雪"的韵味吧。在八一镇的广东街闲逛，欣赏着那一幢幢写着广东援建的高楼，也挺惬意。路上行人也以穿汉服的居多，可见外来人口与当地人民已完全交融，虽说林芝是门巴族、珞巴族等少数民族的聚居地，但正是由于外来人口渐多，使八一镇正在逐渐失去自己的特色，藏味越来越淡薄，令人在感叹之余，难免若有所失。

鲁朗林海

在八一镇休息一天后，第二天一大早，冒着淅沥小雨，我们沿着川藏公路前往波密。都说林芝是西藏的江南，此话的确不假。林芝的山水充满了灵气，一切都润泽而鲜活，空气很清新，心情很舒畅，让你仿佛置身江南。一路美景如画，引来一车喝彩和尖叫，谁说了句，这么快就尖叫啊，间净土里了。

我不禁感叹，这是多么自由、写意、轻松而安详的生活啊！

鲁朗石锅鸡

因为都陶醉在林芝宁静优美的田园风光里，摄影师们的创作激情空前高涨，迟迟不愿离去，司机把汽车喇叭按得震天响，大家才依依不舍地继续行程。

鲁朗镇有非常出名的石锅鸡，听说狮王这次就是冲着这鸡来的西藏，还带来几个"寻味天下"的MM来品尝，车还没停妥当，狮王就把我拨到一边，第一个跳进店里冲上去揭锅盖，那馋样未免太过夸张，让我好生怀疑这石锅鸡是否真的那么美味。

大雄十分醒目，一下手已经帮我舀了一碗"头啖汤"，我一向对吃不感冒，听说煮鸡的石锅是墨脱的火山石凿成的，看起来黑乎乎的，也没啥特别，汤挺好，鸡也嫩，但终究没能惹起我的馋劲儿，还觉得鸡汤里捞出的当地特产手指参，很像小娃娃的五个小手指，总让人舍不得下口。

鲁朗石锅鸡

鲁朗的油菜花

　　雪狼因为顾着拍照没能赶上"头啖汤"，而对此"耿耿于怀"，见我喝了还说不感冒，气得大叫不公平，不想反而惹出我满脸的得意。MM们自然也顾不上什么形象问题，大快朵颐之余还在司导那锅也捞了几瓢。"寻味天下"的旗帜得意扬扬地在鲁朗镇的石锅鸡店里留下倩影。

　　饱餐一顿后大家心满意足地爬上车，等了半天也没见车子动，原来狮王在和店主讲价，非要把石锅收罗起来，说回广东后如法炮制石锅鸡，看来狮王对这鸡情有独钟，不过充分怀疑狮王的烹饪技术，这可不能怪我，因为没尝过嘛！大家调侃哈哈回家后再搞个石锅鸡品尝鉴定会！

　　也许是太高兴了，全然没料到还没到"排龙天险"，我们的车就被迫停了下来，原来前方的一座桥梁被河水冲垮了，旅游巴士过不去。因不想麻烦朋友，经紧急商量，大家一致同意放弃波密先回八一镇，然后改去日喀则。顺路，我们到了巨柏公园。

　　巨柏公园就在318国道旁，距离八一镇只有5公里，园内面积不算大，约10公顷。公园内有900多棵平均树高30米的柏树，最大一棵有2600多岁了，高50多米，直径5.8米，树围应该有十几米吧，确实是世界之最。导游

米拉山口留影

积都在300平方米以上，光彩夺目，前面的小花园里都长着各种各样姹紫嫣红的鲜花，及至进了屋里，更让人惊讶不已，里面的摆设都非常干净整洁，冰箱彩电等日用电器样样齐全，但同时也保留了浓郁的民俗气息。品尝着藏民献上的香浓酥油茶和各种藏式小吃，感受着藏民的幸福生活，我们羡慕得直嚷：豪宅呀豪宅！

　　过了工布江达县城后，奔流向前的尼洋河越流越急。都说西藏一山有四季，十里不同天，刚才还艳阳高照的天空不知什么时候又飘起了丝丝小雨。很快就到了一处叫中流砥柱的景观，惊涛骇浪中，一块岩石兀然屹立在尼洋河激流中心，岿然不动。河水排山倒海地以万马奔腾之势扑向巨石，溅起一片浪花，翻滚激荡，夺路而去。相传这块巨石是工布地区的守护神——工尊德姆修炼时的座椅，难怪如此经得起磨砺，无愧于"中流砥柱"的称号而独领风骚。感受过"中流砥柱"的震撼后，也许是累了，之后的大昭古城没能激起大家的兴趣，拍过几张照片后都昏昏欲睡了。

　　汽车在司机的祈祷声中静静地往上爬行，我一觉睡醒，发现车窗外的高山上全是紫红色的花花！一片片一团团满山遍野都是！我兴奋地就要叫起来，雪狼"嘘"的一声制止了我，悄声说，要上米拉山口了，大雄把海拔表递给我，指针已经指向4800米，扭头看看同志们，焉拉着脑袋欲睡昏昏，007、水灵灵还有小霞的脸色都有点儿发青，雪狼和大雄都很有经验，说：高反了！到了山口有五千多米呢，别太兴奋！嘿！看来我没反，我越发兴奋起来。

不久导游的声音响了：到米拉山口啦！大家可以下车拍照！千万不要跑，不要大声说话！我积极响应快速下了车，不顾导游的警告大嚷着大雄大雄拿相机！谁知道没人理我，回头一看原来大雄竟然"重色轻友"，在细心照顾正高反着的水灵灵MM呢！最可怜的是007，身为摄影高手，面对如斯美景竟然在座位上动弹不得，看来反应得忒厉害，蓝蓝和雪狼赶紧上去把他慢慢地挪下车，然后再一步步地把晕头转向的他搀扶到山坡上牦牛的雕像前，好让他"到此一游"。石碑上标示着这里的海拔高度是5013.25米，呵呵，高反也正常！

站在"世界脊梁"上，掠过遍地的玛尼堆和舞动的五彩经幡举目眺望，千里美景尽收眼底：啊！亘古耸立的巍巍群峰！连绵不断的锦绣山川！古老而神秘的青藏高原！我终于来了！来感受你千百年来的沉寂落寞！

拉萨的双彩虹

兴奋过后终于也尝到了高原反应的滋味，下山途中头开始隐隐作痛，面对再美的景色也喊不起来了，等我再次睁开眼时，已经是晚上8点多了，虽然下着雨，高原上的天空还是明晃晃的。快到拉萨了。

前面的云层撕开了一丝缝隙，夕阳慵懒地隐没在群山黑色的剪影中，云际间散透出万丈光芒，染着梦幻般的光华，映亮了半边天，这边的雨还在淅沥沥地下，忽然有一种摄人心肺的感觉：西边日落东边雨，道是无晴却有晴！正为那边的夕阳醉着，又传来一声惊叫：彩虹！一车人全在大嚷：停车停车！我的头立刻就不疼了，车子刚停稳我就奔下了车，啊！可不是吗！东边的天空上，横跨着一条七色彩虹！不！是两条呀！我们竟然

拉萨的双彩虹

遇到了双彩虹！美的是，双彩虹下盛开着一片金黄色的油菜花！大家兴奋极了，把一众摄影师忙得不可开交，看到我开心的样子，月亮说：只要你住在西藏，天天都可以见到美丽的彩虹！难道，梦幻般的彩虹，也是爱上西藏的理由？

天渐渐黑了，美丽的拉萨河平坦宽阔，河面平如明镜，两岸连绵不断的山峦笼罩在沉沉的暮霭中，转过一个山口，我们看到了远远屹立在玛布日山(红山)上的布达拉宫。啊！梦中无数次追寻的拉萨！我终于来了！

"拉萨"藏语意为"圣地"、"佛地"，拉萨古时候称"惹萨"，藏语"山羊"称"惹"，"土"称"萨"，一千多年前唐朝文成公主嫁过来时，这里还只是一片荒草滩涂，后来为了建造大昭寺和小昭寺，用山羊背土填卧塘，寺庙建好后，传教僧人和前来朝佛的人增多，围绕大昭寺周围便陆续建起了不少旅店和民房，逐渐形成了以大昭寺为中心的旧城区雏形。同时松赞干布又在红山扩建宫室(布达拉宫)，于是，拉萨河谷平原上宫殿陆续兴建，显赫中外的高原名城从此形成。"惹萨"也逐渐变成了人们心中的"圣地"，"羊土城"成为藏人心目中的"神佛之地"，也成为

西藏团友

当时西藏宗教、政治、经济、文化的中心。

我们绕道经拉萨的立交桥进入拉萨市区，大桥两边仁立着全副武装的军警。拉萨市区非常整洁，金珠路两旁到处都是一片片掩映在绿树中的新式楼房，各式商店星罗棋布，商品琳琅满目，还有很多名牌专卖店，街道上人来人往，安然有序。

因为雪狼的缘故，我们受到拉萨方面旅游公司的热情欢迎，在藏族姑娘悠扬悦耳的歌声中，快乐盈满了整个餐厅，幸福写满了每一张笑脸，西藏，就是我们快乐的源泉！

布 达 拉 宫

在我心目中，布达拉宫，一直都很遥远而神秘，似乎只是一个很虚幻的代表着西藏的符号，如同梦中求而不得的香格里拉，遥不可及。当我来到拉萨，站在布达拉宫广场，仰望着夜幕下的布达拉宫，却依然觉得它遥远得无法企及。

耀眼的灯光，把雄伟的布达拉宫投影在沉沉的夜幕中，神奇的宫殿闪耀着辉煌的光芒，它是那样高大而威严，又是那样遥远而肃穆，夜幕下，灯光中，那种感觉，除了震撼，还有敬畏，我无法想象，璀璨的灯光后面，那神秘而冷峻的布达拉宫里究竟发生过什么故事？朦胧的月色陪伴我，在布达拉宫的广场上，思绪飞扬，感受着布达拉宫庄严、寂静而又炫目的神采。

　　次日早上，艳阳下的布达拉宫，褪去了神秘的面纱，显得更加巍峨雄伟，群楼重叠，气势磅礴。花岗石叠砌而成的宫墙十分坚固，洁白的下半部和石榴红的上半部，界线分明地连接在一起，金碧辉煌的金顶，巨大的鎏金宝瓶和经幡交相辉映，红、白、金三种色彩的对比鲜明，庄重而圣洁。

　　沿着之字形的石级盘旋而上可直达宫门，进了宫门，就等同进入了迷宫。13层的宫殿，内部曲折得神秘莫测，廊道交错，殿堂杂陈，飞阁层楼，雕梁画栋，金碧辉煌，数不清的祭堂神殿，算不来的大小佛像，看不尽的唐卡壁画，赏不完的艺术饰品……让人目不暇接之余惶然不知所措，

布达拉宫留影

布达拉宫夜景

只能傻乎乎地跟着导游左旋右转，上上下下，再也分辨不清方向和出口。

　　印象最深的是八大祭堂，每一祭堂都有一座金塔，这些供奉着历世喇嘛真身的金塔动辄由上千吨的黄金精心打造，上面镶嵌的红蓝宝石、钻石、翡翠、玛瑙、水晶，让人眼花缭乱；昏暗的门廊过道里，佛教圣贤图画、唐卡、悬挂着的壁毯、丝绸饰物、金色的楼花家具堪称琳琅满目；神情各异、千奇百怪的几万尊佛像神秘得让人敬畏。在一千三百多年前保留下来的一间低矮狭小的观音佛堂里，还有藏王松赞干布和文成公主的泥塑像，那雍容华丽的神采，俊美优雅的形态，仍然栩栩如生。

　　尽管我们的导游很专业，介绍得非常详细，但我实在没法一下子把所看到听到的都记在脑海里，只好引用搜回来的资料：三百余年来，布达拉宫大量收藏和保存了极为丰富的历史文物。其中有2500平方米的壁画、近千座佛塔、上万座塑像、上万幅唐卡（卷轴画）；还有贝叶经、甘珠尔经等珍贵经文典集；表明历史上西藏地方政府与中央政府关系的明清两代皇帝封赐的金册、金印、玉印以及大量的金银品、瓷器、珐琅、玉器、锦缎品及工艺品，这些文物绚丽多彩、题材丰富。也就是说，布达拉宫是名副其实的历史博物馆，具有巨大的艺术价值和强烈的艺术感染力，不愧是独一无二的珍贵的人类文化遗产。

我们非常幸运，因为游人少的缘故，我们没有被"限时限量"，而在布达拉宫逗留了整整半个上午，非常难得有足够的时间细细欣赏和品味这里的每一件艺术精品，在浓厚而神圣的藏传佛教氛围和修筑佛寺的藏民夯实地板时节凑轻快的歌舞声中流连忘返。

布达拉宫后面的龙王潭公园，环境清幽，古柳蟠生，林木葱茏，气贯苍穹的布达拉宫，倒影在碧波荡漾的龙王潭中，别具一格。到处可见悠闲的藏族同胞和孩子们在这里随意游玩休憩，有藏民看见我们拍照，探过头来帮忙看镜头，嘴里还不住地说好好好！离开公园时，正在玩耍的一群穿着整洁校服的中学生对着我们说：再见，祝你们旅途愉快！真诚的问候，让我们感动不已。

"以我观物，故物皆着我之色彩"，不同的人，以不同的心情去看布达拉宫，都应该有不同的感受，或神秘，或冷峻，或辉煌。而我眼中的布达拉，厚重而神圣，震撼、迷惑、向往。望着顶礼膜拜，用身体丈量着土地的朝圣者的背影，那虔诚无比的眼神，让我感受到他们的心灵也犹如拉萨碧蓝如洗的天空，无比纯净。

站在药王山，再一次仰望着蓝天白云下的布达拉宫，想到就此和她擦肩而过，不禁神情寥落。若能于清晨，于日暮，或是，于某个怡倦的午后，都可以在此静静聆听悠扬的诵经声，接受心灵的洗礼，那该多好！

不为今生，只为来世

大昭寺的烟火很旺盛，以至于在布达拉宫上都可以看见大昭寺上空烟雾缭绕，那是藏民们心中最神圣的地方，长久不息的香火使人远远地就能闻到燃烧着的酥油灯味道。天气非常晴朗，大昭寺的金顶在艳阳下熠熠生辉。

大昭寺在藏传佛教中拥有至高无上的地位，寺内供奉的是文成公主从大唐长安带去的释迦牟尼12岁等身像，它是西藏现存最辉煌吐蕃时期的建筑，也是西藏现存最古老的土木结构建筑，活佛转世的"金瓶掣签"仪式历来都在大昭寺进行，1995年，确定十世班禅转世灵童的金瓶掣签仪式也在这里举行。

大昭寺门口有个门廊式的地方，有很多虔诚的信徒，男男女女，老老少少，在五体投地叩拜，一次次地，专注而不厌其烦。藏民信奉"命由天定"，认为人越受苦，精神越升华，越接近神灵，来世越幸福，他们三步一叩匍匐千里到寺院叩拜和捐赠，不为今生，只为来世。知足常乐，平和而不贪婪，这就是他们的心境。

八角街围绕大昭寺而建，在拉萨市区地图上标的是八廓街，都是汉语译音。这里是拉萨的老城区，团团一圈的街道上有着好几百家小商店和摊铺，在这里你可以买到各种各样精美的具有浓郁藏族特色的工艺品，还有藏红花、虫草等各种珍贵藏药和从尼泊尔、印度进口的各种商品，就像我们城市里的步行街差不多，但八角街同时也是藏传佛教徒的转经要道，你

拉萨八角街

可以看到身穿民族服装的藏民手摇着转经筒按照顺时针方向沿街道绕着大昭寺转经。

八角街的一角有个很出名的餐厅叫"玛吉阿米"，相传这是六世达赖喇嘛仓央嘉措情人的名字，现在餐厅的位置就是当年仓央嘉措与玛吉阿米幽会的地方，我没有研修过藏传佛教，不知道六世达赖喇嘛仓央嘉措竟然有个叫玛吉阿米的情人，却因为谭晶的歌声，对他写的《在那东方的山顶上》非常熟悉：

"在那东方高高的山顶上，升起一轮皎洁的月亮，未嫁娇娘的面容，时时浮现在我的眼前。"

想不到在如此庄严神圣的地方也可以产生如此浪漫缠绵的爱情故事，可见爱情，真是个莫名其妙的东西。可惜没有情郎，要不牵情郎的手，到玛吉阿米坐坐，喝一杯具有藏族特色的甜茶，或者咖啡，感受感受爱情的魔力，应该是多么美妙的享受！

我爱羊湖秀，我爱冰川美

很喜欢羊卓雍错这名字，没理由地喜欢。经山南浪卡子县境内的羊卓雍错去日喀则，是我们放弃波密后选择的路线，对我来说，是意外的收获。

据说羊卓雍错南面和北面分别有两座终年不化的雪山，时常云蒸雾罩，只有清晨时分，旭日东升，才偶尔露出笑脸。有人甚至说若要见到它的尊颜，其难度可与观赏昙花开放相比。看来我们非常幸运，蓝蓝的天上白云飘，天气非常好。

翻过一座座崇山峻岭，开始见到远处白雪皑皑的雪峰在阳光下反射着耀眼的光芒，我们开始兴奋起来。穿过连绵几十公里的盘山公路和曲水河大桥，汽车终于爬上了岗巴拉山口，站在山口俯瞰，西藏三大圣湖之一羊湖的秀美倩影尽收眼底。山口的经幡随风飘扬，羊卓雍错的湖水却很平静，翠绿的青山、湛蓝的天空、洁白的云朵、皑皑的雪峰，一一倒影在清澈透明的湖水上，美极了！简直给人一种惊艳无比的感觉。

西藏羊湖

　　羊卓雍错是堰塞湖，狭长而不规则，沿湖有许多湖汊，像蜘蛛的爪脚，伸进群山之间，显得婀娜多姿。听说湖内鱼类资源极其丰富，品种以高原裸鲤为主，可惜藏人并不吃鱼。沿着去日喀则的盘山公路可以直达湖边，我跨过公路，径直奔向湖边，完全不记得这里也有四千多米的海拔。藏人将羊卓雍错奉为羊卓雍错达钦姆，是藏区的女护法神，因此，羊卓雍错既是龙女的化身，又是女护法神的驻锡地，在藏人眼里极具神力，所以藏人不会用湖水洗手，免得弄脏了圣洁的湖水。沿着湖边公路走，有看不尽的美景，众人醉了，倒在羊卓雍错这风情万种的少女怀里，不能自拔。

　　好不容易才从羊卓雍错的美景中挣脱出来，我们很快又被卡若拉冰川缠住了。车子在冰川前停稳，大家欢呼雀跃，很多人都是第一次看到冰川，而且是在这么近的距离。巍峨的卡若拉山上，覆盖着终年不化的洁白透亮的冰雪，冰川上面是坡度较缓的冰帽，下面有延伸下来的冰舌，冰川随着岩石山丘的起伏，形成棱角分明，壮丽多姿的冰塔林，上面显示出各

日喀则风光

种缠绵起伏的奇异皱褶，犹如能工巧匠精雕细琢的花纹图案，俊美异常。

大家抢着选择最佳角度，争相拍下这壮丽的冰川。觉得离冰川近在咫尺，不停地问导游："能爬上去吗？能爬上去吗？"导游把头摇得像拨浪鼓，"不行不行，你爬半天都爬不上去！"

原来这冰川虽美，却也让人可望不可即。

让我摇动所有的转经筒

过了江孜城和英雄纪念碑，是风景如画的江孜平原，再往前走，就到日喀则了。因为韩红的"故乡"开始留意日喀则，觉得她反复吟唱的唵、嘛、呢、叭、咪、吽这六字真言，十分神秘而深不可测。

日喀则的城区不大，美丽的年楚河绕城而过，没有高楼大厦，街道也远不如拉萨整齐漂亮，像一个平静的小镇，街上行人不多，都很友善很安静的样子。西藏黄教四大寺院之一，享有盛名的扎什伦布寺，是城里最惹人注目的建筑物。这里是历世班禅喇嘛的驻锡之地，也是古代后藏的政治中心。

三座金顶在湛蓝的天空下显得金碧辉煌，这就是扎什伦布寺的三座主殿，分别供奉着26米高的强巴铜佛（未来佛，即弥勒佛），五至九世班禅合葬陵塔和十世班禅大师的陵塔。右边的有一个晒佛台，雪顿节时寺内最大的唐卡佛像就悬挂在上面，接受各方信众的朝拜。

强巴佛殿内的强巴佛据说是世界上最大的铜佛，单单莲花基座就有三四米高，佛像则高二十多米，佛像的眉宇间镶饰了很多大小不一的钻石、珍珠、琥珀、珊瑚、松耳石。铜像工艺精湛，强巴佛神态自然，栩栩如生，俯瞰着整个寺宇楼群，娴静而慈祥。

五至九世班禅合葬陵塔由十世班禅主持修建，十世班禅正是因此事过度操劳，积劳成疾，突然撒手尘寰的。因为对十世班禅大师的事迹有所了解，所以非常敬佩他的人格，更觉得他长得和眉善目的，很有福相，不禁双掌合十，恭敬地在他的佛像前朝拜。奇怪的是，扎什伦布寺里的小和尚长得也特别帅，个个都很精灵，待人很友善。枣红的袈裟，和善的笑容，暗红色的墙体，幽深的寺巷，构成摄影镜头里绝美的画面。

扎什伦布寺后面的日光山上，有一条很长很长的转经道，一排排金色的转经筒，顺时针方从山下绕到山上，再从山上绕到另一侧的山下，宛如一条壮观的金色长龙围绕着扎什伦布寺。迎着渐渐西下的夕阳，顺着转经道慢慢往上走，不断有虔诚的藏民从山下上来，转动每一个转经筒，在神龛前焚香，把头磕在石头上，嘴里念念有词。跟在藏民后面，我努力地转动着每一个经筒，心情渐渐地由好奇变成敬畏，再由敬畏变为虔诚，心里默默地祈祷，为世间所有的生灵。

一道道经幡挂满山头，迎风飘展，两侧的石头上写满五颜六色的经文，其中就有唵、嘛、呢、叭、咪、吽这六字真言。让月亮教我念，念了好多回，怎么也学不会，是佛祖嫌弃我不够虔诚么？月亮不知道。

长长的转经道，一时望不到尽头，此刻才明白，要转动每一个经筒，是多么的不容易，心头不由想起六世达赖喇嘛仓央嘉措的情诗：

那一天闭目在经殿香雾中，蓦然听见你诵经中的真言；

那一月我摇动所有的转经筒，不为超度只为触摸你的指尖；

那一年磕长头匍匐在山路，不为觐见只为贴着你的温暖；

一世转山转水转佛塔啊，不为修来生只为途中与你相见……

此刻我已触着你的指尖，心头是一阵阵的痛，来西藏，难道也只是为了在途中与你相见么？或许，缘来缘去，只为几天？

喜欢仓央嘉措，只因为他为了爱，可以抛弃一切……

为了你，我会再来

为了拍天湖纳木错的日落，我们是吃过午饭，去了扎基拉姆财神庙后才启的程。因为从摄影的角度来看，纳木错是"三大圣湖"中景色最美，且最容易出作品的地方，而拍摄纳木错风光的最佳时机当属清晨和傍晚。

纳木错位于藏北的当雄县和班戈县之间，而当雄县离拉萨有170公里，好在青藏公路的路况不错。几十年来，著名的青藏公路像一条血脉，孤寂地流淌在茫茫雪域高原上，直到去年，崭新的青藏铁路才与它同行，给寂静的高原带来了勃勃生机。

看到飞驰在天路上的火车，不禁令人感慨万千！更令我们兴奋的是，在途中遇到兰州军区的一百多辆军车，在青藏公路上一字排开，浩浩荡荡地往当雄方向前进，构成一条独特的风景线，车上的解放军战士，都是些十八九岁上下的小帅哥，我们向每一辆车打招呼，战士们也向我们招手，友善俊朗的微笑让我们开心不已。

天渐渐暗了下来，下雨了。这样的天气意味着到了纳木错也出不了大片，一车人都沉默了。经羊八井，过当雄，不久车子从当雄县城旁的一条土路拐进去，开始翻越海拔5200米的那根山口。本来天气好的时候，可以看到周围的雪峰，但天空灰蒙蒙的，细密的雨点拍打着车窗，什么也看不见。车子慢慢地向上爬行，路况渐渐变得险要，司机和导游的神情变得凝重起来。快到山口了，雨越下越大，慢慢地就变成了细密的雪花！我兴奋地叫起来：下雪啦！月亮马上制止我：别叫，会惊动山神的！

站在海拔5200米的那根山口，凛冽的寒风和漫天飞舞的雪花让人几乎睁不开眼睛，远处的雪山和群山环绕下的纳木错在风雪中若隐若现，水天合一处，风雪飘曳，然后慢慢融入湖面。下了山口后，还以为天湖就近在咫尺，但车子朝着"西半岛"的方向，沿湖边绕着大弯，久久没能达到。公路很直很平坦，两旁坡地花草绵延，有牛羊溪水欢闹，有雄鹰展翅飞翔，有牧民欢歌劳作。眺望远处，风雨中的纳木错，缥缈迷离，似朦胧月色，清浅柔和，别具一番韵味。

　　纳木错共有五个半岛，扎西岛是最大的一个，据说是观赏纳木错景色的最佳地方，也是整个纳木错唯一建有接待设施的景点。在藏民眼里，几乎所有的雪山、湖泊都是有生命的神灵，如果雪山和湖泊连在一起，那么雪山是男神，而湖泊则是女神。如此说来，巍峨的念青唐古拉山是勇猛的男神，婀娜的纳木错则是一位温柔的女神，两人是一对恩爱的情侣，就像湖边一对巨大的"姻缘石"一样，千百年来，执子之手，相看两不厌。

　　雨还在下，丝毫没有停下来的意思，此刻的纳木错，尽管也风情万种，但想到在黯淡的天色下，断然难出佳作，大家的失望之情油然而生。

纳木错留影

好在可以躲在藏民温暖的小店里，一边喝着香浓的酥油茶，吃着香脆可口的大饼，还有风干的牦牛肉，一边看着藏家小孩在嬉闹，也让我觉得很享受！

喝完三杯浓浓的酥油茶出来，忽然发现雨停了，厚重的云层正慢慢地褪去，天色渐渐明朗起来，更幸运的是远处的念青唐古拉山主峰也渐渐清晰起来，我高兴极了：皇天不负有心人，终于守得云开见月明啦！纳木错水平面海拔有四千七百多米，为了把景色尽收眼底，我们必须赶在日落之前爬上扎西岛上一座百米高的小山包，说是只有百多米，但在海拔4700米处再爬一百多米谈何容易！就算没有严重的高原反应，我们也感觉举步维艰。

当我和蓝蓝一起，气喘吁吁地爬上山顶时，立即被周围的景色惊呆了：纳木错像一颗珠圆玉润的银珠（天气好的话，应该就是一块碧玉），镶嵌在藏北草原上，终年积雪的念青唐古拉山，连绵不断的高原丘陵和广阔的草原环绕在湖的四周，一道夕阳穿过云层散射到念青唐古拉的雪峰上，白色的雪峰闪着银光，泛红的云层映亮了半边天，反衬出巍巍群山的剪影，与弧形的湖岸线，光影交错，浑厚深沉的湖水波光粼粼，烟波浩渺，天水一色。

此时此刻，此情此景，我的整个心灵仿佛都完全融入了这湖光山色之间，心旷神怡之际，思绪缥缈，恍如隔世。我想知道，清晨时、艳阳下、日暮里的纳木错是否也风姿绰约，仪态万千；更想领略春光明媚、秋高气爽、千里冰封、万里雪飘时纳木错的飘逸坦荡，尊贵典雅；我希望每到羊年，都来感受大转湖的藏族民俗风情，看漫长的湖岸线上，人潮滚滚，信徒们用脚步和身体丈量着湖边的每一寸土地，以求得佛的保佑和来世的功德。

纳木错，说不尽的神秘，道不完的瑰丽，讲不出的圣洁！历经艰辛才来到你的眼前，怎么就这么轻易地与你道别！为了你，我会再来！

达嘎与多吉

我们很幸运，看我们旅行车的车牌号码就知道：藏AB2222，靓号码！33座只坐18人，够宽敞，更牛的是，这车曾作为北京2008奥林匹克火炬接力用车，把奥运火炬送上珠峰大本营，这让我们感到非常荣幸！

在林芝机场为我们一行人献上哈达的是一司一导，都是长得黑黑实实的藏族人，看样子都厚道得很。司机是多吉，金刚的意思，导游是达嘎，也就是月亮，一众人金刚金刚地叫司机，却把导游叫成打假（粤语叫法），他也不介意，乐呵呵地答应着。

月亮和金刚非常敬业。金刚的驾驶技术很好，什么样的路况都能把车开得稳稳当当，在林芝因一座小桥断了，大车过不了，他曾不断地要求武警战士让他试试，说自己能把车开过去。在西藏跑了整整一周，经常有交警交通部门设的检查岗卡，我们的车从来没有受过罚。每逢早上出车或者要过山口时，金刚就会叽里咕噜地念起经来，问月亮，他念什么，你也会念么，月亮就也跟着念起来，说是消灾辟邪的经文，虽然一句也听不懂，但不知道为什么，听着心里就觉得很踏实。最后一天顺利到达纳木错景点时，月亮说，刚才我们在不停地祈祷千万不要下大雪，要不封山了，你们就来不了啦！

月亮是一个很优秀的导游，对高深的佛学非常熟悉，每一个景点都介绍得很详细，安排得也很合理，对我们喋喋不休的发问显得很有耐心。带一个完全不进购物点的摄影团，是没有一点儿实惠的，还要面对一车傻子老在那里呱呱叫，遇到好的景色就嚷着要下车，下了车就老赖着不愿意上车，换了谁都会烦死的，但他和多吉总是笑眯眯地看着我们闹，有时候还参与其中，全程他也就只发过一次脾气，因为我们在布达拉宫待着不愿下来，拖的时间实在太久了，连我们自己也觉得不好意思。安排吃饭时，月亮会在电话里不厌其烦一再交代饭店，接的是广东团，菜肴要清淡点儿，千万不要放辣椒，还要多安排点儿青菜，所以我们吃得挺好滴。

月亮还很幽默。听说他的家在拉萨，MM们吵着要上他家家访，他幽幽地说我还没成家呢，把你们带回家我怎么向妈妈介绍你们呀！GG们说那就只带我们去吧，月亮说我还没成家呢带你们这些大老爷们儿回家干什么！这次川藏、青藏公路我们都走过了，有人问要走滇藏公路吗？月亮很认真地猛点头：要的要的！前面的路就颠得很！车上的人倒了一大片。阿映MM在卡若拉冰川买水晶时月亮曾劝她别买，临走时要托运回去，阿映说这水晶以后肯定会升值的。月亮非常肯定地说：那一定！等下就升一万（米高空）了！

月亮和金刚还非常善良。旅途中经常会遇到乞丐围上来，月亮会生气地把拿了钱还缠人的轰走，但见了农村的小孩子，却会提醒我们把文具零食送给他们。从鲁朗回八一镇的途中，遇到一伙人在逗路旁的小猴子，想把猴子掠走，车子本来一下子过去了，他们发现情况后立即把车倒了回去，下车把那伙人给轰跑了。藏民连野鸭子都不会扑杀，更何况小猴子，所以俩人回到车后还非常气愤。

从纳木错回拉萨时，已经是深夜了，天下着雨，车子小心翼翼地爬上那根山口，因雨湿路滑，下山时弯道很急很多，显得险象环生。大部分

我和月亮

人都睡了，月亮没有睡，坐到了车子前面，不时地提醒金刚要小心。雨夜中看见很多青蛙在路上，金刚一直努力避开这些小生命。一车人正在睡梦中，突然感觉车子又倒回去了，原来金刚发现路旁有一辆小车翻到沟里了，四轮朝天。外面非常冷，月亮只穿了两件薄薄的衣服，却二话不说就冒着雨和金刚一起跳到沟里查看有没有人被困在小车里，确定车里没人放心回到车上时，月亮已经冷得直哆嗦。金刚说，这条路天天都有车子翻到沟里去。他俩毫无怨言地、稳妥地把睡梦中的我们平安送回拉萨时，已经是深夜两点多了。

月亮和金刚还很认死理，旅途中有团友要买藏香，月亮打听到一家藏民有自己做的藏香，就把我们顺路带去，有人习惯性地嘀咕了一句：这么便宜，会不会是假的呀。月亮立即正色道：你可以不买，但不能怀疑那是假的。一天到了下榻的酒店，金刚帮忙搬行李时，一边的行李生却赖着不动，金刚很严肃地批评他，那人的态度非常不好，金刚二话不说就要揍他，幸好被我们拉住了。他很生气地说，上次来的时候就这样，我还原谅他，怎么这次还这样！

西藏非常美，但最令人难忘的是生活在那里的心地善良的人们，他们的美德令早已麻木不仁的都市人自惭形秽，令我知道什么是真诚什么是淳朴，令我在祈祷时，不再只为自己和家人祈福，而是为世间苍生祈祷。

忘不了西藏，连同月亮和金刚，还有月亮的热茶！

后　记

十几篇西藏游记，断断续续地用个把月的时间很艰难地写完了，之所以说艰难，是因为身子整日里为工作所困，思想却沉浸在对西藏的思念里不能自拔，工作之余利用不多的时间敲下这些文字，只因实在舍不得遗忘这些美好的记忆！那情那景那人！

时间在忙忙碌碌中飞逝，回忆却静静地停止在神秘的西藏。有人总结说，西藏就是这样的一个地方：没来之前极度向往，来了之后舍不得走，走了以后梦魂牵绕。还有人说，西藏是最适合失恋和失意者旅行的地方，因为西藏是一块净土，它的景观它的民俗，它的宗教它的氛围，它的神秘它的安宁，都能在不知不觉中净化你的心灵，蓝天白云，明月星空、雪山草原，冰川湖泊，牛羊马匹，经幡经筒，甚至乞丐信徒，全都是医治心灵的良药，就算不能全都药到病除，但总有些人满怀困惑而来，脱胎换骨若有所思而去了。

暗想浮生有几，却人人奔名竞利，惨被浮名牵系，腰缠万贯，思想却一贫如洗，连个信仰都没有，浑浑噩噩过一生，到头来只剩一个空皮囊，行尸走肉。为了名利，我们丢弃了太多太多的东西，沾染了太多世俗利欲的尘垢，心灵触及了太多黑暗。雪狼说过，每一个到过西藏的人，对人生的价值观都会有不同程度的改变。每一个去西藏前陌不相识的人，只要一起去西藏，回来后就会成为一生中不可多得的朋友！的确是这样！短短九天的旅程，一生长长的缘分！原来素不相识的团友，已经变为不可多得的益友，原来浮躁不安的心灵已学会了思考，学会了领悟，学会了放慢脚步，学会了用虔诚对待生命，用真诚对待有缘人。

匆匆地，我在西藏走了一回，带走了永远挥之不去的记忆，留下了终生缠绕的眷恋。曾经以为去过西藏后就会心满意足，却未想到还没回来就已经在纳木错发誓，以后一定会再来。西藏，遇上你是我的缘，守望你是我的歌，为了你，我一定会再来！我的梦全都装在行囊中！

浪漫之旅

浪漫之源——塞纳河

飞抵巴黎时，正值黎明时刻。

美丽的塞纳河在梦幻般缥缈的晨曦下，静静地流淌着，像一条缠绕的玉带，风情万种地把典雅精致的巴黎，轻轻地环抱在怀里，古老而神秘的巴黎圣母院，在晨雾的笼罩下静静地矗立在塞纳河上的西岱岛上，面目沧桑，神态肃然。这座典型的"哥特式"教堂，除了因为它是欧洲建筑史上一个划时代的标志，还因为大文豪维克多·雨果的《巴黎圣母院》而闻名于世。

朝阳下的塞纳河波光粼粼，游船缓缓地行进，32座造型各异的大桥横跨河上，每一座都有一段历史，一段故事，一段浪漫。河两岸的建筑物，幢幢都是艺术精品，镜头里的构图，幅幅都令人惊叹！

两千年前，巴黎只是塞纳河上的一座小岛，生生不息、蜿蜒辗转、风情万种的塞纳河造就了多情的浪漫之都，你甚至还未去埃菲尔铁塔、凯旋门、爱丽舍宫、凡尔赛宫、罗浮宫、协和广场以及著名的浪漫之道——香榭丽舍大街，就已经能在塞纳河畔强烈地感受到了巴黎的浪漫气息。

正值深秋时节，河边的林荫大道，高大挺拔的法国梧桐金灿灿地叶色正浓，一层层地把秋意染将开去，天鹅绒般的草地却绿得让人惊讶，上面

塞纳河边留影

缀满了金黄色的落叶，晨曦从叶缝散洒下来，极致浪漫。

在巴黎，秋，不再忧伤，不再凄美，跟离愁无关，让人确信，爱在巴黎，爱在深秋。

在巴黎，好想浪漫，好想，谈恋爱。

浪漫的标志——埃菲尔铁塔

想证明真的到过巴黎，只要在埃菲尔铁塔下留个影就行，几乎所有人都知道埃菲尔铁塔属于巴黎，因为它是这座浪漫都市独一无二的标志。

铁塔前的战神广场绿草如荫，游人如鲫，不少恋人相拥在一起，旁若无人。只是因为第六届橄榄球世界杯在法国举行的缘故，正对着铁塔的位置被一个硕大的热气球占据了，让游人一时找不到最佳的留影角度，也许对大多数人来说，拍不到一张上佳的铁塔倩影，是人生一大憾事吧。

巴黎圣母院

埃菲尔铁塔

这座以设计者的名字命名的世界著名铁塔，是为了纪念法国大革命100周年和庆祝巴黎世界博览会开幕而建造的，1889年3月，这座高入云天的铁塔终于矗立在巴黎塞纳河畔。

铁塔建成后的40年间，一直是世界上最高的建筑物，它不仅是博览会的一座纪念性建筑，近代建筑工程史上的一个划时代创举，标志着19世纪后期结构科学和施工技术的长足进步，而且一直到现在仍然被认为是巴黎的最著名的名胜之一，所有到过法国的国际游客都必定会前往一睹铁塔风采，这跟到过中国北京的人认为"不到长城非好汉"一样。

铁塔的第四级平台是一座气象站，最高的是那直指苍穹的电视发射天线。铁塔的材料全部是钢材，塔高320米，重9000吨的铁塔由1.5万块钢材和250万个铆钉焊接而成。站在塔下向上仰望，你会为它的高大、宏伟、壮观而感到震撼。

坐电梯上第二、第三层平台鸟瞰巴黎全景，凯旋门、爱丽舍宫、罗浮宫、协和广场、荣军大楼、战神广场等尽收眼底，美丽动人的塞纳河在塔底下静静流过，游船上的游人不时地向塔上的人招手，彼此成为对方的风景线，彼此分享着愉悦的心情。

无论你在巴黎的哪个景点游览，埃菲尔铁塔都像是一个指向针，为你指明方位，她那雄伟的充满质感的身躯，不仅仅是这座浪漫之都的保护神，更是浪漫的剪影，与心爱的人相拥在埃菲尔铁塔，此情此景多么浪漫。

艺术的殿堂——罗浮宫

对艺术情有独钟，很早就知道位于巴黎的罗浮宫国家艺术博物馆，及至后来读过丹布朗的《达·芬奇密码》，更对罗浮宫怀有浓厚的兴趣，到这座著名的艺术殿堂欣赏艺术品，更是多年来的心愿。

据查，罗浮宫共收藏艺术品40万件，其中油画6000件，素描10万件，东方艺术珍品 8 万件，古希腊、古罗马艺术品 3 万件。毫无疑问，要看完卢浮宫里收藏的所有艺术品，得花好几天的时间。在停车场下了车，穿过咖啡厅、餐馆、商店、书店以及音像厅林立的地下过道，不用走玻璃金字塔正门，就直接来到了拿破仑大厅，在像钟乳石似的倒金字塔下拿到中文

罗浮宫

版的导游图后，因为时间关系，只能别无选择地像大部分游客一样，选择一种被兰登称作"小罗浮宫"的不完全游的方式——急匆匆地去看宫里最有名的三样东西——蒙娜丽莎、米罗的维纳斯和飞翔的胜利女神。罗浮宫分有德农馆、叙利馆和黎塞留馆三区，研究过导游图后，直奔德农馆，开始寻找罗浮宫的镇馆之宝——《蒙娜丽莎》。

也许是罗浮宫实在太大了，又或许是心情太激动吧，虽然有导游图，还是找不到北。不及细细欣赏两边的艺术品，只记得走过宽宽的展道，上了一个长长的楼梯，豁然看见无头折臂但却飘飘欲仙的胜利女神雕像，高高地屹立在一处台阶上。这尊雕像是在1863年发现于爱琴海北部的萨莫色雷斯岛，最早只是碎块，后经多年修复才得以重新站立起来，但仍然缺头少臂，雕像的作者已经难以考证。雕像前的游人拥挤不堪，对着女神争相拍照，也难怪，尽管女神的头和手臂都已丢失，但仍被认为是古希腊雕塑家们高度艺术水平的杰作。

德农馆二楼，是意大利绘画长长的展厅，两边的墙上，大师们的杰作令人目不暇接，叹为观止。我不停地拍照，在人群中穿梭，累了休息一会.终于来到了一个大大的陈列馆，这里应该就是《达·芬奇密码》里提及的国家展厅了。展厅的一面墙上，是韦罗内塞的巨幅画作《迦拿的婚宴》，而它对面墙上，就挂着著名的《蒙娜丽莎》。出于对画作的保护，《蒙娜丽莎》被镶上了厚厚的防护玻璃，并围上了一圈围栏，蒙娜丽莎飘逸而朦胧，对着众人展露着她那著名的神秘微笑，游人并不能靠近欣赏，只能对着《蒙娜丽莎》拍照片，但因为玻璃反光的缘故，效果很不好。兰登教授认为《蒙娜丽莎》并不仅是一个微笑的妇女，还是男女和谐共存的象征，丹布朗的这些大胆（或者说另类）说法到底有多大的可靠性，《蒙娜丽莎》究竟隐藏着什么样的玄机和信息，还得留给历史学家和美学家去研究。

领略过蒙娜丽莎的神秘感后，在叙利馆找到了电梯直下一楼，转了个弯，一眼就看到了雕塑《维纳斯》的倩影。断臂的维纳斯静静地伫立着，线条优美，典雅高贵。这座雕像的原作是有手臂的，只是因为成了碎片，无法修复，她手臂的姿势无从知晓，人们也只有带着遗憾进行猜测。但残断的芳臂反而给人留下了想象以及创造的空间，平添了无穷的魅力。

收藏在罗浮宫内的著名作品实在是太多太多了，在有限的时间里，根本无法一一去细细欣赏，怀着遗憾的心情，沿着拿破仑厅的旋转楼梯，来到了罗浮宫的出口，这个出口几乎和罗浮宫一样出名，玻璃金字塔将"古老的结构和现代的方法结合起来，艳丽多姿，二者相得益彰"，而最令人骄傲的是，这个成为罗浮宫标志的玻璃金字塔，是中国人贝聿铭设计的。

真想待在这里赖着不走，怀揣历史资料和圣经故事，细细观摩闻名于世的古老雕塑、世界名画以及琳琅满目的艺术品，追溯那些曾经辉煌的古文明，放飞心情，在艺术的海洋里自由翱翔！

浪漫之道——香榭丽舍大街

香榭丽舍大街，街名本身就富于诗意和情调且具有神奇色彩的大街，起始于罗浮宫正门前的协和广场，广场上矗立有方尖碑，止于矗立在星型广场中心的凯旋门前。她与以凯旋门为中心向周边呈放射状分布的12条街道构成了巴黎中心特有的城市光芒；笔直的街道让人们可以看到很远的地

香榭丽舍大街

香榭丽舍大街——协和广场

方：罗浮宫和它里面的金字塔、小凯旋门、杜伊勒花园、方尖碑、凯旋门。

从来没有人怀疑，香榭丽舍大街是地球上最美的林荫大道，正值金秋，茂密的法国梧桐树沿街排列，落叶缤纷，大街的东段花园锦簇、鸟语花香，协和广场与艺术气息浓郁的罗浮宫毗邻，绿树成荫，恬静而充满诗情画意。步行道旁，路易威登、马克西姆餐厅、LV专卖店……众多的国际一线品牌，各店面星罗棋布，装点着这条浪漫而又时尚的道路，飘逸着淡淡的香水味的空气，让人心旷神怡。

值得一提的是，2004年春，七千多名法国华侨华人和来自北京的表演团成员在这里举行盛装游行，庆祝中国猴年春节和在法国举办的中国文化年。这是巴黎市政府首次允许外国社团在香榭丽舍大街组织这样大规模的庆祝活动。走上香街的中国人骄傲地向巴黎献上了东方的民族文化精品。可以想象，"当中式灯笼映红香榭丽舍大街，当东方五彩文化旋风在法兰西大地上飞扬，人们领略的正是中法文化和东西方文明的和谐相处和友好交融所产生的无限魅力。"

香榭丽舍大街太有名了，以至于你到巴黎后会情不自禁地在这著名的浪漫之道上转几圈走几回，人们会利用交通灯的间隙跑到马路中间，迅速拍下凯旋门的雄姿。有人说，想深刻感受巴黎城里那种淡淡的忧郁和流浪情结，最好的方式就是坐在香榭丽舍大道路边咖啡馆里，慢慢地品上一杯浓咖啡，任由深秋的凉风轻轻地拍打在你的脸上，心灵深处那不轻易触动的思绪便自由地飞扬起来，欣喜也好，心酸微痛也罢，都一定是你内心真实情感的自然流露。当你不经意地抬起头，透过那逐渐稀疏的法国梧桐树叶——你会惊叹：啊，多么色彩斑斓的天空！

情迷海德堡

海德堡，位于德国的西南部，是一座景色秀丽的文化名城和大学城，也是德国历史悠久的古城之一。著名的海德堡大学是德国最古老的大学，海德堡市区现有的14万人口中，有2.5万人是海德堡大学的学生。红褐色的海德堡城堡坐落于内卡河畔树木繁茂的山上，是帝侯官邸的遗址，也是海德堡城的标志。

到达海德堡时，已是黄昏时候，没有过多的停留，终于在夕阳西下前到达位于山上的城堡。10年前读龙应台的《在海德堡坠入情网》，故事情节已经忘得七七八八，海德堡却永远留在了记忆里。

站在城堡的残壁前看夕阳下的海德堡，云蒸霞蔚，残阳如血，那一瞬间，美得让人伤感。降至地平线的落日，红得像一团快要熄灭的火球，偶有一抹云霞盘踞在天空，夕阳乘着点点空隙，迸射出丝丝绛色的霞彩。恬静美丽的内卡河静静地流过海德堡，内敛而温柔，整个城市沿着内卡河的两边扩展开去，街道小巧清新，河上的老桥在夕阳下被抹上一层薄薄胭脂，妩媚多情，熠熠生辉。两边的山冈秋意浓郁，层林尽染，一片令人悦目的红坡屋顶错落有致地点缀其间，夕阳映照，暮色苍茫，如诗如画，美艳得不可方物。

难怪说，永恒的海德堡是个能让人轻易爱上的地方，因为实在有太多

莱茵河畔

理由令人在海德堡坠入情网。歌德在这里遗忘了他的心，雨果也曾说过："我来到这里10天了……而我不能自拔"，龙应台笔下虔诚的基督教徒素贞，尽管家教严谨，生性木讷，整天生活在丈夫的阴影之下，却也在浪漫不羁、风情万种、温柔洒脱的海德堡，情不自禁地坠入了情网。也许是城堡酒窖里那个令人咋舌的号称世界最大的酒桶（足有两层楼高，约22万公升），让人心甘情愿地醉死在海德堡吧，要不为什么，来自世界各地的游客都在这样一个地方轻易地就纠缠了内心的情感，好像每个人都会变成诗人，好像每个人都能在内卡河畔汲取创作灵感而文思愤涌。

　　海德堡，就这么轻易地触动了我善感的心灵，毫无防备的，一见钟情。真想像龙应台那样，在韦伯故居旁，一个可以看见内卡河的小阳台上，对着一尘不染的林间小径，清新可人的篱笆墙，还有那不经意跳入你眼帘的红玫瑰或者高过房顶的一树茉莉花，牵着你心上人的手，静静地品上一杯略苦的咖啡，安静闲适地看着周边的景色慢慢地变得浓墨重彩。

其实，爱上海德堡，就像爱上心上人一样，不需要任何理由。更不需要任何准备。

童话世界——新天鹅堡

去新天鹅堡那天，下着小雨，天气很冷。汽车沿着浪漫之路一直往南，路上经过无数的河谷、山川、湖泊，还有一望无际的葡萄园，迷人的田园风光无一不触动着我心灵深处的浪漫情结。这是德国最古老、最著名的度假线路，全长三百多公里，南北贯穿整个巴伐利亚地区，新天鹅堡就坐落在浪漫大道的终点小镇——富森。

我们在旧天鹅堡的山脚处下车，从这里远远望去，新天鹅堡就矗立在对面的石山高原上，灰色的哥特式尖顶高傲地指向那深邃的苍穹，雨还下着，山峦雾气缥缈，高低错落的塔尖在五彩缤纷的树林中时隐时现，云雾掩映下，整个画面就像一幅淡淡的水彩画，如梦如幻。

新天鹅堡

从山脚下乘坐大巴到山上的城堡，下车后还要步行一段路程才能到达，整条山路林荫蔽天。信步在宽阔的山道上，游走在茂密的森林中，还没到城堡就已经感受到强烈的梦幻气息，走到半山腰，回望身后的风景，浪漫到极致的画面令我确信，这里就是传说中的童话世界了！远处是处于德国和奥地利边界白雪皑皑的阿尔卑斯山，色彩斑斓的苍林郁野间，静静铺展着两个清澈的湖泊，左方是阿尔卑斯湖，右方是较小的天鹅湖，两湖之间的山麓上，那幢黄色的城堡就是旧天鹅堡，雨停了，云隙间露出了蔚蓝蔚蓝的天空，阳光从云雾中时而浓时而淡的透出光芒，泛着银光的湖水围绕在城堡四周，恍如人间仙境一般，而前方的新天鹅堡则令人有一种梦境般的感觉，知道吗？迪士尼乐园里灰姑娘和睡美人城堡的建筑灵感就是来自于新天鹅堡呢！

而隐藏在新天鹅堡背后的，是一个富于悲剧色彩、壮美而浓烈的传说。城堡的主人巴伐利亚国王路德维希二世，高大英俊、温文尔雅，具有十分深厚的艺术底蕴却又性情孤独。在位23年，除了尽量让国力日下的巴伐利亚保持和平外，几乎没什么政绩，只热衷于听歌剧和修城堡。他单纯、浪漫甚至有点儿疯狂，因为钟情天鹅骑士的神话，同时为了给其崇拜的瓦格纳造一座上演歌剧的舞台，他几乎耗尽国库，在父亲的旧天鹅堡对面山的悬崖峭壁上修建了新天鹅堡。

也有人说，他修建绝艳梦幻般的新天鹅堡是为了他暗恋的表姐希茜公主，他与希茜公主青梅竹马，情投意合，可惜天意弄人，希茜嫁给奥匈帝国皇帝后，路德维希抑郁寡欢。后来他与希茜公主的妹妹苏菲开始了交往，但两人订婚后不久又解除了婚约，路德维希二世从此终生未娶。在他的国民眼里，路德维希实在是浪漫得脱离了实际，甚至疯狂，这位天生的艺术家终于在1886年让家族以患精神病为由，被迫退位，不久，人们发现他和他的私人医生一起，神秘地溺死在施塔贝格尔格湖中，至于是自杀还是他杀，现在仍是一个谜。

路德维希二世令我想起中国的南唐李后主，同样是具有深厚艺术底蕴的国家君主，同样的一个浪漫凄美、令人悲戚的一生。他们都应该是诗人，画家或者设计师吧，为什么偏偏是国王呢！多情而浪漫的他应该只适合长期居住在他的童话世界里，每天在附近的阿尔卑斯山脉中，云游于山水之间，每天喂食畅游在湖中的野天鹅，描绘天鹅美妙的身姿，又或者在城堡的大歌厅里，跟心爱的人彼此穿着歌剧"天鹅骑士"男女主角的服饰，醉心欣赏瓦格纳的歌剧。我不知道瓦格纳，也没听过他的音乐，但觉得他好幸运，在他的作品还不能被普遍接受的时候，却得到了路德维希的宠幸。

经过新天鹅堡广场，游客戴着有中文解说的耳机，从第四层开始参观。新天鹅堡共7层，高六十余米。里面的宗教大厅、主人卧室和音乐厅被认为是最能体现出主人高超的艺术修养，最令人难以忘怀。

宗教大厅实际是设在新天鹅堡里面的教堂，设计和装修得就像天堂一样，庄严肃穆。主人卧室的装饰到处都是个性化和造型极其复杂的各种雕刻。因为主人对天鹅情有独钟，房间陈设处处都有着天鹅的身影，连门把手都是天鹅头和脖子的造型，卧室用水从天鹅口中流出，最显著的位置放着一尊用白色大理石雕刻的天鹅，栩栩如生。

专为瓦格纳而建的音乐厅位于城堡最顶层，可同时容纳三百多人，罗马式廊柱将大厅穹顶引向天空，10盏巨型吊灯把大厅照耀得犹如白昼。据说在1933年，人们为了纪念瓦格纳逝世50周年，开始在这里举行音乐会，时至今日，这里已成为德国最高级的音乐会场所。

从城堡里出来，沿着城堡后的小路，到了后山上以路德维希二世母亲名字命名的玛丽安桥，这里是游客观看城堡的较好位置。桥背后的悬崖峭壁上，飞悬的瀑布直泻谷底，山上层林尽染，雾气弥漫。

从玛丽安桥上看，在美丽迷人的巴伐利亚的乡间景色和闪烁生辉的湖水映衬下，新天鹅堡犹如一只不食人间烟火、洁白如雪的"天鹅"，高傲而优雅地站在那里，身姿秀丽、亭亭玉立，当初浪漫的路德维希二世就认为他的城堡是白雪公主居住过的世外桃源，和瓦格纳的音乐一样浪漫："最美丽，最神圣。不可接近。是上帝朋友的一座高贵宫殿。"但这些词语都不足以表达出我灵魂深处那美妙的感觉，眷恋、痴迷，恍如隔世。

路德维希二世不愧是一位天生的艺术家，只可惜，国王生前并未看到自己的梦想完工，在路德维希二世被带离他心爱的城堡前，他对仆人说：

"好好为我照顾这些房间，不要让它们被好奇的参观者污秽了，我在这里花费了一生中最严峻的时光——我不会再回到这里了！"但现在，每年有上百万人到此探访，要是孤傲的国王泉下有知，该是怎样的黯然神伤！

是的，新天鹅堡就像一个童话，在这里，天堂仿佛触手可及。我远远守望童话中的城堡，静静地感受着这位悲剧国王的压抑与唏嘘，就这样，让浪漫而伤感的情绪缓缓蔓延。

也许，浪漫是颓废的，浪漫是无助的，浪漫，又是凄美而虚幻的，渴望被关怀，却又极度孤独。仿佛之间，路德维希二世乘着雪白色的梦幻马车在云海里遨游天际，哀唱道："世上岂无一个爱我如己的人？世上岂无让我欢悦之处？"哀怨如泣，让人潸然泪下。

浪漫水城—威尼斯

离开奥地利因斯布鲁克的时候，天气依然很冷。从奥地利进入意大利，要经过很多段长长的隧道穿越阿尔卑斯山，当我们准备穿过一段隧道时，天上飘起了雪花，白雪皑皑的阿尔卑斯山近在咫尺，山腰树木葱茏，山下绿草如茵，散落的农舍、悠闲的牛群点缀其中，恍如人间仙境……

进入意大利后，车窗外的景色明显地不那么令人心醉了，单调的山脉、丘陵以及没有经过精心打理的草地和田园令人觉得很中国。还好，威尼斯，是充满诱惑的城市。

威尼斯并不是一座岛屿，而是由160条运河分割成118座小岛的群岛，跨越运河的桥超过四百座。威尼斯的动脉是"大运河"，威尼斯商人并非只因威廉·莎士比亚而出名，也并非只有贪婪、固执、残酷的夏洛克才富甲一方，大运河岸边兴建的大约一百座文艺复兴或巴洛克风格的宫殿，见证了当年威尼斯开放时，此地商贾事业的成功。

据说，公元453年，为躲避亚洲游牧民族的入侵，沿海居民逃往海边的小岛和沼泽地，就地取材用石块，加上邻近内陆的木头往水下的岩层打桩，在水上建起了威尼斯，因为整个城市建筑在水上，出门或徒步或乘舟，是世界上唯一没有汽车的城市。

威尼斯

在威尼斯圣马可广场上

当我们乘坐水上巴士前往里亚托岛时，看到的是一座座漂浮在蔚蓝色海水平面上的哥特式、文艺复兴式、巴洛克式教堂和宫殿，海鸥在飘着朵朵白云的蔚蓝天空上自由地翱翔，穿梭在层层碧蓝海波的浪花中，海风阵阵袭来，带来丝丝凉意，给人一种放飞的心情！

在世界上最美的广场—圣马可广场，到处都是和平鸽，抓上一把玉米粒，鸽子就成群地飞上了你的手掌、肩膀甚至头顶上，优雅安详的鸽子构成了威尼斯古典而浪漫的城市风情。

广场四周矗立着艺术价值很高的建筑佳作：圣马可教堂、总督府、连拱廊和高高的钟楼。叹息桥，这座横跨总督府和监狱之间狭窄的府第溪道上空的小桥，是威尼斯著名的古迹之一，据说过去死囚都经过这里走向刑场，他们从桥侧镂空小窗看到尘世美景，无不喟然长叹，桥因此得名。的确，桥的两端，一端是天堂，一端是地狱，真让人叹息不已。而令我感到唏嘘的是，德国音乐大师理查德·瓦格纳在这里与世长辞……

当我们坐上了红黑相间的"刚朵拉"（一种小船），穿梭于曲折弯蜒的水道和一座又一座的小桥，行走于错综复杂的巷陌小道时，就感觉纵情于威尼斯的怀抱并将自己完全融化在这独特的魅力之中了。

各式商品琳琅满目，但也价格不菲。在一个玻璃工艺门店，我们观看了年轻英俊的工匠将1600℃高温的玻璃模块顷刻间拉捏成一匹栩栩如生的骏马，让人叫绝。修于几世纪以前的古老房屋，依然保持着当时的样貌和

意大利比萨地中海边

意大利比萨斜塔

风采，鲜艳的花朵从阳台伸展出来，显露出勃勃生机，一个金发蓝眼的小姑娘在窗台上向游人绽放着迷人的笑脸，仿佛是盛开在海上的一朵艳丽夺目的小花，让人惊喜万分。"刚朵拉"上一对对情人在深情拥吻，尽显威尼斯迷离而浪漫的情调。可惜的是，水道的水质恶劣，散发着令人不快的气味，真觉得很遗憾。

尽管如此，威尼斯不愧是一座美丽而浪漫的古城，独具一格，颓废与华丽并存的美感，每年吸引着上千万来自世界各地的游人，她独特的魅力让游人感到如受魔法，令凡是来过威尼斯的游客都恋恋不舍。

离开威尼斯时，正是黄昏，极目远眺，落霞与孤鹜齐飞，秋水共长天一色。夕阳下的威尼斯，仿佛世外桃源，莫非海市蜃楼？在这里，你可以独自度过属于威尼斯的慵懒岁月，罗曼蒂克的风情，将令你乐不思蜀。

比萨——是谁倾倒了我的心湖

佛罗伦萨，徐志摩笔下的翡冷翠，并不真的如翡翠般嫩绿。佛罗伦萨，在意大利语中意为"鲜花之城"，可我也没能找到鲜花，只找到了米开朗琪罗广场中央的大卫雕像，还有雨后的彩虹。比萨斜塔，世界建筑史上的一大奇迹，倾斜了所有游人的视线，却没有倾倒我的心湖。只有那比萨的夜空，地中海的月色，伴随着缥缈的思绪，把我的心，永远留在了地中海。

坐在酒店的阳台上，能眺望夜色中的沉沉大海，时值农历初十，月色清朗。如水的月光恣意地泼洒下来，泼洒在我的窗前，泼洒在我的心间。出去走走？为什么不呢！夜色太美，美得让人心醉。

第一次，离地中海这么近。天很冷，夜色下的地中海，一眼望去，只有一望无际的海平线，海水异常的平静，没有一丝波澜，只是为什么不该有感觉的心湖，竟有了几分动荡，是被纯净墨蓝的地中海所震撼，还是那阵阵的寒意，不经意地拉近了我们的距离？使我忘却了寒冷……

比萨的夜空，看上去很高很远，虽有月光，星星还是亮亮地很耀眼，轻易地就找到了北斗星，月色醉了，我也酣醉着，难道不能让我平日里隐藏在心间的所有思绪，在你面前放飞一回吗！

天边的两颗星星，仿若牛郎和织女，要不为何在茫茫夜空中遥遥相望，能够领会彼此的那份情意，却无法走近对方。前面是柔软的沙滩，你说分明已接近地中海，却留不住我的脚步，你没看见吗？眼前的海，因为夜色，遮起了面纱，已由墨蓝变为漆黑，完全没有让视线停留的焦点，就像空虚的心灵，找不到皈依。

夜风，在不经意间，带给我一个舒适的惬意，也带回了我的清醒。月色下，沙滩很惆怅，海水很无奈，我的心湖，弥漫着烟雾，倾倒在月色迷蒙的地中海，再也无法找回来。

罗马——让人迷失的城市

罗马，意大利首都，2500多年的历史，世界灿烂文化的发祥地。曾在无数的世界名著中领略过罗马的艺术气息及其深厚的历史底蕴，但对罗马的最深印象，来源于电影《罗马假日》，浪漫的城市，纯真的爱情，感动了每一个人，并因此爱上了清纯美丽的赫本，爱上了英俊潇洒的派克，爱上罗马——一个梦想中的城市，浪漫情史的易发地。

《罗马假日》不单使赫本惊艳全世界，也让罗马各处的名胜古迹全都蒙上了一层浪漫的面纱。安妮公主深情地对着乔·布莱德利说："我到过的城市各有千秋，但是我最喜欢的还是罗马。"对我来说，能亲临罗马，在男女主角的引领下，在各处名胜古迹中流连忘返，怀着美好的憧憬，期

意大利罗马

待着奇迹发生，将让我终生难忘！

刚到罗马我就迫不及待地要去西班牙广场寻找《罗马假日》中浪漫的场景，但导游并没随我的意，直接把我们带到了科洛塞竞技场（又译罗马斗兽场）。有人说，去了意大利不去罗马可惜，去了罗马不去科洛塞竞技场更可惜。当我站在罗马科洛塞竞技场的断壁残垣前，顿感此言不假。

位于罗马中心的科洛塞竞技场，是古罗马当时为取悦凯旋的将领士兵和赞美伟大的古罗马帝国而建造的，壮观的圆形建筑设计有点儿像现代的大型体育场，它是罗马时代最伟大的建筑之一，也是罗马帝国的象征，世界八大名胜之一。

可以容纳至少五万名观众的竞技场主要用途是斗兽和角斗士角斗，参加的角斗士要与牲畜搏斗直到一方死亡为止，也有人与人之间的搏斗。看过电影《角斗士》的观众，就能更深切地感受到当时在这里发生的人与兽之间的残酷格斗和搏杀，而我在观赏宏伟而沧桑的竞技场之余，仿佛随时穿越到了古罗马，看到马克西默斯和角斗士们正为嗜血的人们表演一幕幕你死我活、惊心动魄、气势恢宏的厮杀，血腥残忍的场面令人不寒而栗，却激起坐在上面的几万观众原始野蛮的快感和激情，疯狂的叫喊声振彻云霄。人们对这种残忍的角斗竟然如此着迷，真让人难以置信。

在竞技场旁边也有一座凯旋门，叫君士坦丁凯旋门，据说巴黎的凯旋门就是按此仿制的，上面雕刻着各种雕像和铭文，工艺十分精巧。兴建凯旋门的目的是为了庆祝古罗马对外作战的胜利。当将军得胜归来，罗马行政长官和长老院的议员在前面带队，后面有号手和锁着铁链的战俘，他们沿着圣道，直奔神殿。市民们站在圣道两侧高呼口号，对胜利者表示欢迎。

而另一个位于竞技场旁边的古迹，是昔日古罗马帝国的中心，也就是现存世界最大面积的古罗马废墟，众多曾经金碧辉煌的宫殿及无数神庙和建筑群，现在都只剩下颓垣败瓦，一片荒凉。人们已经很难从一根根斑驳的石梁和一堆堆歪七倒八的石柱中，想象出当时的繁华景象了。

在罗马小巷般狭窄的街道上七拐八折，导游终于把我们带到了罗马最有名的广场——西班牙广场，西班牙广场的形状有点儿像是弯弯的蝴蝶结领带，周围被一幢幢名店林立的建筑物环绕。著名的西班牙阶梯建于18世纪20年代，起到连接西班牙广场和法国蒙迪的三一教堂的作用。而现在，阶梯上的平台上，一个唱诗班在唱着圣诗，看着那似曾相识的一级级石阶，仿佛又回到了影片《罗马假日》中安妮公主在这里游玩的情景。

本来想向小贩买一个冰淇淋，像安妮公主一样悠闲地坐在石阶上，一边品尝一边欣赏着广场上的景色，一边幻想着也在这里邂逅一个意大利帅哥，但令我失望的是，广场人潮汹涌，人声鼎沸，想在这里拍一张单人照都显困难，大煞风景和心情，结果计划泡汤，只有匆匆在石阶上摆几个"甫士"（姿势）了事。阶梯下端就是著名的破船喷泉，或许是由于水压低吧，整座喷泉陷入了石板路面，众多游客围坐在喷泉旁，笑意盈盈地看着在泉边掬一捧清泉留念的人们。

跟着安妮公主的足迹，我们来到位于市内科斯梅迪教堂中的"真理之口"石雕，看到石雕前排着长长的人龙，据说"将手放于真理之口，如说谎则会被咬掉"，这也是《罗马假日》中给人印象深刻的场所，人们都排着队（以恋人居多），等着像安妮公主一样，战战兢兢地把手伸进"真理之口"。遗憾的是，因为时间关系，我没能亲身体验到把手伸进"真理之口"的感受。而更遗憾的是，我也没能去许愿泉（又称幸福喷泉），没能背向水池抛硬币入池许个愿，让我日后能有理由飞越万里再次访问罗马。

只花了短短两天时间，罗马就以它独特的魅力激发你无尽的浪漫情怀，，在时间与空间交织成的梦幻氛围里，让你不知不觉，彻底迷失在罗马的大街小巷中。

梵蒂冈——国中之国

到了罗马自然会到梵蒂冈，且不论罗马也是罗马天主教廷所在地，只因为梵蒂冈就位于罗马古城区西北角。谁都知道梵蒂冈小，但小到什么程度还真难想象，一般人到了梵蒂冈也感觉不到它是一个独立的国家，咋一看俨然就是罗马城的一处规模宏大的大教堂。

梵蒂冈的面积只有小小的0.44平方公里，人口也只有一千多人，常住人口甚至只有几百人，是世界上最小的一个独立的主权国家，同时也是全世界天主教的中心——以教皇为首的罗马教廷的所在地。它的领土包括圣

梵蒂冈——国中之国

彼得广场、圣彼得大教堂、梵蒂冈宫和梵蒂冈博物馆等。国土大致呈三角形，除位于城东南的圣彼得广场外，三面都有城墙环绕，并有护城河。它地处台伯河右岸，以四周城墙为国界。

我们从圣彼得广场进入梵蒂冈，瞬间即被其气势所震慑。这个被称为世界上最对称、最壮丽的广场，是17世纪著名建筑大师贝尼尼花了11年时间建成的杰作。据说广场可容纳50万人，是罗马最大的广场，供教廷用来从事大型宗教活动。

广场呈椭圆形，两侧由围成半圆形需三四人才能合抱的大理石柱廊环抱，284根圆柱和88根方柱，分排成四列，形成三条走廊，面朝广场的每根石柱顶端的平台上，分别有一尊大理石圣徒像。很多人在大理石柱旁留个影，艺术效果挺不错。

广场中央矗立着一座方尖石碑（它让我想起巴黎协和广场上的方尖石碑），碑尖上是钉死耶稣的十字架造型，建造石碑的石料是当年专程从埃及运来的。在广场两侧各有一个水花飞溅的美丽喷泉。令人咋舌的是广场上等待进入圣彼得大教堂的人龙蜿蜒一千多米，不少游人趁着排队的空隙争相在广场上留影。还好人们都非常守秩序，人龙前进得挺顺畅，没等太长时间，我们就进入了圣彼得大教堂。

圣彼得大教堂位于广场的西南面，是世界最大的教堂。整栋建筑呈现出十字架的结构，造型传统而神圣。教堂最早建于公元324年，在15世纪时开始改建，经过不少顶尖的建筑师和艺术家的参与修改，完成于1626年，整座建筑显得富丽堂皇，气势宏伟。

进入大教堂，首先经过大厅外的一道高大走廊，整个走廊空旷明亮，装饰华丽精美，即使不了解它的历史，也会让人情不自禁地产生一种敬畏的感觉。教堂的屋顶和四壁都装饰有以《圣经》为题材的绘画，不少是名家作品。首先映入我的眼帘的是米开朗琪罗24岁时的雕塑作品《圣殇》，圣母怀抱着死去的儿子悲痛欲绝，却对上帝意旨的没有半点儿违抗之意的神情，被刻画得淋漓尽致。以前曾在电视的艺术鉴赏节目中看到过对这雕塑作品的介绍，现能在大教堂亲身感受其艺术魅力，真令我感慨万分。据说这雕塑作品和贝尔尼尼雕制的青铜华盖以及他设计的圣彼得宝座被看作是圣彼得教堂内最著名的三件雕刻艺术杰作。

经过走廊跨入大殿，巨大空旷的空间让我顿感茫然无措，我还从来没有见过如此巨大如此豪华如此气派的教堂：一百根高耸的圆柱庄严地托起一个个半圆的拱门，柱头精雕的花叶灿烂夺目，整座教堂金碧辉煌。沿着光滑的大理石地板向前走，尽管殿堂里人来人往，但仍然显得肃穆与静谧，毫无喧哗之声，我仿佛听见自己身后孤独的脚步声在空旷的大厅里回响，要是留下我一个人在这，肯定会吓个半死。

柔和的阳光透过高大的弓形窗户那有着美丽波浪纹的玻璃照射进来，玻璃泛着橙、浅绿、灰、雪白等颜色，非常漂亮。大殿的尽头是教宗祭坛，除了教皇之外，没有任何人有权在此主持弥撒。正值星期天，信徒们正在做弥撒，但是不是教皇亲自主持则不得而知，我们只可以听到主持的声音，却没办法靠近祭坛一睹教皇的风采。

祭坛的上方是一个巨大的绚丽华盖，祭坛的位置正设在圣保罗的墓上。其实教堂里还有其他历任教皇的灵柩，有些是密封的，有些则是透明的，有些则用围栏围了起来。导游带着单反，特意用长焦把镜头拉近，让大家看躺在灵柩中的教皇，把我们这些非信徒吓得毛骨悚然。

教堂中央的穹隆拱顶是米开朗琪罗设计的，双重结构，周长71米，为罗马全城的最高点，据说游客可以乘电梯登顶俯瞰罗马全城，但时间关系一行人都没有上去。从教堂出来，见教堂左侧有卫兵守卫，他们身穿的别致制服500年不变，有游人觉得有趣，纷纷把镜头对准他们。

据说全球天主教会有7亿教徒之多，教皇是其精神领袖，世界各国的天主教大主教都要经过它的册封（中国除外）。相信虔诚的基督徒都希望能到梵蒂冈，到圣彼得教堂听教宗主持的弥撒，而对于我来说，亲临梵蒂冈，感受梵蒂冈在历史的长河中经过无数沉淀的艺术气质，洗涤心灵深处俗世荣辱的尘嚣，宛如也经历了一次纯美的朝圣之旅。

唯美北疆

月满胡杨林

从6月份开始筹划，几经周折，9月21日上午8点多，终于登上飞往乌鲁木齐的航班，开始为期九天的北疆之旅。临行在QQ上给曾经的同事小薛留言，不知道他在哈密还是在乌市。五个小时的飞行，难免让人无聊沉闷，不想打开手机就收到小薛的回复，他在乌市呢。

下午从国际大巴扎逛街回来，小薛已经在我下榻的酒店等着，带来了家乡的哈密瓜和新疆的月饼，还说晚餐请我吃新疆的手抓饭。两年没见，小薛依旧很帅，依旧腼腆的样子，却多了几分沉稳。老友聚旧，高兴之余难免感慨万分，知道小薛在乌市过得挺好，倍感安慰。

意想不到的是，领队徐总细心留意到我身份证上的出生日期，特意让导游小安为我准备了生日蛋糕，好多年不曾为自己切生日蛋糕的我，收获了一个意外的惊喜。巧的是，这天也是团友薇姐的农历生日，两人在众人的歌声中一起吹灭蜡烛，共同祝愿我们拥有一个愉快的旅途。

9月22日，中秋节。一大早从乌市前往几百公里外的木垒胡杨林公园，在途中的北庭都护府和鸣沙山停留片刻后，为了拍夕阳下的胡杨，我们赶在太阳落山之前到达木垒附近的胡杨林公园。关于胡杨，出发前曾专程百度了一下，得知木垒这片胡杨林已有6500万年的历史，我实在不知道6500万年是什么样的一个概念，只知道这里是世界上最古老的原始胡杨

木垒胡杨

林。胡杨林附近方圆一百多公里渺无人烟，荒草灌木丛边稀稀拉拉地兀立着数间简陋的毡房，游人很少，除了我们，只有几部自驾游的车辆停靠在毡房前。这里的住宿条件较差，没有洗澡的地方，一间毡房不分男女要挤十几个人，幸好床铺还算干净舒服，想想也不错，大家挤在一起过中秋节，热闹，还挺浪漫。

虽然历经千万年的风雨沧桑，木垒的这片胡杨林仍然保持着古老的原始风貌。沿着一条简陋的沙石路往胡杨林深处走，就像走进了一座艺术殿堂，越走越惊叹，越看越震撼，或许不得不引用这几句诗来描写胡杨树："矮如龙蛇数变形，蹲如熊虎踞高岗。嬉如神狐掉九尾，狞如夜叉牙爪张。"心里想，也真难怪胡杨林会成为摄影爱好者镜头中的宠儿。一路走来，但见铁干虬树，龙盘虎踞，好不壮美，且有层层绿叶，透着轻黄，若迟半个月来，这里该是层林尽染，明艳似火了。此时正落日熔金，斜阳低挂，漫天烟霞柔柔地洒落在胡杨树上，如油画般瑰丽多彩，慑人心肺。逆光而立，又可见各式千奇百怪的剪影，傲立旷野。

远离人群独自在胡杨林中游荡，尽情享受那份充满原始气息的宁静，坐在干枯的胡杨树墩上静静地看西边一抹烟霞慢慢地淡去，东边一轮中秋的明月缓缓地升上地平线，然后悄然无声地挂在光秃的胡杨稍头，苍凉的旷野分明一片寂静，你却无端地能感受到一种原始生命的律动。都说胡杨"生而不死一千年，死而不倒一千年，倒而不朽一千年"，让人不得不惊叹它那顽强不屈的生命力。漫长的岁月，一千年的等待，三千年的轮回，只为留下化石一般坚硬的身躯，还有对生命忠贞不渝的执着追求。

夕阳终于淡去了最后一道霞光，夜风渐起，秋寒袭人，广袤的荒漠越发显得苍凉。印象中是第一次没在家里过中秋，打电话回家，却说家里刮台风，连月的影子都见不得。而木垒的月亮又圆又大，美得不可思议，难得的是，那星辰在月色中也亮得耀眼，可以清晰地分辨出北斗七星和其他星座。徐总、小安准备了月饼和水果，还有一瓶伊力特，大家在毡房外搭上简易的小桌子，十几个新朋旧友，举杯邀明月，一醉度良辰。徐总和小安的歌声在空阔的戈壁荒漠中显得格外嘹亮动人，想必这样的中秋之夜，足以让人终生难忘。

夜深了，因为明早还得起来拍日出，大家都早早休息了，我却毫无睡意，或许是因为月色太美，夜色太撩人，或许因为深深浅浅的思念，或许因为门外犬吠声声。邀新结识的朋友在荒漠上月底下走了一圈，也许各自的心思并不相同，但有一点却是一样的：都是性情中人，皆重情惜缘也。

秀美怡人的可可托海

早上6点多，一众人候在胡杨林中等着红日喷薄而出，一个多小时谋杀了大家不少的胶片。简单的早餐后，驱车直奔700公里以外的可可托海。

原谅我孤陋寡闻，以前并没有听说过可可托海，在中国地图的鸡尾巴上找了半天，才在最西北的阿勒泰地区找着了它的踪迹，距离蒙古国边境只有几十公里之遥。从木垒到可可托海，近十个小时的车程，沿途的景色除了戈壁还是戈壁，村镇与村镇之间动辄相隔一两百公里，尽管小安说可可托海以它丰富的矿产宝藏闻名于世，在那里一个不小心就能踢到一块黄金，或者捡到一颗红蓝宝石什么的，但也只能让我们兴奋一阵子，由不得一路昏昏欲睡。可可托海距它所属的富蕴县县城还有几十公里，快到可可托海镇时天已经黑了，车过野鸭湖，撩起一湖月色，波光粼粼。

镇里的建筑颇具俄罗斯特色，接待能力却非常有限，我们住的钟山宾馆，充其量也就是一设施简陋的招待所罢了，但在镇上，这已经是最好的一处住所了，老板因此有点儿拽，差点儿没把我们预定的房间给高价卖咯。宾馆的厅堂里有一个小专柜，专卖海蓝、碧玺、石榴石、芙蓉石、玉石、水晶，还有些叫不上名字的石头，看来这里确实满地是宝，从那起我们一路捡了不少石头，都怕走宝了。

据说这里最牛的是著名的"三号"矿脉（说是著名，我还是没听说过，至今不知为何叫"三号"），被世界公认为稀有金属的天然陈列馆，有几十种矿产品。这里的冬天最冷时可达-60℃的低温，虽然只是秋天，晚上也觉得非常冷。第二天起来，Stzp和Wisdom的房间水漫金山，幸好没把装摄影设备的包包放房间地板上，要不损失的就不是几块石头能补回来的咯。

可可托海风景区

可可托海风景区

　　吃过早餐后前往可可托海地质公园风景区。可可托海，哈萨克语是"绿色的丛林"的意思，蒙古语，则意为"蓝色的河湾"，中国境内唯一一条流向北冰洋的河流额尔齐斯河静静地从镇中穿流而过，这里也是额尔齐斯河的源头。天刚亮，晨雾还没散去，额尔齐斯河谷如梦幻般美艳动人，明媚的晨光，翠绿的青松，艳丽的红叶，金色的白桦，银灰的杨树，五彩缤纷，争妍斗艳，丛林中潺潺流淌的河流，洒满金色落叶的草原上三三两两的毡房，悠然自得的牛羊马群，与晨雾纠缠不清的袅袅炊烟，构成一幅美妙的山水图画，一行人顿觉心旷神怡。

　　沿河谷继续走，可见一座雄伟的青色花岗岩石山横卧涧底，往前再无可去之路，跨过一小桥到山涧对面山上的观景台，抬头仰望，突见一巨大无比的神钟从天而降，如黄中大吕，威严雄壮，天工造物，让人惊叹不已，这就是可可托海景区内著名的"钟山"了。可惜这神钟太过巨大，山谷地势狭窄，想找合适的地形时间也不够充裕，要拍下整座神钟，取景非常困难，想出大片看来是不太可能的，有团友不免觉得失望，而我依然兴致勃勃，无他，我不为大片而来，没有任务要完成，没有要追求的结果，在我心里，只想享受这山沟沟里的恬静秀美，任我陶醉其中的过程。

其实，人生何尝不是如此，好与坏，只在过程，不在结果。

乌伦古湖海上魔鬼城

从可可托海景区出来，直奔三百多公里外的福海县，赶了好几个小时的路，日近黄昏时我们到了福海境内，附近的乌伦古湖里有个被人们唤作海上魔鬼城的景点，估计司机少去，竟然不知道路在何方。

车子颠簸在茫茫戈壁，偶尔看见一堆堆的黄土坡，前方没有明显的路，车子碾过的痕迹倒有的是，没有路标，不知哪条才算是真正的路。我看着车窗外一望无际的荒漠，还有不时掠过的大片坟地，心里直嘀咕：这个地方倒是鬼魔鬼样的，可怎么可能有海哦！该不是走错方向了吧！幸好Stzp有台iphone 3，具有先进的GPS导航系统，几个人聚在车头摆弄着iphone 3，Stzp充分发挥了他的聪明才智，居然成功将魔鬼城锁定，指挥着司机忽左忽右地调整方向。

时间过去了好久，突然地，前方豁然开朗，一片蔚蓝跳了出来，啊！真是海呀！随着车子的前行，眼前的蔚蓝越来越宽阔，我们在一处陡峭的山坡上跳下车，烟波浩渺的乌伦古湖就这么横亘在我们面前，因为湖岸很陡，我们不能轻易地走到湖边，迎风眺望，只见左右湖岸延绵数公里都是奇特的雅丹地貌，峭壁林立，高高低低，参差错落，各种奇形怪状的山体在夕阳的映照下，厚重地镶嵌了一层瑰丽的金黄，像极了一座浮在水面的宫殿，壮丽宏伟，熠熠生辉。

千万年的风雨侵蚀，使地表刻上了深浅不一的沟壑，脚下的山体，裸露着沙石，寸草不长，可抬眼望去，分明水天相连，一碧万顷，湖边水草丰沛，芦苇萋萋，想必在夏季可见野鸭成群，鹭鸥翱翔吧！发源于阿尔泰山的乌伦古河静静融汇于此，闻说这里是新疆仅次于博斯腾湖的第二大渔业基地，以盛产五道黑、红鱼、鲤鱼、狗鱼等各种珍贵冷水鱼而著称，实不愧为戈壁滩上的"福海"呀！

我惊讶于雄伟奇峻、沧桑厚重的褐色山体与柔美飘逸、冰清透澈的湖水如此巧妙地融合，山水之间交相辉映，相得益彰，难道是因为柔情的水

夕阳下的乌伦古湖海上魔鬼城

有了坚实的依靠，憨厚的山有了细柔的体贴，才让这"戈壁大海"拥有不一样的灵气吗？

天色渐暗，秋风萧瑟，暮草斜阳，使魔鬼城显得格外神奇、静寂和苍凉。不难想象，当最后一抹霞光消失在地平线，魔鬼城的鬼魅，将会黑暗中活灵活现。

如梦如幻禾木村

非常羡慕在禾木还鲜为人知的时候就来过禾木的人。因为尽管2006年通往禾木的道路才开通，但这几年在禾木最美的秋季来这里的人，就已经比羊群还多了。

从福海到禾木需要几个小时的车程，路况并不好，九弯十八曲的样子，路面狭窄，车辆双向会车时，一定要其中一辆停靠安全岛让路才能过去，很多地方的道路下方就是几十米深的山沟，看着都觉玄乎，一周前在进入禾木的路口就有一辆旅游巴翻下了陡峭的山谷，经过出事地点时，居然有人停车拍照，也不知是出自啥心态。

幸好一路上的风景优美，天气非常好，蔚蓝的天空万里无云，明媚的阳光盈满车厢，深秋时节，正好看漫山遍野层林尽染，翠绿的冷杉云杉，金黄的白桦，火红的灌木丛，像极了一幅色彩鲜艳的油画，茂密的白桦林中，偶尔可见蜿蜒的小溪淙淙流过，时而有星星点点的羊群悠闲地在山坡上觅食，其中有三两木屋点缀，团友们纷纷举起手中的相机拍个不停，不时有惊艳的镜头出现，而拍不下的，就只能努力看在眼里了。车辆沿着蜿蜒的盘山公路翻山越岭，过了晌午，翻过一处山头，狭长的山谷底下终于出现了一大片木屋，那该是传说中的禾木村了，或许是一路的美景已经让我审美疲劳，眼睛掠过，并没有发现传说中的惊艳。

禾木村大概就几百户人家，有蒙古族、哈萨克族和图瓦人，以前是以游牧为主，现在估计都从事旅游业了，至少这几个月是。原居民的小木屋

晨曦下的禾木村

在禾木村的白桦林里

几乎全都成了接待游人的小旅馆，前面挂满了各式各样的或大或小的招牌，当中有特意为满足旅客需要而新建的木屋，要不当地人全把房子让出来，自己都住哪去呢。我们下榻的地方叫北园春宾馆，不知道禾木人眼中的宾馆是啥概念，我们看到的就是一溜的小木房子，里面配有小小的洗手间，床铺非常小却不精致，因为是旅游旺季，游人太多，以致很多人找不到住处，为了让我们的司机、导游有地方住，徐领队为分配房间着实头疼了好一阵子。一般的木屋晚上没有热水供应，用电靠小型发电机，据说到了半夜就得停电（我们运气挺好，晚上房间居然有热水供应）。

吃过午饭，安顿好住处，时间尚早，一众人开始分头活动，摄影家们全副武装沿着栈道上禾木村后的观景台，一边走一边取景拍摄，我没有耐性，选择跟小慧一起骑马上去，牵马的是一个大概十三四岁的小男孩，汉语说得并不好，对我的问话只能有一句没一句地回答，但我还是听明白了，他今年上初一，利用放假时间出来赚钱呢。小慧请他吃糖果，他笑眯眯地接过去，腼腆的样子好可爱。听着嘚哒的马蹄声，悠然自得地走过禾木桥，桥下是禾木河，清澈见底的河水潺潺流向远方，河对岸是一大片白桦林，金黄色的落叶洒了满地，充满诗情画意，非常浪漫，心里想这里最适合拍婚纱照啦！

马蹄踏过林中一条小溪，开始沿着崎岖狭窄的山路上山，让我一路都担心会不会马失前蹄。旁边就是栈道，可供不骑马的游人上山。夏天来可以看到山花烂漫，秋天，则可以感受什么叫秋色无边，都说整个喀纳斯景区最美的秋色就在禾木，看来此言不虚，至少你的眼里全是层次分明的色彩。观景台并不高，但山顶却非常宽阔平坦，整座山就像被齐齐削去山尖一样，面对美景难免心旷神怡，意犹未尽，策马在对面山上小跑了一圈才下了马，站定抬眼一望，整个禾木村尽收眼底，这里确实是拍禾木的最佳地段。

耀眼的阳光下，禾木村四周的山坡秋韵浓郁，色彩斑斓，可是尽管景色优美，却依然没有传说中的神韵，知情人说，黄昏和清晨，才是禾木最美的时候。为了等拍日落时的禾木，太阳偏西时，很多人已经侯在平台上，靠近禾木村的一侧，挤满了相机的支架，我估算了一下，好家伙，起码有三四百人，团友们也不甘示弱，早早占好了位置，摆好了架势，长枪短炮只为等着拍夕阳下炊烟袅袅的禾木村。萧瑟的秋风中，斜阳渐渐西下，禾木村的暮色越来越浓，眼看着天色渐暗，村里还是没有任何动静，左等右等，就是不见炊烟四起，我们都调侃说，哎呀，赶紧打电话给我们小安，让他叫房东赶紧生火做饭呀！还磨叽啥呢！可惜村里人不习惯太早做饭，等到第一缕炊烟在村里升起的时候，光线已经太暗了，大家只能悻悻地纷纷收拾家伙，准备第二天清晨再上来拍日出。

我们的晚餐很丰富，吃了一只全羊，有手抓饭、烤羊肉串和热腾腾的羊肉汤，还有一点儿小酒。入夜后天气变得贼冷，因为明天还得早起，只能早早休息。第二天凌晨6点半（有时差，相当于广东的4点半），摸黑爬起来，随便洗了个脸，穿上厚厚的羽绒服出门。门外清辉如水，天似苍穹，缀满璀璨星辰，空气像刚洗过澡一样清新，但非常冷。

还是沿栈道上观景台，跨过禾木桥，河下哗哗的流水声让我迷惑了好一阵子。幸好有月色，路不会太黑，有人拿着手电筒照应着大家，等我们气喘吁吁地爬上山一看，哇，山上早已密密麻麻挤满了人和支架，连找个较好的位置都显困难了，目测一下，比昨天傍晚还多，大概有五六百人吧，场面颇为壮观。

时间尚早，有人干脆把镜头对向人群，有人找不到位置，干脆跑到前面山坡上，也不管背后的人抗议他挡住了镜头，有人横冲直撞争抢位置，不知道撞坏了别人家的镜头他该拿什么赔，心里怀疑"创作激情"和"摄影水平"会成正比么。山上的气温估计也就是一两度的样子，所有人都穿着厚实的羽绒和保暖服，我跟另一个从广州来的游客聊着天，冷得直哆嗦，觉得身上跟没穿羽绒服一样，因此得出一个结论，就是搞摄影的就是一群疯子。饥寒交迫之下，忍不住拉上小慧，跑到后面的小店买康师傅，一口热气腾腾的泡面吃下去顿觉身上暖和了许多，然后觉得这辈子从来就没吃过这么好味道的面条！

天慢慢地放亮了，天边泛起了第一道光，淡淡的晨曦打在小木屋和白桦林上，夹在白桦林中的禾木村因此斑驳起来，山下的禾木河静静地流淌，泛着粼粼波光，当天边染出一片浅浅的玫瑰红时，村里的第一缕晨炊悄然升起，转眼之间，霞光自九霄飞至，跃过东边的山头，穿透云雾，迸射出万丈光芒，明亮却又柔和，给白桦林和小木屋都添上长长的尾巴，渐渐地，更多的小木屋冒出了袅袅炊烟，炊烟融合着晨雾，在白桦林的腰间缠绕，然后慢慢地盈满了整个山谷，飘飘荡荡，久久不散。太阳终于从山后一跃而起，金色的禾木村如同仙境一般美丽，如梦如幻，娴雅而静谧。我总算明白了为什么会有几百号人不远千里把镜头对向晨曦中的禾木，可惜再美的景色，拍得人多了，自然也就烂了。

突然非常羡慕第一个发现禾木的人，嫉妒那些可以静静地独享禾木晨炊的家伙。多想忽视旁边一大堆的人群，多想忽视那一片经久不息的快门声，多想让时间凝固，只让那炊烟缓缓地流动，如同此刻我平缓的心跳。

秋天的童话——白哈巴

因为要经过喀纳斯，去白哈巴得先把自家的旅游大巴"扔"掉，然后转乘喀纳斯景区的区间车。为了方便转换车，我们听从了小安的意见，只带了随身的简便行李。

坐上区间车好久都没见车子开动，原来司机为点人数来回折腾，一问才知道，车子不能有站位，票数跟人数得相等，因为多了两人，司机要搞清楚是咋回事呢。幸好去白哈巴的路程并不远，一个多小时左右，途中经过一片很大的白桦林，区间车居然停靠15分钟让游人下去拍照。跟禾木相比，这片白桦林显得更加绚丽多姿，参天的白桦树尽情地把身姿伸向蓝

北疆白哈巴

天，秋风吹过，洒落一地金黄，走在林中，脚下的落叶轻轻地沙沙作响，下午的阳光从茂密的林梢洒落，金碧通透，有情侣兴奋地摆弄着姿势拍照，脸上洋溢着幸福的笑容，我看在眼里，心里荡过一阵暖流，仿佛此时此刻，已经幸福着他们的幸福，浪漫着他们的浪漫。

过了白桦林不久，我们在一处山头停下来，前面就是那仁夏牧场了。极目远眺，可见茫茫的草原从脚下顺着平缓的山峦一直延伸开去，视野尽头，阿尔泰山终年不化的雪峰在阳光下熠熠生辉，山腰线上，由云杉、冷杉、红松等珍贵树木组成的西伯利亚泰加林，红黄绿参差相间，浓墨重彩，色泽斑斓，泰加林脚下就是莽莽苍苍的草原，零星点缀着三两座白色的毡房，牧羊人正赶着一大群绵羊渐远渐行，这是一幅多么动人心弦的天然画卷！据说这里的夏季山花烂漫，能让人恍若置身花海草浪，呃，如此说来来年夏季还得再来一趟哪！

白哈巴号称"西北第一村"，这里有一个哨所就是老在央视春晚上向全国人民拜年的"西北第一哨"。区间车经过哨所，直达中国与哈萨克斯坦边界的5号界碑。小小的5号界碑对开处，就是美丽的白哈巴河，可以清晰地看见对岸哈萨克斯坦蓝色的1号界碑。右手边上的河谷有一处开阔的河滩，滩上的沙砾居然是白色的，在阳光下熠熠生辉，靠近我国的这边，生长着一大片金灿灿的白桦林，在白色沙砾的映衬下异常炫丽，小安说这片白桦林的形状就是一幅活灵活现的中国地图，我横竖端详了老半天，除了看出河中央的"台湾岛"，硬是再也分辨不出"中国"的东西南北了，小安直嚷着你真笨哪！

此时已日近黄昏，正好可以赶回白哈巴拍暮色中的田园风光。炊烟已经袅袅升起，一行人沉浸在镜头里不能自拔，我更想静静地感受这里的安谧，只随着小安和师傅，沿着村中长长的马路慢慢地走回下榻的地方。感觉白哈巴的村落没禾木大，游人也没禾木多，因此显得更宁静安逸。村里的尖顶木头房子在山谷平地上沿着一条长长稍有坡度的道路分布两侧，到处可见房顶屋旁上堆满了供牛羊过冬的草料，金色的白桦树错落有致地点缀其中。虽然各家各户在房前屋后都圈养牛羊马匹，也有马匹在村里悠闲的嘚哒走过，但村落却显得很整洁干净。我们下榻的地方在道路的尽头，要步行很远很远的路，当我快要累趴下时，小安终于告诉我，到了。

路旁茂密的树林中有一个用木栅栏围起来的小院，里面开阔处有几幢木房子，走进小院，见一小桥，桥下清澈的小溪夹带着片片落叶潺潺流淌而去，小院背靠一面山坡，上面五彩纷呈的树林把整个小院衬托得犹如童话世界一般优美安逸，我禁不住一声惊叹：好一处小桥流水人家！小安找服务员要房间钥匙去了，我坐在木屋前的木板通道上发呆，天色渐暗，团友还没回来，酒店也还没发电，四周显得格外的幽静，默默地看着金色的叶子从白桦树上无声地落下，虽然很累，却感觉从未有过的悠闲和舒坦。用大根原木砌成的木屋很有童话色彩，也很有浪漫情调，更想不到的是，里头的房间布置得非常干净舒服，晚上有电有热水，听小安说这里是村里最好的酒店，难怪这么舒适。店里配有小餐厅，寒冷的夜里邀三两知己在这里喝点儿小酒侃侃大山，感觉应该也挺好。

夜深了，静静听着房后哗哗的流水声，竟然久久没有睡意，或许是舍不得睡去吧。有勤奋的团友凌晨起来冒着星光拍日出去了，我也早起，不

白哈巴风景

过是在院子里看着那几顶驴友的帐篷继续发呆，四周奇静，空气奇清新，恍惚有谁在孤独地唱："我一直在赶路，忘了停下的脚步……我买了地图，以为不会迷失……"

这样的一个清晨，我爱上了这个叫白哈巴的小村庄，虽然我也一直在赶路，但白哈巴让我想在此停下脚步，虽然我也买了地图，却还是在白哈巴迷失了。

真的不想走，真的我想留。

人间天堂——喀纳斯

在那遥远的地方，有一方人间的净土，美丽、富饶而神秘，令世人为之向往，为之留恋，为之动容，这就是人间天堂——喀纳斯。可以说，几乎所有游客的北疆之行，关键词都是喀纳斯，最终目的地，也是喀纳斯。

仿佛千里跋涉，只为在这么一个秋高气爽的日子里，坐上喀纳斯的区间车，听着导游小姐用甜美动人的话语介绍喀纳斯的各个景点，看着车窗外不断变换的绝美风景，享受着懒洋洋地挂在白桦树上的，那一叶一叶的秋阳，然后让你懒洋洋地也想起了什么，啊，在喀纳斯最美的秋天，我想起了徐志摩的《秋阳》，想起了一个老友的笑容，在喀纳斯的秋阳下，我一肚子透明的思想也显得分外的透明，因为我不曾想过要隐瞒此刻我心中的柔情，这柔情如同喀纳斯那柔美的湖水一样澄澈。

如果有足够的时间，我更愿意在湖边长久的流连，看那湖水不断地变换着颜色，5月灰，7月蓝，8月墨绿，然后在深秋的9月，变成一块镶嵌在天之涯的碧玉，围绕它的，是色彩绚丽的火红、金黄、墨绿、深橘，还有湛蓝湛蓝的晴空，飘若游丝的白云，仿佛那万千的妩媚，全在这湖光山色之中，任由那满地的落叶，无端地添上些许凄美，任由那楚楚娇姿，动人心神。可惜我依旧只是一个过客，依旧只是一介凡夫俗子，依旧有太多的时间不允许。

没有坐游船在湖里游弋，没有登上观鱼亭鸟瞰喀纳斯湖，没有漫步浮木长堤，我们只从湖区开始，乘区间车一站一站地往下走。卧龙湾位于喀

北疆喀纳斯

纳斯风景区之首，喀纳斯河的水流到此处忽然变得宽阔而平静，聚成一个小小的湖泊，湖的中间是一个小岛，远看酷似一条的剑龙，尾巴高高翘起静卧在湖中心。秋水静美，湖面五彩的倒影煞是惊艳，湖边悠闲觅食的骏马则是绝妙的点缀。

　　由卧龙湾前行1公里是美轮美奂的月亮湾，喀纳斯河在这里蜿蜒流淌，形成了一个长达4公里长的"之"字形，河湾静谧，酷似一弯碧绿的月牙，据说河水随着一日之间光照角度的不同，可以变换着不同的色彩。最妙的是河湾边上有两个沙洲，像极了两只人的大脚印，听说运气好的话，还能看到五个大脚指头。这两个脚印承载着无数美妙的传说，其中有一说法是当年成吉思汗率军西征在此涉水过河时留下的痕迹，可惜我没有遇见在此地下马匍匐着顶礼膜拜的牧民。Stzp和Wisdom抱着相机在月亮湾流连忘返，不停地转换着镜头，几乎动用了所有的辅助"道具"，幸好有小慧在旁任劳任怨地做助手。我的眼神在月亮湾旁边的一处孤零零的民房上停留了好久，这一人与自然和谐相处的最好标榜让我思疑着那里住的是

北疆喀纳斯月亮湾留影

哪门神仙，旁边有人说神仙都在神仙湾住着呢，我恍然却没大悟，难道是，不是神仙胜似神仙了么！

有团友不怕苦，沿着木板栈道下到河边近距离欣赏月亮湾，再沿河湾前行3公里走到神仙湾。3公里的距离让我望而却步，还是乖乖地跟着赵姐爬上了区间车。喀纳斯河在神仙湾汇集成一片宽阔平缓的水域，河心沙洲又自然分割成若干小沙洲，沙洲上生长着茂密的云杉、白桦、落叶松，倒影成五彩碧波，秋风不经意扫过，那碧波便幽幽地荡漾开去，把一湖水荡成一盘珍珠，熠熠生辉。这犹如仙境一般的地方到底又住着哪门子神仙呢，心里竟然暗生妒意。

过了神仙湾再往外走就是喀纳斯的门户贾登裕了，美景当前奈有名利牵绊，纵有太多的不舍却终要离开。忽然想起曾有人总结：若说罗布泊是个地狱，那么喀纳斯就是天堂。罗布泊是进去了出不来，喀纳斯是进去了不想出来。其实天堂也好，地狱也罢，都不是想进就进，想留就留，想走就走的。要知人生几十年，有苦有甜，有酸有辣，更多的，是一肚子的无奈啊！

斑斓五彩滩　美丽布尔津

从贾登裕出来已经是下午，为拍黄昏下的五彩滩，我们一路追日而去。

五彩滩离布尔津县城很近，不过二十多公里的样子，因为是去白哈巴和喀纳斯的必经之路，这里的游人也特别多，令我惊讶的是可以看到很多爷爷奶奶扛着相机脚架，脖子上挂着一两台单反相机，有的穿着背后印有××摄影网字样的背心，全副武装的样子很让我肃然起敬。

景区门口被开发的痕迹已经明显，乍看之下没什么特别的出彩之处，搞不清楚为什么到处都堆满了大大小小的石头，幸好五彩滩好歹也是国家4A级景区，优美而奇特的景色很快没让我继续疑惑下去。

五彩滩是典型的雅丹地貌，山势有点儿像乌伦古湖的魔鬼城，起伏跌宕、色彩丰富却又苍凉荒芜。悬崖下是平缓而开阔的额尔齐斯河，奇的是，一河之隔的南岸却是另一番天地，河中心平坦的沙洲以及对岸都生长着大片生机勃勃、茂盛繁密的树木，无痕的秋风已把层林染尽，明丽的色彩与五彩滩遥相辉映。

斜阳渐渐西下，可惜云层稍厚，太阳偶尔躲在云隙中透着柔柔的光芒，天边被扯出一抹玫红色的薄纱，五彩滩依旧斑斓，满滩奇形怪状，参差起伏的岩体在夕阳的映照下变换着不同的颜色，鲜艳的褚红，夺目的橙黄，神秘的浅蓝，莫测的淡紫，还有纯净的米白，其中夹带着沧桑的赭石，各种颜色深浅交错，光影斑驳，无论是峭立的山峦，幽深的沟壑，还是阴柔的河水，厚重的树林，都被夕阳镀上一层金灿灿的光环，镜头下，光影虚实之间，是一幅浓墨重彩的油画，诡异瑰丽，如梦如幻。只有大自然才有如此的鬼斧神工，把截然不同的两种地貌巧妙地融合在一起，刚与柔，动与静，一切浑然天成，美得无与伦比。

太阳最终躲到云后去了，大师们难免有点儿失望，据说要是没有云层，夕阳如血，五彩滩的色彩会更耀眼夺目，激情四射，强烈的视觉冲击

色彩斑斓的五彩滩

足以引发心灵的碰撞，奇丽得让人震撼。听罢我微微一笑：这次的遗憾就是下次再来的理由，挺好。

当晚我们下榻布尔津的一家酒店，只一眼，我就爱上了这座美丽的边陲小城。满街俄罗斯风格的建筑让布尔津充满了浓郁的异国情调，却又不失时尚的气息，也难怪，有资料说布尔津早就将城镇建筑造型定位为与喀纳斯自然、人文景观相适应的欧陆风格，看来这里的当政者颇有眼光。美丽的额尔齐斯河静静地从布尔津蜿蜒流过，风景非常优美，最难得的是，城内的街道非常宽畅整洁，绿树成荫，街头巷尾都布满鲜花，很难想象这是位于中国最西北的一座小县城。

团友们希望能好好感受一下小城的民俗风情，提出各自为营去找好吃好玩的。结果安顿下来后，小安把我们都带到位于额尔齐斯河边的布尔津河堤夜市去了。夜市里热闹非凡，各色烧烤、纪念品展销、玉石鉴赏、瓜果、羊毛手套袜子等小摊摆满整个夜市，吃的玩的看的真是啥都有，小安说好不容易来一趟怎能不尝尝这里最出名的冷水鱼呢，我看着那狗鱼直犯嘀咕，小安说姐姐你要是不尝可要后悔哦！于是我们就来了两条烤狗鱼，味道果然好极了！小安在旁坏笑："没骗你吧！"吃好了再好好逛一圈，在小摊上挑了两双羊毛袜子，让小安去讲价，完了我对老板说，"嘿，我帮了买了东西，你怎么不送点儿什么给我们导游呢？"不料老板眨巴着眼睛一本正经地说："好导游是不拿回扣滴！"我倒！小安笑得不行：我本来就是好导游嘛！我还惦记着我的牛肉面，拉着小安、徐总、大雄就走，在黑子热牛肉面馆遇上Stzp他们几个了，真是英雄所见略同，因为这里的牛肉面真是好吃得"无得弹"哦！

迎着清冽的晚风漫步在夜色中的布尔津街头，身旁是几个刚认识的新朋友，虽说萍水相逢，尽是他乡之客，但有缘千里来相会，无缘对面不相逢，可见有缘有份方可成为朋友，一句"有缘人"，感觉真的非常好。

乌尔禾的落日，克拉玛依的朝阳

从喀纳斯回乌鲁木齐，乌尔禾是必经之地，所以乌尔禾魔鬼城也成了一般游人必到的景区之一。早上离开布尔津，到了魔鬼城景区时也不过是中午时分，考虑到只有在黄昏时才可以拍到好片，午饭过后我们先到乌尔

斑斓的五彩滩——美丽布尔津

禾的侏罗纪酒店休息，这酒店的名字特好记，一亿多年前的白垩纪时代，这里可是恐龙故乡，附近还有一个恐龙的主题公园，所以这酒店叫侏罗纪也不足为奇。

一觉睡醒已近黄昏，出门一看发现天变了，好大的风，天边翻着乌云，阴沉沉地像要下雨的样子，呃，这样的天气，有点儿扫兴……刚到景区门口，凄厉的风声就在耳边来回穿梭，如狼嚎虎啸，鬼哭神嚎，我下意识地裹紧身上的冲锋衣惊叫道：不是吧！还没进去就这么恐怖！乌尔禾魔鬼城也叫风城，一年四季狂风不断，最大的风力可以达到12级，正是一年四季强劲无比的西北风把这里的石头山吹成奇形怪状，远远看去有点儿像中世纪的城堡，大大小小，高高低低，垛堞分明。

景区有小列车带游人进入城堡深处，天越发黯淡了，狂风肆虐，飞沙走石，遮天蔽日，所有人都把自己裹得严严实实，只露出一双戴着墨镜的眼睛，心想难道这就是传说中的沙尘暴？小列车静静地往前驶去，讲解员的声音伴着凄厉的风声时断时续，环视四周，只见城堡林立，纵横交

在乌尔禾魔鬼城里拍一张连自己都认不出自己来的留念照

错，整个魔鬼城寸草不生，没有一丁点儿生命的气息，我仿佛置身一个荒凉沧桑的城市废墟，只是这废墟里的建筑显得非常怪诞和神秘，景区别出心裁地——替它们起了名字，有"孔雀迎宾"，"雄狮望月"，"天下粮仓"，"沙滩舰队"，"痴妇盼夫归"等等，栩栩如生但又高深莫测。可惜风沙实在太大，一行人根本不敢把相机拿出来拍，因为那细小的沙子无缝不进，只需一阵功夫，镜头里就全是沙子了。

小列车会在一些景点停下让游人拍照，远处有游人在狂风中走出了很远，我也尾随着走了一段，跑上一座山包，看着天边那乌云正翻滚而来，想象着在月黑风高，夜色惨淡的夜晚，面目狰狞的怪兽龇牙咧嘴，不禁头皮发麻，脊背骨生凉，忽然有点儿担心那走远的游客会不会迷路，一惊之下赶紧溜回车旁，只在《七剑下天山》拍摄地那块牌牌前面摆了一个颇为狼狈的Pose，用傻瓜相机拍了一张最后连自己都认不出自己来的留念照。天上不知什么时候飘起了细雨，真搞不清为什么这里风刮得那么强悍，雨却下得这么温柔。

跟着小列车回到景区门口，一边聊天一边等着天开眼，不多时，就见这边小雨还在下，那天边的乌云却被悄悄地撕开了一个裂缝，露出一小块蔚蓝的天，慢慢地，裂缝越来越大，越来越宽，厚厚的乌云被撕扯成若干小块，夕阳终于从云隙迸发而出，瞬间霞光满天，我不禁脱口而出：呵，西边日出东边雨！会有彩虹的。话口未完，西边的城堡上空忽然就出现了半截彩虹，我惊叫起来：彩虹啊！立马有人拎着脚架朝着彩虹狂奔而去，东边的天还是黑沉沉的，西边的霞光却越发明亮起来，放眼望去，绵延无际的魔鬼城在黯淡的背景下金光熠熠，光影迷离，奇妙无比。难怪说"戈壁的天，小孩的脸"，不过一个多小时的时间，刮风、下雨、彩虹、晚霞一一呈现，让我们着实领教了什么叫"瞬息万变"。真是功夫不负有心人，夕阳下的魔鬼城溢彩流金，最终让一行人满意而归。

乌尔禾是我们此次行程的最后一站，在小安的操持下晚餐非常丰富，想到明晚大家就要各奔东西，团友们不免依依不舍，相互留下联系手机、QQ号码，然后起哄着让大雄回去马上建一个QQ群方便大家联系。徐总高兴，酒不醉人人自醉；何先生高兴，惟妙惟肖地模仿团友的小趣事让大家

乌尔禾魔鬼城

笑声不断；我更高兴，一次旅行让我收获了众多的友谊；其实大家都高兴，因为一顿饭吃出了浓浓的感情，温暖着每一位团友的心。

次日依然起得很早，清冽的寒风让我早就没有了睡意，车子往克拉玛依走，渐渐地发现荒芜的戈壁上开始出现了一片片的树林，朦胧的晨曦中依稀可以看到路旁有俗称"磕头机"的油井在作业，车越往前开油井越多，渐渐地密密麻麻方圆几十公里全是油井，蔚为壮观，这就是克拉玛依著名的百里油田了。天边已经泛着玫红，我们在一处路口停下，在油田边上找到合适的位置，静静地等待着克拉玛依的朝阳喷薄而出。此时此刻，《克拉玛依》的歌声不免在心头响起："这没有草也没有水，连鸟儿也不飞……没有歌声没有鲜花也没有人迹……如今遍野绿树高楼红旗，密密的油井像无边的红地……"这的确是大西北的一块宝地，几十年的开采建设早已把往日的戈壁荒漠变成了一座现代化石油工业新城。

殷虹的旭日如一轮火球腾空而起，我站在一架油井旁，默默地看着眼前一望无际的磕头机在万道霞光中此起彼伏，不紧不慢地磕着头，它是在感谢脚下的这块热土赐予人类丰富的能源吗？还是在感谢那些在峥嵘岁月中为西部建设挥洒着热血和青春的建设者们？当历史的狂潮褪去，总有人会铭记着那激情燃烧的岁月。

离开克拉玛依，眼前不断掠过白花花的棉花田，中午时分我们到达乌市，在大巴扎吃过饭，在小安的陪同下安心痛快地逛够以后，乘晚上的飞机回广州。九天的行程转眼即过，虽说天下没有不散的筵席，但我相信团友们的友情不会因行程的结束而终结。在机场，我手里提着小安送的一篓葡萄，给小安一个实实的熊抱。说实话，在大江南北行走这么多年，还是第一次收到导游的礼物，要知道现在中国导游的日子也不好过，这岂是一个"感动"了得！心里感觉，我收的不是礼物，而是一颗纯洁而善良的心灵。

人生就像一次旅行，大部分人在你身旁走过而不留下任何痕迹，而小安，这个善良朴实的回族小伙子，用行走于世间上最完美的人格，在我人生的旅途上刻下了深深的痕迹，让我终生难忘。

北疆之行，我最大的收获，不是一路绝美的风景，而是真诚的友情。谨把此文献给所有的团友，感谢团友们一路给予的美好回忆，祝团友们永远幸福安康！

西　北　行

宁夏沙湖

《大话西游》，紫霞仙子泛舟于秋水中央，小舟在湖面三五成群花团锦簇的芦苇荡间穿梭，恍若隔世，虚无缥缈……这里是宁夏的沙湖。仲秋时节，跟随紫霞的足迹，我也来到了这秋水之畔，看蒹葭苍苍，白露为霜，所谓伊人，在水一方。

沙湖尽管是国家5A级生态旅游区，但在南方名气不算大，很多人都是来了听导游介绍才知道这里是《大话西游》的取景地之一。沙湖地处宁夏的北部，从银川驱车几十公里便可到达。

沙湖的景色颇为独特，地处沙漠，却又有江南水乡一般的秀丽，一泓面积达20多平方公里的湖水镶嵌在雄浑的沙漠之中，连绵不尽的沙丘与碧波荡漾的湖水相依相融。时值深秋，秋风过处，金黄的芦秆和雪白的芦花随风飘扬，恬静之余，凄凉而华美。

据说这里以前是一个农场，经过几十年的建设才成为宁夏的王牌景点。沙湖的景区很大，一般的游客都会选择坐游船游览湖面。游人很多，我们的团也颇大，等候多时才上了船。游船在散散落落的芦苇荡中飞驰，全无紫霞泛舟般的神秘，却比紫霞更加飘逸，飞舟过处，偶尔有水鸟凌空而起，伴随着几声略显凄厉的叫声，听闻夏季这里有成群的候鸟，可惜现在早已南飞，留下的只有一湾寂寞的秋水泛着寂寞的涟漪。

湖的对岸就是金黄的沙丘，下了船一行人也就走进了沙漠。脚下的沙粒如粉末般细柔，而且非常干净，人在上面很不好走，不少人干脆顺势躺下在沙堆上嬉闹。沙丘画出美妙的线条连绵起伏，骆驼载着游客在沙丘的峰脊上缓缓地行进，逆光处，形成一幅美丽的剪影。

　　沙湖的接待能力很强，供游客娱乐的项目繁多，水上滑梯、水上降落伞、沙漠冲浪、驾车越野、骑骆驼、跑马、滑沙等等，惊险刺激，任君选择，只是这些都不太合我的意。年轻人疯玩去了，我爬上高高的沙丘，举目眺望，蓝天、白云、湖水、大漠、芦苇、飞鸟、远山、蒙古包，还有那看不见的湖里的鱼，和谐的自然景观，雄浑豪放之间不乏温柔秀美。

　　搞不清沙漠中为什么会有这么一个偌大的湖，既然有水，为什么周边还有沙漠？是豪放粗犷的大漠征服不了妖媚秀丽的沙湖，还是沙湖少女般的心不懂大漠汉子内心深处的温柔？也许，正如有人说的，沙湖什么也不是，她是紫霞留在悟空心头上的一颗晶莹的泪珠啊。

宁夏沙湖留影

贺兰山壁画

也许是见惯了岭南终年郁郁葱葱的崇山峻岭，当我来到贺兰山口，仰首凝视着贺兰山巍峨壮观的身影和历尽沧桑的面容时，感受到的，是震撼人心的苍凉以及驾长车、踏破贺兰山缺的悲壮。

贺兰山脉，山势雄伟，像万马奔腾，蒙古语称骏马为"贺兰"，故名贺兰山，它的背面，是内蒙古自治区。贺兰山脸庞上刻满的沧桑千百年来早已成了中国游牧民族的艺术长廊，因为这里有著名的贺兰山岩画。古时候，贺兰山是匈奴、鲜卑、突厥、回鹘、吐蕃、党项等少数民族驻牧游猎、生息繁衍的地方。他们把生产生活的场景凿刻在贺兰山的岩石上，来表现对美好生活的向往与追求，再现了他们当时的审美观、社会习俗和生活情趣。在贺兰山腹地，就有20多处遗存岩画，其中最具有代表性的是贺兰口岩画。

贺兰口大概距离银川几十公里，奇峰高峻，山势险要，峰顶寸草不生，山口景色却显幽雅，很开阔，面对黄河，有泉水沿沟渠潺潺流淌，清澈见底，旁有婆娑轻扬的柳树，在秋色中依旧碧绿如新，沟谷两侧绵延几百米的山岩石壁上有上千幅的岩画，大多都是个体图形，有牛、马、

贺兰山壁画前留影

驴、鹿、鸟、狼等动物图形，更多的是人首的图像，痕迹或深或浅，造型粗犷朴实，构图简单自然。图案丰富形象，但要听导游细细讲解才能明白图画所表达的具体意思，毕竟它记录的是几千年前甚至上万年前远古人类放牧、狩猎、祭祀、争战、娱乐等生活场景，用现代人的眼光来看颇为费解。

数千幅岩画看下来，因为当晚我们就住在银川的太阳神酒店，所以印象最深还是"太阳神"的岩画，它高高地悬挂在贺兰山口南侧一处20多米高的石壁上，工作人员自然不让我们爬上去，但因为天气很好，光线充足，我们还是能清楚地观赏到"太阳神"的尊容："太阳神"圆眼阔鼻，双目炯炯，头部和眼部有射线状的刻符，神武威严，它是远古人类自然崇拜尤其是天体崇拜的见证，景区内的工艺品很多都是以太阳神为题材。引起我们兴趣的还有岩画中的西夏文字，横撇竖捺，方方正正，个个似曾相识，却又一个也认不出来。

毫无疑问，这里堪称珍贵的民族艺术画廊，大大小小不同历史时代的岩画为我们了解和研究古代游牧民族的历史、文化、经济状况、风土人情提供了极为珍贵的文物资料，但我们身在其中，只能感受其纯真、奇异、肃穆的气氛，而中华民族泱泱五千年的文明史，在逝者如斯的历史长河中所积累的博大精深的历史文化资源，只能留给考古学家去细细研究了。

西夏王陵

西夏王陵，位于宁夏境内贺兰山东麓，是我国现存规模最大，地面遗迹保存最完整的帝王陵园之一，早在1988年就被国务院列为全国重点文物保护单位、国家重点风景名胜区，有"东方金字塔"之誉。

背靠贺兰山，面临黄河水，西夏王陵就这么默默地在这个所谓"后有走马岗，前有饮水塘"的上吉之地，矗立了近千年，广袤的荒漠上，那9座硕大的圆锥形黄土堆，早褪尽了华丽的装饰，因曾遭到全面破坏，落泊而荒凉，散落周围的，还有254座陪葬墓。

据史书记载，北宋明道元年（公元1032年）十月，李元昊在兴州（今

在西夏王陵留影

宁夏银川）称帝，并在公元1044年著名的河曲之战中击败了10万精锐辽军，到此时，西夏所控制的领土，"东尽黄河，西界玉门，南接萧关，北控大漠，""方二万余里"，形成了与宋、辽三足鼎立的局面。巨大的胜利使李元昊变得不可一世，暴横淫纵，最后因夺儿之妻而死于儿子宁令哥手上，元昊之子谅祚继承大位，此后西夏王朝在历史上存在了190年，经历10代皇帝。公元1227年，在西夏与蒙古之间的一场血雨腥风中，夏末帝李睍投降蒙古被杀，党项族惨遭灭族，日渐衰微的西夏王朝终于彻底湮没在战火中，只留下西夏王陵寂寞的背影，展示着曾经显赫的历史。如果没有读过史书，不太了解西夏王朝以及李元昊的历史故事，那么可以去看看一些现代影视剧，例如电视剧《西夏王朝》，虽然与正史有点儿出入，但也足以了解个大概。

进景区大门后沿着长长的通道一步步走向王陵，通道的尽头，是占地最大、保存最好的3号陵园，据考，这就是西夏开国皇帝李元昊的墓地，俗称"吴王坟"。党项族的一代英主李元昊，留给后人的，除了承载党项民族辉煌历史的一座王陵，还有黄河上游两岸，由青铜峡至今平罗县境长达200余里被后人称之为"昊王渠"或"李王渠"的水利工程，以及对李元昊加强统一，巩固统治起了巨大作用的西夏文字。陵墓内并没有对外开放，由于是黄土夯造，经过千百年风吹雨打和自然风蚀，王陵外观横看竖看也只是面目沧桑的一堆土冢而已，如果不具备一定的历史知识，对一般游客来说这个景点确实没有什么看头，幸好景区内设有西夏博物馆、西夏史话艺术馆等景点，可供游人了解西夏历史和探究西夏文化的奥秘。

游人很少，夕阳下，暮霭沉沉，远处的贺兰山笼罩在一片朦胧的雾霭中，空旷的戈壁黄沙地上，一簇簇艳丽如火的灌木丛和那一抹淡淡的明霞难掩王陵的落寞。面对着粗犷孤寂的西夏王陵，感悟着历史兴衰的玄机，不禁感慨万千："说什么英雄豪杰天生就，道什么富贵荣华前世修，到头来，尘归尘，土归土，空剩黄土一捧掩风流。"

青铜峡108塔

虽然没来过，但对青铜峡还是略有了解。美丽富饶的宁夏平原中部，牛首、峡口两山对峙，黄河穿青铜峡而过，把银川平原分为南北两部分，两岸山光水色交相辉映，河水宛如一面开阔的铜镜，"青铜峡"由此而得名，这是黄河上游段的最后一个峡口。

从银川市驱车七十余公里，我们到了青铜峡，108塔就在青铜峡对岸紫铜色的西山坡前，要坐冲锋舟横渡黄河才可以到达，穿上救生衣上艇，冲锋舟箭一般疾驰，深秋时节，江风清劲，在河面宽阔，水深流急的黄河上飞舟激浪，感觉非常爽。

108塔随着山势建在一排排被人工铲削成阶梯式的山崖上，排列有序，极为规则，塔群坐西朝东，背山面水，排列方法是从上到下按奇数排列成一个三角形的塔阵。最上面的第一座塔最大，余下的都是小塔。没有考证出塔群确切的始建年代，据称可能是元代的建筑，但也有说法是建于西夏时期，它是中国古塔建筑中仅见的大型塔群。塔群周围没有其他建筑，兀自矗立在光秃秃的山崖上，感觉有点儿怪异。白色的塔身全部由砖砌成，是喇嘛式的实心塔，也就是塔里头什么也没有，倒是塔群顶部有一小庙，可供游人参拜。

在宁夏青铜峡108塔前留影

　　究竟这塔是何人为何而建，众说纷纭，较权威的说法是，108是佛教中惯用的数字，佛教认为人生有烦恼与苦难108种，为消除这些烦恼与苦难，规定惯珠要108颗，念佛要108遍，敲钟要108声……所以，108塔应该是那些捐资造塔的"功德主"为消除人生的烦恼与灾难而特意建造的，也有人认为，是"功德主"为尊仰《金刚顶经毗卢遮那一百〇八尊法身契印》而造，甚至还有人说，108塔是穆桂英的"点将台"、"天门阵"，无论怎样说，似乎都与佛家惯用108这个数相关。而来这里游览的人们，只要拜了塔，就可以消除烦恼，带来吉祥和好运。

　　站在塔群的顶端，极目远眺九曲黄河穿峡而过，感受滚滚黄河水在苍茫中奔腾而去的气势，一番感叹之余，有朋友问，你有108种烦恼么？我答，烦恼总是有的吧，只是哪有108种那么多？人的一生，若能远离贪嗔恨痴而无惭无愧不嫉妒，再多的烦恼，也不过是瞬间的心情罢了。

沙 坡 头

以前并没有留意过宁夏中卫，但这里的沙坡头，是让游人感到很好玩的一个景点。这是我第一次见到的真正沙漠，自然很兴奋，进了景区后办过必要的手续，套上鞋套，蒙上丝巾，全副武装迫不及待地就投入沙海去啦！身边几个年轻人开心得只差没在沙里头打滚了。

沙坡头地处腾格里沙漠东南边缘，是草原与荒漠的交汇地带，古老的黄河经南面缓缓流过。因为包兰铁路在要穿越坡度最大，风沙最猛烈的沙坡头沙漠，为了避免路轨被沙埋住，从20世纪50年代起，人们在铁路两旁营造防风固沙工程。通过几十年的努力，铁路两旁像网一样的草方格里长满了沙生植物，金色的沙海，翠绿的植被，平缓宽阔的黄河，构成沙坡头颇为奇特的景色。

骑上骆驼到腾格里沙漠深处感受沙漠风情也让来自南方的游客感到

沙坡头沙漠留影

非常新奇和快乐，天气很晴朗，蔚蓝的天空像刚出浴一般干净，骆驼载着游客，一只接着一只，不紧不慢，整齐地排着长队，静静地向沙漠深处走去，清脆悦耳的驼铃声让人神思悠远。坐在驼峰上一颠一簸，感觉蛮舒服，让我疑惑这样走上一段路程是不是会晕晕地然后睡着，低头看着骆驼的脚蹄踏着沙丘窄窄的脊梁一步步地走，很是担心可爱的骆驼会不会一脚踏空就把我一把扔到深深的沙丘底下去了，又想就算摔下去了但有厚厚细细的黄沙垫着，应该也不会太疼吧，奇怪的是骆驼依旧只看着前方，稳稳地一步步没有丝毫的差错。

下了骆驼，只见黄沙浩渺，沙山悬若飞瀑，坡削如立，乘上越野车到沙海冲浪，在绵延起伏的沙丘上驰骋，感觉有点儿像坐过山车一样，非常惊险刺激，随越野车到沙漠深处，艰难地爬上高高的沙丘眺望，北面是浩瀚无垠、黄沙莽莽的腾格里沙漠，南面是一片郁郁葱葱的沙漠绿洲，远处是奔流不息的黄河，虽然缺少一轮西沉的落日，但仍然让人不免想到王维"大漠孤烟直，长河落日圆"的千古绝唱。

如果有兴趣，游人还可以去滑沙，人从陡峭的沙坡向下滑时，沙坡会发出一种嗡嗡的轰鸣声，犹如金钟长鸣，悠扬洪亮，所以有沙坡鸣钟之誉，也可以在景区内乘古老的羊皮筏，渡过滔滔黄河，更可以坐上索道，凌空跨越黄河。沙坡头的确很好玩，难怪在2004年10月被中国电视艺术家协会旅游电视委员会、全国电视旅游节目协作会、中央电视台评为"中国十大好玩的地方"之一。

因为冷空气的到来，起风了，沙尘滚滚之间，看看那一株株屹立在沙漠中枝叶茂盛的红柳，不禁敬佩它们顽强的生命力，更深深地为在这在这片粗犷的沙地上辛勤耕耘的人们所折服，正是他们几代人艰辛的劳动，奇迹般地让绿色植被掩盖了大漠孤烟，尽管还不能彻底阻止土地的沙漠化，但毕竟已经创造了人进沙退，大漠变绿洲的奇迹。倘若晚唐边塞诗人李益到了沙坡头，不知还会不会感叹："眼见风来沙旋移，经年不省草生时？"

塔 尔 寺

尽管不信佛，却感觉今年跟藏传佛教很有缘分，刚从西藏朝拜回来不久，又有机会到了青海的塔尔寺，要知道塔尔寺是我国藏传佛教格鲁派六大寺院之一，是藏传佛教格鲁派（也就是黄教）寺院，全称衮本绛巴林，意为十万金身慈氏州（我看着有点儿犯晕，没开窍的感觉），是格鲁派即黄教创始人宗喀巴（一世达赖和一世班禅的老师）的诞生地。

塔尔寺的所在地青海省湟中县离西宁市很近，只走25公里就可以到达。寺院很大，整座建筑分布在莲花山的一沟两面山坡上，殿宇高低错落，交相辉映，建筑风格颇具一格，但要论气势自然是不如布达拉宫的。

关于塔尔寺传说，说的是宗喀巴大师诞生以后，从剪脐带滴血的地方长出一株白旃檀树（据说就是菩提树），树上十万片叶子，每片上自燃

青海塔尔寺

显现出一尊狮子吼佛像（释迦牟尼身像的一种），"十万金身"的名称即源于此。后来宗喀巴去西藏求佛学，6年后，他母亲盼儿心切，让人捎去一束白发和一封信，要宗喀巴回家一晤。宗喀巴接信后，为学佛教而决意不返，但给母亲和姐姐各捎去自画像和狮子吼佛像一幅，并写信说："若能在我出生的地点用十万狮子吼佛像和菩提树（指宗喀巴出生处的那株白旃檀树）为胎藏修建一座佛塔，就如与我见面一样。"第二年，他母亲在信徒们的支持下建塔，取名"莲聚塔"，此后慢慢形成寺院。后来塔尔寺迅速发展，规模越来越大，成为藏传佛教格鲁派蜚声国内外的六大寺院之一，据说最盛时这里有僧侣三千六百多人，到解放初期尚有1983人。

塔尔寺没有真正意义上的大门，沿着一条缓缓上升的小路前行，就可以进入塔尔寺的范围内，里面的管理看来也不怎么严，甚至还有汽车在行驶，幸好游人不多。一张电子门票可以游览好几个殿堂，可以随意走动，有人在寺内悄悄拍照也没人制止。塔尔寺文物很丰富，特别是寺里的绘画、堆绣、酥油花，被称为"艺术三绝"，驰名中外，确实值得去细细欣赏，但因为内容多与佛教历史故事有关，一般人也只能走马观花罢了。主殿大金瓦寺前有几棵不甚挺拔的树，导游说这就是菩提树，是寺内佛塔里那棵菩提树的分枝，据说那棵被佛塔包裹着的菩提树现在还存活着，若是，也真让人称奇。有信徒在五体投地磕长头，有父亲正教三四岁的小女儿向着佛像磕头，有游人听信导游的话语，很虔诚地摸一摸这几棵树，或拣几片树叶回去，说那便是佛光照耀，将获得无限幸福。

"菩提本无树，明镜亦非台。本来无一物，何处惹尘埃？"在象征着宗喀巴大师金身的菩提树下，难免会想起六祖慧能这首禅诗，可惜我没能有醍醐灌顶的顿悟，还在疑惑，幸福是什么？是几片佛光照耀的菩提树叶么？胸中若没有佛心，纵然把满树的菩提树叶带回家，纵然把长头磕破，难道就能把幸福留下吗？

顿悟，想必不只开窍那么简单，而是人生的最高境界吧！要不芸芸众生，为什么就没几个人能顿悟成佛呢！

青 海 湖

本来想没能在七八月份油菜花盛开的时节到青海湖，应该是很遗憾的事情，想不到的是，深秋的青海湖，一样轻易地撩动了我的心弦。

从西宁到青海湖，有两百多公里的路程。秋已深，刚巧遇上一场冷空气，气温已接近0℃，把所带的衣服都穿上了，仍然觉得非常冷。昨天刚下过一场雪，一路上，映入眼帘的是皑皑的雪峰和黄土高坡上白茫茫的积雪，秋天的荒凉让道路两旁泛黄的草原更有天苍苍，野茫茫，风吹草低见牛羊的意境。西北的公路修得很平直，直直地通向坡顶的天尽头，很有天路的感觉，因安全问题，车辆限速，尽管路上车辆稀少，司机还是不急不慢地把车速稳稳地控制在80码左右，显得非常有耐性。不由心想，若能自驾一辆越野车，一路开来，信马由缰，该有多爽！

途中要经过日月山。据说当年文成公主肩负着艰巨的历史使命，远嫁

青海湖边留影

吐蕃赞普松赞干布，当她行至唐朝与吐蕃的分界线日月山时，毅然把能看到家乡的日月宝镜裂为两半，宝镜的两半，就分别化为现在的日山和月山了。今日的日月山，貌不惊人，倒是玛尼堆上飘扬的经幡在寒风中显得异常美丽。

过了日月山不久，天路尽头，慢慢地淡出了一抹蓝，渐渐地那一抹蓝变成了一条湛蓝的丝带，最后变成了一面湛蓝的宝镜，周边镶嵌着白雪皑皑的山峰，还有金黄色的收割后的油菜田和黄土地，青海湖美丽的倩影就这么以惊艳的姿态映入了我们的眼帘。

青海湖是我国最大的内陆湖泊，也是我国最大的咸水湖，面积达四千多平方公里，海拔3260多米。唐诗里的青海湖，苦寒而杀伐连年，因为位处寒冷的征戍之地，昆仑山吹来的寒风没能吹淡浓浓的血腥、"青海长云暗雪山，孤城遥望玉门关。黄沙百战穿金甲，不破楼兰终不还"、"君不见，古来白骨无人收"。而今日的青海湖，已经是令人向往的游览胜地，辽阔、明媚、恬静、雄伟，如梦幻般的天堂，使无数游人为之倾倒。深秋时节，虽然没有黄灿灿成片成片的油菜花衬托，但气势雄伟连绵起伏的雪山更让秀美的青海湖简单而冷艳，超然于尘世之外。

迎着萧瑟的寒风，迫不及待地奔向那片辽阔而深邃的蓝，坐上游船，投入海的怀抱。这哪里是湖，分明就是海啊！抬眼远望，烟波万顷，海天一色，无边无际的湛蓝，纯净而简洁。都说天是什么颜色，海就是什么颜色，此刻海子的颜色，就像西北的天空，蔚蓝澄澈，蓝得让你忘却喧嚣与浮躁，蓝得让你思绪飞扬，蓝得让人心疼，无端端地触动你的心事而黯然神伤……

可惜我脚步匆匆地，来不及前往著名的鸟岛去看信天翁自由自在地在湖面上翱翔，来不及跟着绕湖的藏民用双脚去丈量海的深情，来不及到海的尽头寻找我丢失的魂灵。带着满怀的不舍和深深的眷恋，我走了，尽管无法割舍，尽管心有不甘，尽管一定要踏上归途重返尘嚣，但我知道，我一定会回来的，美极而忧伤的青海湖！

少 林 寺

如果没有电影《少林寺》的问世，位于河南登封的嵩山少林寺以及其"十三棍僧救唐王"的故事，想必不会如此名震中外。

少林寺有"天下第一名刹"之誉，建于北魏太和二十年（公元496年）。山门的正门是一座面阔三间的单檐歇山顶建筑，坐落在2米高的砖台上，左右两边配以硬山式侧门和八字墙，整体配置高低相衬，十分气派。门额上有清康熙皇帝亲笔所提"少林寺"三个大字，顿显身价倍增。以前要进这山门可不是件容易的事，而现在的少林寺，山门大开，只要有人民币就可以进去了！

因为全国各地的大小寺庙去过不少，觉得里头的天王殿、大雄宝殿等结构以及所供奉的释迦牟尼、阿弥陀佛、十八罗汉都大同小异，所以也就不太感兴趣。碰巧的是遇到寺里的和尚集会，几百个和尚双手合十，列队鱼贯而出，到西禅房（看样子是用来接待宾客的堂室）前，分几行站定，末几，一群黄衫和尚簇拥一人出来，定眼一看，此人正是少林寺主持释永信（那时候的释永信还远不及日后出名），一时令游人注目。

据说能见上永信大师也不太容易，导游说她经常带团来，一次没见着，我第一次来倒见着了，该是我有佛缘了。寺里游人如织，熙熙攘攘，虽然只离不到一丈的距离，但仍然听不清楚永信大师跟他的子弟们说些什么，有点儿不太明白这里的出家人在如此嘈杂的环境下是怎么静心修炼的。

少林寺西面不远处，就是国内现存的最大塔林。这些古塔是历代少林寺高僧的墓塔，大概有二百三十余座，造型典雅，石雕艺术精美，塔铭大多涉及古代中外文化交流和少林武功的资料。据说以前这里是佛门禁地，不小心误闯进来的话，说不好会惹杀身之祸，而如今也同样热闹如同街市一般，虽说有不少注意事项，但仍有人不太顾忌。不知道长眠塔底的高僧们若果泉下有知，会不会气得七窍生烟。

受到大环境的影响，中国寺庙这些清静之地几乎无一例外地卷入了市场的运作之中，而地方政府也往往把它作为经济品牌使用。表面上看起来，嵩山上下一片兴旺，各种冠以"少林"之名的武校林立，其中少不了释小龙开办的。少林武僧还走上了舞台，远赴海外进行表演。只是，少林和尚难分真假，少林功夫难分高低，少林商标，已泛滥成灾……

不禁感慨：少林寺——佛门不再清静。

少林寺留影

龙门石窟的维纳斯之美

到洛阳龙门石窟，要先过龙门。龙门是一个风景秀丽的地方，这里有东、西两座青山对峙，伊水缓缓北流。远远望去，犹如一座天然门阙，所以古称"伊阙"。

龙门石窟分布于伊水两岸的崖壁上，南北延绵1公里，始凿于北魏年间，先后营造了400多年，至今已有1500多年的历史。现存窟龛有2300多个，雕像10万余尊，是我国古代雕刻艺术的典范之作，与大同云冈石窟、敦煌千佛洞石窟齐名。

龙门石窟最大的佛像高达17.14米，而最小的仅有2厘米。无论是北魏的还是唐代的雕像，都造型别致，构图美妙，个个婀娜多姿，形象逼真。令人感到遗憾和气愤的是，绝大多数雕像都已经残缺不全，有的没有脸面，有的没有手指头，有的只有半个身，就连万佛洞中的1500多尊寸高小佛，都很难找出几个完整无缺的，细看之下，很明显是被人为破坏掉的。经介绍得知，这是战乱时期，被外国侵略者盗凿而造成的，很多被盗卖的佛像现置于美国纽约及其他国家博物馆中。

万幸的是，奉先寺中据说是仿照武则天雕塑的卢舍那佛，因为造型巨大不便于盗凿而得以保存完整。印象最深的是一尊观音菩萨雕像，左手拎着玉净瓶，右手把拂尘轻轻地搭在右肩上，胯部柔柔地向右侧着，造型丰满，曲线优美，仪态婀娜，尽显观音菩萨温柔妩媚的一面，特别是这尊雕像的上半部分脸被深深地砍掉了，让人惋惜之余，反而觉得她具有维纳斯的残缺之美，起码能在美的层次上得到提升。

　　一直都说文化遗产是民族的灵魂，是民族文化的载体，但愿这残缺之美，能让人们深深地记住中华民族珍贵的文化遗产所遭受过的侵害，能让人们在"发思古之幽情，兴不朽之大志"之余，自觉地提高保护文化遗产的意识，好好守护我们的精神家园。

龙门石窟留影

壮哉，秦俑！

据说每年春节，临潼百姓都贴同一副对联"翻身不忘共产党，致富全靠秦始皇"，横批是"感谢老杨"（老杨是当初打井时发现秦俑的农民），让人听了不禁哈哈一笑。的确，秦始皇兵马俑博物馆建成开放以来，迎接了数以千万计的中外宾客，为临潼人民创造了无数的就业机会和财富收入，临潼人民感谢老杨，当然不足为奇。

关于秦俑，最先源于张艺谋一部演绎跨越千年爱情绝唱的《古今大战秦俑情》。今亲临秦俑坑，近距离参观气势磅礴的秦俑群，更被其"大、多、精、美"所深深征服。

大，首先是俑坑场面大，3座兵马俑坑布置在近2万平方米的大地上，非常直观地再现了秦国军队兵强马壮的宏伟场面；其次是陶俑形体高大，平均身高1.8米，以现代人的眼光看，个个都是标准身材；多，是指数量多，三个坑可出土近8000件陶俑、陶马，这在世界雕塑史上可谓独秀一枝；精，是因为每件陶俑大到身体结构，小到头发、眉毛，甚至于手掌心的掌纹，都精雕细刻、一丝不苟；美，是指这些秦俑帅气，中间有高大魁梧、气宇不凡的将军，有威武刚毅、身经百战的武官，更有神情各异、生动传神的士兵，可谓千人千面，互不雷同，喜怒哀乐各式表情栩栩如生，完全是当年秦军将士的真实写照，据说仔细观看，你还能在其中发现一些酷似当今明星的面孔来。秦始皇如此残暴，让人不禁生疑这些秦俑该不是像电影里说的用真人作模具生生刻烙出来的吧？

秦始皇兵马俑博物馆前留影

　　秦俑坑以它多方面的杰出成就震惊了全世界，而令我最为惊讶的是那驾两千多年前按照真车马二分之一的比例制作的四驾青铜马车，四匹身材匀称的骏马拉着一辆精致的单辕双轮马车，车上立一圆伞，伞上有荷叶花纹，车伞的方向和高度都可以调节，其中运用的技术竟然是现代人家家户户所用的防盗门应用技术，马车的门窗都可以开合，还具备透视功能，就跟我们现在用的铝合金门窗一模一样。"天子所御驾六，余皆驾四"，也就是说，这还不是秦始皇御用马车。

　　现代工业的应用技术，我们的祖先们两千多年就运用自如了，在感叹古代人民的智慧之余，不禁想问，为什么祖先们精湛的技艺没有流传下来，现代人反倒要从国外引进技术呢？唯一的解释是，中国人历有"教会徒弟，饿死师傅"之忧，故师傅们在传授技艺的同时都留有一手，一人留一手，十人留十手，结果什么都没留下。

　　嗟乎哀哉！这算不算是中国人的悲哀？

山东印象

泰　山

　　到过的名川大山也不算少，但都不如泰山久负盛名。本来在旅游的淡季游泰山是件很惬意的事，可惜时间由不得自己说了算，在短短三两小时内游历泰山，于我看来简直是暴殄天物，痛惜之余却又无可奈何。

　　泰山东临波澜壮阔的大海，西靠源远流长的黄河，凌驾于齐鲁大地。几千年来，成为历代帝王封禅祭天的神山，随着帝王封禅，泰山被神化，使之享有"五岳之首"的称号，一直是东方政治、经济、文化的中心，并以深厚的文化内涵成为东方文明伟大而庄重的象征。

　　很想从岱庙开始拾级而上，经岱宗坊、一天门、红门、中天门、升仙坊至南天门，一路走去，刚好领略泰山松柏森森的优美景色，还有那悬于峭壁之间著名的十八盘的险峻，但想从这长达10公里的山路登上南天门，至少要花上五六个小时，跟大多数行色匆匆的游人一样，我们选择从桃花源坐索道，花半个小时直达南天门。天色虽说很晴朗，但山上的雾气却很重，著名的天街没有熙攘的人群，一侧的悬崖下雾色苍茫，未感泰山之威，倒觉得天街名副其实。沿天街前行，见一庙，据说这是全世界三千多个孔子庙中最高的一座孔子庙。

　　南天门下面就是泰山有名的十八盘了。到了泰山却没有登过十八盘，好像有点说儿不过去，心有不甘，忍不住从南天门前的石阶蹬蹬往下跑了几十级，站在下面仰头遥望，只见山路狭陡，石阶攀升，南天门的牌匾高高悬挂在陡峭的石阶上头，双侧悬壁夹峙，仿佛天门自开！心里除了惊叹还是惊叹：怪不得都说进了南天门就是步入"天界"啦。

顶着几乎能把人刮跑的犀利寒风登上玉皇顶，1545米的海拔其实并不算高，只因为泰山突起于华北平原，凌驾于齐鲁丘陵，相对高差达1300米，非常具有视觉效果，显得格外高大，很有通天拔地之势。本想站在巍峨挺拔，气势磅礴的泰山之巅凭高远眺，想必一番"登泰山而小天下"的豪迈之情会油然而生，不料泰山脚下的齐鲁大地云雾缭绕，雾起烟落，浓厚的云层填满谷壑，白茫茫连绵不断犹如汪洋大海，白云深处的山峦若隐若现，云雾飘过，仿置身仙境，寒风疾来，衣袂起伏，翩然欲仙，好像飞身一跃就可以驾云而去。

断不能像孔子一般登上瞻鲁台远瞻鲁都曲阜了，但却又有"俯首无齐鲁，东瞻海似杯"的意境，如此美景，本来最适合站在悬崖边，望云海，神飞扬，临北风，思浩荡，只是那彻骨凛冽的寒风由不得你如此潇洒，冻

泰山留影

僵的双手连拍照都不利索了，一行人瑟瑟发抖只能赶紧下山。

泰山的景点多如牛毛，但最吸引我的是遍布山中、数不胜数的摩崖碑碣，到处可见石碑座座，字字珠玑，篇篇经典。因为泰山是中国历史上唯一受过皇帝封禅的名山，历代名人宗师对泰山仰慕至极，纷纷到此一游，同时留下无数吟咏题刻和碑记，历代赞颂泰山的诗词、歌赋多达一千余首，泰山本身就是一本厚重的历史书，一个东方历史文化缩影。

听说游泰山要看四个奇观：泰山日出、云海玉盘、晚霞夕照、黄河金带。我们一个也没看到，遗憾吗，也许，如此走马观花，除了留下印象，还有就只能是遗憾了。

曲　阜

走在曲阜旧城的街上，真有点儿恍如隔世的感觉，不单单是古朴那么简单。古色古香的楼房，镶嵌着时尚专卖店的橱窗，不觉意间可以在普通老百姓家门口的两旁看见极有文化内涵的楹联。这就是孔子的故乡，一个孔姓人家占总人口五分之一之多的已经有五千年历史的县级城市。

"千年礼乐归东鲁，万古衣冠拜素王"，曲阜因孔子而名闻天下，据《史纪》记载，这里还是神农故都、黄帝诞生地、商殷故国、周汉鲁都、孟子诞生地。如今慕名而来的游客，一张门票在手，就可以游遍曲阜儒教最有代表性的三孔建筑物——孔府、孔庙、孔林。

金声玉振坊是孔庙第一道门坊，走过后面的泮水桥就到了孔庙的大门——棂星门，之后是专为保存封建皇帝御制石碑而建的十三碑亭，人们更习惯称为"御碑亭"。十三碑亭北面，有并列的五道门，居中的一座就是大成门，进了门就是大成殿。大成殿前的甬道正中是杏坛，是专为纪念孔子办学设教而建造的纪念物，上有乾隆《杏坛赞》御碑，前有桧树一株，相传为孔子手栽，也就是先师手植桧。大成殿是孔庙的主要建筑，同时也是曲阜最高的建筑，据说因为讲究风水，曲阜别的建筑都不可以高于大成殿。

在孔庙逛了一圈，其他人都被孔庙里头的孔氏后人缠住了，困在众多

孔庙留影

字画店里不能分身，而我则流连于孔庙幽静宁和的小巷里，还有那一棵棵历尽沧桑的参天古柏间，感慨万千。

孔府就在孔庙隔壁，全称读来有点儿拗口，叫作袭封衍圣公府，是孔子嫡系长孙历代衍圣公的官衙住宅，也就是说只有孔子嫡系长子长孙才可以在这里居住。声名显赫的孔府，如今也免不了破落残旧，唯有厚重的历史和丰富的文化积淀依然令人肃然起敬。一直很好奇，要是孔子的第77代嫡系长子孔德成没去台湾，要是其后代婚后第一胎生的不是男孩，在实行计划生育的中国大陆，是不是会特许他生第二胎？甚至一直让他生个长孙出来？呵呵，估计是可以的，现在的明星们不就是很好的例子么？

孔林其实就是孔子家族的专用墓地，也是世界上延时最久、规模最大、保存最完整的一处氏族墓葬群。孔林内古树参天，环境优美，只是到处可见的坟冢难免让人悚然，听说凡是孔家后人，都有资格在这里安葬，即便今日，这一风俗仍然延续，林内可以见到不少新坟，不过听说要交钱才可以，至于到底要交多少，说法不一，这也算是孔氏后人的特权吧？

　　孔子是世界上最伟大的哲学家之一，在两千多年漫长的历史长河中，儒家文化逐渐成为中国的正统文化，并影响到东亚和东南亚各国，孔子家族成为历朝历代统治者册封的显赫之家，孔子故居，历经七十多代完整地保留至今，成为一个很好的自然博物馆，成为孔氏家族的一部编年史，这一切，作为中国儒家学派创始人的孔子，应该并没有料到吧！

青　岛

　　青岛的名气很大，也因此有点儿吸引力。听说青岛最出名的是海滨、美女和啤酒，可以想象，看美女只能在夏天来，这让人想起闻一多的一句话"到夏季来，青岛几乎是天堂了"。虽然错过了天堂的季节，但安静的青岛，如同冬季的海，别有一番韵味。

　　如果说青岛新城区现代派的写字楼，宽阔的柏油路，大理石的街边广场，海边幽静的堤岸，堤岸上的小草坪和雕塑，无一不展现着时尚的风姿，散发出现代的气息，那么青岛的老城区，给人就是浪漫的感觉。导游

青岛留影

是青岛本地人，他说青岛人永远都没有方向感，因为老城区的街道没有一条是正正直直的，而是左左右右交叉着，青岛人给外地人指路，只会说前后左右，而不会说东南西北。

老城区街道很干净，但路很窄，坡很多，因此几乎看不到有人骑自行车。途径八大关，路边的法国梧桐落尽了叶，萧疏的梧桐后面半透的墙，围着深深浅浅的庭院，院内是一栋栋西式小楼，精巧、独特、整洁、靓丽，间中见有荒芜的，显得神秘莫测，似乎应藏着一个不老的传说。都说青山、碧海、红瓦、绿树八个字是对青岛很好的概括，虽说不是夏季，青山绿树打了折，但从高处看，错落有致的白墙红瓦隐没在层次分明的树木里，让我想起了德国的海德堡，只不过冬季的萧瑟，让青岛显得更宁静娴美。若是有足够的时间，邀一两知己，沿着高低起伏的小马路穿行于此，也许非常惬意。

天气很冷，海风凛冽，栈桥边，海鸥仍自由地翱翔着，冬季的海，蔚蓝之间蒙着一层薄薄的海雾，站在游轮上凭栏远眺，可见青岛形如弯月，一边是高楼林立的现代化建筑，一边是山岩耸秀，白塔玉立的秀美琴岛，栈桥似长虹卧波，回澜阁熠熠生辉……有人说，青岛的精彩，在于海与城市的结合，山、海与城市的和谐组合，便就是青色的岛。我说青岛的精彩，在于她的耐品，如同青岛的啤酒，清爽而甘醇，令你回味无穷。

残阳如血，黄昏下的青岛，笼上一层玫瑰色的轻纱，宁静的青岛奥林匹克帆船中心，瑰丽的海湾，看得我如痴如醉。我见到的，肯定不是最美的青岛，青岛也肯定不适合如此行色匆匆，走马观花，但我只用短短两天时间，就明白了，错过了夏季，不等于就错过了天堂。

蓬　莱

都说蓬莱是仙境，神仙居住的地方自然令人向往，去走了一趟，虽说没见着八仙的影子，却也做了半日神仙，不得不留下一字半墨。

《山海经》和《封禅书》把蓬莱、方丈、瀛洲三座神山描绘得活灵活现，引得齐威王、燕昭王纷纷派人到海中寻求神山，秦始皇、汉武帝更亲自东巡求药、御驾访仙，因为蓬莱城北的海面常出现海市蜃楼，虚无缥缈，变幻莫测，人们便以海市的虚幻神奇，演绎出海上三神山的传说，惟妙惟肖地描绘出一个令世人向往的神仙世界，后来八仙过海的故事也加盟其间，蓬莱自然而然就被称为"人间仙境"了。

午饭前到达蓬莱，吃饭的酒楼就在海边，饭只吃了半饱，就急匆匆地直奔海边去了。正是隆冬季节，天气晴好，寒风凛冽，海堤下的沙滩非常平坦，抬眼眺望，宽阔的海洋轻雾弥漫，海天一色，淼淼无际。天气非常冷，与海如此亲近却不能投入海的怀抱，未免有点儿可惜，很想沿着沙滩踏浪而去，不过凛冽的海风让人不得不带着遗憾离开。

到蓬莱自然要到蓬莱阁，经过八仙过海的群雕塑，进入的是"人间蓬莱"坊，额题"人间蓬莱"四个鎏金大字，据说为苏东坡手迹，导游说此牌楼为仙境之门，游人入门即可做神仙了。

拾级而上，直上蓬莱阁。记得《老残游记》是这样描写蓬莱阁的："这阁造得画栋飞云，珠帘掩雨，十分壮丽。西面看城中人户，烟雨万

蓬莱仙境前留影

家；东面看海上波涛，峥嵘千里。"临风凭栏四顾，因为海雾弥漫，看不见烟雨万家和长山列岛倩影，倒是眼前这烟波浩渺的海让人心旷神怡，虽说没有惊涛拍岸的气势，但海浪轻盈地在海面上划出层层优美的白色弧线，轻波荡漾，大有超尘脱俗的韵味。找了一个朝阳面海的廊柱倚着留个影，以证明也曾做过半日神仙，不是说"眼前沧海难为水，身到蓬莱即是仙"吗？如此说来，蓬莱不就是满街都是神仙咯！

弥陀寺、龙王宫、天后宫、三清殿、吕祖殿一路游来，在苏公祠、观澜亭流连良久，曾用作拍摄电视连续剧《红楼梦》中探春远嫁场景的蓬莱水城土城墙也让人浮想联翩，最后走到白云宫门，相传这里是七仙女下凡的地方，在《天仙配》中，七仙女有一句唱词："我家本住蓬莱村"，想来七仙女住的蓬莱村，必然是九天凌霄中的仙宫了，所以，出了这白云宫门，就算又回到了凡间。我们按照导游所教的做法，哈哈大笑三声，三步跨过白云宫的大门，回头无比深情地看看蓬莱仙境，真有点儿恍如隔世的感觉。

及至回过神来，想想仙境也罢，天堂也好，免不了都有数不尽的清规戒律，尤其是动什么千万不能动感情，但缺少爱情的地方又算得上什么好地方？仙女也思凡，皆因都晓得"得成比目何辞死，顾作鸳鸯不羡仙"呀！看来这神仙，不做也罢！

内蒙古印记

五 当 召

曾在好多年前的一个冬季去过内蒙古，但印象模糊，唯一较为深刻的记忆，是包头附近孤零零的五当召以及它周围光秃秃、一毛不拔的群山上，那几棵稀稀拉拉的苍松翠柏。

旧地重游，感觉通往大山深处的道路比往年好走了许多，因为是在夏季，连绵起伏的群山虽称不上凝绿滴翠，倒也显得郁郁葱葱。见惯了秀丽的青山绿水，南方人总会被北方大山的巍峨沧桑、粗砺犷悍所震慑。都说一方水土养一方人，不同的山水，养就了南方人灵秀细腻的性格和北方人率真豪爽的品性。

一直感觉跟藏传佛教非常有缘分，已经去过所有信奉藏传佛教的地域，五当召素有东方"小布达拉宫"之美称，它与西藏的布达拉宫、青海的塔尔寺和甘肃的抗卜楞寺齐名，是我国喇嘛教的四大名寺之一，这其中就只有甘肃的抗卜楞寺齐名还未曾踏足了。

过了一个富有宗教特色的牌坊，远远瞧见大青山深处的五当召并不似当年那样寒酸破落，现已颇具规模，也小有点儿气势（原谅我到过布达拉宫，感觉只有布达拉宫才可以称得上规模庞大，气势恢宏）。蒙古语中五当是"柳树"的意思，召有"庙宇"之意，时轮大殿前一丛丛的柳树长势茂盛，可见称为"有柳树的庙宇"倒是名副其实的。跟多年以前相比，现

在五当召前留影

在的五当召无疑给我耳目一新的感觉，蓝天白云下，周围群山上的松柏苍劲而翠绿，那时候只有一两间殿堂供游人参观，现在已发展到一票游览10处殿堂，殿堂内外都修葺一新，游人不少，香客也挺多，只是喇嘛们有点儿颓。记得当年全召只有一个女讲解员，现在倒随处可见穿了蒙古服饰的美女导游，可见旅游也是一个宝贵的资源，一段历史一段见证，经过策划包装就可以成为旅游精品，成为当地一种富民产业。

无心听女导游的讲解，只留意到召内供奉的只有班禅没有达赖，据说是达赖的辈分太低，上不了殿堂，呵呵。还知道五当召的活佛共转世七代，最末一代活佛于1955年病故。此后五当召一直没有条件请回活佛，直到几年前才重新请了一位年幼的活佛，如今正在外地求学。

在庙宇前面的"苏古沁独宫"停留最久（无法记得这名字，只好从网上搜得），殿内是僧众集会和诵经的场所，每年七月二十四日到八月初一，在这里举行"嘛呢"的法会盛况空前，法会期间五当召和其他寺院近百名喇嘛，不停地诵经7天7夜，数以千计的喇嘛教信徒从各地赶来参加法会，表示对佛的虔诚。

面对第十世班禅大师额尔德尼慈祥的笑容，我无法不虔诚。我虔诚地跨过每一道门槛，希望我们每个人都能跨过所有困顿，跨过所有的挫折，跨过自己的人生，塑造全新的自我。此为佛意，更为内心深处，那无尽的祝福。

鄂尔多斯草原

早就知道内蒙古的草原要数呼伦贝尔的最美，但我等千里迢迢直奔内蒙古，还有一个重要原因，就是看望在鄂尔多斯附近工作的内蒙古朋友，因此只能选择鄂尔多斯草原。

离开包头市区，向南，跨越黄河大桥，可怜那黄河的水哪，还不如家乡的绥江水丰沛。上次来内蒙古，因气候原因与草原无缘，虽说没与草原有过约定，相思的情也不屑诉说，但确也为草原牵魂，渴望依偎在草原的

鄂尔多斯草原夕阳下快乐的团友

怀抱，欣赏风吹绿草遍地花的草原美景。导游说我们是贵人，因为前一天刚下了一场雨，今又晴了，蓝蓝的天上白云飘，让人心情愉悦。沿途一片片葱绿的玉米地和橙黄的向日葵从眼前飞掠而过，带着美好的憧憬，我们看到了草原的影子。

远远看去，鄂尔多斯草原一望无际，蓝天绿草间，点缀着白色的羊群、驰骋的骏马，还有蓝色的蒙古包。也许只有我一个人难掩内心的失望，鄂尔多斯大草原属半荒漠草原，全年降水量只有可怜的几十到几百毫米，抬眼眺望，敕勒川，阴山下，天似穹庐，笼罩四野，天依旧苍苍，野依然茫茫，却再也看不见风吹草低见牛羊的壮丽景色了，脚下的草稀稀拉拉再也腾不起碧浪，广袤的草原上鲜有野花的影子，沙化得令人触目惊心，我惊呼，再过十年，这里还有草原么！

与所有旅游景点一样，所谓的蒙古民族风情也被商业化得厉害，客人的下马酒还有喝完，迎接客人的姑娘小伙就一哄散了，或许赶着接下一批客人吧。天气好得让人有点儿受不了，只是南方人对草原上的骏马情有独钟，牛仔帽大墨镜全副武装顶着烈日骑着骏马，都想一展骏马飞驰在辽阔草原上的英姿豪气，结果充其量也就只能在广阔的草原上溜达了半天。

花两千元可以品尝到地道的烤全羊，还可以过一把王爷瘾，留个纪念也未尝不可。意外的惊喜是草原上的落日美艳动人，看夕阳燃烧的余晖把本来湛蓝的天空染成一片瑰丽的红，那一瞬间迸发的美丽，让你在刹那间绽放出璀璨而激越的心情。

夕阳悄悄地淡去最后一抹彩霞，一轮明月悄然挂在黛蓝的天空上。晚上住的蒙古包和篝火晚会一样雷人，所幸的是，草原的夜，美得让人不知所措，或许应该像在梦中一样，躺在草原的怀抱里数星星，晒月亮，但事实上那草硬得不近人情。晚风轻送，可惜送来的不是悠扬的琴声，而是狼嚎般的K歌声。撇开人群，独自走向草原深处，月亮不知何时多了一个清晰的月晕，尘嚣的声音，渐渐淹没在静谧的夜空，有昆虫在草丛中寂寞地鸣叫，清辉飘逸，漫出些许浪漫，些许心事，些许伤感。漫无边际的旷野，漫无边际的夜色，有人在草原深处对着朗月大声呼唤，或许是心上人的名字，不知月亮可会听见。

次日凌晨4点多，带着幸存的一丝激情，披星戴月等看草原上的日出。曾在自家阳台看过无数次日落、旭日东升的美景，却已成遥远的记忆。天色已泛白，天似穹庐的结果是你竟然要费些时间去判断草原上的东西南北，晨风微寒，舒适怡人，天际中灰色的浮云中露出一抹淡淡的红，让一行人总算找到了东。静静地看着那抹红如金色波涛，从草原尽头将整片云层慢慢地染将开去，色彩越来越深、范围越来越大，最终殷红如血，霞飞满天，把远处觅食的骏马塑成美丽的剪影，让人恍惚置身瑰色的仙境。

因迟迟不见太阳跃出地平线，为了追寻鲜艳的"火球"跃出地平线的一刹那辉煌，有人直奔高处而去。我安静地侯在原处，因为太阳终归会挣脱云霞的缠绕，在哪里都可以沐浴它那万丈光芒。我更喜欢轻披霓裳的朝阳，热情而不失温柔，惊艳而略带羞涩，宛如婀娜多姿的天仙，犹如娇娆多情的少女，让人在寂静的黎明，看到了希望，看到了生机，看到了大自然无穷无尽的魅力。

成吉思汗陵

友情永远是一种最纯洁高尚、最朴素平凡的感情，同时也是最动人、最实在的情感。在游览成吉思汗陵园之前，我们终于见到了久违的朋友，这让我们的旅途倍添精彩。

中国人对成吉思汗的丰功伟绩耳熟能详，尽管铁木真是蒙古族人，却是整个中华民族为之骄傲的一代天骄。蒙古盛行密葬的风俗，因此成吉思汗死后究竟葬于何处，至今仍是未解之谜，这个位于鄂尔多斯市东南面伊金霍洛旗（内蒙古的地名非常难记，幸好当地人也把它简称为伊旗）成吉思汗陵寝，实际上只有与他相关的一些实物。

进大门后有一偌大的广场，中央矗立着成吉思汗的巨大铜像，挽弓骑马，威风凛凛。再爬上99级石阶，到了成陵的祭祀大殿，三座蒙古式的大殿和与之相连的廊房。整个景点的建筑物看起来年份都不长，没有一点儿历史的味道。走马观花转了半圈，印象最深的是成吉思汗灵前的长明灯。

成吉思汗陵

据说成吉思汗死后一共有500户最忠实最勇敢的亲军（具体部族不详）以及后人为成吉思汗守灵，现在国家一共给守灵人30个名额，以公务员待遇继续为其守灵，而且必须是守灵人的后代才有资格去守灵。守灵人的职责是在每月举行祭祀仪式、打扫陵园和点长明灯，用酥油点燃的长明灯从成吉思汗死后开始一直点到了今天已经七百多年了，从来没有熄灭过。我对守灵人的忠诚致与最真诚的敬意，同时也好奇当代30位守灵人是否真的享受公务员待遇，若果当地公务员的待遇很有些吸引力的话，同属守灵人的后代，是不是要竞争上岗？

　　景区内蒙古历史文化博物馆的正面墙上，有一副巨大的亚欧版图，这是大蒙古国至元朝时期的疆域版图，包括中国本土以及横跨亚欧的四大汗国，这无疑是最能体现铁木真大汗在历史上的丰功伟绩而且很让中国人骄傲的中国历史上最大的疆域版图。讲解员说这图制好后一时没敢正式亮相（顾及国际影响），用布帘拉上了，后来还是一位德高望重的国家领导人的一句话，才让它光明正大地展现在游人面前。

　　大殿的南面是蒙古大军出征前的祭天场所，用汉白玉栏杆围建而成，中间立着高高的旗幡，四周围着13支用81匹战马的鬃毛装饰的长矛。同游的内蒙朋友说，带我们的女讲解员只会送我们到祭坛下，不会踏上祭坛一步，因为这里是不允许蒙古族的女人涉足的，果然那女孩子在坛下止了步，那虔诚的态度让我们一行人不得不按她的吩咐，怀着敬畏的心情顺时针绕着祭坛转了一圈。

在景区内一个专供游人许愿的敖包转圈时，我想，不同的民族都有不同的宗教信仰，无论是祈求今生或来世，都有一个共同的愿望，就是让世界充满爱，让世界变得更加美好吧！

库布其沙漠

晚上在鄂尔多斯市吃饭时，外面下起了小雨，在广东司空见惯的雨在这也算是稀罕的东西，物以稀为贵嘛。没想到的是，第二天一早出发到响沙湾的时候，雨还在淅淅沥沥地下，一个多小时后到了响沙湾，雨还是没停，没有阳光，天气骤冷，好多人只穿了短袖衣衫，一时凉爽得很。在沙

沙坡头沙漠留影

漠遭遇细雨朦胧，感觉奇妙之余让人文思喷涌，家里的帅哥说，"嘿，听说我们要到沙漠，连老天都感动得哭了。"

响沙湾位于库布其沙漠内，据闻天晴无雨、沙砾干燥时，人从沙丘的顶部往下滑，沙子会发出飞机轰鸣般嗡嗡声。响沙湾也因此而得名，据说还有许多美丽的传说。如此说来，我们是无缘听到那奇妙的声音了。景区门口与景点之间隔了一条没有水的河沟，因为下着雨，倒难得有雨水如潺潺溪流从沟底流淌，绕过沟底的几顶蒙古包，没来得及流向远方就又断了。虽说距离很近，而且貌似可以穿沟底步行而过，但游人却要花钱坐最简陋的缆车爬上沙丘。有人在坐缆车时得意忘形，脚上的拖鞋掉了一只，惊叫一声换来管理员一句："自己下去捡呗！"旁人笑抽了。

不少人为了御寒，除了绑上防沙袜子还穿上了雨衣，这一装扮在沙漠里显得很滑稽，导游小姐还说，这样的天气好啊，不用担心被太阳烤熟咯。骑着骆驼慢悠悠地走，细雨霏霏，凉风习习，感觉却没去年在腾格尔沙漠时的好，因为沙砾是湿的，自然没有被风雕琢成的细细波纹，找不到沙海的感觉。第一次千里迢迢到沙漠来的人却没能感受到沙漠的热情，未免觉得非常失落，我倒是例外，无意中窥视到沙漠温情脉脉的一面，也是一个意外惊喜。从近百米高的沙丘上一滑而下，虽然没有伴随着沙子的轰鸣，但也开心得很。

乘坐越野车翻越沙丘还是挺好玩的，越野车在一众人的惊叫声中呼啸而去，可惜那沙丘的坡度不够陡峭，觉得不够过瘾不够刺激。天开了，太阳露出了温柔的脸，途中有沙漠高尔夫练习场，毫不客气地报销了大家不少银两，因为一杆下去，没有把球打飞总让人感觉不爽且没面子，结果是一人好几杆，打到众人喝彩为止。

半天的时间很快就过，回到宾馆时惊觉脸上火辣辣地疼，摘下墨镜一照镜子，差点儿没晕过去，脸上明显的一双熊猫眼，两额通红。想了半天没明白，青藏高原和黄土高坡炽热的艳阳也没能把我怎么样，为什么一不小心就被沙漠里温柔的太阳花晒伤咯？难道这太阳，也像那爱情一样，越温柔越有杀伤力？

鄂尔多斯印象

全国人民知道鄂尔多斯，是因为它的羊绒衫实在了得，广告做得好，知名度着实高。心里纳闷以前来内蒙古怎么没听说过这个城市，到了以后才知道这里也叫东胜，或许是鄂尔多斯羊绒衫出名以后才改回的名字，市政府则在东胜外一个叫康巴什的地方。

历史上的鄂尔多斯，曾经是一个水草丰美、"风吹草低见牛羊"的富庶之地，后来因自然气候的变迁、战乱、放垦等原因，使这里的生态环境遭受严重破坏，直到2000年，全市植被覆盖率仍不足30%。据说这里十年前还是内蒙古最贫困的地区之一（难怪我没听说过），但后来发现丰富的煤矿资源使这块土地一跃成为内蒙古最富裕的地区。从网上查阅资料得知，鄂尔多斯自然资源富集，拥有各类矿藏五十多种，其中煤炭预测总储量7630亿吨，已探明储量1496亿吨，占全国的六分之一。天然气探明储量八千多亿立方米，占全国的三分之一，全国最大的世界级整装气田——苏里格气田位于境内。得天独厚的资源优势使鄂尔多斯市与呼和浩特市、包头市一并成为内蒙古自治区经济发展最为活跃的"金三角"。

这里是内蒙古的"小香港"，因为有钱这里人口不超两百万，财政收入却达到一百多亿元（2009年所查数据），据查两年前该市人均GDP就已经过1万美元，超过北京市，这里的城市建设显得大气且很有品位，宽阔笔直的马路，明亮新潮的路灯，高楼林立，随处可见在建的工程使这座新兴城市充满活力（若干年后这里因房地产过度开发成为全国有名的鬼城，这是后话），听朋友说市政府所在地康巴什比这里更漂亮更气派。很多居民因为煤矿开发而得到动辄百万的赔偿金，家境丰厚，同时也让这里的消费水平比呼市和包头高出很多，在这里消费什么都贵，没有十几万的年薪在这里过日子都觉得手头紧巴巴的，刚开始我们还半信半疑，因为这里不是广东，是内蒙古，但很快我们就发现这里满街都是奥迪A6，宾馆的服务员还有点儿趾高气扬（想必很有优越感吧），足以证明朋友所言非虚。

朋友公司的总部就在市里，晚上在宝山蒙餐馆宴请我们，餐馆显得很高档，门外停靠着好些名车，旁边那叫和园的住宅小区以及对面的中学环境都非常优美，而位于餐馆前面的区政府更是气派非凡，这都显示出鄂尔多斯市强大的经济实力。蒙古餐非常美味，独具特色的手抓羊肉，纯净醇香的马奶酒，还有浓香的风干牛肉，可惜好些名字都不好记，吃过就忘。好几年没见的朋友如今相聚在一起，彼此间已经不能单纯用开心两字来形容，推杯换盏之间传来了悠扬的歌声：

金杯银杯斟满酒，

双手举过头。

炒米奶茶手扒肉，

今天喝个够。

朋友朋友请你尝尝，

这酒醇正，这酒绵厚。

让我们心心相印，

友情长久，

在这富饶的草原上共度春秋。

可是，再醇再浓的马奶酒也不及朋友的深情厚谊，真正的朋友才是生活的美酒啊！鄂尔多斯，永远留在了我们的记忆里，不因它的富饶，只因那醇醇的朋友情。

内蒙古博物馆

在呼和浩特住了两个晚上，跟上回一样，没有特别的感觉。只有一座规模庞大、造型独特、充满时代气息的建筑物引起了我的注意，一问之下才知道那是新建成不久的内蒙古博物院，看到我们都非常感兴趣，在我们离开内蒙古之前，导游特意安排我们前往博物院参观。

内蒙古博物院以前在市中心的时候还叫内蒙古博物馆，2007年在新址建成后才称内蒙古博物院，目前是西北地区乃至全国最大的博物院。准确地说，这座位于呼市东面的建筑物，是内蒙古博物院与乌兰恰特大剧院的合体工程，主体面积达5万多平方米，是内蒙古自治区成立60周年的献礼工程。

令我们惊喜的是，这里不仅免费向社会开放，还是一个非常值得一去的地方。第一感觉是这里非常大，没有一两天时间估计没法一一参观完。博物院里由陈列展厅区、文物库房区、观众服务区、业务科研区和多功能厅等部分组成，里面宽敞明亮，设备先进，造型新颖，令人叹为观止，大饱眼福。

博物院里面的《内蒙古古生物化石陈列》《内蒙古历史文物陈列》《内蒙古民族文物陈列》《内蒙古革命文物陈列》四个基本陈列，集中展示了内蒙古自治区丰富的古生物化石、现代生物和富有草原游牧民族特色的历史文化和历史发展进程，"草原文化"的主题思想贯穿其中。

博物院的第一层有《远古世界》《高原壮阔》《地下宝藏》《飞天神舟》四个基本陈列介绍恐龙等古生物化石、现代生物、矿产和航天事业的发展，其中在展厅中央的巨大的恐龙化石吸引了所有人的眼球，让人恍惚置身于遥远而神秘的远古时代，遨游于史前生物王国之中；第二层有《草原雄风》《草原天骄》《草原风情》《草原烽火》等陈列展示草原文化从古代到现代的发展演变；第三层有《草原日出》《风云骑士》《草原服饰》《苍穹旋律》等专题，展现草原的精彩文化。

让我最感兴趣的，莫过于博物院内那些满脸稚气、活泼可爱的小讲解员了，这些小讲解员全部由中小学生组成，最大的16岁，最小的只有5岁半。为我们讲解的是一个10岁的小男孩，刚准备上二年级，聪明活泼，口齿伶俐，神情专注地为我们讲解了《飞天神舟》展厅的全部内容，表达清晰而专业，让我们佩服得不得了。中途在一个展柜前遇到另一个年纪更小的男孩正在讲解，可能是嫌我们这个讲解员妨碍他说了，气呼呼地把这男孩硬拉在一边去，那可爱的神情让一众大人忍俊不禁。

没有任务的孩子会恢复活泼好动的性格，在展厅内嘻哈玩乐，这时就会有大一点儿的孩子出来管，让他们安静点儿。我私下里找了一个大男孩，问他是不是带队的老师，他羞涩地说不是呢，他也是义务讲解员，刚初中毕业，因为年纪大点儿，所以负责管小点儿的孩子。我问他孩子好带不？他红着脸不好意思地看看靠在他怀里的吵着要什么一个小不点说，好顽皮的啊，这不，才撵走一个呢，又来了一个，呵呵！那窘迫的神情把我惹得也笑个不停，可不是吗，他自己也是个孩子嘛。大男孩还告诉我，每年呼市都会举行讲解员比赛，得到一定名次就能成为博物院里的义务讲解员，其他父母也可以缴纳一定的管理费把孩子送来锻炼，现在院内每个展厅里都有固定的小讲解员，每到寒暑假和节假日，孩子们就会自动上岗，成为博物院里一道亮丽的风景线，给游人留下一个深刻的印象。

因为要赶飞机，时间有限，我们只能走马观花匆匆逛了一圈，虽然感到非常遗憾，但内蒙古博物院丰富的藏品，独有的民族特色和可爱的小讲解员都给我们留下了深刻而美好的印象，都十分庆幸没错过这个好地方，同时，一个经济不算十分发达的城市，舍得斥巨资修建国内一流的博物院，也让我们对呼和浩特市肃然起敬，另眼相看。内蒙古博物院，无疑是内蒙古自治区社会发展水平和文明程度大大提高的一个重要标志和极具品味的城市名片。

粤东宝地——河源

　　一直觉得，踏青春游是很让人心旷神怡的活动，所以尽管对省内的旅游景点兴趣不大，但在一个春日融融的周末，听到众姐妹要到粤东河源春游，还是兴高采烈地积极参与。3月下旬，岭南的百花早已开过，一路上映入眼帘的，更多是层层叠叠、深深浅浅的绿，偶尔有未开尽的紫红的粉红的雪白的毛杜鹃点缀其中，煞是耀眼。

　　河源离广州不过两小时左右的车程，半天就能到达，市区附近的阿

广东河源野趣沟留影

婆庙（供奉妈祖）包装味太浓，香火也不旺，可以忽略，午饭后直奔河源最负盛名的万绿湖风景区。万绿湖其实就是以前的新丰江水库，据说整个湖最长处达140公里，最宽处12公里，最深处有116米，湖区共有370平方公里的浩渺碧水，1100平方公里的延绵青山，360多个绿色岛屿。这些数据让万绿湖显得颇为壮美，传说这里的湖水可与高原湖泊堪比，洁净、清澈、明亮、秀美，足以让人无限向往。

可惜因今春降雨不充沛，我们见到的万绿湖，水位足足比平常下降了一两米，所有绿色的岛屿下方都露出了一圈赤裸裸的红土，着实让人觉得大煞风景，想到我国西南地区正遭遇百年一遇的干旱，而本来是水资源丰富的广东，也明显地降水不足，真让人担忧不已。那湖水虽绿，但几十条来往穿梭的机械船，还有那泛起的水泡也让人怀疑这水是否真的如宣传资料中说的，水质纯美，洁净、无污染，达国家一类地表水标准，可直接饮用等等。虽说万绿湖不如想象中美，但毕竟环湖皆山，湖中多岛屿，远近参差，错落有致，景色还是相当幽静，据说河源正是《镜花缘》中被贬凡间的百花仙子的降生地，当日的湖区烟雾迷茫，还真有点儿"镜花水月之梦境"的境界，泛舟其中，倒也十分惬意。

万绿湖周边众多的岛屿是最值得一游的去处，野趣沟是其中之一。沿着一条溪流逆流而上，沟内到处都是怪石奇树，野竹古藤，山泉滴翠，古树如盖，绿荫覆地。尤其是那湍急而清澈见底的溪流很让我兴奋，以至于得意忘形之间我的一副墨镜一下子就掉进了溪流里，一行人费了好大的劲才弄了上来。虽告诫自己不要再做类似危险的事情，但一路上沟幽、水秀、树奇、石怪，几乎每个水潭和大石，都被冠以耐人寻味的名称，像"野鸭湖"、"狐狸坳"、"野浴潭"、"清心潭"什么的，置身如此美景中想淑女是不可能的事，更惭愧的是，我不但没在"清心潭"好好念一回"清心普善咒"清心一番，还为贪图一张艳照不幸在"花心潭"失足了，捞了一靴子的溪水，众姐妹笑歪了身，哈哈笑曰该不是今年要走桃花运了吧，幸好没在"湿身池"湿身，要不就成桃花劫了！

野趣沟自然充满野趣，沿沟都有保养很好的攀爬器械，钢丝绳索、梅花桩、独木桥、天梯等——横跨溪上，有些地方还颇为惊险，最让游人喜欢的是一路上有很多的秋千和吊床，走累了，可以躺在吊床上休憩，春日里暖洋洋的阳光从沟顶繁枝茂叶的间隙柔柔地洒下来，长长地吸一口盈满氧负离子的新鲜空气，万千烦恼随之抛于脑后。溪尽头，一条几十米的瀑布从山隙间狂泻而下，这就是响水坪瀑布，瀑布下一泓碧绿的潭水清澈透明，悠悠转了一圈后直奔下游而去。呃，此处可久留，最好提一壶万绿湖水酿制的客家娘酒，三两知己，尽一杯，歌一阕，好乘醉踏碎满沟横斜疏影。

附近还有一个景点叫苏家围，据说是苏东坡后裔的聚居地，心里思想着苏轼当年为什么把后裔留在广东了，或许留下的是他的姜和孩子，太多了带不走？苏轼好竹，"可使食无肉，不可使居无竹"，认为"无肉令人瘦，无竹令人俗"，难怪苏家周边到处都是浓密的翠竹林，苍翠葱郁，林中小径幽深静谧，一路沿着东江两岸延伸开去，微风吹过，竹涛阵阵，碧波涟漪，令人心旷神怡。

疯了一天，晚上去泡"龙门温泉"是个不错的选择。春天的气温刚刚好，不冷不热，可以在偌大的温泉区里轮着泡，中国区、日本区、欧洲区、硫黄池、美酒池、舒筋活络池、中药池、玉泉池，居然还有咖啡池，十多个温泉任你泡。虽缺天生丽质，更无侍儿相扶，但"春寒赐浴华清池，温泉水滑洗凝脂"的杨贵妃也不过如此啊，真可谓"天留一勺温馨水，洗尽人间万古愁"是也。

河源两日，悠闲而随意，虽赏过无数美景，但仍感觉河源别有风采，想来世界本如此，迂回流转，不必刻意远游寻觅，美景就在身旁，只因心常在，则景常在也。

感受高铁

周五，在广州南站登上北上的列车"和谐号"，终点衡阳西。

或许因为票价不菲，上车时没有拥挤的人潮和鼎沸的喧哗。车厢内很整洁，座位也舒适，有点儿像飞机的机舱。听说坐高铁有"追风的感觉"，我不由盯着电子屏幕上显示的列车速度，70公里/小时、98公里/小时、210公里/小时……348公里/小时，这已经相当于波音飞机的起飞速度，列车风驰电掣，却非常平稳，人在车厢内并没有传说中"追风的感觉"。

不过是帮邻座的大姐调好了座椅，她就不停地请我吃糖果瓜子，聊了几句，知道她是和村里的人一块出来旅游的，想想素不相识的两个人，萍水相逢之间，若都能放下所谓的戒备，一路分享着彼此的快乐，感觉也挺好。

一直都喜欢在路上的感觉，并不在乎终点在哪里，只为欣赏那沿途的风景。列车在湖广交界的丘陵中穿越，青山，翠岭，山塘，隧道，农舍、田野……车窗外一闪而过的风景，以秒的速度在变换着，不变的，是万里丽日蓝天和夏收夏种的农忙景象，金灿灿的水稻，绿油油的秧苗，在田间劳作挥汗如雨的人们，在田头嬉戏的小儿，构成一幅幅生动美妙的图画，在我眼前一一掠过……我无法想象那些劳碌的身影背后不同的或喜或悲或平凡的故事，但知道只有乡间肥沃的土地才能承载起他们厚重的情感。青黄相间的田野深处，到处火光闪烁，禾烟袅袅，轻盈、飘逸，如我的思绪，随风飘荡在连绵起伏的丘陵间……让人欣慰的是，沿途的农舍大多都是两三层的楼房，来往穿梭的收割机、小型犁田机随处可见，可见这里的农民都能安居乐业，生产生活条件也不错。

列车从广州南到衡阳西站只需不到两个小时，只是停靠的时间只有短短的几分钟，下车的人们显得有点儿匆忙，行李多的难免手忙脚乱。下了车厢刚刚站定，旁边有一趟列车呼啸而过，转瞬即逝，众人不禁惊呼，哇，那个快啊！这才感受到啥是"追风"！难怪旁边有工作人员不停地把下了车的乘客赶出黄线外，真的一个不小心就会被过往列车掀起的狂风刮倒哦！

舒适便捷票价贵，是人们对高铁的普遍评价，当然也有人说高铁是对"中国速度"情有独钟孜孜以求的最好诠释，而我只想到，或许有更多的爱情，从此能轻松跨越天堑江河，崇山峻岭；更好奇，这高铁若能提速提速再提速，直至超越光速，是否就能穿越时光隧道，回到唐朝。

南岳独秀

据说国人祝寿时最常说的"福如东海，寿比南山"的"南山"，就是五岳中的南岳衡山。单凭这"意头"就不错，看来顶着烈日上一趟南山，多少还是能沾点儿福气的。

因气候原因，五岳中唯南岳终年翠绿，本来嘛，南方的山哪有不绿的，就是石头山，也能在石缝里蹦出树来。衡山有七十二群峰，南起"雁阵惊寒，声断衡阳之浦"（唐 王勃《滕王阁序》）的衡阳回雁峰，北止"停车坐爱枫林晚，霜叶红于二月花"（唐杜牧《山行》）的岳麓山，重峦叠嶂，气势磅礴而不失飘逸。清人魏源在《衡岳吟》中说："恒山如行，岱山如坐，华山如立，嵩山如卧，唯有南岳独如飞。"南岳如飞，或许就是指衡山的逶迤飘逸吧！但这"如飞"，想必寻常人难以感受到，而衡山的秀，倒是有目共睹的。

我们从南岳古镇上衡山。古镇边的驾鹤峰上有一个万寿大鼎，确实大，高9.9米，喻九九归一；重56吨，喻56个民族团结奋进；上铸有上万个不同字体的"寿"字，喻中华万寿，故名"万寿鼎"。穿过大鼎，后面就是号称"江南第一庙"、"南国故宫"的南岳大庙。同行中有好几个湖南人，老家就在附近，都说此庙颇为灵验，家里的老人每年都会来上香祈福，所以这里终年香火鼎盛。南岳大庙很大，九进、四重院落，佛祖早留在心中，没有兴趣一一游览，倒是那红墙黄瓦，森森翠柏和参天古树，让我流连了好一阵子。

本来在大暑天气进山是最惬意的事，你看那幽谷深处，绿树掩映，郁郁葱葱，一阵山风掠过，精神为之一爽，多好的一个避暑之处！可惜我们只能选择坐车上山，节省时间并免劳顿之苦的代价是，被迫错过一路优美的风景，还有那"遵道而行，但到半途需努力；会心不远，欲登绝顶莫辞劳"的深切感受。幸好车只到"南天门"，我们还可以从这里徒步上衡山的祝融绝顶。一路走来，让我惊喜不已的是，沿途漫山遍野开满了黄灿灿的野花，在湛蓝的天空下显得格外明艳耀眼，置身花海之中，一身的倦怠随着那一缕夹带着浅淡花香的山风，一扫而空。

都说没有水的山不青，没有水的山缺灵气，据说衡山脚下有"水帘洞"，飞瀑如泻，帘影高悬，宋人毕田有咏水帘洞诗一首，专道其妙处："洞门千尺挂飞流，玉碎珠联冷喷秋；古今不知谁卷得，绿萝为带月为钩。"可见其景致非一般可形容，遗憾无缘一睹其风采，但也总觉得少了些什么，老半天才发现这一路经过的山涧很多都是干涸的，好不容易在半途见一小小泉眼，掬一捧洗了把脸，还不甚清澈，断然不敢喝，百思不得

南岳独秀——衡山

其解。

祝融绝顶上有祝融蓼，原名老生殿，不大，一进两间，建在巨石之上，花岗石砌墙，殿顶铺以铁瓦，多为宋朝所铸，至今仍光洁不锈。西边有望月台，迎风凭栏，极目远眺，只见群峰罗列，如障如屏，人间万千景象，尽收眼底。美景当前自然神思飞扬，想着无云的夜晚，在此赏月，清朗的黎明，在此观日，都应有一番美景。唐韩愈也有诗云："祝融万丈拔地起，欲见不见轻烟里。"只是，这其中的妙处，岂能于走马观花之间领会！

忽然很羡慕古人，那时候因为交通不方便，好不容易到一个地方，总得待上一些时日再走，短则一年半载，长则三五年，长途跋涉之间，无奈留滞之余，反而能细细欣赏一路的风景，名山胜川，纵意游肆，如此一来，自然诗兴大发、留下千古名篇。

于我看来，现代人心浮气躁，爱以"高铁"速度走马观花，就南岳也好，北海也罢，皆暴殄天物是也。

楚汉名城——长沙

或许该在深秋时节来长沙，不为别的，只为站在橘子洲头，极目楚天舒，"看万山红遍，层林尽染；漫江碧透，百舸争流"，好好领略领略伟人的风采。

可惜我站在橘子洲头时，烈日当空，汗流浃背，想说这里令人心旷神怡，那是骗你的，想说不由诗情大发，那是骗自己的。这种天气，"到中流击水"倒是不错的，可惜没有伟人那个魄力呀！看来做人做事都得适合时宜。

三伏天，长沙市民可以到这里消夏纳凉，有月的夜晚，这里也是情侣谈情说爱的绝佳之处，而外地游客这个时候来橘子洲，只适合坐上电瓶车绕岛"游车行"，兜兜风，在橘子洲头毛泽东词碑上读读《沁园春·长沙》，然后在风华正茂的青年毛泽东大型雕塑前留个影，表示曾到此一游就完成任务啦。

位于长沙岳麓山下湖南大学校园内的岳麓书院，却是一个绝好的去处。岳麓书院是宋代著名的四大书院之一，始建于北宋开宝九年（公元976年），北宋天禧二年（公元1018年），真宗赐以"岳麓书院"的门额。南宋孝宗乾道年间，南宋著名的理学家张栻到书院主持讲事，朱熹闻讯也从福建赶来书院讲学，并手书"忠、孝、廉、节"四个大字，刻石嵌于讲堂的两壁，所刻四个字笔力遒劲，是岳麓书院道统源流的象征。书院的鼎盛时期应在绍熙五年期间，朱熹任湖南安抚使，书院规制一新，当时有"道林三百众，书院一千徒"的说法。历代的文献史籍上还把岳麓书院和孔子讲学处并提，誉为"潇湘洙泗"。清光绪二十九年（公元1903年）改为高等学堂。1925年，工专、商专与法政专校合并，改称为湖南大学。

湖南大学没有围墙，游人可以直接把车停在书院附近。刚下过一场雨，略消暑气，空气清爽令人心情舒畅，正合寻古探幽之雅兴。书院依山傍水，前临湘水，后枕岳麓山，四周林木葱茏。书院的前门横挂有"千年学府"的牌匾，拾级而上，便是赫曦台，虽说只是个戏台，但很有来头。"赫曦"的意思是：红红的太阳升起来了。据说当年朱熹应理学大师张栻的邀请，千里迢迢的从福建崇安来此讲学，停留了两个多月，每日清晨，两人常一起登上岳麓山顶看日出，每当见到旭日腾空，霞光万丈，世间万物皆沐浴在朝阳中的时候，便激动地拍手叫道：赫曦！赫曦！于是便将他们观日出的地方定名为"赫曦"，后来，张栻便在此修筑一个戏台，名为"赫曦台"以示纪念。

过赫曦台，迎面可见岳麓书院的大门，上有"唯楚有才，于斯为盛"一联，颇为自负地道出了岳麓书院的人杰地灵、人才辈出的事实。入山门有三进院子，都不大，粉墙黛瓦，绿荫掩映之下，让人心境平和，故游人不少，却难得没有喧嚣之声。教学斋、半学斋、讲堂一一游过，见讲堂上挂有三块牌匾，分别是"实事求是"、"学达性天"和"道南正脉"。青年毛泽东曾寓居半学斋，"实事求是"无疑对他的思想形成产生了重大的影响，时至今日，"实事求是"仍然是指导中国改革开放和现代化建设的基本原则。书院内值得游览的地方很多，但我独爱它的后花园，虽然没能欣赏到极有盛名的春花冬雪和红叶之美，但这里凤尾森森，龙吟细细，环境幽静，小径回廊，皆极雅致，那渗透着浓浓书卷气息的清幽和静雅，与深厚的人文景观融为一体，众美毕集，相得益彰，让人流连忘返。

从岳麓书院后门出，再沿山径往上走，可到位于清风峡中著名的爱晚亭。此亭原名红叶亭，略俗，后取杜牧山行诗"停车坐爱枫林晚，霜叶红于二月花"之意改为爱晚亭。爱晚亭三面环山，树高林密，郁郁葱葱，自远处看爱晚亭，琉璃碧瓦，亭角飞翘，似有凌空欲飞之状，飘逸潇洒。亭前有池塘，桃柳成行，中有溪水潺潺流过，有一美女在柳荫下临水执卷，只是时有游人相扰，是否能静心研读则不得而知。爱晚亭四周皆有枫林簇拥，闻道秋来万枫叠嶂，层林尽染。亭前石柱上刻对联足可印证："山径晚红舒，五百夭桃新种得；峡云深翠滴，一双驯鹤待笼来"。

嗟乎，非深秋不到长沙！而长沙，于我印记，只剩橘子洲、岳麓书院及爱晚亭也！

鼓浪屿之波

总听人说，到厦门怎能不去鼓浪屿呢！仿佛去鼓浪屿是不需要任何理由一样。鼓浪屿跟厦门岛只隔了一条600米宽的鹭江，之间没有过江隧道也没有大桥相连，只靠渡轮来往，于是在这么一个春暖花开的日子，几千号人比肩接踵挤在一起，忍受着刺鼻的汽油味等着坐5分钟的渡轮，到那传说中的人间仙境去。

所幸拥挤的人群并没有掩盖鼓浪屿静美的气质，隔江望去，鼓浪屿上的日光岩奇峰凸起，绿树红瓦错落有致，一群群的海鸥翱翔在海天之间。闻说因为岛内有两块岩石已被海水侵蚀成洞，每逢涨潮时，汹涌的海涛撞击岩石，发出如鼓的声音，鼓浪屿因此得名。

鼓浪屿禁行一切机动车，是名副其实的步行岛，岛内空气因此清新通透。所有的房屋街道皆依山而建，高低错落，参差有致，盘根错节的老榕树遍布街头巷尾，众多风格各异的洋楼别墅，因年日久远外墙已显斑驳，听介绍说很多以前都是外国的领事馆。尽管也很想细细听导游将鼓浪屿的历史娓娓道来，但熙攘的人群实在大煞风景。正值三八妇女节，成群的妇女聚在街边的小摊上品尝风味独特的地方小吃或挑选旅游纪念品，遇到几个团挤在一起的话，连路都不好走了。

不由放慢脚步撇开队伍，有意识地挑些清静小巷走走，以便好好感受鼓浪屿的清雅幽静。弯曲起伏的小街巷旁，随便拾级而上便可曲径通幽，中有庭院深深花姿绰约，门楣墙头栏栅皆藤蔓牵绕，开满橙黄的爆竹花，里面的古宅别墅有民居，也有旅馆、咖啡馆，甚至是博物馆，别致、幽静

在鼓浪屿钢琴博物馆前留影

而又温馨和谐，不经意之间，春天的气息扑面而来，醺醺然，让人沉醉不知归也。忽然就想起了栖居在此的舒婷，还有那一枝会唱歌的鸢尾花，听说她也常常如寻常的家庭妇女一样挎着菜篮，悠然自得地走在幽幽的石板路上，成为别人眼中"中国第一个完成诗意栖居的作家"。

能与优雅的鼓浪屿扯上关系的名人很多，世人熟悉的有郑成功、林语堂、林巧稚等等，最令人惊讶的是，鼓浪屿是中国钢琴密度最高的岛屿，近两万人中就有六百多台钢琴，出过殷承宗等众多的钢琴家，还有当代著名的指挥家郑小英。位于日光岩下的淑庄花园面朝大海，原本是一个侨商的私家庭院，已有近百年的历史，据说在布局上刻意模仿《红楼梦》中的怡红院，构思巧妙，精美绝伦，尤其是园中位于山下海边的四十四桥更令人叹为观止，不愧为"鹭岛第一园"。可惜是当日阳光不足，对开的海面海雾弥漫影响视觉，可以想象若有明媚阳光，在此凭栏远眺，面朝大海，春暖花开，那感觉岂是惬意了得！如今的淑庄园已近变身为"鼓浪屿钢琴博物馆"，设有两个展馆一条琴廊，陈列着一百多架价值连城的古钢琴，着实让人大开眼界。

海滨浴场上人头涌动，有靓丽的女孩在浪花中跳跃，矫健的身姿如海燕一般定格在最美的瞬间。尽管看不见深邃的蔚蓝，但迎着和煦的海风走在松软的海滩上，静听那阵阵海涛仿佛吟哦着导游唱过的那首旋律优美的《鼓浪屿之波》："鼓浪屿四周海茫茫，海水鼓起波浪……"

曾有人形容鼓浪屿好比一张休闲沙发，是让人窝在沙发里浪费时间的。此话一点儿不假，若有足够的时间，挑一个游人稀少的季节，在这里待上一年半载，每日睡到日上三竿，再趿拉着拖鞋走在弯弯曲曲的石巷中，可以在小摊上来碗福州的燕皮馄饨，也可以在"花时间"咖啡馆消磨半日时间，又或者干脆在四十四桥倚栏听涛，总而言之，鼓浪屿太适合生活了，尤其适合搞点小资情调，心里寻思着，日后再找个啥借口，自个儿来这好好享受美妙的慵懒时光吧！

天下第一陵

听闻在陕西黄陵县，有一首流传了千百年的当地民谣："汉朝立庙唐扩建，到了宋朝把庙迁，不论谁来坐皇帝，登极都不忘祖先。"中国都是炎黄子孙，谁做了皇帝首先想到的就是祭拜祖先，黄帝陵自然成了历代王朝举行国家大祭的场所，黄帝陵因此号称"天下第一陵"。

据说拜祭黄帝一般都是"先祭庙，后谒陵"，因此我们先到轩辕庙，下了车走几步就到了轩辕广场，广场地面全是用秦岭的天然卵石铺成，虽很有特色，但真不好走，磕脚得很，估计会有寓意，一问导游果然是，卵石一共5000块，代表中华民族五千年的悠久历史。过了广场有座轩辕桥，桥下是黄帝洗笔的印池，印池之水来自沮河，夜幕降临时有"沮水月夜"美景。

埋头从轩辕桥北端拾级而上，心里数了数，95级，或是寓意黄帝为"九五之尊"？轩辕庙坐北向南，居高临下，雄伟庄严，肃穆古朴。周边古柏参天，郁翠葱茏，令人叹为观止，其中数庙门侧一枝干苍劲，冠如华盖的古柏最为出名，相传是黄帝亲手种下的，故称"黄帝手植树"，树龄已有4700年，据说已经认定为"中华一百棵古树名木"之列，难怪有人惊叹它是"世界柏树之父"。而另一株在轩辕殿前的柏树也很奇特，树干斑痕累累，好像被人在上面钉了好多钉子，每逢清明节前，树孔里头还会溢出柏树汁，凝结成珠，过了清明又回复原样，几万株柏树只有这一株是这样，真是"群柏之奇"。

陵墓区里有纪念亭，陈列着孙中山、蒋介石、毛泽东、邓小平的祭词或亲笔题名，再走几步就可以看见一个青石板上巨大的黄帝脚印，导游说这青石板是出土文物，但估计没人相信这是黄帝脚印。有人往脚印里头扔钱币，大脚丫也可以预示大吉大利，可真神。外行人看不出门道，感觉轩辕殿内跟其他寺庙没什么两样，不过殿内供奉的是我们的始祖黄帝，一行人免不了毕恭毕敬地拜见祖先。轩辕庙北端是2004年才建成的祭祖大殿，汉风唐韵与现代气息融为一体，最具特色的是殿内的天圆地方，很多游人寻找角度拍一张顶天立地的照片，也有众多的"专业摄影"家在招揽生意。殿前的祭祖广场足有一万多平方米，近年来的公祭活动大都在此进行，那阵势排场在电视看得多了，据说国家还有一套标准的祭祖程序呢。

　　祭庙后去拜谒黄帝陵，黄帝陵位于黄陵县城北的桥山上，所以黄帝陵以前也叫桥陵。初到黄帝陵就对"桥山古柏"印象深刻，我们从西安经高速一路走了近200公里，黄土高原沟壑纵横，陡崖峭壁，沿途的林木都比

轩辕庙前留影

较少，但黄陵周边却满山苍翠，一片葱茏。有人惊叹："这里的风水真好！我们的祖先可真会挑地方！"而导游则说，这是因为黄帝为中华民族创造了文明，功大无比，玉皇大帝派九天玄女给桥山撒了一大把柏树种子，从此这里才有了郁郁葱葱的柏树。虽说这只是一个神话传说，但目前在景区内的柏树就有8万棵，树龄千年以上的古柏竟然有3万多，也许是同为黄帝子孙，没有人敢对黄帝陵心存不敬，因此历代政府都很重视对黄帝陵古柏的保护，这才使黄帝陵古柏成为我国最古老和保存最完好的古柏群。

有诗为题："古柏参天黄帝陵，苍烟缭绕晓风轻。桥山彻底高耸翠，沮水缠腰万载青。"

因为树木茂盛，虽然天气炎热，但林中空气格外清新，感觉非常凉爽，沿花岗岩石铺就的小路拾级而上，不久见路边立着一块石碑，上有"文武官员至此下马"，古时候前来祭陵的人，不论富贵贫贱，走到这里都得下马驻足，整理衣冠，平静心情才可步入园中，可见古人对祖先的敬畏之情。缓步前行约几百米进入陵门，左侧有个土台，叫"汉武仙台"，相传当年汉武帝曾在此幻想也能像黄帝一样乘龙归天幻化成仙，仙台旁有两条石径通往台顶，上77级台阶，下78级台阶，说是"七上八下"，没弄懂是什么含义，难道是拜祭先祖心情紧张而忐忑不安么？导游鼓励我们登台看看，说登台一次可以增岁添富，不知道会不会有人因此登台一万次以求万寿无疆。黄帝陵冢前有一四角亭，亭中石碑刻有"桥山龙驭"四字，传说黄帝当年在此驾龙升天，臣民不舍，扯下黄帝衣襟佩剑等，起土成冢。碑前的"黄帝陵"三个大字是郭沫若书写，苍劲有力。

细细把陵园游览了一圈，最后大家都饶有兴趣地走进园中的百家姓寻根问祖馆去寻根问祖，在几百个姓氏中寻找自己的姓氏，可以捧上一炷香火把写有本家姓氏的钛合金牌像请回家中供捧，还可以抄录自己始祖的简介。有人毕恭毕敬地请香去了，我找了半天没找着自己的姓氏，原来有本家人捷足先登早就恭请在身了。忽疑惑而问友人，"你是请婆家姓还是夫家姓？或是两家都请？"友人一时茫然，犹豫不决。

旁人笑曰："呵呵，既然同是黄帝子孙，又何必只请本家姓氏！"立如醍醐灌顶，顿时即释然也！

气吞山河——黄河壶口瀑布

老是听"黄河大合唱"里唱"风在吼，马在叫，黄河在怒吼！黄河在咆哮！"，但到过黄河的很多河段，从宁夏的沙坡头，银川的青铜峡，内蒙古的鄂尔多斯，到兰州市区以及郑州桃花峪等，这些河段的水流或平缓或湍急，或清澈或浑浊，就是没有在咆哮的，有人说"不观壶口大瀑布，难识黄河真面目"，看来的确只有在黄河的壶口才能听见黄河在咆哮了。从李白的一句"黄河之水天上来，奔流到海不复回"，就足以想象出大河奔流的那壮观景象了。

黄河从青海的巴颜喀拉山开始蜿蜒流动，呈"几"字形走过几个省，夹带着黄土高原厚厚的泥沙一路奔流至壶口，三百多米宽的洪流骤然被两岸峭立的石壁束缚，原本宽阔的河口忽然收束，狭窄如壶口，滚滚河流翻腾着倾涌直落50米，就如在一个巨大无比的壶中倾倒而出，"天下黄河一壶收"，故名"壶口瀑布"。《书·禹贡》中只用8个字"盖河漩涡，如一壶然"便将壶口瀑布的形象跃然纸上。1997年，一辆跑车从汹涌咆哮的壶口瀑布上空飞掠而过，创造了人类驾车飞越黄河的历史纪录，世界上几亿电视观众记住了这个纪录创造者的名字——柯受良，同时也记住了黄河上最著名瀑布的名称——壶口瀑布。

久仰壶口瀑布威名，这次得以见其真面目，心情几乎像黄河水一样汹涌澎湃。壶口瀑布在延安市宜川县，离西安也就两个多小时，黄河对面是山西的临汾，瀑布附近有座黄河大桥，可以直达山西的吉县，我去过全国

黄河壶口瀑布留影

大多数省市区，偏偏就没到过山西，当时就很有横跨黄河大桥的冲动，可惜身不由己！最好玩的是大桥的桥架，靠陕西这边是钢结构的，靠山西的三分之一却是混凝土结构，看起来不伦不类的样子，导游说那是因为山西人太抠门了，一块钱的东西都得讲成九毛九才肯成交呢，所以山西那边舍不得也用钢架来架桥，哈哈那是人家有生意头脑好不好，起码够实在，不屑搞形象工程嘛！

我们的车子沿着黄河往壶口方向走，看见黄河对岸的山体上有明显的水位痕迹，但河道里的黄河水却细如小河，流量还不如我们南方随处可见的一条小河涌，有点儿担心壶口瀑布会不会令我们失望，导游说，前两天当地才下了雨，水流量大着呢！到了目的地下了车，沿河岸上行，穿过一处宽阔地，再沿台阶往河滩走，河道很宽，纵横交错的坑坑洼洼里窝着泥泞的黄泥水，可以看得出前两天刚下过雨，地面很泥泞，走没多久就沾了一脚泥沙。

此时已可听到隐隐约约如擂鼓般的轰鸣声，加快脚步走过一座小桥，眼前豁然开阔，只见滔滔黄河水翻滚着黄浊的巨浪从宽阔的河床汹涌着从一道赫然收窄的深壕中倾注而下，滚滚黄色巨浪在深壑中跌得粉碎，再从壑底升腾成一团云雾。离河槽还有一段距离，黄色的水雾已夹带着泥沙扑面而来，再往前几步靠近沟壑，只见冲天巨浪猛烈地拍打着两岸的石壁，浊浪排空，水汽蒸腾，黄烟弥漫，跌宕而下的巨流气势磅礴，如一头激愤的黄龙，愤怒地嘶叫着咆哮着，声若雷鸣，震耳欲聋，以气吞山河之势夺路狂奔而去。

看着脚下那翻滚飞旋的一团团漩涡，活像一锅烧开的沸水，那扬起的气流仿佛随时都可以把人卷入深涧一般，我一时惊得目瞪口呆，幸好涧边设有围栏，要不真的很危险，估计什么东西掉进去都是"连渣都没得剩"了。有人为拍照留念冒着飞溅的水雾站到了壶口飞瀑的最前端，只一瞬间浑身上下都成了"落汤鸡"，洁白的衣服上立即全是黄泥点，狼狈不堪。胡乱地拍了几张照就赶紧退回河滩上，发现几个人身上的衣服、包包甚至照相机全是泥水，脏兮兮的，哈哈，这回总算明白"跳进黄河都洗不清"是什么意思了。

既然已弄脏了衣服，反而没了顾虑，折身又返回壑边，任由那震耳欲聋的怒吼声撞击着心房，震撼着灵魂，恍惚间眼前万物皆在蒙蒙水雾中隐去，只有龙掀巨浪，晴空洒雨，看！这才是黄河！听！黄河在怒吼！黄河在咆哮！这是中华民族最强劲有力的声音！难怪有人称壶口瀑布的粗犷、雄浑、豪气和奔腾汹涌的气势是中华民族精神的象征，它巨大的自然力量，体现了中国人坚韧刚强的品格，赋予了中华民族一种无坚不摧，无往不胜的内在动力，在世界崛起！

是啊，黄河，中国人心目中的母亲河，博大而宽厚，慈祥而刚强，经历了几千年的磨难，铸成刚健有力的中国魂，可是有谁留意到如今她已伤痕累累，心身疲惫，全球变暖，植被被破坏，环境污染，灌溉方式落后，流域内人口增长过快等等主客观原因，已经使我们的母亲河经常断流，这是人类无限制的、暴力的、贪婪的、夺取自然资源的结果，这样下去，气势磅礴的壶口瀑布还能在黄土高原奔腾多久？！

为了黄河的源远流长，为了捍卫华夏儿女的民族精神，为了中华民族的长盛不衰，请让我们做一个孝顺的孩子，保护母亲河！

革命圣地——延安

今年是中国共产党建党90周年，七一前后电视上播放得最多的就是《我要去延安》这首歌："风清清天蓝蓝，先去杨家岭，再看青枣园，先喝羊杂汤，再吃黄米饭，我要去延安。"听得多了自然整天哼着"我要我要去延安"，不知道是不是让老天爷听到了，天居然随我愿，今年真的就去了延安。

延安市位于陕北南部，市区位于宝塔、清凉、凤凰三山鼎峙，延河、汾川河二水交汇之处，地理位置险要，一直都是历代兵家必争之地，被誉为"三秦锁匙，五路襟喉"，单从这一方面来说，延安成为革命圣地，在中国现代史上占有极为重要的特殊地位也不无道理。

从西安到延安得半天时间的车程，不过也可以顺道游玩黄帝陵和壶口，一路走走停停的话也不觉得怎么劳累。到达延安时已是黄昏，市中心也算繁华，鳞次栉比的高楼大厦富有浓郁的现代气息，街道上的车辆川流不息。著名的宝塔山位于城东南部，为周围群山之首，一眼就看到了夕阳下的巍巍宝塔，可贯穿全城的滚滚延河水却是无影无踪。导游早在车上就不断地告诫我们这些广东人，到了陕北不要浪费水资源，不要用茶水再洗刷吃饭的碗筷，因为陕北非常缺水，你这样做的话服务员会用眼瞪你，当时就有人不以为然，但亲眼看到曾经波浪滚滚的延河如今只剩河床底的一弯溪流，再联想到黄河的经常断流，就知道导游所言不假，陕北的缺水已经让人触目惊心。

当晚下榻的酒店刚好就在延河边，正对着清凉山，晚上没事在延河边的公园里逛，晚风习习，有情侣相偎，老人纳凉，小儿嬉戏，不远处的宝塔在霓彩的点缀下流金溢彩，和周边高楼和清凉山上的霓虹交相辉映，一派温馨祥和的景象，可干涸的延河仿佛就像一道刺眼的疤痕，让人觉得非常难受，据说以前的延河水量充沛，清澈见底，从今天留下的宽敞的河道上看，依然可以想象当年滚滚延河水的波澜与壮阔。在我眼里，没有延河水的滋润，延安黯然失色。

第二天上午去参观市中心的延安革命纪念馆，纪念馆在宝塔区的延河边，馆前有一个大型广场，正中有一座花岗岩基座，上面巍然耸立着毛泽东主席的全身铜像。纪念馆内展出了大量的革命文物和历史照片，采用雕塑、油画、图表、场景复原以及声光电等现代化的表现手法，生动地再现毛泽东、刘少奇、周恩来、朱德等革命家和先烈们在延安欲火奋战的艰苦岁月，整个纪念馆就像一本生动的"党史教科书"，一个个展厅看下来，就像上了一节深刻的党课，任何一个有血性有良知的共产党员都能经受一场精神上的洗礼。

枣园革命旧址在延安城西北约8公里处，这里原本是一家地主的庄园，中共中央进驻延安后，改名为"延园"，现在旧址大门的石柱两侧还留有康生题写的"延园"两字。当时的枣园里仍然有很多枣树，树木葱茏，景色秀美，环境非常清幽，这里有中央书记处小礼堂，毛泽东、周恩来、刘少奇、朱德、任弼时、张闻天、彭德怀旧居，"为人民服务"讲话台、中央医务所、幸福渠等景点。第一次近距离接触窑洞，在里头转来转去，觉得很新奇，但也觉得里头实在太狭窄，可见当年革命老前辈的生活条件是何等的艰苦，听了介绍才知道窑洞分土窑、石窑、砖窑、土基子窑等等，在窑洞前留个影，蛮有感觉。

与枣园相距不远的杨家岭革命旧址同样因为中国共产党而名扬中外，中国现代史上的很多重大决策都在此产生：百团大战、精兵简政、大生产运动、整风运动等，1942年建成的中央大礼堂见证了延安文艺座谈会、中共六届七中全会、中共七大等重要会议，毛泽东主席还在此写下了《整顿党的作风》、《新民主主义论》、《愚公移山》等对中国革命有着深远影响的光辉著作。相比枣园的清幽，杨家岭周边的环境就显得杂乱不堪，山下很多破旧的土窑里面还住着人，路况也不好，来往车辆颠颠簸簸地扬起一团团灰尘。杨家岭旁边就是著名的延安大学，按理说历年来这里参观学习的领导干部络绎不绝，当地政府应该把这里的市政建设搞好才对，有人调侃说，或许他们是特意原汁原味地保留当年杨家岭的风貌呢！

　　杨家岭的石窑宾馆却显得与周边的环境格格不入，这家宾馆依山而建，按三星标准建造，全部由窑洞组成，七层一共有近三百间窑洞，每层都挂着一串串的红灯笼，号称是目前世界上最大的窑洞群，据说还申请吉尼斯纪录什么的，说是很有陕北风情，但我看着却觉得有点儿不伦不类。我们在宾馆餐厅吃饭，刚一坐定，仍然有人习惯性地用茶水刷碗筷，同伴急忙提醒，却不见服务员瞪眼，原来那女娃只顾着游说客人们点歌，说餐厅里的陕北老汉和婆姨可以为客人来几首高亢的信天游，高音一点儿都不比阿宝差，但一首要20元，一时心里便有了感慨，却说不清是什么滋味。

　　饭罢走出餐厅，天色已黯淡，那一串串的红灯笼全都亮了起来，远远看去，层层灯火在夜幕中熠熠生辉，我叫住了一个带着单反相机的帅哥，"呃，那灯光，挺美，赶紧拍下来吧。"谁知道那家伙一努嘴，"拍啥，你看清楚，那像啥？"我再往后一站，马上知道他眼中看到的是什么了，不觉泯然一笑：真是同样的景色，在各人的眼里，都能看成不同的风景。

延安枣园革命旧址前留影

敦煌梦，梦敦煌

在我看来，敦煌是今生必须去的一个地方。大概喜欢艺术的人都有一个敦煌梦吧。但要去敦煌，显然也不是件容易的事，除非你可以独自上路，随时出发，因为你会发现，在身边，很难找到一个同伴愿陪你远走塞外边关，去看那无趣的洞窟。

当我拉着行囊，挤在西安火车站拥堵的人流中，竟有些恍如隔世的感觉，是的，已经很久没有坐过火车了，如果可以，或许我会选择直飞敦煌。从西安到敦煌，超过20小时的旅途要在火车上度过，对我来说也算漫长，但无所谓了，很多时候，你在匆忙中被迫放慢脚步，却会意外欣赏到途中优美的风景。

火车一路西行，沿着传说中的"丝绸之路"。虽然没有驼铃相伴，手头也没有类似《马可波罗游记》或《大唐西域记》的书籍，但列车疾速穿梭，车窗外的风景以秒速不断地变换着，时而乡间原野，时而连绵群山，时而悠长隧道，不单调也不无聊，反而极易让人不自觉地用一种凝视的姿势思绪飞扬，行客路杳，半窗寒色，竟然也可牵出离绪千结。列车穿过秦岭进入甘肃境内，过了武威后，巍峨的祁连山沿着河西走廊延绵不绝，一直到第二天的黎明悄悄地来临，祁连山仍然披着晨光在天际忽隐忽现，一轮红日磨磨叽叽地从它背后探出身来，静静地注视着蜿蜒的列车在平缓起伏的荒漠穿越而过。

幸运得很，清晨9时，正点到达敦煌站，因为早，站台很冷清，出来后直奔离敦煌市不过25公里外的莫高窟。阳光明媚，初冬的莫高窟层林尽染，色彩斑斓，鸣沙山前的大泉河已经枯涸，河边萧瑟的白杨树叶在略显凛冽的寒风中飘然落下，在林荫小道上幽幽地静美着，让人不忍踩踏。

鸣沙山延绵近两公里的砾岩峭壁上，分布着上下一共5层，持续开凿一千多年的，共735个洞窟，远远看去，这些黑洞像蜂房鸽舍般错落有致，鳞次栉比。100年前，英国人斯坦因说"这里是一个被世界忘却的地方"。100年以后，人们从四面八方涌涌而来。"这是一个能使阿里巴巴和四十大盗共同疯狂的神奇宝窟"，斯坦因回忆道。若然在旅游旺季来敦煌，你会发现几十个人挤在一个狭小黑暗闷热的洞窟里是一件多么扫兴的事，而在这个时节，游人不多，一批十几人进洞窟，每人带一个小耳机，导游柔声细语，我因而得以神闲气定地欣赏洞窟里精美绝伦的壁画。

对所有游客来说，著名的藏经洞是一定要看的，果然，导游带我们去的第一个洞窟就是藏经洞。"当天忽有天炮响震，忽然山裂一缝"，在一个叫王圆禄的道士写给慈禧太后的信中，藏经洞的发现显得很有神秘色彩，而洞"内藏古经万卷"，从中国传统的四书五经、经史文集、佛教道

146

敦煌红楼

敦煌红楼前留影

教的经典写卷和绢画，到官方文书户口地契等，一应俱全。据说王道士目不识丁，却也隐隐感觉到这些古经的珍贵，他曾挑出些佛经写卷，用来送给地方的官绅和士大夫，但是，似乎没有人对这些经书感兴趣，他年轻时当兵的一个旧上司，一个驻扎在酒泉的满族官僚甚至觉得这些古代经书的书法还不如自己写的好。也有人隐隐感觉到这批古物的价值，当时担任甘肃学政的叶昌炽曾建议甘肃藩台把藏经洞的所有古物运到省府兰州保存，但得到的答复是没有经费。叶昌炽到过酒泉，却没

有去300里外的敦煌，更没有亲自去看藏经洞里的经卷。而此时，英国人斯坦因正不远万里地向敦煌进发。

　　王道士并不是人们想象中的那么贪财，藏经洞里的残书故纸并没有给他带来什么好运，相反，藩台政府还责令他对其看管而一分钱工资费用也不付。斯坦因花了不少精神，最终利用对玄奘的崇拜骗取了王道士的信任，用200两银子，带走了九千多卷文书和500幅佛像绢画，10个月后，法国人伯希和用500两银子换得7000卷藏经洞文物，并将敦煌写本精品带到北京公开展示，令著名学者罗振玉等人大惊不已。

　　清政府终于下令把剩余的经书押送进京。经书没有装箱，只用草席草草遮盖，从敦煌到北京，一路都有经卷丢失。到了北京，押运官员直接把车开进了自己的家挑选精美的经卷据为所有，因怕被发现，他们甚至不

惜把万张经卷一撕为二。紧接着美国人华尔纳来到敦煌，粘走壁画二十六方，取走唐代彩塑一尊。俄国人奥登堡，拿走敦煌文文物300件，日本大谷光瑞考察队购得400件。今天，敦煌藏经洞的文物散落于世界上十多个国家（后来我有幸在大英博物馆见到其中几件，而事实上大英博物馆收藏的敦煌文物足有上万件之多）。"敦煌者，吾国学术之伤心史也。"当时著名国学家陈寅恪曾这样感慨。一直到1945年，一个曾从法国学习绘画的名叫常书鸿的中国人，带领十多个志愿者从战火中来到敦煌，西方人在敦煌的探险史才算结束，至于为什么有这么多的文献被藏在藏经洞，又是谁藏的，学术界众说纷纭，而真正的谜底可能永远都没人会知晓了。

七百多个洞窟中，现已打开的有492个，中国文化一千多年来存留的奇迹就在这一扇扇门洞后无声地绚烂着。为了妥善保护这些珍贵的文物，对游客开放的洞窟只有极少数，游客一般一次只能看八到十个。人们安静地跟着导游进入一个个神秘的洞窟，每个窟洞代表着不用历史时期的艺术风格，大多数人的思维都能被大大小小的塑像脸上那融入慈悲的微笑所吸引，任由那壁画上的色彩与线条之间流动的旋律，带领我们穿越久远的历史长河，重现昔日永恒的时光。

几乎每幅壁画都演绎着一段佛教传说或故事，种类繁多的佛教经变画也清晰地再现佛教的发展轨迹。对佛教没有研究，在我眼里，这里更像一座规模宏大的艺术殿堂，每个懂得绘画艺术的人都能在这满壁的流光溢彩中捕捉到大师的身影，难怪学绘画的人无一例外地无比向往敦煌莫高窟，因为这洞窟里历代的壁画杰作正是临摹学习的最好范本，可惜现在的学子已经没有这种福气了，不要说在这里安静地对壁临摹，就是想拍照都绝不允许了，估计美术系的学生来这里都会深刻领到什么叫如饥似渴，因为在十分有限的时间里你只能草草地看上几眼，甚至来不及回味就被人赶出洞，一想到几百个洞窟中你只能看几个，心里就会懊恼不已。我跟导游走完了可以看的几个洞窟，却仍旧找不到最想看的飞天反弹琵琶，一问才知道那洞窟不常开，要运气好才能看到，我一时不免气结。也有暴珍天物的游客，从洞里出来嘀咕一句"都是大同小异的图画，有啥好看的"。

莫高窟在外观上，最为显眼的就是位于石窟群中段的标志性建筑——

96窟，又叫九层楼。红色楼阁依山而建，气势雄伟。窟内只有一尊弥勒塑像，所以又称大像窟。它的形象据说就是依照武则天的面容而塑。专家们推测，像这样高大的洞窟，开凿时极为困难，首先要在崖壁的高处挖出一条甬道，然后向上挖出崖顶，再逐渐下挖，并在第一条甬道正下方凿出第二条甬道，挖出的石砂从下方的甬道排出。就这样依次向下，直到地面。经过精确计算甬道的位置也恰能增加弥勒像的采光，佛像的胚胎是在挖掘洞窟时由设计预留下的崖壁砂石加工而成的。根据专家们推测，营造这样大型的洞窟往往要花费几年、甚至几十年的时间才能最终完成。对于96窟开凿的经过，当时并没有详细的记载，但在公元966年的一次重修中，就使用了木匠56人、泥匠10人，而这次历时10天左右的重修，只换了两层木构而已。以此可以想象，96窟在建造时的工匠规模是多么庞大。

游人在敦煌留影的最佳位置无疑就是这九层红楼前了，半躺在那厚厚绵绵的落叶上仰望莫高窟，正值农历9月下旬，一弯淡月安静地挂在红楼背后蔚蓝的天空上，白云悠悠，思绪悠悠。或许因为佛的关系，敦煌显得祥和安逸，没有人知道它到底见证了多少人走过，记载了多少故事，但我们今天能看到眼前这个得到完善保护的莫高窟，一定要感谢那些建国前后一直默默地无怨无悔守望着敦煌的考古学家和艺术家们，常书鸿、毕可、窦占魁、许安、赵友贤等等，或许我们记不清他们的名字，但一定要记得这些名字都和敦煌的故事相依相连，他们和那些没有留下姓名的历代大师们一样，在画出了令后代儿女骄傲的不朽作品之后，用他们的魂灵继续守护着这座世界上最大的古代艺术殿堂。

我们总得需要一种信念，一份坚守，一处皈依，如此，才有所谓的永恒，让我们的民族文化和精神，像天边那一弯月，生生不息。

鸣沙山，月牙泉

莫高窟断崖顶部是一片平坦的戈壁，紧接戈壁的就是连绵四五十公里的鸣沙山了，鸣沙山下，有同样闻名遐迩的月牙泉。既然到了莫高窟，鸣沙山和月牙泉也就必去了，其实三处景点紧挨在一起，早已融为一脉相承的"三大奇迹"。

鸣沙山脚下有大片的葡萄园，一千年前敦煌人就已经在这里种植葡萄了，盛产的葡萄一点儿不亚于新疆吐鲁番的，如今山脚下月牙泉村的村民还多了一个活计，就是一大早赶着自家的骆驼到鸣沙山去上班，那里有大批的游客正等着他们。

跟所有已开放的沙漠景点一样，鸣沙山开发的旅游项目也很多，沙疗、滑沙、滑翔跳伞等等，不过想深刻领略沙漠魅力的话，最好还是骑上骆驼往沙漠深处去，冬日的阳光和煦得有点儿懒洋洋，骆驼慢悠悠的脚步让人昏昏欲睡，眯着眼睛听着耳畔悠扬的驼铃声，正好任思绪在风沙中狂飞。

千百年来，为了追求财富和梦想，不论是鬼哭狼嚎的风沙声，还是幻化成恶魔鬼怪的巨大流沙，也不能阻止来往穿梭于敦煌城的人们义无反顾地踏上这条九死一生却曾经繁忙的丝绸之路。大漠茫茫，黄沙千里，驼铃在空旷的大漠中回响，沙丘的脊梁上，一队的骆驼渐行渐远，午后的阳光斜照过来，驼队变成一行剪影，那一条条沙脊显得异常的清晰，明暗相间，呈波浪形蜿蜒开去，又随风沙暗暗流动，如虬龙连绵起伏，若然此时

月牙泉留影

身边忽有一骑信使绝尘而去，你必然以为已重回汉唐。

　　驼队把游人带到鸣沙山下，游人可爬上山顶再坐上踏板呼啸而下。鸣沙山由流沙堆积而成，因沙动成响得名，据说沙质分红黄绿白黑五色，但我肉眼凡胎，只分辨出一种颜色，还不能确定是黄是白，沙砾里夹带着骆驼草梗，不如其他沙漠的沙纯净洁白，有游人从高处滑下，或许人声喧哗，并没能听到如雷似鼓的轰鸣声。清人有诗称"雷送余音声袅袅，风生细响语喁喁"，是说在晴朗的日子里，即使风停沙静也能听到丝竹管弦之声，所谓"沙岭晴鸣"，想必诗人在此吟诗时，四周万籁寂静空无一人，只有流沙黯然流动，如今鸣沙山终日人声鼎沸，往日那萧瑟静谧的意境早已随尘封的岁月烟消云散了。

　　鸣沙山虽然不高，却非常难攀爬，流沙松软，进一步退半步，顾不得狼狈只好手脚并用，最后还得让人拉上一把，好不容易才翻过一道山脊，却早已气喘吁吁，筋疲力尽，于是打死也不愿再往山顶爬了。其实山腰的风景也不错，极目远眺，茫茫沙漠中金涛翻涌，气势磅礴，一道道沙浪如涟漪荡漾，跌宕有致，线条优美流畅，心情不禁与天地一同豁然开朗。定眼细看，你还可以发现茫茫沙海中有一湾清泉，温柔地依偎在鸣沙山的怀抱中，如少女般娇羞，那就是月牙泉了，泉的南岸有树木围绕的亭台楼阁，古朴肃静，错落有致，尽管时值初冬，树木已飘黄凋零，但远远看去，月牙泉还是名副其实的沙漠绿洲。

月牙泉的形状酷似一弯新月，面积大概只有十几亩，显得小巧玲珑，秀气得很，水深三四米左右，泉的源头是党河，依靠河水不断充盈，四周的黄沙与泉水之间不过相隔数十米，奇特的是经年的烈风推动流沙移动却始终没能掩埋泉水，地处戈壁沙漠之间而泉水不浊不涸，水质甘洌，澄清如镜，这样的沙泉共生共存的独特地貌，不愧为"天下奇观"。可惜的是，20世纪70年代中期，当地垦荒造田抽水灌溉，周边植被破坏，水土流失严重，导致月牙泉水位急剧下降，濒临消失，20世纪90年代以后，党河与月牙泉之间已经断流，最终只能靠人工方式保持泉水的现状。

从山上下来迫不及待地往月牙泉走，发现作为一处景点月牙泉已开发得非常成熟，泉的四周设有围栏，除非丰水期泉水溢出围栏，游人一般不可随意掬饮甘泉。或是冬季水位下降，泉边留有大片潮湿的沙地。静静地从月牙泉边走过，夕阳西下，人声渐渺，芦荻萧瑟，夕照亭和泉边坚挺孤傲的树木一样沉寂落寞。

鸣沙山与月牙泉相依千年，"山以灵而故鸣，水以神而益秀"，却不知这山与泉还能辉映多久？"鸣沙山怡性，月牙泉洗心"，又能使多少游人怡性洗心？只怕这美丽动人的月牙，在不久的将来，最终也抵不住沙砾的热情，在人类的推波助澜中，永远迷失了自己，从此在地球上销声匿迹了。

川西秋日胜春朝

一

似乎每逢秋天，诗人总爱感叹秋之寂寥萧飒，心中勾起那一丝或淡或浓的秋愁，凝在笔端便演绎成一句句脍炙人口的绝美诗句。而我最爱的是刘禹锡的绝句：自古逢秋悲寂寥，我言秋日胜春朝。晴空一鹤排云上，便

二郎山大渡河

沪定桥留影

引诗情到碧霄。我不是诗人，每逢秋日却总记挂着那一片斑斓的秋色，早已身在曹营心在汉，心中"蠢蠢欲动"，最终在2016年10月的深秋，随了几个朋友直飞成都。

赶早的飞机，上午10点来钟，80后潮男小李驾了一辆庞大的丰田霸道到双流机场接了我们，没有在成都做片刻停留，就沿318国道朝川西雅安狂奔而去。雅安位于成都平原与青藏高原的过渡地带，川藏茶马古道就是以此为起点，经打箭炉（今康定），西至西藏拉萨，最后通到不丹、尼泊尔和印度，全长近四千公里，至今已有一千三百多年历史，是古代西藏和内地联系必不可少的桥梁和纽带。

具有深厚的历史积淀和文化底蕴的雅安，风景非常优美，绿水潺潺，两岸的青山云雾缭绕。来之前钟Sir特意查了最近的天气预报，发现一连好几天都是阴雨，一度想推迟出发日期。我见天空持续阴沉着，随口说了句：这天气真不太好，小李接话说雅安本身就多雨，号称雨城，"雅无三日晴"呀，素有雅雨、雅鱼、雅女"雅安三绝"的美誉。听罢赶紧伸了头瞅瞅街上的行人，果然有不少标致的美女。

中午在天全县吃过简单的午餐，继续翻爬连绵的大山。看来天公确实不甚作美，到达川藏公路二郎山隧道口时，天空飘起了雨丝，气温骤降，一众人停车添衣。

万丈高的二郎山位于四川省雅安市和甘孜州交界，就像歌里唱的"古树荒草遍山野，巨石满山冈"，只是如今早已不再是"羊肠小道难行走，康藏交通被它挡那个被它挡"，因为20世纪50年代，解放军第十八军的官兵们在极端艰苦的条件下用了4年时间，修通了长达2000公里的川藏公路，就算我们的解放军是铁打的汉，但也付出了4963名战士牺牲的代价。五十多年过去了，川藏公路经过不断地改建修缮，从简陋的砂石路变成了宽敞的柏油路，千千万万的人车在这条路上来来往往，成百上千吨的货物从这条路上源源不断地运进藏区。

稍作整顿重新上路，穿过全长约8600米的二郎山隧道，一出隧道口看到的竟然是蓝天白云，满目苍翠，哪里有下过雨的痕迹？不过隔了一座山，两边的天气却截然不同，颇为诡异，雪狼见怪不怪地说高原十里不同天，很正常啊。

车辆随着公路千回百转地来到山顶垭口一处观景台停下，放眼望去，二郎山连绵千里，巍峨峻秀，挺拔险奇，山谷底下的村庄和盘山公路历历在目，蜿蜒曲折的大渡河在耀眼的阳光下熠熠生辉，隧道口那边的山崖上，一块云瀑倾崖而下，蔚为壮观。凭栏远眺，心情豁然开朗。

沿途穿越莽莽林海一路畅行，傍晚时分顺利到达泸定县稍作停留，理由是这里有大名鼎鼎的泸定桥。泸定县城四周青山环绕，大渡河奔腾着穿城而过，位于泸定城西的大渡河铁索桥，是甘孜州的门户，康藏交通的咽喉，更是四川内地通往康藏高原的重要通道。当年红军飞夺泸定桥的故事早已家喻户晓。如今的泸定桥已经成了一处旅游景点，想在桥上体验一番得付10元门票。铁索桥不过100米左右，宽3米，上面铺有结实的木板，桥下是水流湍急的大渡河，看起来确实十分惊险。有几个穿枣红色衣服的年轻喇嘛正走在泸定桥上，互相拿手机拍照留影，无意中也成了别人眼里的断章。

景区门口一对带着轮椅正在拍照的老夫妻引起雪狼的注意，举着长焦镜头跟了过去，或许是老婆婆嫌老大爷拍得不好，两个人时不时还拌着嘴，却不知对面一位显得孤单的老人正用羡慕而又落寞的眼神看着他们。这一道算不上亮丽的风景线，倒也能让外地游客感受到这座革命名城的闲适安宁。

过了泸定县城再走几十公里就是甘孜州府康定，找了酒店住下。康定城南有跑马山，所以才有《康定情歌》中的那一句：跑马溜溜的山上，一朵溜溜的云哟，端端溜溜地照在，康定溜溜的城哟。康定旧时称打煎炉，觉得还是现在的汉名好听些，康地安定，起码意思吉祥。康定坐落在群山层叠的峡谷中，折多河、雅拉河浪卷雪山之水穿城而过，两岸峰峦重叠。辖区内的大雪山折多山将辖境分为东西两大部分，东部桃红柳绿，物产富饶，故有"康巴江南"之誉，西部牛羊遍野，寺塔林立，是藏区风情的典型代表，两边的地貌、气候、生产方式和文化习俗都有着强烈差异。也就是说，翻过折多山，就意味着进入真正的藏区了。

二

折多山海拔4962米，要经过的垭口也有4298米，为了在折多山上拍贡嘎的日照金山，第二天大家起了个大早，摸黑上路，翻越折多山。"折多"在藏语中是弯曲的意思，觉得汉语译成折多真是太形象了！折多山的折确实多呀！九曲十八弯拐来拐去没完没了，连当地人也说"吓死人的二郎山，翻死人的折多山"。

到了垭口天还黑沉着，周边的群山云遮雾绕，这里与康定城的海拔相差近2000米，我的头开始觉得发胀，心里也有点儿堵，颇觉意外，因为好多年前去过西藏，并没有明显的不舒服，不料到了川西却会有高原反应。外面的气温很低，大家在车里待到天有点儿蒙蒙亮了，才穿上厚厚的羽绒服扛着全套装备准备拍日照贡嘎金山。可惜云层非常厚，雾气依旧在群山之巅翻滚流动着，太阳偶尔撕破云层把一束光射在山崖上的电线塔上，金属塔身顿时闪耀着刺眼的光芒，却又瞬间在我们的镜头中隐去了踪迹，全然不顾我们在寒风中瑟瑟发抖。

天渐渐亮了，太阳还顽劣地躲着不肯出来，尽管感到失望，雪狼、钟Sir还是决定放弃，上车继续赶路。可是小李驾车才不过拐了几道弯转到了山的另一边，眼前却忽然豁然开朗，"哇！"我们都情不自禁地一声惊叹！"晴天啊！"真是太不可思议了，只见这边天色明朗，云蒸霞蔚，远处的贡嘎山清晰可见，在朝阳的照耀下熠熠生辉，只可惜我们在山那头耽误了太久，光线太亮，早已不是日照金山了。

山下就是康定机场，边上有一小湖泊叫斯木错，小李公司的老板是钟Sir朋友的妹妹，早就吩咐好小李带我们去斯木措，说那里可以拍到贡嘎山的倒影，足可弥补没拍到日照金山的遗憾。

小李把车开到机场下方，绕到斯木错对着贡嘎山的位置停下，雪狼、钟Sir扛着几十斤重的摄影器材和蔡老师一起穿过茂密的灌木丛到湖边去了，我跟在后面，心里觉得不妙，头痛心慌，举步维艰，此处海拔4200米以上，自己也明白是高原反应越来越严重了。

高原人喜欢把山上的湖泊称作海子，可在南方人眼里这些海子只不过

新都桥牧民

康定机场斯木错景色

是一个小水坑而已，斯木错也不例外。然而这不起眼的水坑却有着高原才具有的独特气质，湖面波澜不惊，明净得像极了一面镜子，远处神秘而奇峻的贡嘎雪山主峰静静地倒映在淡蓝的湖水之中。雪狼和钟Sir精神饱满，不断地来回走动寻找最佳的拍摄角度，蔡老师比我强多了，也显得兴致勃勃。只有我独自体会着"身在地狱，眼在天堂"是一种什么滋味。

我呆坐一角，默默地看着不远处的飞机跑道上，康定机场当天唯一的一辆飞机正轰鸣着奔跑、拉升，然后飞向蔚蓝的天空，渐渐飞远，周边一片寂静，山坡上的经幡迎风翻飞，斯木错的湖面却依旧没有一丝波澜，明净如镜。

翻过了折多山就是新都桥。新都桥只是一个小镇而不是一个景区，也没有突出的标志性景观，之所以出名，完全是因为新都桥的自然景观如诗如画，犹如世外桃源一般。沿途十来公里都是宽阔的草原，蜿蜒奔腾的小溪流，山峦连绵起伏，金色的柏杨树和色彩鲜明的藏寨散落其间，牛羊安详地吃着草，牧民悠闲地放着牧，加上早晚神奇的光与影，一切都美得让人窒息，所以被称作"摄影天堂"，但也正是因为摄影家镜头下的新都桥吸引了大批游客的到来，新都桥也渐渐失去了往日的神奇，柏杨树少了，也没有了昔日的艳丽，虽然沿途的风光仍旧让我惊叹，但来过多次的雪狼却感叹，这是他见过的最不出彩的新都桥。

途中碰巧遇到一对新婚藏族男女在路边行接亲礼，赶紧凑了上去问主人家能不能拍照，没想到藏族同胞显得非常友善，不但允许我们近距离拍照，还对我们提出的问题一一耐心作答。原来藏式婚礼在接亲途中要进行一些礼节，地点并没有特别的讲究，寻一处开阔平坦的草地就可以，一对新人和伴郎伴娘在地毯上席地而坐，接受众人的祝福。迎亲的一列车队非常高大上，领头的是一辆丰田霸道，一众藏民的打扮也非常时尚漂亮，足以证明他们生活的富足。

告别接亲队伍后我们在新都桥镇上寻了一间饭店用午餐，饭店门外的几丛高大的格桑花在蓝天下开得格外灿烂，让我一时忘记了晕涨的头，闷堵的胸口似乎也舒畅了许多。下午的行程是要北上深入到塔公乡去近距离拍贡嘎雪山的日落，务必要在傍晚时分到达山中的子梅垭口，一路沿着塔公河前行，途中优美的风光屡屡使我们情不自禁地放慢脚步，只因实在舍不得错过每一个景色。

塔公乡的塔公寺就在川藏公路旁边，是甘孜州著名的萨迦派（花教）寺庙，已经有一千多年的历史，这是康巴地区藏民一处重要的朝拜圣地。景区门票并不贵，只要20元。寺庙红色的围墙上两排整齐划一的白塔甚为耀眼，大雄宝殿的金顶在阳光下金光熠熠，远处巍峨的雅拉雪山则银光闪闪，两者交相辉映，异彩纷呈，让人叹为观止。游人在寺庙外的草甸上对着雅拉雪山载歌载舞，阳光和煦，如果不赶路，这也是一处发呆的好地方。

在塔公寺待的时间有点儿长，路况也不太好走，为了能尽快赶到前面的子梅垭口拍贡嘎日落，大家再也不敢在路上耽搁，以至于放弃了沿途众多美景的拍摄，只能看在眼里记在心里了。

傍晚时分，我们翻山越岭一路颠簸好不容易赶到子梅垭口的半山腰，就看见有越野车三三两两地往山下开，奇怪此时霞光满天时间正好，为什么这么早就有人回来了，小李拦下一辆往回走的车问什么情况，车主用坚定的语气说：不用上去了，山上云厚着呢，贡嘎正下着雪，我们从下午3点一直等到天暗，什么也没拍到。

我们只好郁闷地打道回府，幸好当晚下榻的地方就在山下的上木居客栈，半个小时就能到，一路从山上往回走的越野车络绎不绝，失望的何止我们几个！上木居的客栈是藏民改建的民宿，条件很一般，住客吃饭都集中在二楼的大厅，这里的海拔高度接近4000米，开水烧了半天才开，感觉更不舒服了，居然饭也吃不下，只和邻座的游客搭讪，发现其中来自广东的非常多。

山里的气温已在零度以下，洗澡是断断不敢的，万一着凉感冒了可不是好玩的事。头痛欲裂，胸口发闷，平生第一次感受到旅行的艰苦。

三

第二天被隔壁赶早再上子梅垭口拍贡嘎日出的游客吵醒，干脆也摸黑起来，用冷水胡乱洗了把脸，抬头一看，旋即被镜子里的自己吓死，只见整张脸尤其是双眼竟然肿得厉害，头也好像大了一圈，十足"猪头"的样子，惨不忍睹。强打精神到二楼客厅用早餐，无非就是稀饭馒头，难以下咽。有司机被安排在厅里休息，时间尚早，还在长椅上蒙头大睡。

出发时天还没亮，昨夜似乎下过雨雪，冷冽的空气异常清新，气温非常低，天阴沉沉的，这样的天气，上子梅垭口的人再次失望不要紧，只怕都被冻成冰棍了。

我们走回头路折回新都桥，打算一天内经理塘直接赶往稻城。本来希望能补拍昨天因赶路而错过的一些景色，可惜天色昏暗没有阳光，虽然沿途溪流潺潺，河谷两岸的群山更是云雾缭绕，却苦于无法拍出效果。

天终于亮了，厚重的云层也渐渐散去，云隙中露出了一片片蔚蓝的颜色，晨光斜斜地打在山腰上，五彩斑斓的秋色顿时活了，亮瞎了我们的双眼。接近新都桥时，周边和远处的高山顶上全是白皑皑的积雪，啊！昨晚新都桥下雪了！一车人全都兴奋起来。

雪后的新都桥银装素裹，雪山在蓝天白云的映衬下更显纯净，山脚下

塔公乡——新都桥沿途风景

的藏寨炊烟袅袅，已有牧民早起放牧，黄绿色的草原点缀着黑色的牦牛和雪白的积雪，一切都美轮美奂，让人惊叹。天色越来越明亮，光线正好，一路美景不断，我们的叫停声此起彼伏，好在小李的脾气足够好，我们爱咋拍就咋拍，他只负责把车开好、停好就行。

过了新都桥我们重新沿着318国道一路向西往理塘而去。中午在雅江用午餐，这里是雅砻江的重要渡口之一，以前也曾以河口为名，后来才改称雅江。午后越野车在巍峨的群山之间不断攀爬翻越，从山谷爬到山顶，再从山巅探回谷底，在山顶一处标有"天路十八弯"的观景台上望下去，脚底下的公路沿着山体蜿蜒盘旋，几乎全都是180度的大拐弯，车轮底下就是万丈深渊，惊险无比。而过了这个观景台，我们几乎就一直走在海拔4000米以上的天路上了。

熊宗卡4281米，观景台的风景非常壮美，蓝天仿佛触手可及，流云似乎扑面而来。兔儿山4696米，远观就像一只受到惊吓的兔子竖着耳朵匍匐在风中，神情恐慌地注视着你，十分奇特，周围是陡峭的冰蚀峰林地貌，寸草不生，真不知这兔子吃什么为生。

塔公寺

苍凉的海子山平均海拔4500米，最高峰果银日则海拔为5020米，据说整座海子山共有大大小小的海子1145个，规模密度在我国独一无二，是名副其实的海子山。海子山全都是密密麻麻支离破碎的花岗岩漂砾石，还有形态怪异的冰蚀岩盆，据说那就是海子，可是我并没看到有水，或许要翻山越岭才能找到那些传说中的海子和古冰川遗迹。

快到稻城，海拔略有下降，黄昏时到达稻城声名远播的红草地。红草地离县城已经不远，也就大概二三十公里。这只不过是公路边一个不起眼的小水塘，因为每年秋天布满了红色的水草，如有晴好的天气，红草在阳光的照射下，紫里透红，非常抢眼，加上池塘对岸笔直矗立着一排黄绿错落的杨树，在蓝天白云和远山的映衬下，水中红草似火，白杨黄绿婀娜，彼此辉映出一幅色彩交织的绚丽图画，美得令人陶醉。但这只是景区门口那副宣传画中的景色而已，横在我们面前的红草地只有寥寥几丛红草，夕阳早已收尽斜晖，没有阳光照射的红草横七竖八地倒在污浊的沼泽中，显得灰不溜秋无精打采，周边的白杨树也黯淡无光，池塘对面仍旧有不少人或蹲或站对着泥中的那几丛红草不停地拍。

我兴趣索然，扭转镜头对准了景区外公路边的两个小女孩儿，小姐姐坐在地上手里数着钱，身旁放着一包食物，小妹妹弯腰双手撑着膝盖看着，两张小脸洋溢着快乐的笑容，这样的场景，无疑比那红草地靓丽多了。

晚上住稻城县城的格桑啦大酒店，房间干净整洁，后来才知道，这几乎是这趟旅游条件最好的酒店了。当晚住下的还有一团广东客人，得知住4楼却没有电梯，都在大堂里抱怨，也是的，接近4000米的海拔高度，人空手上一层楼都觉得气喘吁吁，更别说提着一大箱行李了，幸好有酒店的服务员负责提行李，否则还不知要歇几回才能挪到4楼去。

房间正对着稻城县的雪山广场，华灯初上，广场上有市民踩着音乐拍子跳广场舞，边上停有警车在执勤，一派祥和。稻城县城小而精致，市容新净整洁，街上商铺林立，霓虹闪烁，各式商品一应俱全，游客熙熙攘攘，颇为繁华。考虑到明天就得进山，大家赶紧补充物资食物，而我立马买了好几张修复面膜，再不补救那张红肿的脸，恐怕我再也无法见人了。

临街的饭店都被游客挤爆了，我们找到一间地点偏僻的饭店用晚餐，味道却出奇得好。酒店隔壁开了间早餐店，第二天去吃早餐，吃碗抄手得等半个小时，没办法，要用压力锅压呢！老板是南京人，说每年只做半年的生意，不光是他，整座县城所有店铺都一样，包括酒店甚至公务员。天一冷，游客都不来了，他们就回老家等过年了，连公务员都早早放假不用上班了，到时候，这里就成了一座空城。

稻城，全县的人口不过三万多人，每年来旅游的客人却多达四五万甚至更多，这块汇集了雪山、冰川、湖泊、草原、瀑布等壮丽景观的土地，因号称拥有"中国香格里拉之魂"而广为人知，成为中国游客热捧的旅游旺地，或许这也能带动一下当地的经济，只但愿若干年后，这里仍旧是"蓝色星球上最后一片净土"。

四

去稻城的最终目的地是亚丁。说起亚丁，不得不提一下英国詹姆斯·希尔顿的小说《消失的地平线》。这部出版于20世纪30年代的小说，讲的是在20世纪30年代，4名分别为外交家、银行家、修女与大学毕业生的西方旅客，因逃避战乱意外来到坐落在群山之中的香格里拉秘境，从此4人被命运捆绑在一起，在香格里拉遭遇了种种离奇事件。这部书出版后取得了巨大的成功，并被拍成电影，公映后更是轰动全球，连续3年打破票房纪录，将香格里拉的名声推向高峰。几年后，这部电影传入中国，主题歌《这美丽的香格里拉》被传唱至今。

美丽而神秘的香格里拉究竟在哪里？这引发了一股寻梦香格里拉的旅游热潮，与此同时，云南迪庆和四川稻城争夺香格里拉之战也已打响，因为它们都拥有希尔顿笔下所描绘的绝美佳境：藏区、金字塔般的神山雪峰、神秘峡谷、蓝色湖泊、宽阔的草甸，肃穆的喇嘛寺……

最终"香格里拉"花落中甸，而稻城亚丁也不甘示弱，争了个香格里拉镇的名号，因为亚丁交通不便等同与世隔绝，一直都是雪域高原上的世外桃源，近几年随着交通条件的改善，吸引了越来越多的游客前往，争相

稻城亚丁留影

一睹其神秘而惊艳的芳容，亚丁景区也开始变得拥挤起来。

亚丁，藏语意为"向阳之地"，境内有三座神山雪峰，分别是仙乃日、央迈勇、夏诺多吉，名字有点儿难记，以至于钟Sir问了又问，弄到雪狼哭笑不得。三座雪山南北向分布，呈品字形排列，为了能同时拍下三座雪山，我们决定先上俄初山。

俄初山，在藏语里是"闪光之山"的意思，经过香格里拉镇，成群结队的游人正在游客中心排队准备乘坐接驳巴士进亚丁景区，我们没有停下，继续行走25公里左右到达俄初山。俄初山巍峨挺拔，海拔5146米，沿着狭窄的盘山公路盘旋而上，山下是一条深深的峡谷，颇为惊险，向阳的山坡平缓柔和，林木森森，妖艳的红，明丽的黄，青翠的绿点缀相间，满山遍野五彩纷呈，斑斓绚丽，一路秋色令人目不暇接，叹为观止。

山顶是一大片平缓的草原，经幡猎猎，有当地牧民搭了一顶帐篷住着，旁边一个四五岁的小孩正捧着早餐边吃边玩，问他话也不搭理，只好奇地看着我们，估计听不懂汉语，未几闻声出来一对夫妻，会说不太流利的汉语，说是在这里扎营挖松茸，天冷了，过几天就要回山下的家里去。帐篷里晾着他们挖来的松茸，切好了晒干，女主人拿了几袋出来兜售，说卖完就能回家了。

在高处眺望，远处只能看到两座雪峰，因为逆光，拍出来的效果并不好。估计是经常有摄影爱好者到来，男主人也熟门熟路地问雪狼是否想拍齐三座神山，说山后有个地方能拍到，给他100元就能带我们过去，不远，就3公里，而且有两个海子，他比画着说。两个海子三座神山，100元也显得不算什么了，骑着摩托车的男主人只带了一半的路程，小李驾着越野车总算找到了那两个海子。

这两个巴掌大的海子对摄影家来说也足够了，雪狼和钟Si忙活起来，蔡老师到溪边捡石头去了，而我对着那只露出半个头的雪山发了半天呆，实在想不出来怎么才能把它们的神韵拍下来。

中午返回香格里拉镇，这里以前叫日瓦乡，十几年前才更名为香格里拉乡，几年前又改为镇。可以说香格里拉镇就是亚丁景区的大门，所有游客都必须在此改乘景区的接驳巴士进景区。我们在附近找了一家云南人开的饭店吃过午餐，只带了些简单的洗漱用品和摄影器材，把小李和车留下，然后乘坐巴士进入景区。

亚丁风景区在香格里拉镇的亚丁村境内，主要景点由三座神山和周边的河流、湖泊还有高山草甸组成。亚丁村隐匿在雪山与森林之间，离香格里拉镇足有三十几公里，总共不过二三十户人家，几乎都改作民宿供游人住宿，每一家藏房都像十分随意地分布在山谷间，但又似乎都经过精心设计，与周边的自然山水非常协调。

接驳车经过亚丁村，会沿途接送住在亚丁村民宿里的游客。巴士沿着山路七转八拐地盘上山去，幸好路口还好，车上的游客中有不少已经带着氧气袋，邻座有几个小伙子，其中一个正难受得要命，嘀咕着说想吐。而我暗自庆幸昨晚休息得较好，头似乎轻了许多，人也精神些了，几天下来，应该也适应了。

之前做过攻略，知道亚丁村有个惊艳异常的牛奶海，但路途较远，骑马来回也得花5个小时以上，要是徒步，往来15公里，不要说在高原负重行走，就是平常在家也不可能走得来，所以只能忍痛放弃，决定只奔最近的珍珠海而去。

下了接驳车还得走一段上坡路，远远看见一座金字塔般的神山雪峰，那是央迈勇，藏语的意思是"文殊菩萨"，海拔高度5958米，坚挺的雪峰玉洁冰清，傲然于蔚蓝的天空下，格外引人瞩目。雪峰下是由群山环绕的宽阔峡谷，清澈见底的溪流从一片深黄色的草甸中蜿蜒曲折潺潺流过，周边是层次分明五彩斑斓的森林和大片的灌木丛，惊艳无比。

栈道上已经挤满了游客，有些甚至跨出栈道直接走到小溪旁边去了，更有专程带着服装、道具、摄影师的美女，旁若无人地摆弄出各种姿势，没完没了地拍个不停，全然不顾挡了别人的视线，入了所有人的镜头。

有好几个全副武装的摄影大师更厉害，竟然在小溪对岸的草甸深处架起了三脚架，那架势是非出大片不可，只可惜他们都不知道手中的镜头不仅可以拍出绝世美景，也能拍出他们各自的人品与修养。

央迈勇山脚下有一座冲古寺，金顶在阳光下熠熠生辉，绕过寺庙有两条栈道往山上去，方向不同但都一直通往珍珠海。去珍珠海的距离并不

仙乃日风景

远，应该不超过3公里，山也不算高，但在海拔4000米的亚丁，这点儿距离和高度也需要花费3小时才能来回，简直与登天差不了多少。蔡老师状态不佳，决定放弃，留在山下帮我们看守实在太重的背囊，我们得以只带了相机，轻装上阵。

钟Sir体力最棒，一直很轻松地走在前面，而我基本上是爬二三十级就必须停下歇歇，到后来走十几步就已经气喘吁吁了，好在栈道下就是淙淙溪流，两边的森林灌木色彩斑斓，一路上的景色确实非常优美，行行摄摄，走走停停，终于看到了仙乃日的身影。不少游人走到雪峰脚下觉得颇感失望，因为只见一大片干涸的河滩，哪里有海的影子？殊不知再往前走，随着栈道向右拐了几道弯，穿过茂密的松树林，眼前豁然出现了一块青翠欲滴的碧玉，这就是珍珠海了！

世间的湖泊海子，要有阳光的照射才会有神采，上天眷顾，天气非常晴朗，此时的珍珠海就如她的藏语名字卓玛拉错一样，就是雪山脚下的绿宝石，鲜妍明媚的湖水如春水一般浓绿，在雪白巍峨的仙乃日和周边斑斓的树荫的簇拥下，显得风情万种，如梦如幻。唯一的遗憾是起风了，湖水泛起层层漪涟，没能拍到仙乃日倒影在湖中的倩影，晚上我们就住村里，明天还可以来碰碰运气。

下山的最后一班车是下午5点多，聚集在接驳站的游客已经排了好长的队，有出山到香格里拉镇的，也有只回山口亚丁村住的。感觉亚丁景区的管理不怎么好，唯一值得称道的是接驳车班次安排得当，疏导游客的速度非常快，尽管游客众多，但我们还是很快就坐上了回程的车，在亚丁村的第二与第三站之间的大自然客栈下了车。

大自然客栈位于一处山间平台上，正面对着仙乃日雪峰，推窗即可欣赏她那曼妙身姿，钟Sir在窗台架起三脚架，正值夕阳西下，斜阳照在雪山顶上，金光四射，一时奇观绝美。钟Sir打算明日早起，足不出户即可拍到雪山日出，或许会有更惊艳的收获。

五

晚上刷朋友圈，得知一朋友正巧也在稻城亚丁，当晚住香格里拉镇，明天打算二次进山，进军牛奶海。尽管牛奶海非常具有吸引力，但考虑自身的体力，我们只能望而兴叹。

因为就住在景区，第二天早上睡到自然醒才下楼吃早餐，有高反严重的游客神情倦怠地待在店里，客栈提供吸氧，按小时收费，突然就非常羡慕体力充沛的朋友，试想如果这么辛苦，千里迢迢地来到亚丁，却因为身体原因困在酒店动弹不得，该是多么扼腕的事情！

早餐后收拾好行囊，把准备中午吃的干粮带上，在客栈路口等上山的接驳车。一连几辆都坐满游人没有停下，正担心着，一辆往山下开的巴士居然在我们面前掉头让我们上车，然后一路捡上路边的游人往山上开，非常人性化。下了接驳车走上山坡，然后再转电瓶车到洛绒牛场。

洛绒牛场海拔4150米，是附近藏民平时放牧的地方，因为背靠三座神山，观赏雪峰角度极佳，所以也是亚丁的著名景点之一。到达牧场时天色尚早，但游人已经站满了河谷间的栈道。

万里无云，天蓝得有点儿虚幻，牛场周边是连绵宽广的高山草甸，

洛绒牛场留影

清浅的贡嘎河从草甸间蜿蜒而过，平缓的山坡上点缀着一丛丛赤红色的灌木，央迈勇和仙乃日两座雪山分别竖立在两侧，草甸上放牧的藏民生起火，袅袅炊烟弥漫在河谷山间，恍如仙境。

本来一切都显得静谧安宁，不料有游人跨越阑珊跑到草甸中心拍照去了，扬声器中立马响起景区工作人员刺耳的警告声，那几个游人淡定地我行我素毫不理睬，任由工作人员愤怒的喝止声在山谷中不断地回响。非常佩服这些人强大的心理素质，大概所谓的厚颜无耻也不过如此，两位外国游人从我身边走过，看样子比那些人还淡定，或许习惯了这些中国特色，早已见怪不怪了。

洛绒牛场也是前往牛奶海的必经之路，可惜人海茫茫，手机信号又极差，等朋友联系到我的时候早已走在去牛奶海的山路上，彼此擦肩而过，唯有约好两天后在色达再见。等钟Sir和雪狼拍够了已接近中午时分，在山坡上找了一处干净的草地席地而坐，在暖洋洋的秋阳下，对着冰清玉洁的神山优哉游哉地吃着自带的干粮，蔡老师笑着说老两口还从来没试过这么浪漫，而我却因此小看了那似温柔的秋阳，当晚才发现整张脸被灼得火辣辣的，疼得厉害。

昨天没拍到珍珠海的倒影心有不甘，加上蔡老师也没上去过，既然没有勇气挑战牛奶海，那么离开洛绒牛场后，决定再上一次珍珠海。

这回上去要背上几十斤重的背囊，比昨天辛苦多了，只有钟Sir仍然走在前面，我们三个只能像蜗牛一样慢慢往上挪了，不断有人上气不接下气地问下山的人还有多远才能走到，似乎下山人的回答直接就能决定他们是否继续走下去。

千辛万苦到达目的地，发现珍珠海依然没有倒影，游人更多了，挤满了湖边的平台，想拍照都难，我们干脆在树林中的栈道上长坐，把镜头移在不时串到游客脚边的小松鼠以及在林间叽叽喳喳不断跳跃觅食的小鸟身上，把身后游客的喧哗声暂时抛之脑后。

秋风恬淡，秋阳和煦，秋色绚烂，此刻时光静美，岁月安好，忽然发现，在亚丁，秋天与一切秋愁无关，你只需静心聆听，一曲唯美浪漫的秋日私语，就会在不经意间，慢慢溢满你的心扉，悠扬婉转，在耳边挥之不去。

我们在景区徜徉至夕阳西下，才坐接驳车下山，回到香格里拉镇找到小李，当晚就住在小镇的一间客栈里，客栈的条件尚好，有淋浴间和热水供应，楼下配有餐厅，一楼大厅的墙上贴满过往住客写下的留言，可见一向生意不错。

真心感觉这窝在大山沟底的小镇配不上香格里拉的名称，整座小镇大大小小的酒店客栈民宿估计足有一百几十家，高高低低地错落分布在山谷各处，似乎没有经过任何规划，显得杂乱无章。小镇周边的自然景色也与亚丁村截然不同，山谷底下的溪流水量不甚充沛，山体植被稀疏、颜色灰蒙，断然称不上风景优美。

我们住的客栈门前只有一条窄窄的通道，只容得下一辆小车通过，有客人来时，店家就必须亲自出路口指挥车辆避让。留意了一下，几乎所有店面都差不多就这种情况，为了自家门前能多停下几辆汽车，停车场都占尽了地方，全然不顾门外的通道还够不够车辆通过。

眼前的香格里拉镇，因为日渐便捷的交通，游客熙熙攘攘，车流如梭似织，酒店饭店林立。天还没亮，游客早起赶路的喧哗声就打破了山谷的宁静，忽然就明白了香格里拉的归属之争为何如此激烈，当政者争的不是香格里拉的美名，而是白花花的银两啊！

在《消失的地平线》一书中，真正的香格里拉是一个充满祥和、宁静、永恒和神秘色彩的净土乐园，是藏民心中永远的神圣之地，那份藏在崇山峻岭之间的永恒、平和、宁静会使你感受到这就是远离喧嚣尘世的世外桃源。

作为旅游爱好者，我与所有观光客一样无比向往这"人间的最后一片净土"，而当我慕名而来，真的面对她的时候，才惊觉，那美丽可爱的香格里拉，就像那世外桃源一样，永远停留在你我的梦中，远在无人的天堂。

六

第二天一早离开香格里拉镇，下一个目的地是白玉县的亚青寺，因不是同一方向，要原路返回，到理塘后继续北上，因为路途遥远，必须在新龙县住一晚上再赶路。在稻城附近经过河滩旁的一片青杨林，逗留了不少时间。朝阳慵懒地穿过树林，把树干拖成长长的线条，再打在厚厚的落叶上，一树树半透明的金黄叶子，在秋风中摇曳，哗哗撒下漫天纷纭，又像斑斓的蝴蝶在空中翩翩起舞，旋即悠悠飘落在我的头顶。脚下的落叶沙沙作响，更显林间的幽静。一个背着背篓的藏民走过，全然无视我们的镜头，或许是习惯了，又或许在心里厌恶我们的无聊。

中午时分到了理塘。理塘是318国道和217省道的分岔口，也算是一个十字路口，北上新龙甘孜县，东到康定雅安，西通西藏昌都，南下稻城亚丁，地理位置十分重要，这里的海拔高度超过4000米，一路过来就像走在云里一样。

理塘的街道也算整洁干净，没有多少行人，略显冷清。最近几年游客对理塘的印象似乎只有"危险"两字，负面新闻比较多，在政治上也比较敏感，连小李也说一般他们都不会选择在晚上过理塘，更不会在此过夜，绝大多数人都只会把这当作驿站，吃过饭就匆匆离去。

　　小李带我们去一间藏在街后巷子里面的小饭店吃午饭，店家是一对小夫妻，非常热情，做的饭菜可口而且非常便宜。午后沿着雅砻江往新龙方向走，按计划到下一个拍摄点措卡湖。

　　措卡湖在新龙麻日乡，据说湖水清澈透亮，湖边有一座几百年历史的寺庙，美得像"人间仙境，九天瑶池"，而且还有很多美丽的传说。去麻日乡的路非常不好走，坑坑洼洼尘土飞扬，好不容易到了山口，却被告知前方修路，有5公里车辆不能到达，只好悻悻而返，早早就到了新龙县城。

　　来之前从来没有听说过新龙县，如果不是发展旅游业，这个藏在大山里不过几万人口的小县城估计也不为多少人所知。我们住的酒店条件虽然不怎么样，但已经是县城里最好的酒店，据说平时上级领导来指导工作也只能住这里。此时我们的行程已经过半，我已经适应了高原，稍稍回过神来，雪狼他们却疲态初显，因为去亚青寺的途程已经不远，当天也算是做个修整，所以第二天早上天大亮了，大家才慢悠悠地上街吃过早餐上路。

甘孜县城

新龙——亚青途中的风景

雅砻江两岸的风景线很多，一路行行摄摄，中午到达甘孜县城。甘孜县已经是康北的腹心地带，山环水绕，群峦起伏，境内一脉雪山连绵不断，在雪山脚下大片金黄色青杨林的衬托下格外壮美。

县城外公路边有一湾湖泊，一座寺庙的白塔和金顶静静地倒映在水中，景色优美，路边一个拿着手机拍摄的喇嘛见我们停下，转身上了一辆本田SUV，一踩油门绝尘而去，引得我们瞩目良久。过了甘孜，周边群山的植被渐渐变得稀疏起来，黄褐色的山体和广袤的高山草原使一路上的景色显得越来越苍凉，山中的村落和民居的色调也灰暗了许多，似乎只有村里的庙宇最为亮丽，金灿灿地非常抢眼，让人感觉宗教气息越来越浓了。

七

越野车翻过了一座山梁，忽然发现天空中盘旋着不少飞鸟，刚开始以为是乌鸦，定眼一看才知道是秃鹫，雪狼说这里附近应该有座天葬台，小李说快到了。果然，路的尽头一处地势宽阔的坡地上伫立着一座金色的佛塔，不远处的山顶上，一座高大的佛像在阳光下闪着金光，那就是亚青寺了。

我们找到了亚青寺唯一的一家酒店亚青宾馆住下，宾馆就在寺院旁边，外表看起来很新净，估计新修没几年，但里面却没有独立的卫生间也没有热水供应，每个房间只提供一瓶开水，幸好床铺还算干净，并配有电热毯。老实说我之前只听说过色达，对亚青寺一无所知。就算回来翻阅了有关资料，也还是充满了疑惑，并没理出个所以然，以至于感觉难以下笔。

亚青寺，也称作亚青乌金禅林，创建者阿秋仁波切，据说具有传奇经历。亚青寺是宁玛派（红教）寺院，传说在很多年以前，宁玛派有一位大师来到亚青这个地方，说"若于此建寺将令教法兴盛"，于是在1985年，这个大师的弟子大喇嘛阿秋仁波切（即阿秋法王），就来到这里创建了亚青乌金禅林，主传宁玛派法事，并严格要求弟子闭关修行。

或许是正赶上改革开放，宗教政策宽松，亚青寺虽然建设时间不长，但发展得特别快，短短几十年就成为全国各地藏汉几万信众学法传经和修行的地方，在藏传佛教中占有重要的地位。

本来短短这几十年寺龄与藏地动辄数百年历史的寺院相比真算不了什么，远远看去那一片建筑物也没有什么特别，这几年却突然成了旅游者争相追捧的一个地方。我个人感觉应该是附近的色达佛学院受到热捧，也连带这里一并为世人所知，数万觉母集中闭关修行，使这里成为一个充满神秘色彩的地方，尤其是对藏传佛教不甚了解的一般游人，对此更感好奇，于是也就吸引了大批探秘者到此一游，尽管这里并不是旅游景点，而是觉母和扎巴们虔诚修行的地方。

亚青寺建在四面环山的章台大草原中间的湿地上，地势开阔，以金沙江支流昌曲河为界，分为两个区域，小河圈出的一个圆形半岛是女性出家人聚居的地方，因为当地人称女性僧众为觉母，所以这个岛也叫觉母岛，小岛外围的区域是男性僧人居住的扎巴区（男性僧人被称为扎巴），两区一河相隔，之间有一桥相通，一般男众是不能上岛的。

时间不过下午4点多，太阳还明晃晃地很刺眼，虽然光线有点儿硬，

亚青寺觉母岛全景

我们还是迫不及待地上山去拍亚青寺全景去了。这里的海拔高度大概3900米左右，小李开车把我们送到坡下的梯级前，但爬上那看似平缓的几十级台阶也颇感吃力。

　　山顶的地势很平缓，上面仡立着一尊巨大的莲花生大师金像，在阳光的照射下金光万丈。这里的视野非常开阔，放眼望去，一条小河从西面的山脚拐了个弯，圈出一个圆形的半岛，然后缓缓西去，这就是传说中的觉母岛了。只见岛上全是密密麻麻的小房子，简陋的房子像一个个火柴盒一样挤在一起，中间只有一条小巷分隔开来，岛的另一边靠近山坡的一处平地上还有一间占地很大的殿堂，估计是平时觉母们上课的地方，而河对岸这边的山坡上，还有不少零零星星的小棚子，那是用来闭关用的。

　　东边亚青寺巍峨的金塔非常抢眼，一侧是规模宏大的讲经堂，而对面的坡地上是另一片密密麻麻的小房子，那就是扎巴们居住的地方。其规模比觉母岛小得多，也难怪，据说亚青寺的扎巴只有几千人，而觉母却超过两万人之多。

　　山顶上刮着强劲的寒风，站久了真让人吃不消，跟着一位喇嘛身后绕

亚青寺小喇嘛

着莲花生大师金像顺时针方向转了三圈，除了祈求世界和平合家安康再也没有其他的奢求，本想向喇嘛讨教一下藏传佛教的真谛，可惜这位大师嫌我愚钝，一个手势就把我打发了，在这里扎巴、觉母随处都是，却大多不愿与外人搭讪，能否与其交流几句全靠是否有缘了。

钟Sir和雪狼架好了相机，准备一直拍到日落，甚至连夜景也一并拍下，休息的过程中又上来一位年轻的喇嘛，雪狼抓紧机会上前征询他的意见，想请他做个模特拍几张照片，好在他懂汉语还可以交流，刚开始不肯，雪狼不放弃缠着他磨了一阵子才答应了下来，按雪狼的要求摆了几个姿势，把雪狼美死了。

拍好了以为喇嘛会一走了事，谁知他忽然拿起手机向我打着手势，想请我也帮他拍几张，我好奇地问了几句，才知道他也是个游客，从青海来不过三天，对这里的一切也感到非常好奇（怪不得愿意做我们的模特），更想不到的是，喇嘛越拍越有兴致，竟然对雪狼架在三脚架上的单反相机非常感兴趣，站在相机前摆好姿势让我拍照，雪狼干脆教他怎么看镜头，两人无端地又成了钟Sir抓拍的对象，那场景让我忍俊不禁。

蔡老师眼尖，看到对面的山坡上有两处地方分别整齐地排着枣红色的列队，却不知是什么，正在猜是僧人拉的经幡还是种的什么植物，那几排队列忽然就慢慢挪动起来，我们再定眼一看，不禁惊叫起来：啊！是人啊！是穿着枣红长袍的僧众！

只见那几列枣红慢慢地往觉母岛方向挪动，一直走上了桥，我们才明白这是亚青寺的觉母下课散堂了，正各自回家呢！山坡另一边的僧众是扎巴们，人数明显少多了，也散了陆续往扎巴区走。

我不知道那山上究竟有多少觉母，反正这些队列络绎不断地从桥上走过，整整走了近一个小时都没走完，场面非常震撼，直看得我们目瞪口呆。

太阳渐渐西下，山顶的风实在太大，蔡老师最终随了小李先回宾馆休息去了，而上山的人却渐渐多了起来，全都扛着长枪短炮，天空没有一丝云彩，正适合拍摄夜景，大家都想着能出大片，纷纷占据好的位置。

夕阳下的觉母岛越发显得神秘，落日的余辉斜斜照射在拥挤不堪的小房子上，又在背后拖出长长的黑影，岛上的颜色变得层次分明，本来略显灰暗的房子忽然鲜活起来，陆续有炊烟袅袅升起，沉闷的觉母岛顿时有了生气，要知道这些觉母再怎么神秘，也是要吃人间烟火的。

天黑了，岛上陆续亮起了灯，风似乎小了些，感觉却越发冷了。满天的星星闪烁着珍珠般的光芒，浩瀚的银河淡淡地横跨繁星密布的夜空，蔚为壮观。

从来没有拍过星空，操作起来未免手忙脚乱，请教旁边的一位大师，很自然就搭起讪来。真正的大师从来不会摆架子，很耐心地回答我各种各样的疑问，让我还真学到了不少知识。

大师姓雷，从小就在藏区长大，对藏传佛教有较深的了解，说起来如数家珍。

面对高人，心中还有太多太多的疑问想要讨教，只是实在不好意思再耽误大师拍摄夜景，否则会就此缠着再聊3个小时也觉得远远不够。这就是我爱上旅行的原因之一，你会在路上不经意的邂逅中增长知识和开拓眼界，也会在无意中打开了生活的另一扇窗，满足你对未知风景的憧憬和好奇，然后使你顿悟，使你进步，使你更懂得珍惜。

八

下山的时候已经是晚上8点多，小李和蔡老师已经饿扁了，在寺院边上一排低矮的平房里找到一间饭馆，里面已经挤满了游客和扎巴，在寺院里只能吃素，将就一餐。第二天一早钟Sir和雪狼拍日出去了，我忽然没了兴致，选择继续蒙头大睡，只是起来后双眼依旧红肿着。等两位大师拍完回来早已日上三竿，吃完早餐后出发去色达的时间就有点儿晚了。

从亚青寺去色达有两条路可走，小李决定走近的一条，从亚青寺出来走甘白路，过了甘孜县城后从川藏北线317转入甘孜到色达的县道，全程280公里。虽然不到300公里的路程，听起来并不远，但路况很不好，很多都是沙石路。

一路上我们几乎就是在山谷底下或者在山顶的雪域中翻爬穿行，还有就是穿越雨雪霏霏的山口，途中除了在路经的小镇吃午饭外也没做多少驻足，但也整整走了大半天，到达色达县城时天已经昏暗，而县城离色达佛学院还有十几公里，大家心里不免有点儿着急，看来要错过最佳的拍摄时间了。

我们的车只能到达佛学院山下的停车场，上山的路非常狭窄，一般的车不许上去，所有人都得另外乘坐学院的公交车上山。我们带上摄影器材挤上了唯一一辆公交车，车票不贵，每人不过3元，车上已经有不少游客，幸好还有位置可坐。陆陆续续地上来很多穿着红袍的僧众，其中以年轻的觉母居多，有的手上一大袋拿着日杂用品，有的身上背着一卷毡子，有的拿着手机打电话，上了车相互用藏语有说有笑，浑然不顾我们这些外地游客好奇的眼神。

开车的司机一个个收完了车费，等车都挤不下了才开动了车，车子从色达佛学院的门楼中穿过，再慢慢盘上山顶，转过几个弯后，一大片红色的房顶即刻映入眼帘，20分钟左右到达佛学院当中一处开阔的地方停下，一众人下了车，觉母们三三两两散各自走回家，剩下的游客待在原地，一时找不到北，完全被周围不计其数的绛红色小木屋给镇住了。

夜幕下的色达佛学院

色达佛学院，全称是色达县喇荣寺五明佛学院，坐落在甘孜州色达县城东南约20公里处一个叫喇荣沟的地方，海拔高度4000米以上。跟白玉县的亚青寺一样，色达佛学院建成的时间并不长，1980年才由法王晋美彭措吉祥贤创建，当时才不过三十多人，之所以选在这个地方，是因为这里是第一世敦主仁波切的修行地。到了1987年，十世班禅大师表示赞成在这里成立佛学院，亲笔写信给色达县政府，请求支持。1993年，中国佛教协会会长赵朴初为学院题写了校名。1997年，甘孜州宗教局报请四川省宗教局同意，正式批准设立"色达喇荣寺五明佛学院"。

佛学院分长期和短期进修两种，一般长期学制为6年，有些特殊学位的则需要13年，学员也要通过各种各样的考试，考及格了才有学院授予法师学位。学院共有僧众学员超2万，有男有女，来自全国不同地域，以藏地学员为主，但也有汉地的学生，所以学院里也设有汉经院，由懂汉语的法师讲经。

色达县的藏传佛家寺院比较集中，全都为宁玛派红教，所以有"色达山河一片红"之说，眼前的一大片红房子也真亮瞎了我们的双眼。我们所

色达佛学院周围的景色

在的停车场右手边有一条硬底路通向一片红房子深处，左手边的正面，则有一条石径通往山顶，海拔4000米啊，那一眼望不到头的石阶真让人望而却步，但要想拍全景，自然要爬上去。

天色已晚，事不宜迟，赶紧择阶而上。此时朋友打来电话，告知也在色达佛学院，正往山下走，问清楚后才知道他在对面另一条下山的路上，如果在平时，三下两步就可以跑过去，可我而今是举步维艰啊，哪里还有力气跑过半个佛学院？只好又约晚上在县城见面。

一步步往上挪，好不容易到了半山腰，雪狼却说累死啦没气啦时间不够啦打死都不肯再上了，连一向精力十足的钟Sir也表示放弃，说着两人都摆开架势打算就在半山腰拍算了。我看看山顶，似乎有点儿可惜，几天下来，感觉自己的精力已经恢复了，一咬牙，居然就独自坚持爬上了山顶。

山顶上已经站了不少人，都架好了脚架站好了位置。找到一个制高点放眼望去，好家伙，只见喇荣沟连绵几公里的山谷和山坡上，布满了密密麻麻不计其数的绛红色小木屋，这些红色小木屋，就是两万僧侣的住所，规模比亚青寺的觉母岛大得多。

虽然没有分出明显的扎巴区和觉母区，但佛学院戒律十分严格，男众女众的僧舍泾渭分明，相互不能走动，就是兄妹也不行。

谷底和山梁上有几座寺庙和佛堂，在小木屋簇拥下显得特别耀眼，对面山腰上有一座金碧辉煌的建筑，那就是"坛城"，是按佛教密宗仪规进行某种祭供活动的道场，也是平时人们转经的地方。

位于谷底中心地带那一座最大的建筑群，则是佛学院的大经堂。听说附近还有一座天葬台，经常有好奇的游客去观看甚至拍照，我并不觉得恐怖，却也不明白为何要去打扰那些亡灵。

色达佛学院被称为"世界上最大的佛学院"，看起来规模的确非常壮观，但同时也隐患重重，连我们这些游客看着都觉得触目惊心，不要说安全隐患严峻，就是社会管理，恐怕也是个难点。

眼前这沿山谷修建的成千上万间僧舍，绝大多数都是私人自己搭建的小屋小棚，没有任何规划和整体布局可言，很随意地一间连着一间，层层叠叠，密密麻麻。除了几条主要街道，房子之间几乎没有留有间隙，我甚至都没弄明白他们是怎么进出的，而且建筑的主要材料大多都是木料，不耐火，估计房子里的电线也是胡乱铺设的，加上寺庙里还有大量的唐卡、经幡、幔帐、哈达等等，都是易燃物品，一旦着火，后果不堪设想。两年前就曾烧过一次，一烧就是上百间房子，消防车还不知道该怎么进去，没有造成群死群伤就已属万幸。

听说正是因为两年前那场火烧得厉害，当地政府近期要对这里进行整改，包括拆掉部分房子，改造基础设施，完善消防通道、旅游道路、集中供水、安全用电、垃圾处理等。从山顶望去也可以看见佛学院内有几处建筑工地架着建筑吊臂，估计正在建设一些基础设施或综合性的建筑。

色达佛学院周围有重重群山环绕，太阳早就躲到山后去了，天空只留下一抹霞光，坛城过去不远的山坡上挂满了经幡，迎风飘扬甚为壮观。

没听见有诵经声，可以看见夹在小房子中间狭长的小路上匆匆走过的僧人身影，暮色中的色达佛学院显得格外寂静而安宁。我没有长焦镜头可以对准这些身影，就算有觉母从我眼前走过，我也没有把镜头对准她们的冲动，因为我不试图也不指望能从中捕捉到她们的内心世界，更没打算把她们异常艰苦的修行拍下，拿回去当成茶余饭后的谈资。在我眼里，她们都很寻常，无论她们来自何处，无论她们背后的故事是悲是喜，都无碍她们在此一待数年甚至一辈子。她们不需要理解，不需要怜悯，没有满足游客好奇心的义务，她们只存在于自己的世界，心中的信仰和追求，足够支撑她们苦行修心，只愿修来巨大无量的功德，能从轮回的苦海中解脱。

天完全暗了下来，普蓝色的夜幕下，色达佛学院万家灯火，几条主要街道华灯初上，坛城更是璀璨夺目，整个建筑群乍眼看去与一座小镇无异，却拥有独一无二的宁静，而这份宁静，显然不属于俗男俗女，我明白自己不过是一个过客，来此净土匆匆一瞥罢了。

依然有人打着手电筒从山下艰难地爬上来，山上正用长曝光拍摄的拍客大声呼喊着"先别上先别上！"。我默默地伸展着已经冻得麻木的四肢，摸黑离开山顶，在半山腰找到雪狼他们，一起坐公交车下山去了。佛学院毕竟不是旅游景点，山上只有一家喇荣宾馆，还不接受预定，所以我们只能回色达县城投宿。

色达县城很小，方圆不到两公里，常住人口七八千，朋友用微信发了位置，总算在广场附近一间饭店找到了他，他乡遇故知一样要讲缘分，难得。县城的酒店本来就不多，预定的客栈还被政府强行临时征用了，说是要开一个重要的会议，未入住的全都得让出房间，钟Sir故意冲着服务员发了一通脾气，小伙子唯有不停地道歉，说已经另外找了地方给我们住。然后我们在县城的边缘找到一间客栈，住在一溜平房里，晚上冷得直打哆嗦，开了电热毯再加一床棉被才觉得暖和。在中国，没有什么比政府更重要，做个游客也要顾全大局，至于什么个人利益，暂且放一边去吧。

九

第二天一早推开门，院子里阳光明媚，空气干净得像刚洗过一般，冷冽清新，天蓝得让人舒心，云层却浮在半山腰上，低得仿佛触手可及，松散而又缥缈，渐渐地和那袅袅炊烟绕在一起，揉入一片和煦的光晕之中。搬行李上车时才发现整辆车的外壳都蒙上了一层冰粒，周边的草地上也结

色达——马尔康留影

了一片霜白，气温已经在零度以下了。

天色非常迷人，钟Sir有点儿后悔：哎，早知道是这样的天气今早就该再上一次佛学院拍晨景！可惜了！色达县城虽小，但还算干净整洁，街上行人不多，小吃店却早早开门营业了。吃过早餐出发，今天要到阿坝州州府马尔康去，也是近300公里的路程，没有安排特定的拍摄点，打算就这么沿途一直拍过去。到了色达以后我们基本上就是离开高原了，色达海拔高度超4000米，而马尔康只有2600米，从色达到马尔康，海拔逐渐降低，人也感觉到越来越舒适。

才上路不久，山间的晨雾还未完全散去，虽然光线不甚理想，但路边黄得耀人眼目的青杨树还是引得我们一阵驻足，久久不愿离去，有往回走的游客善意地提示：前面的景色更美，那边的光线好，赶紧去。果然，只转过一座山头，柔和的阳光透过云隙照在起伏连绵的山峦上，划出了线条鲜明的图案，山坡上的藏寨炊烟袅袅，静谧而又充满生机，立体感十足。

小河边有几棵高大的青杨林枝繁叶茂格外扎眼，阳光把满树金黄照成了透明，那透明的金黄又在蔚蓝的天空下张扬，灿烂得像一树树春花，飘

色达——马尔康风景

逸秀美，只有那深褐色的树干，写满了岁月的沧桑，仿佛用尽毕生的精力才成就了眼前这一树的惊艳。

　　进入马尔康境内后，风景更诗情画意，可以看出马尔康的自然生态环境保护得非常良好。我们一路沿着瑰丽悠长的梭磨峡谷前行，梭磨河发源于红原县查真梁子南麓，因为峡谷的下游有一个土司官寨，又地处嘉绒藏区的山冲口，所以沿途设了很多关卡，布岗放哨，民间就称之为"梭磨"，藏语含义为"岗哨多"，又有"帝王之梳篦"之意。

　　梭磨河峡谷起自鹧鸪山脚刷马路口，到马尔康县白湾乡热足止，全程长91公里，垂直高度落差890米。峡谷两岸石壁峻峭，植被十分丰茂，景色众多，尤其是层林尽染的秋天，峡谷沿途五彩斑斓秋林如绣，美不胜收。水量丰沛的梭磨河激流湍急，欢快地从谷底奔流而过，同时又如一条婉转萦回的银练将沿岸的美景串联起来，形成一条长达几十公里的绝美画廊，让人目不暇接。

　　我们的叫喊停车的声音也此起彼伏，在我们拍摄的同时，小李干脆把车开到路边一处瀑布下，任由从天而降的溪水把车身冲刷得干干净净。

途经大小藏寨村落，路边都有藏民摆卖自家种的梨子和小苹果，花上几块钱就能买上一大袋，村头寨尾高大的梨树上挂满了来不及摘的梨子，有些长得太高，人无法上去摘，只能任由落得树下满地都是。马尔康是嘉绒藏族文化底蕴最为深厚的地方，勤劳、善良、智慧的嘉绒儿女世代繁衍生息在这里，创造了很多人间奇迹和源远流长的神话传说。

当晚我们就下榻在梭磨峡谷下游西索村那个叫卓克基的土司官寨旁，卓克基土司官寨离马尔康城区七八公里，是一个4A景区。可惜时间有点儿晚了，景区已经关门不让进了。我们在外围走了一圈，环境非常清净，就连景区门前的格桑花和灼药花都开得特别灿烂。

官寨也叫土司署或土司官邸，是土司管辖境内的政治中心。卓克基土司官寨始建于清代，由末代土司索观瀛亲自创意设计并组织修建，是土司和家人在紧危时储藏珍贵物资及藏身的防御性建筑，同时也是土司至高无上的权力、地位和财富的象征。整座官寨都是传统的藏式建筑风格，房屋依山而建，宁静安详。下榻的客栈后面是一条临河而建的商业街，有商店、客栈和小酒馆小吃店，奔腾的梭磨河对面就是西索村错落有致的嘉绒藏族民居。寨子里的房子、碉楼和小桥看起来都像是用山里的石头一块块地砌成，非常漂亮。

这座看似颇有小资情调的卓克基土司官寨还是全国红色旅游经典景区，因为在1935年7月，毛泽东同志及中央机关长征途中曾在官寨住过一周。当年红军翻越梦笔山进入卓克基地区，毛泽东、周恩来、张闻天等中央领导进驻土司官寨，并于当日在"土司议政厅"召开中央政治局常委会议，专门讨论民族地区的有关问题，通过了《告康藏西番民众书》，号召藏族民众起来反对帝国主义和国民党军阀，成立游击队，实现民族自治。

卓克基土司官寨在梭磨河边鹧鸪山虎踞龙盘，连毛泽东也惊叹"古有郿坞，今有官寨"。官寨是第三批国家重点文物保护单位，因为有着重要的历史文化以及丰富的旅游资源，如今经过恢复维修，已经成了一个风景优美的旅游景点，吸引全国各地的游客慕名而至，这里也是作家阿来《尘埃落定》的电视剧外景拍摄地。

见时间尚早，我们决定到几公里外的马尔康城区逛逛。马尔康，藏语意为"火苗旺盛的地方"，引申为"兴旺发达之地"，城区依峡谷而建，风景优美，街道干净整洁，汽运站、学校、医院、酒店等基础设施都很高大上。

市中心有条嘉绒美食街，虽然不长却很有民族特色，一溜过的小饭店各种口味任君选择，每一家的人气都很旺，挑了一间合眼缘的进去，果然美味。个人觉得这样富有民族特色的美食文化一条街既方便了外地游客，又促进了当地旅游文化产业的发展。

十

一般人到川西赏红叶喜欢到米亚罗，为避开拥挤的人流，我们选择去黑水县的奶子沟。第二天一早，我们沿着梭磨河重走了一段梭磨河峡谷，然后再往黑水方向走。

云层很厚，天气有点儿阴沉，担心会下雨，毕竟出来这10天老天爷都很给面子，蓝天白云一直都伴随着我们，偶尔耍耍脾气也算正常。

梭磨峡谷云雾缭绕，没有阳光，梭磨河两岸斑斓的色彩被蒙上一层虚无缥缈的轻纱，虽然有一段路正在搞工程，但峡谷的景色仍然美得像一幅淡淡的水彩画。雪狼不禁叹道，美是美，可惜拍不出来啊！

我们都明白，世界上再出色的镜头也比不过我们的眼睛，最美的景色永远只能记在心里。正当我们担忧着天公不作美时，太阳却悄悄地从山垭探出了头，瞬间照亮了半个山头。天色渐渐明朗起来，晨雾却纠缠在半山腰久久不肯散去，仿似彼此间还有十世的情缘未曾结清。

出了峡谷到了一处十字路口，转入达古冰川方向后就意味着进入奶子沟了。

黑水县，位于四川省阿坝藏族自治州中部，与闻名遐迩的九寨沟毗邻，因境内有黑水河得名，从雅克夏雪山发源的黑水河蜿蜒穿越黑水县境，最终汇入岷江。除了拥有卡龙沟、达古冰川、三奥雪山等景点外，黑水河还有号称全国罕见的"八十里画廊"奶子沟彩林谷。

"奶子沟"在藏语中的意思是"美丽富饶、幸福安宁"，位于雅克雪

彩林谷风景

山到黑水县之间，长达几十公里，其中六十里彩林风情谷又以美甲天下的彩林世界而闻名。深秋的奶子沟正是一年中最惊艳的季节，我们来得真是时候，进入奶子沟就等于进入了一个流光溢彩的世界。

厚厚的云层彻底散开了，有些被撕成一片片，像羽毛一样轻盈地贴在蔚蓝的天空上，还有些缥缥缈缈，浮浮荡荡，依然萦绕在雪山的半山腰。蜿蜒流淌的河流清澈见底，宽阔的河谷和两旁的群山色彩明艳，我深深地吸了一口异常清新的空气，心情变得舒畅无比。美景如斯，心情畅快的又何止我一人，路边停靠的车越来越多，还有小李，一高兴把车直接开到河边去了。

中午时分到达彩林谷中的幻彩嘛呢沟，这里的小河边有供游人歇息的小凉亭，也有泡面烤羊肉串等小吃可供暂时填饱肚子，沿着山上的原木栈道则可走到幻彩嘛呢沟去，沟里林木繁茂，溪流潺潺，溪水里彩色的石头写满了六字真言，景色清幽怡人。

过了幻彩嘛呢沟后两边的色彩越发丰富起来，奶子沟洋洋洒洒八十里，而"六十里彩林，六十里画廊"，沿着小河往下走进入彩林谷地段，

老茶馆留影

所经之处无一不是满眼灼灼秋色。

河谷两岸的植被都非常丰茂，阔叶林、次生林和灌木丛相间而生，松树、白桦、青杨、花楸、沙棘等等，还有叫不上名的灌木丛，全都五颜六色，红有深红、橘红、粉红、紫红，黄有金黄、鹅黄，绿分草绿、墨绿，还有深褐、浅褐等等。各种深深浅浅的颜色，在阳光的照射下打出明暗分明的层次，像极了一幅幅浓墨重彩的油画，偶尔还会添上古老的藏寨、洁白的雪山，在山崖上奔流而下的小瀑布，还有在小溪畔悠游的牛羊，我完全被眼前的色彩迷晕了头，一时竟然不知自己身在何处。

见一处风景特好，坐在副驾驶座位的雪狼叫了声停，聪明醒目的小李跟着我们受了10天的"艺术熏陶"，已经对所谓的"光影"略知一二，把车准确地停在了最佳的位置上。沿路往前边走边拍，走在前面的雪狼在拐弯处停了几秒，旋即转头对着我们大声呼喊：快上来，快上来！这里好美！大家快步跟上去一看，全都"哇"地叫了一声：真美啊！

只见眼前的河谷豁然开阔，公路边的山脚下有一方碧玉般明净的湖泊，斜阳刚好打在两边的彩林上，艳丽的彩林又倒影在湖水中，美得像童话世界一般。蓝天上白云飘忽，阳光时明时暗，湖光山色也跟着不断地变幻，构成光影层次各不相同的自然画作，令人眩晕，令人难忘。很多游客在此停留，不玩摄影的人在嬉戏，用小石打水漂，搅动了一湖秋水，也搅乱了大自然的杰作，我们在镜头中惊醒，临走了才看到了湖边一块大石头上刻着"雅麦湖"三个大字。

临近黑水县城时经过的羊茸哈德藏寨是一处度假旅游景点，因为正处在彩林区精品景点"落叶松林"的中心地带，三面环山，一面临水。金色的落叶松林、高耸的白塔和风格独特的藏寨相互映衬，瑰丽奇特，风光旖旎，恍若世外桃源，使我们驻足良久，直到太阳西下才依依不舍离开，下榻黑水县城。

黑水是此次旅程的最后一站，考虑到黑水至成都途径的茂县和汶川是成都通往旅游旺地九寨沟的必经之路，交通非常繁忙，经常会堵车，所以我们清晨5点就离开黑水，成功避开车流，只用了3个多小时就过了汶川，经过映秀镇时顺道去汶川大地震遗址看了看，到达成都时也不过上午9点多。飞广州的航班是傍晚，时间还很充足，小李按他美女老板的交代，说带我们去一个好地方，那就是双流彭镇的老茶馆。

彭镇，又称彭家场，离双流机场不过6公里，在车水马龙人声鼎沸的繁华街道里，藏着一家具有地道川味风格的百年老茶馆。老茶馆坐落在彭镇的杨柳河畔，不要说我是第一次听说，估计很多成都人都很难找到这个土得掉渣的老茶馆。

当我们七转八拐找到老茶馆的时候已经是上午10点多，只见河边有几排破旧不堪的老式平房，小巷当头是一家

老茶馆里悠闲的老人们

奶子沟留影

叫"东江柳"的清幽小院，女主人是位气质高雅的中年妇女，很热情，让我们随便看。这个小院是由女主人搞艺术的小女儿早年买下的破房子改建的，一层临街的房子摆设着一些工艺品，后面的小院子和几间偏房自己住着，楼上则是几间布置清雅的小茶室，女主人说，生意是次要的，在这养老倒是非常不错，都不想回城里去了。

离"东江柳"几步之遥就是传说中的百年老茶馆，门前已经坐满了茶客，从人缝中挤入门去，茶馆内光线昏暗，不过倒也宽敞，同样茶客满座，当中绝大多数都是白发苍苍的老人家。

靠近门边的一张长桌边，七八个老人围坐着、神情淡定地敲着彭镇围鼓，一位老年女性站在一旁有板有眼地唱着川剧，秋阳从狭小的天井和屋顶上的明瓦中照射下来，刚好落在蒸汽腾腾的灶台上，一个光着肩膀只围着一条蓝色围裙的伙计正忙着烧开水泡茶，简陋的灶台上放满了老式提壶。

房屋四周斑驳的墙面上依然保留着"文革"中留下的标语和领袖头像，屋檐下那颗闪闪的红星，屋顶的小青瓦，屋梁上挂的电灯泡，没有经过任何批荡坑坑洼洼的地板，早已褪色的破旧竹椅，已经变了色的方木桌，还有满屋子坐在竹椅上一边喝茶一边腾云驾雾的老人，真让我恍如隔世，仿佛一下子回到小时候那个特殊的历史年代。

像我一样拿着单反相机的全都是外地人，其中不乏外国游客，不停地在茶客中穿插寻找拍摄的对象。没多久茶馆伙计过来告知，必须要开过茶位喝茶才能拍摄，每位10元，并特意叮嘱，茶馆内的老人可以随便拍摄但不能当面给他们钱。

观察了一下，果然所有老人都不会对镜头反感，有些明知你的镜头对准了他，还特意整整衣领理理胡子摆好姿势任你拍个够。

有一位穿了一身旗袍的女子带着自家的摄影师坐在老人家旁摆拍，甚至要求老人也跟着摆出各种姿势，我在旁看着也觉得有点儿过分了，但老人家居然还淡定地配合着，我一时感慨万千也非常好奇，这些老人家究竟是以什么样的一种心态对待我们这些游客，是因为早已习惯了还是觉得实在无聊，又或许在他们眼中，我们这些游客一样无聊透顶，他们不过也在看我们的热闹而已？

开了茶位在角落坐下，逮住伙计洗刷杯子的机会和他聊了起来。原来这房子建于明清时代，民国时期就是茶馆，在座很多八九十岁的老人家在两三岁时就牵着自家爷爷的手来喝茶，对这茶馆非常有感情。茶馆的房子在"文革"时归了集体，现在也归房管局管，如今承包给私人，当地的茶客不过收费1元，我们这些外地游客则要10元。

清茶一杯，连瓜子也没一颗，这些老人就这么一坐半天，晌午回去吃过饭再来，坐上一天也只是两元钱而已。我好奇，那政府就没打算把这一片破房子给拆了？想拆啊！都已经说了，不过你说能拆了吗？想想也是，只要这些老爷子还在，估计谁也别想把这茶馆给拆了。

据说有史料记载，中国最早的茶馆起源于四川，四川人出了名的会过日子，喜欢喝茶，却又不喜欢宅在家里喝，尤其是老年人喜欢热闹，闲暇时到茶馆坐坐，一边喝茶一边调侃，海阔天空谈笑风生就过了一天，在茶盖碗、铜壶和土灶台中把日子过成了历史，任你这些外地游客去细细品味。

晌午时分我们约了小李的美女老板吃过午饭，然后再次回到茶馆，打算一直待到该值机才离开。午后的茶馆没了上午的热闹，"摄影家"比茶客还多，我忽然没了兴致，在门口的空位坐了，看旁边一对有些残疾的父子为老人理发，午后的阳光已经闪到了老房子的背后，茶馆里更加昏暗了。

　　我们刚结束了一段不短的旅程，却在无意中发现了这个貌似被世界遗忘的，藏在都市里的犄角旮旯，打算继续坐穿这种自在、平静和悠闲，对着一杯清茶，心里谋划着几时几日，再来寻个茶香氤氲，度一宿杯盏浮生。

路上的风景

一连几周没休息，感觉人都快憋疯了，全国两会刚结束就缠着领导要了两天假，加上周末，带上单反，背上行囊二话没说就上路了。

事前并没有仔细看此次的行程，除了因为有农夫、农民头做足了攻略外，还因为一直都不在乎目的地在哪里，行走只为欣赏沿途的风景，收拾颓废的心情。飞到杭州时已经是夜里10点多，先到机场内的神州租车公司拿到车，全新的本田雅阁2.0，宽敞舒适，当然最最满意的是这是一辆顺风车，几乎不花钱。

在机场附近一座偏僻的酒店住下，一早起来看风景，发现窗外是一大片开得正灿的油菜花，天色昏沉，飘着蒙蒙细雨，空气中弥漫着油菜花淡淡的幽香，非常清新。

农夫一早出去钱塘江口转了一圈，回来意犹未尽，临时决定绕道宁波慈溪，从南往北，走走杭州湾大桥，我一看地图，桥的北岸是海盐，网友小鹰的地头。

我们来得正是时候，三月的江南莺飞草长。江浙农民看起来日子过得都不错，房子修得像小别墅似的，房前屋后点缀着嫩黄的油菜花、雪白的梨花、红粉菲菲的桃花还有碧绿的杨柳，色彩斑斓，如诗如画，美得让人赞叹不已，让人不禁心情大好，真是三月江南一片兴，逐我殷勤千里来啊。

雨渐渐大了，却依然温柔，雨丝纤细而绵长，如江南美女的秀发，更如我心头祥和宁静的思绪，仿佛心灵上沉重的枷锁，肉体上的疲惫，都在江南的雨雾中烟消云散了。

杭州湾大桥很长，36公里，据说是世界上最长的跨海大桥，我们上桥后雨停了，可惜却没有放晴，大桥宏伟的身姿隐没在云雾之中，放眼望去，虚无缥缈，一时分不清身处何地，疑心对岸就是蓬莱仙境。小鹰推掉了所有工作在桥对岸等着我们，算起来和小鹰也是网上认识六七年的老朋友了，他乡遇故知，人生一喜也，感觉海盐因此不是蓬莱胜似蓬莱。

佛说，缘分就是一种人与人之间无形的联结，是某种必然存在的相遇的机会和可能，多少次来江浙都与小鹰擦肩而过，这次却由于农夫的一个临时决定让我和小鹰有一面之缘，我想这就是传说中的缘分吧。但缘亦如风，来是缘去也是缘，午饭后，谢过小鹰和他同事的盛情宴请，我们继续上路，因为晚上要到黄山机场接迟到一日的真珍，时间有点儿紧。

钱塘江的上游是著名的富春江，一路的风景美不胜收，我们决定逆流而上。对富春江最初的认知还是从清王时敏的《富春江山居图》开始的，画面上的富春山层峦叠错，风景优美，而我们欣赏到的富春江，确也"冷叠千山阔，清涵万象殊"，沿途走来，春雨细细，山色空蒙，虽然遗憾不

婺源画家与我

能拍出好的大片，但两岸重山叠翠，峻岭逶迤，绿水蜿蜒，清澈澄碧，不禁让人想起古人诗云"江边三月草萋萋，绿树苍烟望欲迷，细雨孤帆春睡起，青山两岸画眉啼"，如此优美的山光水色，难怪历史上有那么多的文人雅士来此寻幽览胜，或不受官禄诱惑到此归隐田园山居，并留下许多名扬天下的诗词文赋。

富春江的上游是新安江，过了桐庐往西走就是新安江水库，也就是敢号称"天下第一秀水"的千岛湖风景区，据说新安江水库在水位百米以上的时候，面积达三亩以上的岛屿有上千个，故称千岛湖。千岛湖碧波万顷，水色空蒙，琼岛罗列，恍如人间仙境，沿湖而上可到达景区深处的淳安。淳安县城不大，却很干净整洁，因为临湖而建，环境非常优美，和当地居民聊天，得知平时到这里的游客并不算太多，人们的生活看起来优哉游哉，一时让人非常羡慕。

离开淳安再沿湖边往安徽黄山方向走，虽然路况不怎好，但却能欣赏到千岛湖最美的风景，因为新安江上游已经接近安徽，当地的民居已有徽居的特色，尤其是进入安徽歙县境内后，时常可见对岸云雾缭绕的高山上全是一层层金黄金黄的油菜花梯田，一座座白墙黛瓦的民居错落有致点缀其间，最可惜的是天色已晚急着赶路，不能把如此美妙的景色收入镜头之中。

沿途经过村落无数，村里新修葺的房子挺多，看起来也宽敞，却少见村民出来行走，偶尔看见三两个老人在简陋的店铺前闲聊，天黑时大多房屋都乌灯黑火，或许是因为村落的年轻人大多都外出打工的缘故。我等过客只观赏到一幅幅好山好水，却不晓得这山水深处演绎着或喜或悲或怎样也道不明的故事。

到达黄山市区时天已全黑，随便看中一家饭店用晚餐，饭店的老板是个年轻的小伙，非常会做生意，因为以前做导游出身所以会说几句广州话，毫不费力就说服负责后勤的农民头上了满桌的菜，也不管我们能不能吃完。饭间听老板说黄山屯溪老街的夜市不错，我们干脆就住在了屯溪老街。农夫上机场接真珍，农民头整天忙前跑后的也累得早早歇去了，我独自一人拿着单反相机上老街去，街上的游客并不多，挺适合闲逛，很快就发现老街上有不少同类，拿着单反扛着三脚架傻乎乎地晃悠着。

徽州作为一方有着悠久历史的土地，以其山清水秀的自然环境和贾而好儒的人文积淀养育出众多的名人墨客，古人如理学家朱熹，今人如前国家主席胡锦涛、江泽民（祖籍婺源江湾，婺源原属安徽管辖），商人如胡雪岩等，而徽州文化更内容广博深邃，与敦煌学、藏学同誉为走向世界的中国三大地方显学，就是因为有着如此深厚的文化底蕴，使得屯溪老街的夜市也与众不同，似乎少了些人间的喧哗与俗气，多了些超凡与儒雅，除了日常的店铺外，卖文房四宝的店铺特别多，门面也装饰得很雅致，随便找了间进去逛逛，挑了毛笔和与端砚齐名的徽墨留个纪念。

真珍到的时候天正下着豪雨，第二天早上却很适时地停了，吃过早餐前往婺源。真珍是位大学植物学教授，博学开朗的她让我们增长了不少知识，真珍还是农夫的大学同学，他俩谈论着同学间的趣闻秘事经常让大家笑声不断，使我们的旅途因而生色不少。天刮着小北风，忽然变冷了许些，我们想找个地方休整添衣，不想却拐进了江湾镇政府，意外的是并没有工作人员把我们撵出去，偶尔进来一两个人对我们的打扰也见怪不怪的，门卫处有人出来，上去搭讪问路，原来是个找门卫闲聊的退休教师，详细指点我们该如何走后，还随便推销他家开的小旅馆，难怪镇上居民的房子都修得很大，想必都开家庭旅店了。

婺源是个县，现辖十镇六乡，地处皖浙赣三省交界处，旧时隶属安徽，本来油菜花到处都有，但盛开的油菜花和青林古木之间处处掩映着具有徽派建筑风格的美丽村落，清溪碧水之间还有无数的驿道、廊桥、古祠，无不散发着浓郁的毓秀之气，远看就像一幅幅优美的水粉画，着实无愧于中国最美乡村的美誉，可惜三月的婺源人流密如过江之鲫，最美的乡村变成了最拥挤的乡村。婺源的旅游通票价格210元/人，一些主要的景点都要凭票进入，因最近几年已声名在外，颇高的门票价格无碍全国各地的游客在烟花三月蜂拥而至，游客们都兴致勃勃地冒着蒙蒙细雨在花海中穿行，无论女人还是女孩，头上都戴着油菜花编织成的花环，衬托着花一样的笑脸，农夫还算细心，买了两个花环送给车上的两个女人，我们笑言，或许只有在婺源戴花才不会被人当作花痴了，真是不戴白不戴呀！

到处都是拥挤不堪的人群和堵在路上的车辆，毕竟有点儿煞风景，农夫决定避开人群挑一些较为偏僻游客较少的地方走。婺源到处都是风光旖旎的青山碧水，几乎家家门前都有盛开的油菜花，还时有梨花桃花点缀其中，实在没有必要跟人群挤在一起，或许我们会错失一些经典的景点，但远离喧哗的乡野显得更具灵气，更能让人深深领略那天人合一返璞归真的美妙意境。

当我把镜头一次次对准民居旁边那娇嫩美艳的花枝时，旁边总有村民走过骄傲地说："怎么样，很漂亮吧？"是啊，真的很美真的很漂亮，但最美美不过此刻我宁静惬意的心境啊。经常会遇到很多全副武装的骑行队伍自由潇洒地在花海之间穿越，互相打个招呼，问句从何来往哪去，答曰：从吉林来，往宁波去。佩服之余也感慨万分，上路不难，难只难在有一颗说走就走的决心哪！

或许早就料到跟团旅游就像赶鸭子似地扫兴无趣，像我们一样到婺源自驾游的游客非常多，可以在整个婺源地区自由穿越，走走停停，行行摄摄，走到哪里算哪里，饿了就找间看得到风景的农居吃顿家常便饭，现宰的鸡鸭，清溪的小鱼儿，自家园子里摘的青菜，起码吃得很放心。

得益于农夫超强的方向感，我们在婺源随意行走而不迷路，江湾、江岭、晓起、段莘、思口、沱川……傍晚时分到了清华镇，镇边的青山下有一条潺潺流动的小溪，两岸杨柳依依，茂盛的油菜花萝卜花黄白相间煞是好看，有妇人在溪边洗菜濯衣，鸭子在溪中嬉戏畅游，不远处盘腿坐着一位年轻画家正对着风景作画，大家惊叹着争着举起了镜头，自己也全都成为别人眼中一道美丽的风景线。

一行人就这样在婺源的乡间田野游走到天完全暗下来，就近安顿在一间藏在山腰上单家独户的农家客栈，新修的三层小洋楼，设施简单却也干净，楼顶上有一小露台，正对着俊俏的山峦，山下小村庄在油菜花田映衬下雾气弥漫，炊烟袅袅，显得格外的静逸安宁，雨后的空气夹带着油菜花和泥土的芳香，清新干净得让人心旷神怡。我们吩咐店家把晚饭安顿在露台，几样小菜一点儿小酒，伴着声声蛙鸣阵阵清风，新朋老友把酒言欢，推杯换盏不亦乐乎，真有些"四人对酌菜花开，一杯一杯复一杯，我醉欲眠君且去，明朝有意抱琴来的意境"，妙不可言哪。

原本想第二天在婺源再转悠半天，可是一早起来雨又淅淅沥沥地下个不停，看样子天公并不作美，农夫决定调整计划经景德镇到鄱阳湖边转转。离开婺源前农夫对附近的彩虹桥念念不忘，既然来了未睹彩虹桥的芳容心有不甘哪，谁知道著名的彩虹桥已被一堆建筑物围得严严实实，必须要买门票才能进去，呃呃，连看座桥也要收费，真真令人气结哪！看着农夫一脸的失望，梦中情人失约了也不过如此的表情，我安慰说所谓的遗憾就是下一次造访的最好理由哦！

景德镇境内的自然景观和民居的建筑风格与婺源截然不同，似乎社会风俗也不太一样，让我恍惚从天堂又回到了人间，幸好半途在景德镇淘得几件心仪之物好歹也高兴了半天。中午时分到达鄱阳湖边上的鄱阳县，这里有鄱阳湖国家湿地公园，据说鄱阳湖的湿地资源非常丰富，类型也多，是世界上最大的白鹤和天鹅的越冬地，每年都有几十万只的鸟类在此过冬，场面非常壮观，不知道是因为来的季节不对还是天气不好的原因，我们走过一程栈道到达湖边时，连鸟的影子都没找到，农夫的长焦镜头最终没派上用场，雨忽然大了起来，湖面雨雾迷茫，这种天气就算乘坐快艇游湖也很难欣赏到鄱阳湖的美景，更别说要拍什么好片子了。

我们干脆放弃坐船游湖，从几幢正在修建的别墅前绕到景区内的另一侧，只见一尊硕大的女神雕像伫立在湖边，雕像旁边有一座小山岗，上面也矗立着一座高大的石碑，从背面爬上山头，转到石碑正面才知道碑上题有"天下第一湖"几个大字，不明白中国人为什么老爱认第一，鄱阳湖只是中国第一淡水湖吧，何况近几年生态保护得不好，前两年有段时间湖底都干涸无水了，这第一怕真难保持呢。

从石碑正面顺台阶而下，才发现神女雕像前还有一座牌坊，上书"显孝"两字，原来此女神乃唐代著名孝女饶娥。饶娥幼年丧母，与父亲相依为命，一日其父在江上捕鱼时突遇风雨，船翻落水沉入江中下落不明，饶娥在江边痛哭三日感动了天神终使其父浮出水面，之后饶娥绝食而终。饶娥的孝行惊动了官府和京城，柳宗元撰有《饶娥碑记》，《新唐书》更将饶娥列为孝女，地方为饶娥建庙立祠加于奉祀，相传饶娥为江西乐平市接渡镇泪滩村人士，在鄱阳湖畔为饶娥铸像也就理所当然了。

"天下第一碑"对面山上建有一亭，冒雨登上小亭凭栏而眺，只见鄱阳湖烟波浩渺，水天一色，辽阔的湖面与大海无异，清冽的湖风伴着阵阵排浪扑面而来，波澜壮阔，此时才真正领略到鄱阳湖"万窍争怒号，惊涛得狂势"的壮美，想来也不枉到此一游了。

因农夫真珍有大学同窗在鹰潭相约一聚，所以我们取道鹰潭经瑞金、赣州，再由定南入广，经和平、河源回到广州，四天的行程超过两千公里。在机场神州交车的时候有太多的依依不舍，不舍那崭新舒适的本田雅阁，不舍新结识的朋友，最最不舍结束如此逍遥洒脱的旅程。

行者无疆，行者从不需要理由，梦想终有一天，放下所有顾虑，做一个行者，收拾心情，丈量世界，欣赏风景，不在乎目的地，只为在行走中品出生活的真味。

婺源风景

我和秋天有个约会

万里长城，金山独秀

或许是在秋天出生的缘故，我对秋天情有独钟，总觉得自己和秋天有个约会，以至于一入秋，心神便恍惚起来。印象中已多次在秋天出游，只为能在秋韵中醉生梦死。

中秋已过，岭南的秋隐晦得几乎没有一丝痕迹，晴热沉闷的空气酝酿的不是肃杀的秋意，而是奔月而来的台风"天兔"，9月21日，趁着"天兔"还在月宫与嫦娥纠缠来不及兴风作浪，赶紧北上追寻秋韵而去。

雪狼早在机场等候，除了十几张陌生的面孔外，意外发现还有老朋友牛车水，新朋老友自然分外高兴。一众摄友中高手林立，每人身背价值连城的摄影器材，其中不乏中国摄影家协会的会员，看来这回跟的真是名副其实的摄影团了。

出机票的时候就知道乘坐的是飞往北京的A380空中客车，登机时终于见到传说中的"大灰机"，机舱果然庞大，只是经济舱的座位跟一般大客机没啥大区别，稍微让我觉得有些不一样的是有空姐过来道生日快乐（身份证显示当天是我的生日）。到达首都机场才知道我们的团队也非常庞大，来自几个城市和地区的团友共有65人，还夹带有非摄友的一般游客，人太多只能分两组行动，这样的组合为下来几天的旅途增添了不少小插曲。

此次行程的第一站是上金山岭拍日落。金山岭长城也算得上是帝都的远郊吧，百多公里的距离，不过地属河北承德的滦平县。这段长城是明朝爱国名将戚继光担任蓟镇总兵的时候主持修筑，据说是万里长城中的精华地段，有"万里长城，金山独秀"之誉。因为到达的时候不过下午3点过点儿，离日落的时分还早，牛车水提议徒步上山，背着贼重贼重的器材，看着不过几百米高的长城，我心里还是发毛，幸好还有老虎和小迷糊陪着，说说笑笑气喘吁吁走了近半个小时，总算手脚并用爬上了长城，心里想咋二十年前就不觉得长城的石阶这么陡这么高呢。

　　登上塔楼，视野豁然开阔，极目远眺，燕山支脉上的金山岭长城蜿蜒曲折，望长城内外群山巍峨，高低隐现，起伏跌宕，正值金秋时节，满山红遍，层林尽染，壮美之极。天色渐暗，一般的游人陆续散去，因金山岭素有"摄影爱好者的天堂"美誉，逗留在长城上的基本都是些摄友，各自选择好阵地，长枪短炮摆好架势，用摄影家独特的眼光寻找最佳的视觉角度，捕捉美妙的光影效果。未几夕阳西下，落日熔金，雄奇的万里长城犹如一条镶嵌了黄金的巨龙，在崇山峻岭上蜿蜒盘旋，筑起一道铜墙铁壁，蔚为壮观。

金山岭长城留影

记得曾有文章写道：长城，是世界上最奢侈的山际线，是最唯美的观景台，也是最深刻的历史废墟。看长城之美有太多的角度，它的美，多少文字也难以尽言。而我在萧瑟的秋风中凝视着落日下金碧辉煌的长城，心想再先进的镜头，再出神入化的摄影技术，也无法把这当下长城的壮美表现得淋漓尽致。在周边咔嚓不停的快门声中，不经意发现不远处的一个角落，几个外国朋友安安静静地坐在石阶上，倚着破旧的墙体，默默地注视着一轮红日在暮色苍茫中渐渐西沉，一脸的淡然。

有古诗如此描绘长城的秋色："柳色尚沈沈，风吹秋更深。山河空远道，乡国自鸣砧。巷有千家月，人无万里心。长城哭崩后，寂绝至如今。"无论万里长城承载着多少代人的血与泪，如今的长城却无法再寂绝下去了，每到旅游旺季这里便人头涌动，现实告诉我们，现代的长城不是用来哭的，只用来挤的。忽然就无比敬重那几位外国游客，他们既不是摄影发烧友，或许也不足以读懂长城的厚重，却能漠视周边喧嚣的人群，一坐几个小时，无意之间竟然拥有了宠辱不惊，闲看庭前花开花落，去留无意，漫随天外云卷云舒的潇洒境界。

本人所谓的摄影技术连菜鸟都算不上，镜头里的美景不是太暗就是过曝，只能老看旁边的行家里手怎么拍，忽然发现身边有个精神矍铄60开外的老人架着一台NikonD4在取景，寻思着能用这么高端家伙的肯定是大师啦，于是探头搭讪请教一二技法，一问才知道这是随队的摄影指导张老师，果然是高人。

天色黯淡光线已经不足拍摄，于是撤退和张老师一路走下山，闲聊中得知老师已有45年的摄龄，不禁好奇，问他，几十年来行走无数，天下美景几乎已尽在镜头之中，还有什么好拍的？难道不觉厌倦吗？但凡天下著名的美景都已经被人拍烂了，又如何才能出好作品？老师说，只要善于从不同的独特的角度去观察去捕捉去发现，任何平凡的人文景物都能给你不一样的意外收获。

在金山脚下用过膳，连夜赶往承德，本来已经累趴，却收到蓝狐发来"生日快乐"的短信，感谢之余告诉他，我正和雪狼一起在承德准备去坝上，他非常惊讶地回我：2010年，也是你生日这天去旅游，认识了我，今年也是你生日这天去玩，哈哈你还是喜欢生日这天外出，是恰巧还是你故意安排的啊？雪狼在一旁神秘兮兮地看着我笑，扭头看见领队笑吟吟提着一盒蛋糕过来祝我生日快乐。不用问是雪狼的安排，想起三年前在乌市蓝狐安排的那一次生日派对，开心之余感慨蓝狐、雪狼俩哥们做人做事的用心。

晚上雪狼、牛车水、老虎还有小迷糊为我开了一个小小的生日Party，原来生日当天出游还真是好处多多，收获的不单单是意外的惊喜，还有来自新朋老友的浓情厚谊。

秋意盎然，醉美坝上

一

第二天早餐后前往坝上草原。如果不是资深的旅游达人或摄影爱好者，估计对坝上没有什么认知。坝上，本来是指由草原陡然升高而形成的地带，又因为气候和植被的原因形成的草甸式草原，现在说的坝上，一般泛指位于北京正北的张家口以北百多公里处到承德以北百多公里处的一带地区。

坝上平均海拔近1500米，范围非常广阔，游客常去的景点一般有丰宁大滩、木兰围场和克什克腾旗乌兰布统。因为是第一次来，对环境也不熟悉，但知道找到北就行。离开承德时路边的树木只是微微泛黄，一路向北往木兰围场，山上的树林色彩渐渐就斑斓起来，白黄红绿装点着起伏连绵的山包，路两旁的水稻已经成熟，一大片一大片的金黄从眼前快速掠过，疑惑夹在稻田中间的向日葵为什么全都耷拉着脸，后来才明白那是因为向日葵也到了可以切花采收的时候了，饱满的葵花籽使花盘不堪重力，而不再幼嫩的花径也日催衰老，只能全都向着东南垂头而立。

路边随处可见开得正灿的小花，导游说那就是传说中的格桑花，深深浅浅的玫红花朵在秋风中绽放，看上去弱不禁风的样子，可风越狂，它舞得越妩媚。中午到了木兰围场，小饭店前正好开着一大片格桑花，团友们饭也顾不上吃，长枪短炮对着小花一通"打"，小小的花朵在风中摇曳，没有一定水准还真"打"不下来呢。看有人在收集种子，我也采了一捧带上车，格桑在藏语中是幸福的意思，我要把这吉祥的种子带回家。

饭后继续北上，我们的目的地是克什克腾旗乌兰布统。视野越来越开阔了，草原就在眼前，天气不错，蓝天白云下不时有成群牛羊马在草原中悠闲觅食，只是天虽蓝却带有一层灰，而不是我们渴望见到的蔚蓝，问导游是不是这里的空气也受污染了，导游很坚决地说没有的事，怕我不信还特意掏出手机翻出前几日拍的蓝天给我看。半信半疑之间发觉这里的草原已有沙化的迹象，心想北京离沙漠越来越近了。

乌兰布统地属内蒙克什克腾旗，与河北围场县的赛罕坝林场隔河相望，导游说这里是个三不管的地方，我纳闷这么一个旅游旺地怎么可能没人管呢，好歹有那么多的旅游收益，应该抢着要管才对呀。乌兰布统是大清王朝木兰围场的一部分，康熙爷曾在这里亲自指挥清军大战噶尔丹。

进入景区后，草原上的秋意越加浓郁，起伏连绵的草甸虽然不是一望无际，却足以让人感受到天似穹庐笼盖四野的苍凉，唯一不同的是如今草原的草已经长不高，一阵秋风吹过，不见草低只见草动，但也无损坝上风

蛤蟆坝美景

光的完美。到处都可看见白桦林，或一大片，或三五成簇，也有单棵独立的，耀眼的白色枝干顶着灿灿黄叶，美不胜收。路两边随便一群马牛羊都能引起游客们的惊呼，有时候应游客的要求，车辆也会在路旁停下让大家拍照，一群人拿着家伙朝着牛群蜂拥而上，于是人比牛还多，我站在车旁没动，淡定地把镜头转向另一个方向，远处的山坡顶上，一棵树旁若无人地立在那里，好一处独特的风景线！

日暮时分，斜阳的逆光将一道道山梁树林打出了明明暗暗的投影，见惯美景的摄影家们终于也按捺不住了，每发现一处光线地形特别适合拍照的地方就叫嚷着司机停车，可惜司机并不是摄影家，关心的只是在高速行车时怎么样才能把车停稳，于是等司机把脚刹慢慢放开时，车早就过了景点三百多米了，因为全团六十多号人，分前后两台大巴，结果前面的车在一处地方停下拍照，后面车上的摄影家们抱怨起来："这里有什么好拍的，要背景没背景要光线没光线，刚才那么好的地方都不停，现在停什么！"有人搭话说是不是前面车上的老师说这里拍照好要停一下，马上有人叫了，"什么大师，懂什么！"我听罢不禁哈哈一笑，看看不是也有大把人在此流连忘返吗？团太大，众口难调，别人与你交一样的团费，没理由人家就不可以选点拍，你觉得这里不美，那是人家的审美水平还没跟得上你嘛，或者见得美景没你多呢，大家出来相互包容吧，明后两天多的是可拍是的景点，千万不要影响心情。

因为团太大，组合也有点儿复杂，我们这十几个人大部分都是高手，其他的小团有纯粹的游客也有行家里手，意见有分歧一点儿也不出奇，问题是，大师们见惯场面，眼光独到，已经有了看山不是山看水不是水的境界，且又容易自认了不起，而一般游客特别是比较少出门的游客，面对美不胜收的风景，随便一棵花草树木都能掀起无限激情，大呼小叫地拍摄留影，谁会管你光线不光线的。

其实摄影师也好，游客也罢，人人眼里都有自己的一道风景线，人人心里都有自己的一份心情，美景当前，我们需要的，不是一个超清的镜头，而是一份悠然淡定的心绪，无论你有什么样的眼界，心之所至，则美景随处可见也。

二

当晚下榻军马场一家小旅店，条件不怎么样，但居然配有WiFi，尽管信号很差，经常上不了，我们要在这里待上三个晚上。天上的云慢慢厚重起来，阴沉沉像要下雨的样子，我有点儿担心，牛车水却说下雨才好呢，下雨明早就能起雾了。

第二天凌晨4点，天还黑漆漆的，微雨中夹带着丝丝雪花，气温很低，大概就只有零下三四度吧，把带来的衣服全套上了还冷得要命。出门冷风一吹，立马知道自己少带了一顶厚帽子和手套，一时叫苦不迭。

一团人终于分散开了，每三人一组上一辆越野车，一共22辆，都编好号，挤爆了旅店门口，车太多，牌子又杂，幸好跟雪狼一个组，在黑暗中跟着他拿着小手电好不容易才找到自己的车。我第一次看见这种场面，说："有点儿夸张吧。"谁知雪狼就笑了，"等一下你再看吧，哈哈。"我们的司机很年轻，我嫌大部队不自由，怂恿他说要不咱们自己走吧，不要等他们，你认得路就行。小伙子憨厚，说那不行啊，得要跟领队说，我们有车队长管着呢。

后沟白桦林留影

夕阳下的花腰山丛林

好不容易等大伙都上了各自的车，车队终于浩浩荡荡地出发了，我们要去将军泡子拍日出。车队刚出路口，我惊诧地发现从旁边的小路上不知从哪里钻出了一队又一队的车辆，渐渐地几百辆越野车从四面八方汇集在一起，耀眼的车灯在黑暗而辽阔的草原上形成一条长长的车龙，场面非常壮观，我目瞪口呆："这车都从哪里来啊！"雪狼说："看到了吧这才叫夸张，坝上最美的秋色也就是每年的9月下旬到月底这十天八天时间，几乎全国所有的摄影爱好者都赶在这几天蜂拥而来，等过了这一段黄金周，这里又会安静下来了。"

关于将军泡子的来由，据史书记载和民间说法，乃当年康熙皇帝亲征，击溃漠西噶尔丹叛军的地方。可能是为了保护草原，车辆已经不允许直接开到泡子边，因此车停下后还要摸黑走一段路。天边渐渐地有些发亮了，但云依然厚重，也没有晨雾，看来拍日出是没什么希望了，半小时左右到了泡子边上，已经有早到的人架好脚架了，走了半圈并没有发现有更好的角度和位置，张老师说人太多了，不如到后边的山上去吧，找一个制高点拍估计更好些。天气还阴沉着，我们几个跟着老师往山上去。

背着沉重的器材爬山确实不好受，感觉脚都抬不起来了，真佩服张老师一把年纪了还在前面"健步如飞"。总算爬上了山坡头，天又飘起了雨，卸下背囊放眼一望，整个将军泡子尽收眼底。老实说，这水泡子在我们南方人来说不过是一池比较大的水潭，没什么观赏价值，但站在高处极目远眺，只见苍穹之下四面环山，辽阔的草原上镶嵌着一环碧水，笼罩在晨曦中将军泡子显得苍凉而壮丽，闻道清代将军曾在此血浴沙场，如果此刻来一曲抑扬悲壮的蒙古长调，那该是一番怎么样的情怀！

虽然天气不甚理想，但摄友们依旧待到天完全亮以后才回住处吃早餐，然后前往牧场拍摄万马奔腾场景，那可是摄影家们最期待的一场重头戏，据说那壮观刺激的画面会让人热血沸腾激动不已。几十号人一到牧场就蜂拥而上争抢最佳位置去了，远处的山头上，几百匹马已经准备就绪。我只有一个18-135镜头，也没有拍奔马的经验，心想还是把位置让给大师们吧，也就和雪狼、老虎他们一起跟着老师走得远远地，他们都有足够长焦段的镜头，站远点儿没关系。

老师告诉我们，马在奔跑中见到前方有人的话就会停步不跑，绝不会踏着人跑过去，所以大家要靠边散开站好位置，这样无论镜头长短都能出作品。等我们在远处站好位置扭头一看，好家伙，前面的人早就打横一字排开对着马群，任凭老师在山坡上喊破嗓子也不离开，牧马人可不管那么多，也不等导游把队伍指挥妥当，就开着摩托车赶着马跑起来，马群才刚刚撒开腿跑了一小段，见到前面横着的人群就全都停下了，马群跑三趟就算一场，三趟都只跑了半截就算完了，结果除了挡在最前面的人拍到了好镜头，后面大部分的摄友拍出的片几乎全都是废的，气得直骂娘，最后把气全撒在领队和导游身上了。我看一伙人嚷嚷吵了半天，心想这是不是也算是中国特色呢。领队和导游调停了好久，得出的结果是明天再加一场，愿意的就凑份钱。

后沟有一大片白桦林，可惜阴沉的天空又飘起了雨夹雪，金色的白桦林少了蓝天的衬托就好想没了灵魂一样，举起镜头完全没有感觉。但秋天的白桦林毕竟容易滋生浪漫情怀，雪狼用小米手机的微距功能拍的桦树皮，居然像极了一幅幅水墨山水画，形态抽象，非常写意。有摄友特意请人赶了一群马进来，有了马群略显单调的白桦林顿时有了灵气，大家算是不枉此行。

因为中午的光线并不适合拍摄，所以一般都会安排回旅店休息。睡醒一觉出门，惊讶地发现天空早已烟消云散一片蔚蓝，导游没骗我，天空真的非常非常蓝，蓝得让人心都醉了。下午去的蛤蟆坝是一块突起的平缓坡地，周边是起伏连绵的丘陵山地，坡地下有一弦清澈平静的湖水，站在坝顶上眺望，蔚蓝的天空下，漫山遍野的红叶和金黄的白桦林混夹在一起，溢彩流金，绚丽多彩，随便把镜头对着哪个方向，都是一副浑然天成的美丽图画，再傻的镜头再傻的人在这里都可以拍出大片来。据说很多摄友在此取材的摄影作品都在国内外的摄影赛中摘金夺银，蛤蟆坝也因此名扬四海。山坡下的沟膛里还藏着一个小村庄，依山而建，散发着浓郁古朴的田园风味。

略见遗憾的是，绝美的风景吸引着成千上万的游客，三五成群地散落在坝上的各个角落，进入了所有人的镜头。湖边有人开了车来垂钓，垂钓人成了别人的"断章"，也尚可装饰着我的眼眸，只是那停靠在湖边的汽车，却无论如何也不能装饰我的梦了。

三

第二天还是摸黑爬起来，这回拍日出的地点是北沟。凌晨4点，空气冷冽，感觉比昨天还冷，澄澈的夜空上星光灿烂，漫天繁星像极了璀璨的明珠镶嵌在黛蓝的天幕上，老虎看惯星云变幻，指点着告诉我哪个是猎户星座，小迷糊在旁叫着打星轨打星轨！如果有时间，这样干净的夜空的确可以打出惊艳的星轨。

心想天气这么好，今天的日出肯定不会让我失望了吧。可到了北沟的山坡下，仰头望着黑漆漆的山顶，几乎都想打退堂鼓了，雪狼说走吧！我只能硬着头皮跟着雪狼开始爬山。身上穿得像个裹蒸粽一样，还背着十几斤重的背囊，可怜我打着手电在黑乎乎的山路上踉踉跄跄气喘吁吁举步维艰地往上爬，好不容易才爬到半坡的高地，看见前面还有一座山峰，我觉得自己快断气了，打死也不愿意走了，反正这里也够高的啦，雪狼只好自己继续往上去了。

　　其实这里也有不少人支好脚架等日出了，冷风刮得脸像刀割一样疼，虽然穿着羽绒衣还是觉得冷得骨头都在打战，哆哆嗦嗦笨手笨脚地把脚架相机调好，傻乎乎地在寒风中等着那传说中的一轮红日从地平线上跳将来。天还黑着，只在天际泛起了些许的鱼肚白，山下的小道上越野车的灯光还连绵不绝地流动着，心想还不如昨晚彻夜不睡在此等候，用长曝光拍这旷野中黑夜下的车流灯光线条呢，这是不是比拍日出更有些创意呢。身后来了两位老人家，一边支脚架一边说："云层不够，又没有晨雾，今天没戏。"其中一个观察了一下周边，把镜头转了过去，说，"月亮还没下呢，那边霞光还有点儿意思。"

　　天渐渐明亮起来了，山脊上红彤彤的霞彩越发耀眼，但太阳躲在山后扭捏着不肯出来，东边的山势平坦，天际没有丰富的云层，画面也略显单调，山坡下的白桦林没有晨雾缭绕也少了些韵味。听说坝上有雾的时候最美，因为这里的雾都只在低处袅绕，美丽的树冠都漂浮在云雾之上，甚至牛羊马的脊梁都流动在变幻莫测的雾气之间，美得不可言表，如此看来大师们辛苦一场又得失望而归了。看着对面山头上摄友们一字排开的剪影，想起雪狼在朋友圈说过的一段话："摄影，其实是一群傻帽每天凌晨4点起床背着几十斤重器材登山，冒着严寒傻傻站在山头哆嗦流着清鼻涕，每晚在电脑前处理图片到深夜的二货们干的傻事。"不禁忍不住偷偷乐了起来：其实摄影跟做人做事是一样一样的，酸甜苦辣皆滋味，只要摆正了位置，调好了心态，那么无论把镜头对向哪里，都能拍出一份好心情，拍出一个新天地。

　　拍完日出后去牧场补拍万马奔腾的场景。老师说阳光充足拍出来的马才会有精神，天气非常好，看来天公也有意成人之美了。可是去到牧场一看心里就凉了一截，好家伙，现场起码有两三百号人哪！本来是一批客人包的场，却吸引了周边所有的游客，因为没有围闭场地也没办法清场。雪狼的朋友王总汲取我们昨天拍马的经验教训，特意拿了个扩音器指挥人群站好位置，无奈人实在太多了，有部分人就是不听，有人甚至躲在中间位置的树丛里，大伙对着他大喊，说快出来都入镜啦，你犯众憎啦，那人硬是赖着不肯出来。

有位面容慈祥仪态儒雅的长者站在人群四五米开外说："你们都向我学习吧，往后靠5米。"结果周围只有我一个人向他走去，我俩不禁也笑了："中国人就喜欢争先恐后，谁也不愿吃亏，真没办法。"王总把嗓子都快喊哑了，好不容易指挥人群把位置大致站对了，可是等马群从对面山顶往下跑时，人群又不自觉地往前涌去，我们的人也只能干着急，不用说马群还是没能尽情跑起来，几个来回马群懒得跑了，牧马人也不乐意了，导游和领队也气坏了，人群骂骂咧咧地散了。

我和跟队的另一个老师一起往回走，老师是承德人，对坝上情况非常熟悉，他说本来这种摆拍就没有什么意思，真想拍马的话，就不要选旅游旺季来，秋天就等十一国庆后再来，那时候游人就少很多了，随意在草原上逛，到处都是马群，想怎么拍都行。可中国人特爱凑热闹，不是说这时候的坝上最美吗，那就得一窝蜂涌过来。我等也一样不能脱俗，看着路两旁站满了全副武装的摄友，雪狼笑道，此时坝上汇集的游客估计是世界上最有富有的，因为每人身上的器材都价值连城哪！

坝上草原奔腾的马群

回住处用完早餐后再出发到东沟，日近中天，天气已变得暖和，只是光线太强已经不太适合拍大景，不过东沟的大片白桦林景观很漂亮，蔚蓝的天空上飘着棉絮一般柔和的白云，草地边缘舒缓的漫坡上长满了金色的白桦林，疏密相间错落有致，让我想起在欧洲见到过的阿尔比斯山脉的高山草原风情，心情立马也变得浪漫起来，如此优美如画的环境真的很适合躺在草地上晒着秋阳发呆啊！

中午养足精神后去花腰山。在乌兰布统已经转了两天，依旧没分得清东南西北，后沟北沟东沟什么的，印象中几乎都是缓慢的坡地起伏的丘陵，广袤的草原就这么起起伏伏地延伸开去，其中无一例外地点缀着金色的白桦林，花腰山也一样，不同的是这里的视野更开阔些。天愈发蓝了，只要有蓝天作背景，再平淡无奇的景物都美得让人心醉，造型优美长势独特的树干在蓝天下尽情伸展着苍劲的枝叶，为了寻找更好的表现角度，大师们不惜俯卧、平躺、弯腰，不断调整着姿势去拍摄，那架势被小迷糊形容为婀娜多姿。

雪狼来之前已经做足了功课，等太阳偏西后就指引我们几个转向花腰山的另一侧山背，穿过一片茂密的树林，走上一处坡顶，眼前忽地豁然开朗，啊！风景这边独好！只见坡底下一大片色彩斑斓层次丰富的树林，高高低低，错落有致，夕照将逆光打在树冠上，树干拖着长长的投影，形成的强烈明暗反差，极大地渲染了一种如同古希腊油画般的朦胧之美，如梦如幻，让人仿佛置身于童话世界中。

太阳慢慢西沉，绚丽的晚霞渐渐地把树林变成了金黄色，光彩夺目，视觉的冲击不及心灵上的震撼，尽管冷风萧瑟，我们仍沉浸在美景之中不忍离去。大自然的魅力是如此神奇，再高端的镜头也没法再现它的神韵，再美妙的语言也无法描绘它的炫丽，人类在大自然面前是如此渺小。秋风滑过耳边，恍似在吟诵一首梵歌，浮躁的心灵在大自然的歌声沉淀，沉淀，再沉淀，最终融化在一片静逸安宁之中，无声无息，随风而去了无痕迹。

此情此景，此时此刻，我无疑已收获了一份无比淡定的心情，就算在行走中没拍出一张令人满意的作品，那又有什么关系呢！

文艺小心情，爱上798

在坝上的第三天早晨，总算不用早起，因为收获不甚理想，摄友们再次补拍了一回万马奔腾，场面意料之中的混乱，为了平复摄友们的怨气，去过五彩山之后，导游另外联系了牧羊人赶了一大群羊来给大家拍个够，总算让摄友们留下坝上之行最后一场比较满意的收官之作。

下午离开乌兰布统草原打道回北京，夜宿滦平县城，第二天仍然早起赶往金山岭长城拍日出，从进景区门口开始，一直到上长城，不断有人为了争抢时间和位置发生口角纠纷，以至于此处不屑再费笔墨描绘一番。

离开北京前还有小半日时间，最后一个行程是798艺术区。最早知道798是经常在某些名人的访谈中介绍说，在北京798开设画廊或艺术创作室什么的，便有心留意，但一直未有机会去闲逛。798艺术区位于北京朝阳区酒仙桥大山子地区，算四环吧，还好不是市中心，当天未遇大"堵"，车辆顺利停在798四号门。

798之所以叫作798，是因为这里以前是国营798联合厂的弃置厂房，后来包括798厂在内的原来在20世纪50年代初"一五"期间建的六家电子

北京798留影

厂，重组成北京七星华电科技集团有限公司，由于对原六家厂的资产进行了重新整合，一部分厂房被闲置，后来被七星集团用作出租。

由于这些厂房是五十年代初由苏联援建、东德负责设计建造的项目，建筑风格简练朴实，讲求实用，是实用和简洁完美结合的建筑典范，据说质量非常坚固，抗震强度设计在8级以上。随着艺术家和文化机构的大量涌入，大规模地租用和改造空置厂房，用作画廊、艺术中心、艺术家工作室、设计公司、餐饮酒吧等等，这片经历无数风雨沧桑的旧厂房逐渐成为具有国际化色彩的艺术空间，引起了国内外相当程度的关注。

现今至少有几百位以上的艺术家直接居住在这里，或者拥有自己的艺术创作空间，其中还有不少来自国外的艺术家，他们的到来不仅仅是对工业厂房的重新定义设计和改造，更多的是对生活方式和态度的创造性的理解。798意味着先锋意识与传统情调共存，实验色彩与社会责任并重，精神追求与经济筹划双赢，精英与大众的互动。出现在798的这一现象，牵涉到都市发展、生产和消费模式等广泛的层面，有点儿复杂有点儿高深，一般人也不好理解，但对于一个纯粹只喜欢艺术和文化的游客来说，这里绝对是一个闲逛消遣的好去处。

北京798

艺术区的范围非常广阔，估计有几十万平方米，由于没看到明显的游览指引和地标指示，时间又非常有限，我们只能在4号门附近的几条街道随意闲逛。这里是艺术家云集的地方，处处都透着浓郁的文艺气息，街头景象异常丰富，除了画廊、工作室、设计公司、艺术中心外，精品家居、时装、小手工饰品、酒吧，咖啡小店、餐饮等服务性行业也布满街头巷尾，感觉每一家店主都是艺术家或文艺青年，因为几乎所有的店面门口的设计都非常前卫时尚，各种各样造型独特新颖的雕塑遍布街头，高大的厂房铁门、临街的墙壁全都画满了色彩鲜艳的图画，甚至连临建的石棉瓦辛铁皮都是美丽的画卷，你可以看见消防栓前面唐突地杵着一座怪异的雕塑，也可能被大石后面一张惨白的脸谱吓了一跳，更会停下脚步恨不得也在墙上涂鸦一番。

有新人在街边拍婚纱照，有老人带着孩子在嬉闹玩耍，有靓女遛着狗晒着暖暖秋阳坐在路边打发悠闲的午后时光，亦有人走鬼和城管吵了起来，更多人在酒吧消遣，朋友把酒言欢，情侣呢喃细语，走在街上的，则是我们这些手拿单反的游客，带着一脸的好奇，窥探着每一个角落。

这里是非常适合拿着50定焦扫街景的地方，一个过路的行人在你的镜头里面就是一道亮丽的点缀，一架斜倚在墙角的自行车就是一幅充满味道的小品，那是艺术的味道，也是悠闲的味道，更是小资的味道。有幸与雪狼、老虎、迷糊还有老谢同行，感谢他们耐心地为我拍下了一张张留影，记录下那一刻我脸上陶然欲醉的表情，还有一点点小文艺的心情。

看看时间不多了，跟雪狼抱怨说怎么只在这里待这么短时间啊，才逛了几条街，我还想去看画廊，还想去看艺术展，还想去晒着太阳喝咖啡……雪狼说："这还是我极力争取才加上去的行程啊，有人还不愿来呢，想起还有一满车人在等着。"没办法，这就是艺术观、价值观、甚至人生观的差别吧。不过短短一个多小时，我只看了一些皮毛，几个角落，却已深深地爱上了798，突然就非常羡慕住在周边的人们，或许他们中间很多只是饱受生活磨难的北漂，但与798相邻，工作之余或在心情不好时来这里发发呆，或许也能从798丰富的文化内涵和强烈的艺术氛围中寻求到些许的安慰吧！

798，我下次来，定然泡上一整天，用脚印一步一步量度你深广的情怀。

英伦纪行

过 关 篇

对我来说，出境游的确是一件很不容易的事情，更何况还是自由行。春节过后就申请年假，三番缠磨几级领导，好不容易获准，然后就是一大沓的表格资料、填表、盖章、写证明、复印材料、扫描证件、跑银行、找朋友介绍中介、到签证中心递交申请等等，在这两个多月的过程中，工作、生活、身体，状况百出，一度令人左右为难，待终于下了决心独自上路，可供准备的时间已经不足。

听闻入境时对方海关会问话，诸如因何到英，住哪里，几时离境等，一时疑惑，问："是用英语吗？""当然，难道还会用粤语吗？"在学校学的英文早就还给老师了，除了些零散的单词和简单会话，说得最流利的一句英文就是"对不起，我不会说英语"，而且语法还明显不对头，上次去欧洲就是用这招应付下来的，估计这次也一样奏效吧！但上次是跟团去呢，万事有人安排妥当！为了保险起见，儿子牛牛发来一份详尽的过关攻略，包括过关可能需要的文件，他的学校和专业名称，英文地址及电话，过关时海关可能问到的问题，还准备了一封英文信，把基本情况写清楚，说万一人家嘀嘀咕咕说个不停而你又一句听不懂就干脆把信一递就完了。

经常上路，但独自出行还是第一次，而且是飞越万里的远行，考虑到语言不通，选择了直飞伦敦的航班，尽管贵点儿但省下不少麻烦。漫长的旅程虽然略显寂寞，心里却淡定得很。印象中搭乘的飞机就没有几次准点过，不是天气不好就是航空管制，这次也不例外，但这次航空公司的理由却很另类，在客舱坐了一个多小时才被告知因飞机注册问题要改乘另一架787，飞机上绝大多数是外国人，等待的过程中整个机舱非常安静，没有一个人在喧哗抱怨，有小孩哭闹也没听见大人的训呵，听到广播后两百多号人下飞机搭接驳巴士再上机，非常有秩序。我一时若有所思，心想要是换了整机都是中国人会怎么样？

13个小时的飞机确实累人，尽管周边的老外没有打呼噜但还是睡不着，看了半本小说两部电影好不容易熬到了希思罗机场，打开手机看见牛牛的短信，提示说过关通道分欧联跟非欧联两种，千万不要走错。其实真不容易走错，你看见一大群亚洲面孔混杂其中的人龙队还不醒悟这就是非欧联通道么。

过关前在人群中找到几个貌似留学生的年轻人，凑上前去搭讪寻求帮助，说自己不会英文，等过关时能不能帮忙回答海关人员的问话，对方不太热情哦，一个小姑娘显得有点儿为难，说只是来旅游的，估计英文也不

飞机上俯瞰伦敦

太靠谱吧，于是决定自己闯关。等待过关的人很多，看见有游客被海关人员问个不停，心里没底，问排在后面的中国帅哥，"万一那老外不让进咋办？"帅哥一脸的不屑："他问什么你都说I do not know就行，大使馆都给你签证了他还能把你咋样滴？我上次就是这样过的，呵呵。"想想有道理，他总不会就这个把俺撵回中国吧！

本来想按帅哥提示挑一个据说比较好说话的中东女海关，这些女子头上包着黑头巾，浓眉大眼暗肤色很容易认，（其实我一直郁闷着为什么工作人员中没有中国人），但人家把我指引到一个白人年轻女长官前，对方拿到护照只问了一句什么，胡乱应了一句yes就不管三七二十一把准备好的英文信递上，或许是本人相貌端正神情淡定人家瞧着顺眼看完信面带微笑用中文说了一句"谢谢"就把我放了啊，呵呵！出了通道拿了行李见到了接机的牛牛，嗨，就这么伦敦我来了！

地 铁 篇

伦敦地铁非常古老，它是世界上第一条地下铁道，历史久远，1856年开始修建，1863年正式投入运营，此后经一百多年的建设逐渐形成如今庞大的地下网络。牛牛说地铁是伦敦的灵魂，坐过伦敦的地铁你才能真正融入伦敦这个社会，才会深刻体会到被这个国际大都市紧紧包裹的感觉。是的，只要在伦敦生活就离不开地铁，地铁是伦敦的脉搏，潜埋在伦敦的地底深处，纵横交错，把每个区域连成一个整体，来来往往的乘客每天穿行其中，带着各自不同的表情，每个表情后面隐藏着不同的故事和经历，简直就是一个城市的缩影。

因生活在国内的三线城市，鲜有坐地铁的机会，偶尔坐坐也会被挤得像大饼一样，一次就怕，但这里是伦敦，打的贵到飞起，坐巴士照样塞车，还是坐地铁比较实际些。对一个不懂英文的人来说，独自在伦敦乘坐地铁是绝对不可能的事，所有的英文标识只认得一个Way Out（奇怪怎么不是Exit）。就算是留学生，刚来伦敦时，对犹如蜘蛛网一样的地铁也会感到心怯，有些甚至选择回避，宁可多走几步也尽量不坐地铁。

毫无疑问，伦敦的地下是个错综复杂的网络世界，五颜六色的地铁运行图令人眼花缭乱，市区之内，也就是六区之内一共有十几条线，每条线都有不同的颜色，红、黄、橙、紫、黑、蓝、粉、青等，跟车厢里的主颜色也相配。不同颜色的线路自然有不同的走向，问题是你就算弄清楚了方向后也要看坐哪一趟车，因为同一条线上不是所有车的目的地都是一样的。每个站台上高挂的电子显示牌会告诉你下辆地铁往哪里开，还有多久会进站，不会看？好吧你就自己发愣吧，还好站台边都有座椅可以歇歇。

第一次坐伦敦的地铁，首先学会的是乘扶手电梯靠右站。感觉伦敦的地铁埋得非常深，经常是陡峭的扶手电梯都要上好几层，有些甚至要乘升降电梯，而扶手电梯上的所有人全都自觉靠右站，留着左边让有急事要先行的人通过，站在左边挡道的一定是初来伦敦的人。几次过后，不用牛牛提醒，我已经习惯靠右站了（回国时在白云机场乘扶手电梯，一大堆人把电梯堵得密密实实，竟然觉得非常不自在，甚至觉得有点儿看不过眼呵呵）。高峰期的地铁自然是拥挤的，不同的是这里没人会硬挤进一个已经满员的车厢，而是耐心地等待下一趟车，反正再怎么挤也不会被人挤成大饼啦！车厢里也安静，大多数人不是闭目养神就是拿一本书或一份报纸在看，在如此安静的环境下，让你都不好意思大声说话。车到站时，从来都是等下车的人都出来了才会有人上车，听得最多的是Thank you和Sorry，就算是你不小心撞了人家，还是人家Say Sorry，你想不服都难，人家就是有修养，大人小孩都绅士得很。

在扶手电梯两侧墙上，挂着各种壁画和广告，而广告上的内容很多都是歌剧院新上的剧目海报，简直就是一个艺术走廊，文化气息非常浓厚。通道边上经常有艺人站在半圆形的圈子里表演，牛牛曾经采访过这些街头艺人，据说政府每年都会向他们发放牌照，每天分两个时段每次两个小时在街头或地铁站表演，让他们合法地用自己的才艺谋生。伦敦人尊重艺术，并不吝惜自己手中的硬币，因此这些艺人每天赚几十镑是没什么问题的，生活倒也潇洒自在。站在长长的扶手电梯上，欣赏着两侧的艺术海报，听着悦耳的音乐声，已经成为伦敦人生活的一部分。

伦敦地铁的各个车站的建筑风格都不一样，从砖石拱形结构到纯钢架构，或者钢化玻璃结构，都体现了不同年代的独特风格，记录着英国一百多年的地铁建筑发展史的巨大成就，也许是这个原因，很多电影都喜欢在伦敦地铁取景，其他的说不上来，我自己最熟悉的是电影《哈利·波特》，电影中通往霍格沃兹魔法学校的火车就是从King"s Cross Station 国王十字车站出发的，在这里甚至还能找到9¾站台。King"s Cross Station 国王十字车站是6条地铁线路的换乘站，同时在地上连接了国家铁路系统，既是地铁站，也是火车站，更是2005年7月7日震惊世界的伦敦地铁恐怖袭击事件的发生地之一，在旁边的酒店住了几天，因此在这个站台出入了好几次，特意在里面转了一圈，可惜当时没想到该去找找9¾站台，试试能否穿越到魔法世界去。

在伦敦整整待了10天，几乎每天都在市区尤其是一区二区之间闲逛，这也意味着我们每天都穿梭于市中心错综复杂的地铁网之中，坐过的线路有好几种颜色，以至于后来几个主要站点诸如Green park、Euston、Baker street、King"s Cross都耳熟能详了，就连Piccadilly Circus皮卡迪利广场都不知经过多少次，对我来说，这辈子坐过的所有地铁全部加起来都没在伦敦坐得多。

这地铁坐得多了，也能悟出点儿东西来，觉得坐地铁跟走人生路是一样的，所经的路网再怎么错综复杂，再多分叉路口，再多交叉点，只要搞清方向，明确目的地，就算一时坐错站，都能及时下车换乘，重新找对该坐的车辆，无论经过多少周折，都能最终到达你心中的目的地。

人 文 篇

到伦敦时是下午，天气好得很，蓝天，白云，空气非常清新，晚上9点多天还没黑，这样的好天气让人舍不得早早歇息。

当晚住温布利，酒店的窗外可看见著名的温布利足球场，街上有三五成群的球迷盛装打扮，以为是晚上有什么赛事，但没听见球场有啥动静，一觉睡到天亮（其实凌晨4点多天就亮了），在伦敦居然可以睡到自然醒，感觉真不是一般的惬意，似乎有什么东西在扑棱地响，拉开窗帘一

大英博物馆前留影

看，原来是一只鸽子站在窗台上张望，窗外是宁静的街景，行人稀少，居然下着小雨，难怪都说伦敦是出了名的一个被宠坏的小女孩，说翻脸就翻脸。

这天据说是银行日（以前我真没听说过），英国的法定公众假期，顾名思义就是所有银行都放假不营业的日子，银行不开门导致其他一些行业也无法做事，所以一些商店也会在这一天关门，逛了一圈，街上能找到吃的地方就只有麦当劳了。

下雨天最好的消遣当然就是去逛博物馆、美术馆和艺术馆了，好好感受一下伦敦作为一个国际大都市所拥有的文化与艺术魅力。大名鼎鼎的大英博物馆，是世界上历史最悠久、规模最宏伟的综合性博物馆，位于伦敦市中心的罗素广场旁边，里面收藏了世界各地的许多文物和图书珍品有六百多万件，藏品之丰富、种类之繁多为全世界博物馆所罕见。当然，大多数宝物都是大英帝国通过战争从世界各国掠夺回来的，包括我们中国。藏品实在太多了，再大的博物馆也放不下，所以大多藏着，展出供参观的只是一小部分。

大英博物馆和巴黎的罗浮宫、纽约的大都会艺术博物馆同列为世界三大博物馆（三个中竟然到过两个，禁不住有点儿嘚瑟，呵呵）。博物馆的主楼是希腊式的建筑风格，正门有八根高大的圆柱，柱廊上方是装饰着浮雕的屋顶，从正门进入馆内可看见一个大中庭，周边是相连的四通八达的一百多个展厅。位于中央的圆形建筑是阅览室，阅览室上层有咖啡馆和餐厅，可以鸟瞰整个大厅，中庭上方是巨大的半透明的屋顶，非常明亮。阅览室的外侧是博物馆的商店，在参观之余，也能购买纪念品。

　　中庭有地方可以用一镑买到博物馆的平面图，博物馆地下地上有8层，共有一百多个展厅，分为非洲馆、美洲馆、古埃及馆、古希腊罗马馆、亚洲馆、欧洲馆、中东馆、特别展览馆等几个部分，每个部分包含数量不等的展厅。绝大多数展厅都位于主层和上层，很多馆会跨越几个楼层。这么多展厅，就算没有时间限制，也会跑断腿，不过我们还是决定耗上半天走一圈，令我感到意外的是这里竟然允许拍照，不过很多时候看得入迷倒也没顾得上拍了。个人觉得最震撼的就是埃及馆，因为刚好遇上大英博物馆从当月22日起到11月的主题为"古老生命、全新发现"的木乃伊

英国国家美术馆前的特拉法加广场留影

展，这里展出了8具木乃伊（没数，大大小小的觉得远不止这个数），博物馆的科学家利用先进的电脑技术，将这些古老的木乃伊重新展示给人们，包括木乃伊厚厚的裹尸布里面的3D图像，以及利用科技手段复制的陪葬品，最夸张的是可以看见一具木乃伊的头颅内还有留着些什么工具。

英国人连人家已经沉睡了几千年的木乃伊也从刻有精美图案的棺椁里挖出，然后万里迢迢运回来展示，真让人目瞪口呆，不由想起著名的神秘而恐怖的法老咒语"谁要是干扰了法老的安宁，死亡就会降临到他的头上"。虽然后来考古科学家通过研究证实，"法老咒语"所谓灵验其实是墓室里隐藏一种可以致癌的氡气以及木乃伊身上足以致命的细菌孢子导致了部分考古工作人员的非正常死亡。随着考古经验的不断积累，在过去几十年里，考古科学家虽然屡屡"惊动法老神灵"，可时至今日依然"健在"。话虽如此，那些厚重的裹尸布、棺椁上神秘的图案，甚至被做成木乃伊的野猫都散发着一种无形的震慑力，让人无比敬畏，实在无意惊动这些神灵，一张照片也没拍。博物馆里还有一样宝物来自埃及，就是镇馆之宝罗塞塔石碑。石碑高一米多，宽不够一米，与拉美西斯二世雕像一起放在埃及厅主层，非常醒目，这是一块制作于公元前196年的大理石石碑，有埃及国王托勒密五世（Ptolemy V）的诏书，上面用希腊文字、古埃及文字和当时的通俗体文字刻了同样的内容。由于这块石碑刻有三种不同语言版本，使得近代的考古学家得以有机会对照各语言版本的内容后，解读出已经失传千余年的埃及象形文的意义和结构，因此成为今日研究古埃及历史的重要里程碑。

与埃及厅相比，中国厅藏在亚洲展馆里显得不那么醒目。很多中国人都知道，大英博物馆是收藏中国流失文物最多的一个博物馆，文物多达2.3万件，长期陈列的约有2000件。从远古石器、商周青铜器、魏晋石佛经卷，到唐宋书画、明清瓷器等，中国历史上各个朝代的国宝几乎应有尽有，门类齐全。而这些国宝，都是英国人抢掠回来的战利品，别的不说，单单是甘肃敦煌藏经洞里的4万多件经书书稿中，大英博物馆就收藏了1.3万件，中国现存仅三分之一，我国学术界有"敦煌者，我国学术之伤心史"之嗟叹，我等亲临博物馆看着中国厅中央墙上那几十平方米的敦煌壁画，其心情只可用痛心疾首来形容。不知是不是心虚，英国人从敦煌掠去的画卷及经卷多以万计，但除了这幅壁画，其他藏品在中国厅内却难觅踪迹。因为绝大多数文物都存放在博物馆专门收藏中国古画的斯坦因密室里，而"斯坦因"这个名字，至今仍深深刺激着中国人的神经。

英国国家美术馆（The National Gallery，又译为国家艺廊），位于英国伦敦市中心特拉法加广场的正北方向。国家美术馆收集了从13世纪至19世纪、多达2300件的馆藏绘画作品。由于其收藏属于英国公众，因此美术馆是以免费参观的形式向大众开放，但门口设有捐款箱，偶尔也有要收费的主题特展。服务台可以领取携带式导览设备供游客了解主要作品的背景解说，不须付费。

国家美术馆分为东南西北四个侧翼，所有作品按照年代顺序展出。毕竟不是专业人士，只知道达·芬奇、凡·高、莫奈等少数画家，所以对着小册子里的介绍一幅幅去找他们的作品。这里有藏有达·芬奇著名的《圣母子与圣安妮、施洗者圣约翰》炭笔素描、油画《岩间圣母》和《圣母子与圣安妮、施洗者圣约翰》，还有凡·高的《向日葵——花瓶里的十五朵向日葵》，作品太多，一圈走下来眼花缭乱，谈不上懂画，但对莫奈的作品印象深刻。除了《泰晤士河畔的钟楼》外，莫奈还有一组以巴黎城郊小镇里一个荷花池为背景的《睡莲》系列画作，共有10幅之多，在这组作品中，莫奈用不同时段不同时期的光线来展示同一个对象，画中光与影对碰使人恍惚看见池塘中的精灵随着荷花在起舞。

如果上述两个馆还不足以打发伦敦的雨天，那么还有泰特现代美术馆可以去。泰特现代美术馆在泰晤士河畔的千禧桥边，顾名思义，千禧桥是2000年千禧年建成的，造型很独特（还记得《哈利·波特与混血王子》影片开头出现的千禧桥摇摇欲坠的惊险场景吗？），它把隔着泰晤士河的泰特现代美术馆和有上千年历史的圣保罗大教堂连接起来，象征着新旧两个世界的纽带。美术馆的外表看起来貌不惊人，因为它原本就是由一间废弃的旧电厂改建而成，高耸的废旧烟囱成了它的主要标志，这里主要展出20世纪以来的现代艺术作品。

巨大的涡轮车间被改造成既可举行小型聚会、摆放艺术品，又具有主要通道和集散地功能的大厅，观众从这里乘扶梯上楼，大厅和二层都有宽阔的空间供游人休息。美术馆并未按传统的年代编排方式陈列它的艺术品，而是把艺术品分成四大类，分别摆放在3楼和5楼的展厅内（第四层主要用于举办短期展览和小型专题展览）。这四大类是：历史-记忆-社会、裸体人像-行动-身体、风景-材料-环境、静物-实物-真实的生活。这种割破历史脉络的陈列方式使得观众在同一个空间与时间、与不同年代、围绕同一主题创作的艺术品相遇，人们在观看莫奈的大型壁画"睡莲"的同时可以瞥见身旁的石头阵。不同的艺术思维和创作手段在此直接碰撞，这正是泰特现代美术馆的高明之处，也是它指引人们思考艺术的精神魅力所在。

　　展厅被分割成大大小小的空间，巧妙的是当你感觉到累了的时候，会很适时地刚好走到某间小型的放映厅，播放着艺术家们的纪录片，让你能坐下来边看边休息。大约有十来个人引起了我的注意，他们每人都带着一张小小的折叠椅子，在一张毕加索的名画面前坐下，半围成圈，聚精会神地听一个中年妇女讲解，偶尔会小声地议论或提问，估计是某个艺术团体组织类似沙龙的艺术鉴赏活动，看着他们一张画讲完了再到另一张画前去，竟然非常羡慕，这样的讲解显然能很好地提高个人的艺术鉴赏水平，可惜听不懂英语，要不跟着他们转一圈估计能学到不少知识。

　　我对现代艺术作品了解不多，很多作品就算看了说明也不知道它究竟想表达什么，还好在众多的艺术家中好歹还认得毕加索、莫奈和达利。在艺术家手中，一张破纸、一捆干柴、几块石头，甚至工厂里经常见的锌铁皮管，都可以成为艺术作品，我惊讶于艺术家们的想象力和创造力，更懊恼自己低下的审美能力和艺术鉴赏力。

　　对艺术的鉴赏和审美能力当然不是与生俱来的，而艺术的创造更要建立在高超的艺术鉴赏和审美能力的基础上。很多家长带着孩子来感受这里的艺术氛围，这对激发孩子们的艺术兴趣，培养孩子们的鉴赏能力，引导他们思考和创造艺术是非常有帮助的，也有不少智障或脑瘫或身体不好的人坐在轮椅上被家人或志愿者推着慢慢从这些作品前走过，也许他们跟我一样看不太懂，但我至少感觉到他们是愉悦的，没人觉得他们因为看不懂或身体不便就不应该去这些艺术殿堂，他们的权利时刻都应得到尊重。

公 园 篇

英国人常说："国外有气候，在英国只有天气"，以此来表明这里天气的变化莫测。来几天了，一直刮风下雨，好不容易看到云开了，却又乍晴还雨的，难怪伦敦人下雨也淡定得很，就算是西装革履的上班族，没带伞半途遇上下雨，也是非常绅士地踱着方步继续走他的路，而绝少看见人家夺路而去的，想必实在是习惯了。

英国的纬度高，冬季日短夜长，听说下午三四点天就黑了，所以来旅游的话最好挑夏天来，因为夏天正好相反，日长夜短，早上4点多天亮到晚上10点后天才黑，温度也就是十几摄氏度的样子，感觉很舒适，白天有足够的时间让你活动，你会觉得无端地白赚了不少时间。这样的天气条件令伦敦人特别珍惜难得的阳光，只要太阳一露脸，立马就跑出来阳光浴了，若果遇上周末，几乎就是倾城而出，而最好的去处无疑是城内大大小小的公园，而这些公园中最著名的当然就是Hyde Park海德公园了。

海德公园的小松鼠

海德公园在市中心西敏寺区，坐地铁在Hyde Park Corner站下，从南门进，立即就可以看见一个圆形的小花园，里面开满了花，其中以月季、蔷薇最为灿烂，花架下设有椅子供游人歇息，走过花园就是开阔的草坪，高大茂盛的树林错落有致地点缀其中，虽然不是周末，但已经有很多人三五成群或独自一人在草地上悠闲地晒太阳，大人们则带着孩子在游戏，也有一帮大点儿的孩子在草坪上踢足球，心里奇怪为什么人家的草坪就可以任意踩踏，而我们国家的草坪都是圈起来不让进的呢！毕竟从国内南方来，对阳光不那么渴望，嫌太阳有点儿大，刚找个树荫坐下，就惊喜地发现远处高大的梧桐树上有只小松鼠跳了下来，我以为它会很快逃得无影无踪，立即把镜头举起，牛牛说松鼠有的是，它不怕人的，等下就会自己过来。果然，小松鼠探头探脑地悄悄地就走近了，牛牛站着不动，小松鼠竟然忽地就抓着他的裤脚爬了上去，眼睛溜溜的转可爱极了！牛牛说它以为我有吃的呢！看看周边，确实随处都看见小松鼠，最好玩的是有爸爸带着孩子想给松鼠喂食，无论怎么哄，小松鼠就是赖在树上不肯下来，牛牛就说那是因为爸爸的动作略嫌有攻击性呢，其实你就很自然地伸开手它就会过来啦！

沿着小径往西走不久就是九曲湖，九曲湖把海德公园一分为二，清澈的湖面上有美丽的天鹅在游船旁优雅地游弋，有五彩的水鸭欢快地戏水，有成群的鸽子和白鹭拍着水花直上蓝天，这里的鸟从不避人，时而飞翔时而戏水时而成群落在人们脚下甚至肩上，但没有任何人会去打扰和伤害它们，在这个国度，松鼠也好，飞鸟也罢，人与自然就这么和谐地相处着，相得益彰，也难怪人家梁朝伟心情郁闷就坐飞机过来海德公园喂鸟。

在九曲湖赏够了鸟再顺着一条比较宽阔的沙石路往北拐去，视野立马开阔起来，这边有大片的草坪，一眼望去感觉海德公园非常大，起码有几百亩吧，很气派。海德公园历史上曾经是英国国王的鹿场，原来是西敏寺的产业，16世纪亨利八世将之用作皇家公园，18世纪前这里是英王的狩鹿场，后来又成为赛车和赛马的场所。公园里还保留着一条著名的皇家驿道，道路两旁巨木参天，整条大道就像是一条绿色的"隧道"。公园北面的一角是著名的"演讲者之角"(Speaker's Corner)，也称作"自由论坛"，之所以说自由，是指在这里演讲的人除了不准攻击英国王室和不准进行对个人的人身攻击外，什么都可以讲。据说当年马克思和恩格斯在伦敦住的时候就经常在这里宣传共产主义来着。而现在，经常可见有人在这即兴演讲高谈阔论，慷慨陈词，而每当有大规模的示威游行，参加者也会从各地先赶往海德公园集合再出发。

从海德公园往东可以步行到另一个公园Green Park。Green Park同样是一处皇家园林，也可以说是白金汉宫的后花园，因为穿过公园就是白金汉宫了。公园占地不大，只有几十英亩而已，但园内树木参天蔽日，其中以梧桐树居多，树下绿草如茵，显得静逸安宁，因风和日丽，不少人裸着肩背趴在草地上晒太阳，和海德公园不同的是，这里没有湖泊也没有什么建筑物，完全由高大的树林和草坪组成，中心是白金汉宫门前的维多利亚女王纪念碑。坐地铁区的话可以在Green Park站下，出来就是公园里的女王步道北端了。

个人非常喜欢的摄政公园也是在伦敦市中心，不过离海德公园两三站地铁而已，是仅次于海德公园的第二大公园。这是一座十九世纪风格的大花园，与古老的海德公园相比，这里显得更堂皇更别有风味，因为摄政公园原本的构想就是要建一座供摄政王休闲娱乐的行宫，计划中包括至少56栋古典式别墅、摄政王夏日别馆、供奉英格兰的伟人祠等，一个完美的花园都市景观架构，最后因为经费问题只盖了8栋别墅，计划虽未实现，公园却因此而得名。

摄政公园的设计别具一格，园内还有若干园中之园，我之所以喜欢，完全因为本人是花痴，这里有个著名的玫瑰园，而此时正值花期，满园都是绚丽多彩、风情万种、尽情怒放着的玫瑰，简直让我惊喜若狂！玫瑰园由许多花坛组成，一个花坛种植一种玫瑰，品种多得实在数不过来，只知道每一种都有一个非常浪漫的名字（听牛牛翻译过，但没法记下来），红、白、黄、粉、橙、紫、玫红等等五彩缤纷，玫瑰园周边还有一圈高柱围着，柱距六七米，以粗缆绳相连成花架，被蔓生攀悬的玫瑰、月季、蔷薇等覆盖，开满了各式各样娇媚欲滴的花朵。在花架之间，草坪之上，设有许多可供游人坐卧的大靠背椅，坐在花丛间，在伦敦温软的阳光下，聆听着附近树林里婉转动人的鸟鸣声，一时恍若置身仙境，心里疑惑着：难道这就是传说中的伊甸园吗？！

玫瑰象征爱情和真挚纯洁的爱，人们多把它作为爱情的信物，是情人间首选的花卉。而此刻在我眼里，这些玫瑰不仅仅只代表爱情，它或许可以成为一种象征吧，跟幸福有关。这段时间我逛过的大英博物馆、国家美术馆、泰特现代美术馆、海德公园、Green Park，以及眼前这个占地足有几百英亩的摄政公园，对所有游人都是免费的，而且不需要预约不需要领票，就算你身无分文，都可以去大英博物馆观赏宝藏，去国家美术馆和莫奈对话，或来这美若仙境的玫瑰园里嗅着花香发呆，听着鸟鸣垂泪，或许我一时表达不清对幸福的理解，但我知道，幸福里头至少有一样东西是必不可少的，那就是：平等，自由，勿论贫富。

地 标 篇

怎么才能证明你到过一座城市，自然是在这个城市的地标建筑物前拍照留影吧，典型的游客心态，越是你在乎的地方越有这样的心态，有点儿显摆的意思，没办法，好不容易来一趟，见谅吧。

大 本 钟

伦敦的地标，该首推大本钟是不是（粤语怎么就爱读成大笨钟了）？大本钟作为伦敦的标志甚至英国的象征，巨大而豪华。这座钟面面积达两平方米的钟已经为伦敦市民报了将近一个半世纪的时间，现在大本钟的钟声依然清晰嘹亮。

大本钟其实就是以前的威斯敏斯特宫（也译为西敏宫）现在的国会大厦的钟塔，坐落在风景优美的泰晤士河畔威斯敏斯特桥南岸，是世界上著名的哥特式建筑之一。威斯敏斯特宫就是如今的国会大厦，威斯敏斯特宫在1834年被一场大火烧得几乎全毁，只残留一座仅剩屋瓦的西敏厅(Westminster Hall)，其后耗费了12年的时间才重建成今貌。

与牛牛在国会大厦前合影

国 会 大 厦

国会大厦也是一座哥特式的华丽建筑。呈长方形，古典式的拱门，装饰精美的列柱与高耸挺立的尖塔，气派雄伟。建筑物整体为有无数尖塔的哥特式建筑，占地3万平方米的国会大厦全长300米，它的房间数目超过1000间、有100座阶梯和11个中庭、走廊长度共计3公里。本来游客是可以入内做局部参观的，不过自从发生恐怖炸弹事件以来，现在已经禁止以观光名义进入国会大厦，但是在国会开会期间，可以用旁听议会的名义进入，只是必须等到有空位才行。我们特意绕到大厦正门看看，发现门并没有关闭，不少游人在铁门前留影，两个身材高大的警察在门后站着，不时还非常有耐心地回答游客提出的问题。

伦 敦 眼

与国会大厦和大本钟隔江相望的伦敦眼也是伦敦的地标之一，尽管它非常年轻。伦敦眼因为在2000年千禧之年建成，又称为千禧之轮，是世界上首座、曾经是世界最大的观景摩天轮（被南昌之星与新加坡观景轮后来居上了），总高度135米（443英尺），共有32个乘坐舱，全部设有空调不能打开窗。每个乘坐舱可载客约15名，回转速度约为每秒0.26米，即一圈需时30分钟。缓慢的回转速度，让摩天轮不停驶，也能让乘客自由上下乘坐舱，不过老人、伤健人士如有需要也可暂时停止旋转。

从国会大厦大本钟这边经威斯敏斯特桥过去就能走到对岸的伦敦眼，景点比较集中，所以威斯敏斯特桥附近就几乎成为外地游客最多的一个景点。有次在桥边的红绿灯等过马路，对面走来两个脸上化了彩妆打扮成小丑的男人，叽里呱啦地搂着牛牛的肩膀，我不明事由看好玩就举起相机拍了一张，结果牛牛摇摇头笑了，原来这两个家伙是在附近专找拿着相机的外地游客混饭吃的，你拍了照，他就不走了，也不直接叫你付费，手中握这一张10镑或者20镑的纸币示意你看，微笑地暗示你要给钱，幸好牛牛知道怎么回事，随便抓了几个硬币把他俩打发走了，这是我在伦敦遇到最不厚道的人了，而这些人是绝对不敢明来的，得逞后也很快离开不敢立马找第二个对象，如果你够胆把照片删了不给他钱他也不能把你怎么样。

威斯敏斯特大教堂

威斯敏斯特大教堂（西敏寺）就在国会大厦附近，它是伦敦历史较为悠久的教堂之一。因为牛牛的学校就是University of Westminster，所以对Westminster这个词特别熟悉。"Westminster"是西边大寺院之意，因位于城区以西得名。早在公元8世纪时即为教堂，但规模很小，一直到爱德华(Edward the Confessor)才将之改造雄伟的建筑，爱德华建造的西敏寺为诺曼式建筑，至13世纪亨利三世才将之改为今天的哥特式，这座古老的教堂，全部由石头建造，教堂内有拱门圆顶，主要由教堂及修道院两大部分组成。教堂平面呈拉丁十字形，总体显得比例狭高，巍峨挺拔。

威斯敏斯特大教堂之所以在英国享有至高无上的地位，是因为自1066年以来英国皇室在此举行第一场富丽堂皇的加冕典礼后，历代国王的加冕、丧葬以及其他历史性的庆典，都在此地举行，前后已经有40位王储在此登基。寺内除了有许多礼拜堂外，还安置无数名人墓碑，包括我们熟知的丘吉尔、张伯伦、史考特、莎士比亚、牛顿、达尔文、狄更斯等在内的政治家、诗人、艺术家等知名人士也长眠于此，以及许许多多的无名战士都在此安息，值得一提的是，最后一个在这里举行葬礼的王室成员是近年为世人瞩目的已故王妃戴安娜，因为我个人非常喜欢戴妃，当年在西敏寺举行的葬礼在全球转播，全球民众对戴妃的突然离世感到异常震惊，我在电视上收看了全程，所以印象深刻。后来因场地有限，有部分伟人的坟墓被迁移至圣保罗大教堂。

大教堂对外开放但要收费，看见门外已经有不少游客冒雨等着入内参观，想到狭小的空间里安息着这么多名人灵墓，觉得有点儿阴郁，没打算进去，只在外围转了一圈。

伦 敦 塔 桥

年轻时在幼儿园做了几年老师，经常教小朋友唱儿歌，其中一首经常用来做游戏，就是"伦敦桥啊摇啊摇，摇啊摇，摇啊摇，要倒了，伦敦桥啊摇啊摇，大家快跑"，直到现在也不知道这首儿歌的出处，更不知道为啥说伦敦桥摇着摇着就要倒了，明明那伦敦桥至今还好好地横在泰晤士河上。后来特意上网查资料，才知道伦敦桥不仅倒塌过，还塌过不少次，只不过是屡塌屡建罢了。

如果你因为唱这首儿歌唱多了，来伦敦就必然会到处找传说中的伦敦桥，然后无一例外地会感到失望，因为伦敦桥再普通不过了，就是一座水泥桥，没有什么看头，不过也不能因此小看它，因为它曾经是伦敦横跨泰晤士河的唯一也就是历史最悠久的一座桥。

现在我们经常在明信片上看到的美轮美奂的伦敦桥其实是另一条飞越泰晤士河的桥梁——伦敦塔桥（泰晤士河上的桥有28条之多）。伦敦塔桥因位于伦敦塔附近而得名，是一座吊桥，最初为一木桥，后改为石桥，现在是座拥有6条车道的水泥结构桥。河中的两座桥基上建有两座高耸的方形主塔，两座主塔上有白色大理石屋顶和五个小尖塔，远看仿佛两顶王冠，塔基和两岸用钢缆吊桥相连。桥身分为上、下两层，上层支撑着两岸的塔，下层桥面可让行人通过，也可供车辆穿行。当泰晤士河上有万吨船

伦敦塔桥

只通过时，主塔内机器启动，桥身慢慢分开，向上折起，此时行人可改道从上层通过。船只过后，桥身慢慢落下，恢复车辆通行。两块活动桥面，各自重达1000吨。

从远处观望塔桥，双塔高耸，极为壮丽。因为桥塔内设楼梯上下，内设博物馆、展览厅、商店、酒吧等，行人也能在桥中购物、聊天或凭栏眺望两岸风光，尽情欣赏泰晤士河上下游十里风光。据说遇上薄雾锁桥，景观更为一绝，雾锁塔桥是伦敦胜景之一，我倒不希望遇上这样的天气，在阴郁的天空下，再宏伟的地标都会黯然失色，去看前面几个伦敦地标时天公都不作美，不是下着小雨就是阴着天，心里有所不甘，所以特意挑了一个晴到多云的下午，从伦敦桥一直往北走，再经过伦敦塔逛到伦敦塔桥，因为伦敦桥就在前面提到的千禧桥和伦敦塔桥之间，往东是伦敦塔桥，往西是千禧桥。夕阳下的伦敦塔桥显得古朴凝重，壮美，如仙境之桥，无与伦比。

伦敦塔桥旁边的伦敦塔也算是伦敦的地标了，其官方名称是"女王陛下的宫殿与城堡：伦敦塔"，伦敦塔的历史已近千年，它的作用却不断地在变化：城堡、王宫、宝库、火药库、铸币厂、监狱、动物园直到现在伦敦观光区。现在的伦敦塔主要是一个旅游景点，除了建筑物本身，可观看的还有不列颠王冠宝石，一些精美的皇家军械库收藏，一段残存的罗马人的要塞城墙。这里曾作为监狱关押和处死过不少被认为觊觎王位或作奸犯科的皇亲贵族以及一些下层社会的犯人，让人感到神秘而血腥，据说前几年还有闹鬼的传闻，有人拍到枉死的安妮皇后的鬼魂在游荡。听起来都觉得恐怖，远远拍一张照片就走过算了哦。

圣保罗大教堂

前面已经提到过，泰特现代美术馆的河对面就是圣保罗大教堂，横跨泰晤士河的千禧桥是连接两个新旧世界的纽带。参观完泰特现代美术馆出来，天阴沉着，下着小雨，在雨中穿过千禧桥，一直走到圣保罗大教堂去。大教堂前面的铁栏杆边开满了盛开的蔷薇，红粉鹅黄相间非常漂亮，旁边的绿草地上也开着一丛丛玫瑰花，同样有长排座椅让游人歇息。

圣保罗大教堂(St.Paul's Cathedral)是世界著名的宗教圣地，英国第一大教堂，位列世界大教堂之五。建筑为华丽的巴洛克文艺复兴风格，覆有巨大穹顶，看起来华美庄严，是建筑大师莱恩最优秀的作品。但主建筑两旁仍有两座有明显哥特遗风的钟塔，仍可为英国古典主义建筑的代表。塔顶是眺望伦敦市区的绝佳地点。

同其他有名的大教堂一样，也有一些王公达贵在此长眠，也会有一些重要的婚礼葬礼在此举行，最让人记忆深刻的是1981年这里举行过戴安娜王妃与查尔斯王子的婚礼大典，而最近的一次重要葬礼是2013年4月为英国"铁娘子"、前首相撒切尔夫人而办。

白 金 汉 宫

前面也提过的，从海德公园往东走就是Green Park，而穿过Green Park就可以看见白金汉宫了。白金汉宫是白金汉公爵在1702年开始建的第一座房子，几十年后这座房子被卖给了乔治三世，以后便成了王室成员的住所了。那白金汉公爵是谁呢，他是当时的英国首相，在法国作家大仲马的

《三剑客》中可是个重要人物。当时的房子只称作白金汉屋，经过百多年的扩改建后才成了一座四方的宫殿，东侧的外立面上有座宽阔的阳台，王室成员的传统性亮相就在这里。

白金汉宫的广场中央耸立着维多利亚女王镀金雕像纪念碑，顶上站立着展翅欲飞的胜利女神，纪念碑的下方有阶梯，这里是欣赏白金汉宫的好位置。如果皇宫正上方飘扬着英国皇家旗帜时，就表示女王仍在宫中，如果没有的话，那就代表女王外出。广场两边的马路并没有封闭，车水马龙，想拍好的照片只能穿过马路到纪念碑下去，英国皇家旗帜在蓝天下迎风飘扬，女王在家，只可惜一般人难得与女王陛下有一面之缘。

就在我离开英国没多几日，也就是六月份的第二个星期六(6月14日)，是伊丽莎白女王陛下的官方生日，同时也是英国的国庆日（女王的真正生日是1926年4月21日，官方庆祝仪式定在六月是因为伦敦六月中旬的天气比较好），伦敦举行盛大的巡游庆祝仪式，女王的丈夫爱丁堡公爵陪伴女王乘坐在复古马车上，从白金汉宫前往庆典的进行场地——皇家骑兵卫队阅兵场，众多的伦敦市民和游客在白金汉宫前争相一睹女王和威廉王子夫妇的风采。

伦敦的地标多得是，包括去过的大英博物馆、国家美术馆、海德公园等，还有更多来不及去，一时无法一一道来，每个城市都有自己独特的魅力，地标就是它们所蕴含的魅力之一，无论你在哪里在何时，只要看到这些城市地标，就会发自内心地感到无比亲切，只因为你，曾经到过这里。

唐 人 篇

估计中国人出国到了外埠不消两日，就会迫不及待地张罗着要去唐人街，起码我自己就是，因为鬼佬地方"无啖好食"，更何况英国人都不会吃，好像除了炸薯条和炸鱼就剩牛奶面包了，只有在唐人街才能吃上一顿好的啊！那还算地道的中国餐虽不至于有找到家的感觉，但实在让人倍感亲切！

唐人街最早叫"大唐街"，查了资料才知道清代大词人纳兰性德早在

1673年他的《渌水亭杂识》里写道："日本，唐时始有人往彼，而居留者谓之'大唐街'，今且长十里矣。"最早出名的唐人街在美国旧金山，广东人称这些唐人为金山阿伯，他们在异国他乡"挨世界"，回到乡下就是有钱人了。

　　伦敦的唐人街不算大，好像当地人喜欢叫中国城，在伦敦市中心的苏活区(Soho)，并没有具体的界限，只有一座"伦敦华埠"牌坊作为中国城的标志，但地理位置非常好，附近有著名商业步行街牛津街和摄政街，海德公园、摄政公园、Green Park、白金汉宫、国家美术馆、大英博物馆、伦敦眼、国会大厦、西敏寺甚至唐宁街十号等著名的景点几乎全在唐人街周边团团围了一圈，我们经常在这些景点逛够以后就步行或坐一两站地铁去唐人街找中餐吃。如果从海德公园东北角的大理石拱门出来就是牛津街，再转到摄政街，摄政街东边是苏活区(Soho)，走过漂亮的、有着流畅大弧度的摄政街的尽头，你就会看见单足挺立在热闹的十字路口中间的小爱神厄洛斯（也就是丘比特）雕像，这里就是伦敦著名的皮卡迪利广场，穿过广场往左拐进旁边的苏活区街道，那一大片地域就是中国城了。

伦敦唐人街

牛津街和摄政街是伦敦首屈一指的购物天堂，而皮卡迪利广场是伦敦一个标志性且大名鼎鼎的区域。它旁边的大型霓虹灯广告牌和华丽的建筑使其立刻就能被认出来，这个区域虽然相对狭小，但由于它位于伦敦的心脏位置，看起来更像是一个通道或者交汇处，使它成为苏活区的娱乐中枢。这里常被人作为约会的地点，小爱神雕像周围总是聚满了伦敦人，这里也是重要的集会场所，足球大赛后球迷们来这里狂欢，而除夕子时人们会在此互相祝酒。

这一站地铁是地铁网中的枢纽，可以转乘到其他地铁线，而在这里步行到附近的景点和购物街也非常方便，走累玩够了可以到唐人街吃个中餐，也可以找一间英式Pub学英国人站在门口聊天喝酒（英国人喜欢喝酒，特别是上班族，下了班不回家直奔酒吧，喝酒的时候喜欢三五成群站在Pub的门口或街边边聊天边喝，兴高采烈高谈阔论的样子，经常可以看到他们手里举着一杯酒，脚边还放着几个大的空酒杯，到底聊什么没法知道，说实在外国人想融入他们的圈子也是极不容易的事情），又或者干脆到Leicester广场（步行只要几分钟即可到达，那里是很多英国大片首映的场所，因此是去看明星的好地方）的电影院看一场电影，我们就在这附近的一家影院看了一场中国导演贾樟柯的《天注定》，这部电影因为内容太过敏感，目前还不能在国内上映（估计遥遥无期），自己国家的电影居然要跑到伦敦才能看着，个中滋味一时难以言传。

一步之遥的唐人街成了我去得最多的地方，只有在这里我的胃口才能恢复正常。早在19世纪初，一些来自中国华南地区的劳工和水手就流落伦敦，在船厂区落户。到了20世纪初，聚居在当地越来越多的华人主要把邻近船厂区的华裔水手视为顾客，后来当地渐渐变得以合法的鸦片烟馆和贫民窟而出名，直到1934年，这些地方被拆卸，但仍旧有少数华裔老人这里居住。二战之后，随着中国餐饮逐渐受欢迎以及香港移民的大批涌入，爵禄街一带开始出现很多中国餐馆，一些从船厂区搬来的业主不断向当地其他族裔顶让商铺，直到后来华人势力逐渐占据了爵禄街一带地区，开始被视作"唐人街"，到了1985年，伦敦政府才正式承认"伦敦华埠"为唐人街社区，不过伦敦唐人街至今仍没有正式的行政边界。

除中国人外，当地还居住有少量新加坡人、马来西亚人、韩国人和日本人。据说福建人大量涌入，使得从前香港人的势力在逐渐被削弱，不过我们在唐人街基本可以用粤语交流。前前后后吃过好几家餐馆几乎全都是广东人开的，就算老板不是广东的，跑堂的也会说粤语，我们也见怪不怪。而餐馆的招牌基本可以分得清老板大概是哪里的，人民公社、大跃进这些肯定是内地人开的，而湾仔阁、龙记、旺记等大多就是香港人做老板了。

旺记生意最旺，因为粤菜做得最正宗，味道不错价钱也不贵，生意也做得特别精明，所以经常满座，你三两个人进去，休想自己找位置坐，就算有空的位置也不行，因为人家不会让你几个人就独占一张桌子，都是几拨人搭的台，吃完你就得赶紧埋单走人，免得影响人家生意，因为后面还有人等着位置呢。没办法，人家的出品地道，你爱吃，老板和伙计势利眼态度差你也愿意忍着，人家不愁没生意，你看顾客中还有不少老外呢。想吃得正式一点儿就去鼎轩吧，相比之下这家虽然小但显得稍微有档次些，老板和伙计也客气，有人情味。

唐人街上还有间超市叫龙凤行（十足的港式招牌），专卖国货，老板也说粤语，蔬菜、水果、大米、面条、肉食、调味品、干货、腊味，甚至白酒几乎都是国内的品种，各种各样的地方特产也不少，只是相对其他超市价格贵些，不少留学生吃不惯西餐就隔三岔五地上这里买菜回公寓自己做饭，我也试着买过一次回去做，只是公寓厨房的厨具毕竟跟国内的不一样，做起饭来样样不就手，起码炒个菜都没有"镬气"，不好吃。

想到其他地方玩几天，牛牛有工作没时间陪，只能独自跟华人团去，唐人街上有好几家华人旅行社，一家家上门去问。这些旅行社的门面都很小，有些甚至只有一个狭小楼梯口，爬上阴暗陡峭的楼梯推门进去也没有人热情招待，你不问就没人主动搭理你，因为他们有大把的客户群，几乎所有的不会英文的中国人自由行来英国，想深度游只能找他们（除非你牛×到能真正自由行）。发现旅行社大多都是香港人开的，都说夹带着英文单词的港式粤语，估计是祖辈在香港殖民时期就已经移民英国，几代人了可能连自己的祖籍在哪里都搞不清楚了。

唐人街的形成是因为早期华人移居海外，面对新的环境需要同舟共济，所以群居在一个地带便于相互扶持，因此多数的唐人街都可以视作为华侨迁徙历史的见证，很多海外城市的唐人街已经成为中华文化的代名词，无论是商业、娱乐还是各种文化设施都体现东方文化色彩，淡化了华人聚居地的本意了，但很多不会英文的华侨仍依赖这样的环境生存着，只要你不离开这片区域，基本生活就没有任何障碍。

曾在一间杂货店门口屋檐下看见两个年迈的中国男人在避雨，其中一个腿脚不方便，衣衫不整神情落寞，与拉着车走过的老外清洁工很熟络地打过招呼后，走向雨中踽踽独行。我一时恍惚不知身在何处，他来自何方？是否也有老歌里不断吟唱的乡愁？不知道他的故事，不知道他是否有家人，更不知道他的生活是否有保障，但起码在异国他乡的唐人街，无论他的生活水平在哪个层次，他都可以延续着中国人特有的生活方式和人际交往模式生存着。

环 岛 篇

一

从唐人街的几家旅行社拿回一大摞资料，对比之后在网上订了欧美嘉华人旅行社的英国环岛6天游，第一天集中的地点离住的酒店很近，就一站地铁，一大早赶到Euston站外的广场时，已经有不少华人在等旅行社的导游了，也有不少导游已经到了，在大声招呼自己的客人（很中国的感觉）。

早听说伦敦的华人旅行社服务质量不怎么样好，虽然做足了心理准备但还是遇到点儿小麻烦。在一大堆中国人中好不容易找到欧美嘉的女导游，一问之下对方名单上居然没有自己的名字，钱都已经给了却把客人落下了，这种情况在国内比较少见，幸好那导游还不错，主动跟公司联系，核对资料以后又把我加上了。

独自一人跟团旅行对我来说本来不算什么事，问题是海外的旅行团都

英国剑桥留影

不包吃，早餐由酒店负责，但中晚餐就得自己解决，缺一个同伴对不懂英文的我难免有点儿郁闷，总不能买个吃的都得找导游吧，何况人家只会照顾那些上了年纪的老人家，像我这样正处于尴尬年龄的女人没人会想到要特别关照。

跟的团很大，算上我足足四十人，第二天到曼彻斯特的时候还会接上22个，一共六十多号人，凭积累的旅游经验看，这样的大团只有一个导游没有领队，服务无法很周到，比较容易出状况，心里更不敢有任何太高的期望了。

幸好导游看起来还不错，三十出头的样子，一身英伦打扮很得体，手脚麻利说话利索，一路上嘴就没怎么歇过，自我介绍说来自江苏，可怎么看都不像，说是山东的就差不多了。很快大家就弄明白了这个团的人员构成，有两对老夫妻，几对母女，还有个女孩带着妈妈和七十多岁的老奶奶，几个从国内出来旅游的大学生，还有十个八个马来西亚和香港的游客，还有像我这样落单的，是一位比我年长的大姐。

第一天的行程是伦敦附近的温莎城堡。举世闻名的温莎城堡是英国王室的行宫之一，在英国，几乎每座城堡都可演绎一段古老绵长的历史，因为城堡既可以作为住所或者行政官邸，也可以建成要塞、甚至是监狱，所以城堡的历史和英国的君主专制有相当密切的关联，跟随着温莎城堡的历史可以追溯到当时统治的英国君主。本来对城堡的兴趣不太大，里面无非就是满目极尽奢华的摆设，何况还不让拍照，但基于温莎城堡的名气还是花了几镑进去逛了逛，就算有语音导游，不熟悉英国历史的话其实也不知所云，纯粹走马观花罢了。

温莎城堡占地 7 公顷，是目前世界上最大的一座尚有人居住的古堡式建筑。所有建筑都用石头砌成，有近千个房间，四周是绿色的草坪和茂密的森林，现任的英国女王伊丽莎白二世每年有相当多的时间在温莎城堡度过，在这里进行国家或是私人的娱乐活动（在我回国不久英女王就在这里会见了中国总理李克强），特别是在王室喜庆的日子里，以及圣诞节等重要的节日，女王便会选择在温莎城堡设宴，举行隆重的庆祝活动。在英国上流社会，人们都以能够参加温莎城堡的盛典而骄傲。

面积庞大的城堡中，位于中央一座高岗上的圆塔最为引人瞩目，这

英国温莎城堡里的御卫兵

是一座12世纪建造的炮垒，现在城垣上还设有古炮。后经乔治四世在上面增建了巍峨的冠顶部分，使它成为古堡内的最高建筑，登上塔顶，可以远眺温莎镇全景。古堡内还有一个大圆桌，传说5世纪时，亚瑟王与他的12个圆桌骑士曾在这里环坐开会。著名的戏剧大师莎士比亚曾应女王伊丽莎白一世的邀请来到古堡，并写出了《温莎的风流娘儿们》一剧。平时，温莎古堡包括东北两面，环绕着霍姆公园以及南面的是温莎大公园里面的森林、草地、河流和湖泊，全部对外开放，每当女王来度假的时候，只有山顶上最大的那座宫殿留给她，而其余的地方仍然允许参观。

已经有近千年历史的温莎城堡曾在在1992年11月20日遭遇一场大火，城堡的部分建筑被烧毁，温莎城堡虽然一直为王室成员居住，但产权归政府所有，修复城堡的近4000万镑耗费，75%由王室承担，其余的由政府支付，而70%的资金来自于决定在第一时间对外开放的白金汉宫国家大厅，这次重建并没有让纳税人负担额外的成本。重建部分延续了哥特式风格，包括了新的私人礼拜堂、新的灯笼大厅与圣乔治教堂的新天花板。

因为暂时还没找到可结伴同行的团友，语言不通的情况下也不敢乱逛，城堡里面的富丽堂皇并没有令我逗留多长的时间，倒是天气给了面子，忽然就蓝天白云起来，待在城堡一角看穿着传统服装的卫兵傻傻地操着方步，再抬头看一架架体型庞大的客机轰鸣着从城堡上空掠过，一时竟有穿越的感觉。

第一顿午饭是在车上解决的，城堡外的小街上有卖食品和小礼物的店铺，店家是印度人，靠手指比画几下顺利买了一盒苏格兰饼干，贼贵，幸好出来旅游惯了，如此的条件算不上艰苦，最令人觉得过分的是，旅行社连一瓶水也不配给你，真是抠到家了。

下午的景点是位于伦敦北部的著名大学城剑桥。剑桥不过十万人口，面积也就几十平方公里，在漫长的岁月里它不过是个普通的乡间集镇而已，直至剑桥大学成立后，这个城镇的名字才渐为世人所知。如果没有剑河，老实说我对这个世界闻名的城镇并没有特别深刻的感觉。

下了车后导游先领着我们在街道上绕了一个圈，尽管街面上保存了不少中世纪的建筑，但街上行人众多，整体上感觉不到有大学城那种静逸

爱在一座城市里

安宁的氛围。剑桥大学众多的著名学院就散布在这些中世纪华丽的建筑之中，几乎每座建筑都有精美的雕刻和图案，都演绎着一段历史典故，几十个团友不可能都能跟得上导游的脚步去细听她的讲解，估计都跟我一样糊里糊涂，甚至连她一口气数出来的学院名字也记不了几个，只有确实有名的国王学院、三一学院还马虎知道点儿。由亨利八世创立的三一学院之所以出名，是因为无论是学术成就、经济实力还是学院规模，在剑桥大学现在的31个学院中都是名列前茅的，还有最令世人仰慕的就是，这里还是伟大的科学家牛顿，著名哲学家培根以及包括查尔斯王子在内的多位王室贵族及六位英国首相、多位诺贝尔奖得主的母校。大门侧绿草坪中间，长着一棵枝繁叶茂的苹果树，导游说这就是牛顿的那棵苹果树，呵呵，谁信呢，估计连英国人自己都不信。

　　我觉得美丽的剑河才是剑桥城的魅力所在，如果来剑桥没漂流于剑河之上饱览两岸风光，那你根本没法真正领略剑桥的美。剑河也叫康河，清澈的河水从剑桥城中从南往北蜿蜒而过，上游的景色自然淳朴，大多数都是田园风光，下游河面宽阔，水流平缓，很多游人乘船沿河而下饱览两岸美景。剑河就像一条的碧绿的丝带，蜿蜒流淌在春意葱茏、生机盎然的剑桥城中，泛舟河中，静赏两岸丛林拥翠，繁花似锦，的确令人心醉。

　　我们六人一组上船，惊讶周边撑篙的小伙清一色都帅呆了，据说他们中不少是剑桥大学利用假期出来兼职的学生。剑河上的船不大，却四平八稳的，以至于很多游人亲自做一回撑篙客，其中不乏姑娘和半大的孩子，看着他们笨拙地撑着篙经常和周边经过的船磕磕碰碰，在双方的大呼小叫中不禁也跟着开怀大笑，难怪"剑桥撑篙"也成了剑桥一景。

　　暮春的剑河平静而安逸，两岸苍翠的垂柳倒挂水中，岸边芳草如茵，有年轻人三五成群在草地上聊天，有情侣相拥呢喃细语，有学生手捧书籍专心阅读或干脆躺在草地上什么也不干。国王学院、皇后学院、三一学院等历史悠久的百年建筑分布两岸，无论是精美华丽的校舍，还是庄严肃穆的教堂，还有那爬满青藤和蔷薇的红砖白墙老宅，都静静地伫立在两岸的红花绿树之间，最妙的是，河中悠然游弋的天鹅和水鸟与游船并行，丝毫不理会游人存在，你完全可以在船舷边和它四日交接然后给它来个大特写。

　　无数造型各异、设计精巧的桥梁横架剑河的一泓碧水，在暮春向晚的暖阳下生成形态各异的风景，有意无意地散落在游人的心上。圣约翰学院这座空灵剔透的小桥名曰"叹息"，专为学生因考试不及格或犯了错到此悔过；连接女王学院的小木桥非常简陋，但其中却包含了奇妙的数学构思，这座名为数学桥的小桥初筑于1749年，周身虽无一根铁钉，却坚固无比。1867年，维多利亚时代的一个好奇又好动的英格兰人将整座桥拆开，想探究其中奥秘，却无力复原，无奈只得求助铁螺钉……小船无声地在或凝重或轻盈或秀丽的小桥下划过，中国人急切要寻找传说中的康桥，邻船撑篙的小伙居然用中文手抄了徐志摩的《再别康桥》，大概也说明了康河上的桥不仅可以入画，更可以入诗吧。

　　终于看到了徐志摩那座多情的康桥，这是一座普通得如果放在别处你我都不会多看一眼的小桥，锈迹斑驳，只因它横卧在美丽的康河，桥下绿水如蓝，两岸花团锦簇，还有那多情的杨柳，在波光艳影中荡漾在你心头，忽然也想撑上一条长篙，不为寻梦，只为载满一船星辉，在星辉斑斓中放歌……

　　轻轻地，我来了，乘着一叶小舟从桥下划过，一回头，是谁在桥上站成了断章。

二

　　从剑桥出来直接前往曼彻斯特，当晚下榻在曼城附近的酒店。分配房间的时候我很自然就和同样落单的大姐搭在一起了，面容慈祥的大姐姓肖，巧的是同样来自广东，一位老深圳。虽然还不相熟，但看样子不难相处，我当时怎么也没想到和这位可爱的大姐竟然在以后的几天里成了忘年交。附近有中餐外卖，店主讲粤语，晚餐总算顺利解决了。

　　第二天在曼城接了22位团友，大姐有点儿晕车，虽然想和大姐一起靠前坐，但因为前排那对说粤语的老夫妻特别不好商量，只能作罢坐回原位，身边以及前后的位置都空着，新上来一个带着爸妈的小姑娘，她把爸妈安顿好后，坐在了我后排的座位上，并和我礼貌地打了个招呼；前排则新坐下两个结伴同行的妇女，其中一个长得很漂亮，两人说得一口吴侬软语，可又夹带着几句不太标准的粤语。相互打过招呼后，我就知道接下来几天的旅途再也不会寂寞了。

上午的行程是前往英国东北部的约克小镇。知道约克郡是英国家喻户晓的勃朗特三姐妹生长的地方，虽然没时间去拜访她们的故居，但约克小镇也很值得一去。约克镇很小，估计半天就能逛下来，但却有着几千年的历史烙印，那中世纪最为典型的古老建筑，给人一种别样的厚重与宁静。

无论你在小镇的哪个角落，都能一眼看见约克大教堂那挺拔雄伟的身姿。约克大教堂也叫圣彼得大教堂，是英国最大、同时也是欧洲现存最大的中世纪时期的教堂，更是世界上设计和建筑艺术较为精湛的教堂之一。这座主要用石材建造的教堂气势宏伟，造工精美，历经数百年风雨依然坚实如故，湛蓝的天空下，教堂顶部的塔尖像一把利剑直刺云霄，庄严而深邃的气势扑面而来。时间尚早，教堂还没开门，来得也不是时候，因为每到傍晚，约克大教堂举行晚祷，在唱诗班优美歌声和管风琴相互应和下，大教堂的气氛会更显恢宏肃穆。

约克小镇有段古城墙，是整个英格兰古城墙中保留最长、最完整的，它最早修建于罗马人统治时期，之后被来自丹麦的占领者重新加固，现在保留下来的大部分城墙是12世纪到14世纪重建的。在团友集合之前抓紧时间登上城墙，绿荫掩映之下的城墙墙体并不宽大，狭小的通道很多地方只容一人通过，漫步其间，无端地走出了一脸的沧桑。

当天同样没留有足够的午餐时间，马不停蹄地赶往下一个景点——爱伟克城堡。只说爱伟克城堡一定没多少国人知道，但要说是电影《哈利波特》的拍摄地——魔法圣地爱伟克城堡，估计就能引起部分人的兴趣了。爱伟克城堡其实是诺森柏兰郡公爵一家居住的城堡，也是英格兰第二大居住城堡，被称作北方的温莎城堡。每年冬天，公爵一家人就住到城堡里来，所以冬天是不开放的。据说公爵家族富堪敌国，城堡的装饰和摆设极尽奢华，甚至可与王室城堡媲美，里面还保留一些拍摄哈利波特时的道具和场景供游客参观。

已经参观过温莎城堡，估计也大同小异，听说城堡旁边有个占地足有3000公顷的美丽花园，里面的景色美轮美奂，一时有了兴致。花园里游人不多，一进门是宽阔的草坪，正对面是造型精巧的阶梯式喷水池，水池两旁是修剪精美的灌木丛，而周围则是一大片郁郁葱葱的树林。沿着喷水池往上走，茂密的树林后面有一扇小门，里面有一座开满奇花异草的小花园，不识英文，没有翻译，只能对着不知名的花草爱不释手，狂拍一通后在繁花底下的小靠椅上对着蓝天白云发了一会儿呆，然后满院子找地图上标注的玫瑰园，却发现那玫瑰远没有摄政花园的漂亮艳丽，不免有了些许遗憾。公园一角有个"百毒园"，长着各式各样的有毒花草，小铁门每次只放十个八个人进去，有专人介绍讲解，讲解员叽里呱啦讲得非常专心敬业，可惜一句没听懂，甚至连装懂的表情也做不出来。

从花园出来，走过一片小树林，眼前豁然开朗，广阔的草地上开满了不知名的小花，而在草地的尽头，矗立着一座中世纪建筑，毫无疑问，那就是爱伟克城堡了。我把镜头放在草地上，可惜镜头不能把那青草的鲜味还有淡淡的花香也收纳其中。没有丝毫的犹豫，沿着草地往城堡对面的高地跑去，原谅我如此撒野，因为那片开满小花的草地实在让我忍不住想在上面狂奔，就这么一直跑到高地的尽头，城堡下是一片更宽阔的绿地，

电影《哈利波特》的拍摄地魔法圣地爱伟克城堡

魔法圣地爱伟克城堡旁的美丽花园留影

清澈的小溪从城堡底下的一座小桥蜿蜒而来，一条土路默默地伸向树林深处，溪流两岸芳草如茵，繁花似锦，雪白的羊群撒落在碧绿的草地上，从朵朵轻盈的白云变成滚动的小棉球。

　　周边没有人，前面孤零零地站着一棵树，而树的后面，城堡突兀地矗立在对面的另一处高地上，城堡上空翻滚着一片厚重的乌云，午后的阳光从云隙间迸出一缕强光，竖在城堡中央的那面旗帜迎风飘扬，忽然很希望头上那块乌云继续翻滚下去，滚成一场狂风暴雨，那么一行游客就会骑着魔法扫帚，风驰电掣地掠过城堡的塔尖，穿越到哈利波特的魔法世界去了。

　　当天晚上住的酒店可以在总台上叫中餐外卖，和大姐合着叫一份就足够我俩吃的。一天的相处两个人已经很熟络了，大姐看起来不过就是刚退休五十来岁的样子，谁知道她说自己已经67岁了，居然比我妈还大些，她陪朋友从深圳到伦敦住一阵子，这几天自己跟团出来环岛游，看着我惊讶的表情，大姐笑眯眯地说，她的一双膝盖关节都是假的，去年刚做的手术，离现在也不过十个月的时间，所以上下楼梯的时候有点儿不利索。一时无法用语言来表达我对大姐的敬意，如果有，也只有五体投地一词。

这趟旅行回去以后，自己必须面对一些不太好的事情，不知道结果会怎么样，但从大姐身上我看到了什么叫作勇气、毅力和不屈服，凭什么老年人腿脚不好就得乖乖地困在家里？喜欢周游世界的大姐就勇敢地赌了一回，赢了，重新让生活撒满阳光。

希望我在如敬爱的大姐一般岁数的时候，还能像大姐一样精神饱满地在路上，看风景，继续一步步量度自己的潇洒人生。

三

第三天的行程比较辛苦，我们要离开约克郡驱车几小时前往苏格兰高地。司机只在英格兰与苏格兰的交界处停顿些许时间让大家拍照留念，然后直奔罗梦湖。

昨天从曼城上车坐我身边的姑娘名叫小静，带一副眼镜，斯斯文文白白净净的样子显得秀气娴雅，来自新疆的石河子，先是在伦敦念研究生，然后考取爱尔兰的都柏林大学，拿着全额的奖学金继续念博士，两个月前爸妈从石河子辗转万里来看她，在都柏林住了两个月，最近要回国了，临走前小静专程抽时间带二老出来走走。小静爸妈非常淳厚朴实，而小静一路对父母嘘寒问暖，照顾得非常细致周到，现在的年轻人少有这样懂事体贴父母的，更何况学业还这么优秀，让我羡慕之余感慨万分。

难得的是小静年纪虽轻但和我并没有明显的代沟，又或许是孩子刻意迁就，一路竟然聊得非常投机。坐我们前排的靓女叫琴琴，一个来自香港的上海女子，跟她一起的是她的小姨，来曼城生活十几年了，攀谈之下发现她原来以前也在肇庆生活过，世界真小呀。在异国他乡萍水相逢，却彼此烙下印记成为朋友，这不是缘分么？感谢有缘人，让我本来注定孤寂的旅途瞬间变得光彩明丽，精彩纷呈。

罗梦湖是苏格兰最大的湖泊，位于苏格兰高地南部，距离苏格兰最大的城市格拉斯哥不过27公里，四周被山地环绕，南部略成三角形。罗梦湖就像是英国浪漫小说里的场景一样，充满诗情画意的自然景观在古朴的质感中透着淡淡的哀伤。

导游是个很感性的女人，还没到罗蒙湖时就在车上为我们播放那首著

罗梦湖留影

名的苏格兰民谣《Loch lomond》(《罗蒙湖之歌》,忧伤而凄美的旋律如一缕游丝.欲断还连.在我耳边如轻云飘忽般回荡。回来后对这首民谣念念不忘,特意搜了歌词贴上:

> 傍着青青的山,依着碧绿的水,太阳照耀在罗梦湖岸上,
> 你走山路,我走平原,我要比你先到苏格兰,
> 但我和我爱人永不能再相见,在那最美丽的罗梦湖岸上,
> 回想我们分手在幽暗的山谷里,分手在峻峭的罗梦山旁,
> 看那高山笼罩着紫色霞光,又见明月在黄昏中升起,
> 你走山路,我走平原,我要比你先到苏格兰,
> 但我和我爱人永不能再相见,在那最美丽的罗梦湖岸上,
> 小鸟在歌唱,野花在开放,阳光下面湖水已入梦乡,
> 虽然春天能使忧愁的心欢畅,破碎的心灵再也见不到春光,
> 你走山路,我走平原,我要比你先到苏格兰,
> 但我和我爱人永不能再相见,在那最美丽的罗梦湖岸上。

这首在苏格兰流传数百年之久的民谣背后有着一段生离死别的故事,18世纪中期,苏格兰王子率领罗梦湖地区的部族对抗英格兰的入侵,最终英格兰赢了，许多苏格兰人失去了亲人和家园，一位年轻的苏格兰战士在被处决前，托他已经获得自由的战友把他最后的遗言写在信里转告他的女友，苏格兰传说中也有类似中国人死后走黄泉路的讲法，歌里如泣如诉地诉说着小伙死后沿着灵魂走的路回到苏格兰，却再也不能和心爱的人相见的忧伤，还有对家乡和亲人的爱恋和不舍。

广袤的高地创造了属于苏格兰自己的历史，这片古老的土地上始终保留着自己独特的民族元素，苏格兰人骨子里仍旧沉淀着一股不屈的民族精神。苏格兰虽然是大不列颠与北爱尔兰联合王国下属的王国之一，但在内部的立法、行政上，拥有一定程度的自治，苏格兰议会内的第一大党苏格兰民族党长久以来就一直将谋求苏格兰从英国独立而出，作为该党的基本政策主张。最近苏格兰民族党承诺举行独立公投，英国首相卡梅伦亦已经首肯苏格兰独立公投于2014年秋季举行。这些历史背景，孕育出苏格兰朴素却又高贵的非凡气质，使独一无二的苏格兰风格魅力无穷。

到达罗梦湖时下着小雨，天色灰蒙，远处黑云翻墨，山色空蒙，烟雾缭绕中的罗梦湖犹如它的名字一样浪漫、忧伤而神秘，恍若仙境。放眼看去，几艘游艇稀疏散落在辽阔的湖面上，湖岸架着一座木制栈桥式码头，不少团友在凭栏眺望，许是天气不好的缘故，游人稀少，周围的景色显得分外幽美宁静。湖边有一弯细细的沙滩，并没有足够的时间望湖遐想，但罗梦湖青青的山，碧绿的水，伴着《Loch lomond》优美的旋律，在我心间挥之不去。

位于湖边的LUSS小镇，相传已有一千多年的历史，看上去不足百户，层岩砌成的房屋，石檐瓦搭的黑色房顶，木栅栏围着的小院落，几乎每家每户的门庭外围栏里都种满了鲜花，只是不知为何只见花不见主人，村里好像也没有当地人走动，质朴、幽静、整洁、漂亮，还有些神秘。

离开宁静的LUSS小镇，我们继续苏格兰高地之旅。苏格兰高地的海拔并不高，不过在600到1000米之间，最高峰本内维斯山也不过1300多米，由于没有受到现代文明的破坏，沿途的风景仍然保留着原始的苍郁甚至有点儿荒凉，整个高地由古老的分裂开的高原组成，岩石被流水和冰川分割成峡谷和湖泊，连绵不断的山川上有梦幻般的湖泊，青翠的山峦，苍凉的峡谷和色彩瑰丽的荒原，虽说已是暮春时节，高山顶上的积雪还没融化，山脚却早已开满了黄灿灿的金雀花，远处的厚云炸开了一丝裂缝，露出了一线碧蓝的天，车窗外的风景不断地变幻着，目不暇接，但从没偏出厚重、粗犷而孤寂的主色调，难怪在此取景的电影《勇敢的心》能成为奥斯卡大片，苏格兰壮美的景观确实很有视觉冲击力，能将人们的思绪带到很远很远。

穿越葛兰峡谷，经过三姐妹山，中途只在威廉堡附近的二战盟军训练基地做短暂停留，这里有座为突击队员们立的纪念碑，可以望见云雾缭绕的最高峰本内维斯山，午后我们到达位于尼斯湖畔的奥古斯图司镇。这里除了奥古斯图司镇城堡外，还有拥有五级船闸的古苏格兰运河，设有一座可供船只通过的水坝。

苏格兰高地共有大大小小的湖泊十多个，但最出名的还得算尼斯湖，尼斯湖的形状很奇怪，瘦瘦长长的，宽不过2.4公里，却有39公里长，面积不大，水却极其深。尼斯湖基本没有湖岸，很多地方就如同直上直下的悬崖插入水面。湖水不仅深，而且湖底地形复杂，到处都是曲折如迷宫般的深谷沟壑，因此就算是探到了湖底，湖底的真实深度仍然不得而知。所有这些都不是事儿，尼斯湖之所以出名，是因为从公元6世纪开始，关于尼斯湖里有水怪传说和报道就屡见不鲜，直到科学高度发达的今天，这个神秘的湖泊里还有很多人类暂时无法解释的现象，越是这样越是加深了人们想一探究竟的兴趣。

几乎所有专程到这里的游客都希望自己有幸能遇到传说中的水怪，至于真遇上了会有什么情况出现则估计没人设想过，一向缺少猎奇的勇气，在湖边欣赏欣赏尼斯湖芳容也就足够了。本来想来几张大片，可惜天公不作美，没有阳光，偶尔飘着小雨，神秘的尼斯湖不免有点儿平淡无奇，这样的天气没有太大的兴致拍照，幸好与大姐同行，大姐爱拍照，最最可爱的是她也喜欢帮别人拍，而且不厌其烦极其热心，令我惊喜的是大姐的拍摄技术还很不错，于是尼斯湖很快就被我们遗忘了，还是自己臭美几张留着晚上发微信要紧哪。

晚上住在邓迪，到了下榻的酒店住下，照例按酒店里的广告卡打电话叫中餐外卖，不料电话里面叽里呱啦一通英语，用蹩脚的英语让对方讲中文，谁知道对方回答说这里没有中国人在，一时头都大了，没办法只能回到总台候着，好不容易抓了一个会讲英语的团友帮忙定了餐，回房间等了一阵，服务生来敲门说外买到了，带着英镑下去拿，没想到送餐的也是糊涂妹子，本来也没啥，一手交钱一手交货就是，问题是钱不对，对方无端端要多收几镑，语言不通没法讲数，关键时刻咱家小静出现了，帮忙打电话到外卖店才把钱给一一算清楚了，唉唉，看来回国后真得把英文给重新拣上啊，太丢人了是不是？！

四

在酒店吃过早餐，出发到附近的圣安德鲁斯。邓迪离圣安德鲁斯很近，不过二十来公里，因此觉得今天的行程很轻松。其实尼斯湖是我们这次旅途的最北端，离开尼斯湖后，我们就转头向南往回走了。

圣安德鲁斯坐落在苏格兰的东海岸，濒临北海，是苏格兰历史上最著名的城镇之一。对圣安德鲁斯的印象只限于英国威廉王子就在圣安德鲁斯大学读书，而且在这间大学与凯特王妃情定终身。虽然大多数人认为贵为王子的威廉更应该到牛津或剑桥就读，但圣安德鲁斯大学是苏格兰最古老的大学，六百多年的历史在英国紧随牛津剑桥之后，一点儿也无损王子的声名。

圣安德鲁斯也是中世纪苏格兰王国的宗教首都，同时还是闻名于世的世界高尔夫之乡，当然高尔夫是有钱人玩的东西，对一般人来说这个倒不怎么"闻名于世"。相传此地的高尔夫运动始于公元1400年前后，拥有世界最古老的高尔夫球场，据说当年英国国王詹姆斯二世曾因为人们太过沉迷高尔夫而禁止过这项运动，理由是没有人愿意去练习射箭了，万一打起仗来怎么办。事实上自1873年以来这里的老球场就没怎么闲过，一直举办高尔夫的公开赛，众多的名将在这里摘得桂冠，对高尔夫圈内人来说，想名留史册就必须在圣安德鲁斯赢下一场赛事。

圣安德鲁斯人口不过万余，中世纪古老的建筑风格，使这座小镇充满厚重的气息，但它又是悠然的，十足一位英国贵族，富贵逼人。随处可见的豪车时刻提醒这里是英国上流社会的世界，店铺小而高档，消费很高。如今这里的居民除了圣安德鲁斯大学的学生外，生活在这里的人以上了年纪的居多，很多人还保留着传统英国上流社会的生活方式，相比伦敦的喧哗与繁华，或许真正的英国老牌贵族都喜欢在这里常住吧。

导游领着我们走了半圈，告诉我们威廉和凯特经常在哪间咖啡厅谈情说爱，然后团友在圣安德鲁斯教堂外解散自由活动。曾被誉为苏格兰中世纪最伟大建筑的圣安德鲁斯大教堂毁于战火，如今只剩下了断壁残垣和几个主体建筑，废墟外的两座依然挺拔的尖塔早已洗尽铅华，一脸沧桑地站成了圣安德鲁斯的地标。教堂里有一大片墓碑，绿油油的草地修建得非常平整，看得出来教堂遗址被管理得很好，开放时间可以进内参观。

教堂厚实的围墙外是一望无际的北海，沿着海边的街道可以一直走到小镇北面的老球场去。海岸很陡，有些地方甚至是断崖峭壁，下面是大片嶙峋的黑礁石，虽长年被海浪冲刷却依然棱角分明，一座古建筑的残垣断壁孤零零地伫立海岸上，海风吹过，山花摇曳，白鸥翱翔，让我竟然很有凭栏吊古的冲动。

圣安德鲁斯海滩

临海的这条小街非常幽静，一样少见行人，我甚至觉得停泊在街上的小车比行人还多得多，和大姐只顾拍照，到后来竟然发现整条街上只剩我们两人了。绿草如茵树木葱茏的私家花园，临海而建环境优美的圣安德鲁斯大学经济金融学院，鲜花怒放的门庭都让我们流连忘返，一直就这么行行摄摄，终于看见小街尽头那座高高的纪念碑，而走过纪念碑就是著名的老球场了。

老球场的草绿得炫目，对面有星级高尔夫酒店，中间的小道边一溜插满各国国旗，已经有不少球客在练球，估计都是些达官贵人吧！老球场对开的海面却是一片开阔的沙滩，或许还没到炎热可以戏水的季节，沙滩上没有游客，只有一个男人（或许是某个亿万富翁？呵呵）带着两只体型庞大的狗在散步，天色有点儿灰暗，银灰色的海水推出条条雪白的浪花，大群的海鸥时而在滩涂上觅食，时而展翅高飞，极目眺望，天地之间，开阔无边的大海雄浑而苍茫，不禁气爽神清，心胸豁然开朗，什么不平之事全都抛之九霄云外去了。

下午到爱丁堡，因为与圣安德鲁斯只隔了个福斯海湾，所以很快就到了。爱丁堡是苏格兰的首府，同样位于苏格兰东海岸，雄踞于延绵不断的火山灰和悬崖峭壁上，18世纪时就已经成为欧洲文化、艺术、哲学和科学中心，很早就被联合国教科文组织列为世界文化遗产，古城堡、大教堂、宫殿、艺术陈列馆等名胜古迹比比皆是，这座世界著名的城市在历史上经常与来自英格兰的威胁而战斗，不少苏格兰人至今不愿加入联合王国，自给自足的民族精神使他们的自立心极强，而这更使这座古老的历史名城充满苏格兰独特的魅力。

来苏格兰旅游的人绝对不会错过爱丁堡，出来之前牛牛就对爱丁堡赞不绝口，认为爱丁堡是绝对值得小住几天的地方，私下便认定爱丁堡是这次旅行的重头戏了，可惜在此逗留的时间只有半天，只能按照导游的指引挑些精华逛逛罢了。爱丁堡城堡是爱丁堡甚至于苏格兰的精神象征，高高耸立在市区中央的死火山的岩顶上，居高临下俯视整个爱丁堡城区，在爱丁堡闲逛只要认准了爱丁堡城堡就基本不会迷路，因为你无论走到哪里都可以看到它那庄严雄伟的身姿。

导游交代清楚集合的地点以后，我和大姐、小静一家以及琴琴、小姨一起结伴同行，决定从爱丁堡城堡脚下的皇家哩大道开始再从王子街回来。皇家哩大道两端分别是爱丁堡城堡和荷里路德宫，因为两处都是苏格兰皇室的重要居所，使得皇家哩大道成为中世纪乃至今天仍旧是爱丁堡的重要道路，而一般来说，以皇家哩大道为中心的区域被视作爱丁堡的旧城区，北边王子街则为新城区，两条街中间隔了个王子街公园，在新老城之间还有一座著名的"北桥"连接，北桥下面就是火车站。

皇家哩大道，顾名思义就是全长一英里的街道，路面全由被磨得光滑发亮的鹅卵石铺就，街道两旁店铺林立，都是几百年以上的古老建筑，咖啡店、啤酒屋以及众多专卖苏格兰羊毛制品、食品、古董礼品、地图甚至化石等特产专卖店琳琅满目，随处可见民间艺人装扮成持枪的士兵穿着苏格兰裙戴着苏格兰帽在街头吹着悠扬的苏格兰风笛，不时冒出几个行为艺术家吓你一跳，爱丁堡久负盛名，因此街上行人熙熙攘攘。

远远可望见圣吉尔斯大教堂高高耸立的哥特式尖顶，酷似苏格兰王冠，散发着逼人的王者风范，这座教堂作为爱丁堡的宗教枢纽已经有近千年的历史，直到今天也被看作是全世界长老会的母会。正是教堂开放的时间，不需要门票，我们几个进去时有个年轻圣职人员站在一个高台上讲道，十几个信众在下面的座椅上虔诚地凝听着，我们忍不住也坐下静听了一阵子，虽然听不懂，但你会深受那庄严肃穆的气氛感染，觉得整个人都安静下来，入内参观的游人都屏住气息，放轻脚步从旁边走过不敢打扰。走了一圈出来，对教堂里高大的足有两层楼高的管风琴以及精美的彩色玻璃印象深刻。

走过造型怪异的苏格兰议会大厦就到了皇家哩大道的尽头，对面街就是荷里路德宫了。荷里路德宫也译作圣十字架宫，1498年为詹姆斯五世所建，原来是修道院，后来成为苏格兰王室的宫殿，英女王来苏格兰就住在这里，然后像白金汉宫一样在上面升起王室旗帜。荷里路德宫是王室血腥历史的见证。历史上有名的苏格兰玛丽女王，一个号称当时最美丽的女人就曾住在城堡塔楼中。玛丽15岁嫁给法国王室，19岁丈夫去世她又回到苏格兰，在民众拥戴中登上王位，后来在一场叛变中失掉王位并逃往英格兰，囚禁19年后被处死。

从荷里路德宫一侧的小街可以拐上不远处的卡尔顿山顶，大姐虽然腿脚不便爬山，但也坚持陪我们走了一段狭窄的石阶，一步步艰难地爬上了位于半山腰的大街上，实在爬不动了才和小姨留在原地等我们。其实卡尔顿山并不高，穿过马路就有一条平坦宽阔的沙石路通向山顶，大家非常后悔没把大姐和小姨拉上。

原本还阴沉沉的天空不知什么时候开朗了，卡尔顿山上的纳尔逊纪念塔高高耸立在蓝天白云之下。走到山顶一看，才知道山顶很开阔，风景非常优美，一大片的绿草地上盛开着一丛丛明黄的金雀花，周边树木葱茏，有很多标志性的古迹和建筑，甚至还有一大片墓地。极目远眺，西面是巍然屹立的爱丁堡城堡、皇家哩大街、火车站等一大片城区，而往东，可以看到城区外浩瀚的北海福斯湾，东南面则是圣路德公园裸露的火山岩石和旷野。风景如此多娇，拍照热情自然高涨，流连多时才依依不舍地离去。准备下山的时候遇到一位中国老人，说一口地道的京腔，非常热情地为我们介绍附近的景点。老人来自北京，早年在香港和美国的大学任教，后来因为喜欢爱丁堡的环境，选择到爱丁堡大学工作，退休后就生活在这里了，老人说爱丁堡是一座非常适合养老的地方，天气好的时候他必定会上卡尔顿山走走，感觉很舒畅。

告别老人后匆匆回山下把大姐和小姨找回，然后顺着卡尔顿山下的王子街往爱丁堡城堡的方向继续走。王子街总长应该与皇家哩街差不多，反正一趟走下来都不觉得累就是，这条不太长的街道号称"全球景色最佳的大街"（我想是之一吧），把爱丁堡一分为二，北是新城南为旧城。相比于皇家哩街的古典浪漫，王子街显得时尚繁华，许多华丽而摩登的商店汇聚于此，中央的绿草坪上那引人瞩目的尖塔是写过《艾凡赫》等作品的英国历史小说家、诗人沃尔特·司各特的纪念碑，南侧的低洼地带有一片狭长的绿化带，东端是花团锦簇的王子街花园，花园的背景是立在悬崖上巍峨的爱丁堡城堡，气势凛然。

很多市民和游客在草坪上歇息、散步、喂鸽子，不时有白鹭从眼前掠过，和大姐坐在花园的靠椅上优哉游哉地看风景，相互拍照留念，有外国人过来友好地比画着，问需不需要帮我们两人合拍一张，还有漂亮的妹子要求和大姐合影留念，来自世界各地的不同人种不同肤色不同语言的人们，脸上都洋溢着融融笑意，或许他们与我们一样，除了醉心如画的风景，更感动于这座城市的友好与和善吧！

位于王子街尽头的苏格兰国家画廊横跨王子街与皇家哩大道之间的火车铁轨，站在画廊前的广场上可以把火车站交错的铁轨和对面的"北桥"尽收眼底，穿过画廊前的走道，再过两条马路就重新回到皇家哩大道上了。还有时间，和大姐进苏格兰羊毛制品专卖店淘宝，苏格兰原产经典格子羊毛围巾是国人的抢手货，从十镑八镑到上百镑的应有尽有，当然还有准山寨名牌巴宝莉（Burberry）羊绒围巾，99镑一条，其实也不便宜啊。

不少团友收获颇丰，大包小包拎着回车上，车就停在爱丁堡城墙下，旁边的滨海艺术中心有大型机械在操作，一个多月后这里将举行一年一度的世界三大军乐节之一的"皇家爱丁堡军乐节"，到时英国、英联邦以及来自世界各地的国际军乐队都会汇聚在这里，进行一系列的军事行进演奏表演，爱丁堡举世闻名的国际艺术节也会同时开幕，全世界极负盛名的艺

爱丁堡王子街头留影

术团体和街头艺人将齐聚在这座优雅的城市，为慕名前来的大批游客献上一场空前的艺术盛宴，可以想象，那时候的爱丁堡，将成为一片怎样疯狂而欢乐的海洋。

五

傍晚时分离开爱丁堡，到达格兰斯哥附近的连锁酒店Holiday inn Express时，太阳明晃晃的还没下山，蔚蓝的天空飘着丝绒一般的云彩，又在天边团成了变幻莫测的云朵，煞是好看。导游说附近有一个公园，实在舍不得辜负苏格兰难得的好天气，安顿好以后我们几个连饭也顾不得吃就找公园去了。

因为不知道自己身处的具体位置，所以始终没法弄清这个公园叫什么名字。没有找到公园的正门，从树林一角钻进去，走过一大片绿油油的草地，再穿过两个足球和一片灌木丛，一片湖区豁然出现在我们眼前，风平浪静的湖水像一面明镜映出了蓝天白云的倒影，阳光不经意地洒在湖面上，波光粼粼。这里貌似是一个赛艇训练基地，可见很多赛艇在用白色浮标分隔出来的水道进行训练，船桨划过，微波荡漾，荡起朵朵锦缎般的涟漪，一下子揉进我的心湖里去了。

湖畔是地毯似的草坪，绿树婆娑，姹紫嫣红，美不胜收。风景太美，兴致大发，拿小静、大姐还有琴琴美女做模特，连不爱拍照的小姨也受感染上了不少镜头。大姐非常善解人意，本来已经很累，但自己拍完后一定不忘也帮我拍，一直拍到我满意为止。不善言辞的小静父母一直在旁笑眯眯地看着我们几个女人臭美，美景如斯，镜头里外，都是满足。

第二天一早离开格拉斯哥前往逃婚小镇Gretna Green。都说逃婚小镇闻名天下，我却孤陋寡闻没听说过。逃婚小镇离格拉斯哥不远，位于苏格兰南部，与英格兰交界，连通从伦敦到爱丁堡的交通路线，是一个以逃婚著名的小地方。

这个小镇之所以以逃婚出名，是因为18世纪中叶的结婚法案在英格兰开始实施的时候，规定如果男女双方不到21岁，就必须要得到父母的允许才能够结婚，但这个法案并没有在苏格兰实施，苏格兰当时的法规是男孩

与大姐、琴琴在苏格兰逃婚小镇

14岁女孩12岁以上就可以结婚，无论是否得到父母的首肯。英格兰许多还没到法定年龄的青年男女只能逃到苏格兰成婚，因为进入苏格兰境内后见到的小镇就是Gretna Green，所以就赶紧在这里举行婚礼，久而久之这里就成了著名的逃婚小镇。

当时的苏格兰法律允许非正式结婚，只要结婚誓词能在两个证人面前立下，那么几乎任何人都有权利举办婚礼，而小镇里的铁匠就成了这些小青年结婚时的证婚人，小镇的两个铁匠商店和数不清的旅店以及小农庄开始成为无数婚礼的背景，老铁匠礼堂更是当时经营婚礼生意的聚焦点，直到今天，Gretna Green及周边的一些经营婚礼的场所都有一把铁钻标志，而这个小镇也成为世界上最流行的结婚场地，千百万夫妻从世界各地赶来，就为能在Gretna Green举行"铁钻婚礼"。

昨天还好好的天气今早又变得阴沉沉的，到小镇的时候还飘起的小雨，使人感到丝丝寒意，不知道是天气不好还是日子不好，小镇没有婚礼举行，显得有点儿冷清，不过这样幽静的环境正是我喜欢的，大部分人都进镇里的礼品店继续淘苏格兰羊绒围巾去了，很多人提着装满战利品的小篮子排着长队等付钱。小雨中的小镇很有浪漫的气息，白墙黑瓦的小房子

苏格兰逃婚小镇

外开满五彩缤纷的小花，铁匠商店仍旧是小镇的主要景点之一，花丛间房子前到处都是以爱情为主题的雕塑作品。显然这里已经不再是逃婚小镇，而是心灵相互契合的男女收获爱情走向婚姻的殿堂，我想，人们之所以热衷在此举行婚礼，为的或许只是有情人终成眷属，相亲相爱白头偕老的美好心愿吧！

　　离开逃婚小镇继续往南走就是英格兰有名的度假区英国湖区国家公园了。"湖区"是一个非常广阔的概念，在英格兰的西北海岸，靠近苏格兰边界方圆2300平方公里的整片山陵地区，在1951年被规划为国家公园，而这个公园被英国人统称为"湖区"。拥有英格兰最高峰斯科菲峰（Scafell Pike）的坎伯里山脉横贯整个湖区，把湖区划分为南、北、西三大块，纵横交错的山脉间分布着大大小小十多个湖泊，其中温德米尔湖是英格兰最大的湖泊。

　　湖区位列美国国家地理杂志评选的"一生中值得去的50个地方"之一（有点儿窃喜，终于到了其中一个），英国人更把湖区视作自己的"后花园"，有事无事都爱往湖区跑，湖区的人口不过4万，但每年来此度假的游客人数竟达百万以上。充满诗情画意的风景最易引人诗兴大发，不少英国著名诗人和作家长年在这里生活、创作。著名的英国浪漫主义诗歌奠基人沃兹华斯（Wordsworth）和妹妹多萝西（Dorothy）当年便长期住在这里，创作了大量反映人与自然的美好诗篇，更另外两名诗人柯勒律治（Coleridge）以及骚塞（Southey）合称为"湖畔诗人"。而出身于英国贵族的比阿特丽克斯·波特（Beatrix Potter）在美丽的湖畔养了很多小动物，每个动物都有名字，有一年为了安慰一个生病的小姑娘，比阿特丽克斯·波特给她写了一封带图画的信，这就是我们的孩子至今也经常读到的《皮得兔的故事》。

　　温德米尔湖畔的温德米尔小镇无疑是湖区最繁忙的游客中心，这里每天都会迎来世界各地络绎不绝的游客。到达的时候正值中午，登船游览前还有时间吃饭，我们决定在小镇找一间中餐馆吃饭。雨继续下着，添了几分料峭寒意，衣服穿不够觉得好冷，小姨帮我围上自己带来的厚羊绒披巾，身上心头瞬间温暖如春。有小静在走到哪里大家都觉得特别放心，小静爸方位感也特别好，总能在我们犹豫的时候找到正确的方向，很快我们就在一间中餐馆坐下，非常难得地舒舒服服地吃了顿热腾腾的午餐。

　　吃过饭步行到游船码头，与安静的小镇相比，这里热闹非凡，聚集着大批冒雨等候上船游览的游客，但人再多也不妨天鹅在湖面游弋，海鸥在天空翱翔。游船分上下两层，下层较为封闭暖和些，上层则视野开阔方便拍照。本来还在心里抱怨每次游湖的时候天公总不作美，影响湖区的景色，但爬上顶层放眼一看，阴沉的天色将湖水映成了银灰，浩渺的湖面上笼罩着一层轻纱般的薄雾，如梦如幻。两岸连绵的山坡上树木郁郁葱葱，一幢幢花团锦簇的洋房别墅点缀其间，别墅前的水岸边停泊着一艘艘白色的游艇，游船过处，湖水泛起层层涟漪，原来烟雨氤氲的湖区，清新脱俗，如童话世界，更似人间天堂。

　　下了游船，我们需要乘坐一段火车到达旅游大巴停靠的地方（具体位置到现在也没弄明白），让我们感兴趣的是，我们坐的据说是已有上百年历史的蒸汽火车，导游说了哈利波特每次都是坐这种火车去魔法学校之后，大家都坐不住，纷纷跑到走道拍照去了。车窗外的景色依然秀美如画，靠近湖面时，有游人划着小艇悠然而过，看到我们拍照还不忘对着火车挥手致意，探头一看，火车正从一座桥下穿过，火车头蒸汽缭绕，竟然诡异得如同真往魔法世界去一般。

离开湖区结束一天快乐无比的旅程，到了曼彻斯特后，小静一家和琴琴、小姨就要离团了，几天下来大家才相熟了却又要分别，难免有些伤感，他乡之客有缘萍水相逢并一见如故，可见彼此缘分不浅。虽然非常舍不得，但有相聚就有别离，好好说声再见，相互交换最美好的祝愿，今日的友情定是明日最美好的回忆，相知无远近，万里尚为邻，小静、小静爸妈、琴琴、小姨，有缘我们一定会再见的。

六

从曼城到牛津的车程不算远，但因为没有小静她们几个坐在身边显得有点儿无聊乏味。最后一天的行程是牛津和比斯特，导游像往日一样敬业，欧美嘉这样口碑不佳的团队居然还有这样高素质的员工也实属不易。说起来导游也个蛮有趣的姑娘，昨晚在曼彻斯特中国城的川菜馆吃饭，一碗红烧牛肉面辣得我和大姐没法下咽，她却来了个最辣的大叫过瘾，还说我等几天了就冲着这个来的！我说你不是江苏人吗？她白了一下眼："我男朋友是湖南的，把我调教成这样然后把我给甩了。"

该说的都已经说完了，这姑娘干脆跑车后座跟团里几个留学生聊上了，一聊才知道这其中还有她的学妹，原来她来伦敦八年了，刚开始念商科，后来不想读了，又改念战争，我还以为自己听错了，真个是闻所未闻，原来政治系中还有战争专业的。她绘声绘色地说："我刚出来留学的时候，我妈可嘚瑟了，因为那年头我们那小地方没几个能出国留学的，后来我改读战争，我妈简直抓狂了，说姑奶奶你以后怎么找工作呀！现在我妈是再也嘚瑟不起来了，在别人面前都不怎么提我在英国，她说我现在活得像条狗一样，出国难道就为做导游啊？！都不知图什么！她夸张幽默的表情引得大家一通大笑。

我心想怪不得这几天她从诺曼底王朝到红白玫瑰战争，从亨一到亨八（亨利一世到亨利八世），再从爱德华一到詹姆斯二，从英格兰讲到苏格

比斯特街头留影

兰，各个景点的发展历史、社会背景、传说典故，样样信手拈来，口若悬
河，讲得头头是道清清楚楚，以至于这姑娘在车上一开讲我就在不知不觉
中昏昏欲睡，因为她整个就像历史老师在讲课！原来是学战争的！原来战
争专业的就业方向之一是做导游！这真让我瞠目结舌。不管她的一番话能
否给学弟学妹们一些启示，单看她能凭自己的本事在伦敦立足，我就觉得
很值得留学生们敬佩了。

　　牛津市，号称英国最具学术气质的城市，而牛津大学是英语国家中最
古老的大学，古老到连确切的成立时候都已不可考。十二世纪英格兰与法
兰西打仗的时候，一些在巴黎大学做研究的学者离开巴黎到牛津定居，同
时吸引更多的学者前来，到十二世纪末，牛津大学已成规模，十三世纪中
期各个学院陆续成立，牛津大学开始铸造它的辉煌历史。

　　"津"是渡口的意思，泰晤士河与柴威尔河在此汇合，当时的河水很
浅，"牛津"即为牛拉车可以涉水而过的地方。而今两条河水依然流淌，
原来的桥和牛车涉水而过的痕迹早已灰飞烟灭，但牛津，却因牛津大学吸
引着越来越多来自世界各地的来访学者和游客，这座大学城在过去的八百

多年中，已经为全世界培育出许许多多的杰出人士，其中包括4位英国国王、46位诺贝尔奖获奖者、25位英国首相、3位圣人、86位大主教，中国人熟知的有钱钟书和杨绛等。

牛津大学共有39个学院，还有7个宗教教学堂，教学的总体安排由大学负责，但各个学院高度自治独立招生，各自承担本学院的教学和个人辅导。听说剑桥大学的学院与牛津大学的学院名称几乎一模一样，都有国王学院、三一学院和圣约翰学院等，这是因为几百年前牛津大学的学者内部在关于信仰、理念和思想等方面发生了重大的分歧，部分学者因此离开牛津而另行创立了剑桥大学的缘故。

这里的大学与英国其他大学一样没有大门和围墙，不同的是这里连正式招牌也没有，整个城市与大学融为一体，街道就从校园里穿过。虽然牛津城是英国皇族和顶尖人物与学者的摇篮，现在更已成为世界瞩目的城市，但遍布城市各个角落的商店和企业，还有熙熙攘攘的游客，使这座古老的城市表面看起来并不像学术氛围浓郁的大学城，部分繁华的街道简直就和商业步行街没什么两样。

不过牛津毕竟是具有九百多年历史的大学名城，街道两侧古色古香的中世纪建筑仍旧告诉我们，这里是个历史厚重的城市，背后有着太多太多的达贵名人至今仍为世人传颂的故事。牛津大学几十个学院星散于城内各处，构成市中心重要的组成部分，而各个学院都有自己的教堂（教堂里都有墓碑），建筑风格因年代各异，

牛津街头留影

但多数都有点儿类似中国的四合院，一般四周是学生住宿和学习的地方，中庭多是方形的庭院，绿草如茵，只有进入这些幽静的四合院中，你才能强烈感受到牛津浓烈的学术气氛。

这些院子中令我印象最为深刻的是牛津大学瑞德克里夫图书馆，这座外表像用旧岩石砌成的圆顶建筑是世界上古老的公共图书馆之一，曾被用来拍摄《哈利波特》中魔法学校的部分场景。其历史可以追溯到14世纪，直到20世纪50年代末，该馆一直都是英国藏书最多的图书馆，到了20世纪60年代初才让位于大不列颠图书馆。

牛津大学图书馆现有藏书800万册，其中很多都是古籍珍本，可能是太过珍贵的缘故，馆里的藏书只能阅览不能外借，据说连女王也不例外。牛津大学是英国书刊缴存制度的开创者，早在1610年就与伦敦出版业协会达成协议，也就是该协会的成员每出版一部新书，就得向牛津大学缴存一部，这样的制度一直延续至今，造成现在图书馆每周收到的新书就达5000册，本来就有800万册的藏书，再加上每周新增的5000册，这么多的藏书馆里放不了只能转入地下，所以这个图书馆地下都被挖空做了藏书之所，而如果把地下的图书取出来放在书架上，那么这个书架就有一百九十多公里长，这样的数据听起来真的很吓人。

不知道一般游客能不能进馆参观，反正我们只是在图书馆外的围栏边拍照，有学生从图书馆里出来，旁若无人地从人群中走过，明显是对馆外的喧哗习以为常了。在牛津城停留的时间很短，严格上说只转了两条街进了几个四合院，走马观花之余只感觉这座久负盛名的大学城已经很商业化，也许只有牛津大学的高才生才能感受到它那至尊无上的地位吧！

离开牛津前往最后一个景点比斯特，团里的年轻人显然更愿意把时间多放在比斯特，中午到达时导游把在这儿的停留时间说定了以后，还有人抗议说时间太短了。比斯特离伦敦不过一个多小时的车程，这意味着我们6天的旅程马上就要结束了。

很多人出国旅游的其中一个重要任务就是购物，而在英国购物，就不能不到这个位于伦敦西郊的小镇比斯特。九十多个世界名牌都在这里设有折扣专卖店，商品价格低于市场价60%左右，虽然很多都不是应季产品，但总算是能挑到货真价实的好东西，比如嘛……这个我真的比如不上来，因为一向对奢侈品望而却步，关于名牌的常识几乎等于零。团里有个来自北京的姑娘神秘兮兮地对我说，伦敦哪个街上的巴宝莉专卖店打折，一件经典款式的风衣折成人民币才八千多！太划算了！她自己买一件还得帮她妈也淘一件！我汗！姑娘一月挣多少？官二代还是富二代？

无论怎么样，比斯特是第一家在欧洲开业的购物村，以折扣形式吸引顾客，而且打折的对象都是世界顶级大牌，虽然这些名牌打一折我都嫌贵，但对喜欢追求名牌的人来说，这里就是购物天堂，"价廉物美"的名牌商品足以满足一下虚荣心，所以每年有很多欧洲游客在圣诞节之前专门到这里买东西，近年来也成为酷爱购物的中国游客的新宠。

比斯特村外两边大大的停车场停满了车，村里一条对开的街上全是名牌商品专卖店，街上随处可见中国人的面孔，特别是以情侣或新婚的年轻人以及中国大妈居多，手里都提着大包小包，看样子恨不得把所有东西都搬回家。人流中来自中东的游客很引人瞩目，这些披着长袍的女子大多长得非常漂亮，有些是推着婴儿车一家同行，暗自可惜再精美的奢侈品也只能藏在长袍底下，不过中东国家太富有了，人家的钱总得有花得出去的地方么！

失礼的是逛了一圈下来，一百几十个世界名牌中我只认得几个，大姐可比我强多了。购物并不是我计划内的事情，来比斯特不购物真会觉得无所事事浪费时间，幸好有大姐为伴，两人自寻其乐，几个小时一下子就过了。大姐的朋友近段时间要回国，今天刚好专程来比斯特选购些物品带回家，打了电话约好时间要接大姐一同回伦敦，在比斯特村口依依不舍提前挥手告别了大姐，虽然还没回到伦敦，但我觉得我的英国环岛游也提前结束了。

认识大姐不过短短6天时间，却如同老朋友一般，白天结伴同游，相依相扶，晚上在酒店更是无话不谈，原以为独自出行会孤独无聊，却因与大姐几个团友的相识使这次旅程快乐无比。对我来说，每次旅行必有所收获，而这六天最大的惊喜就是收获了友谊，尤其是大姐这位忘年之交。几天来和大姐常有心领神会的时候，或许，友情不一定是一段长久的相识，而一定是一份交心的相知吧！

爱在一座城市里

人间四月天，麻城看杜鹃

在百度搜麻城，第一个跳出供选择的就是麻城杜鹃花。蓓蓓是麻城人，在我面前说起千里之外的故乡，最值得她炫耀的也就是麻城的杜鹃花。对于号称花痴的我，这样的炫耀无疑就是明晃晃的诱惑，每年的四月份麻城都会举办杜鹃节，蓓蓓要回家看望父母，我也就毫不犹豫跟了去。

麻城距离湖北省会不过一百多公里，交通非常方便，贯通中国南北的京九铁路穿越麻城境内，麻城火车站是京九线上的十个大站之一，京九与京广铁路的联络铁路线麻城——武汉铁路在麻城接轨。蓓蓓说之所以京广铁路宁愿拐个弯也要从麻城通过，民间说法是因为前总理李鹏是麻城人。高铁开通后，从广州到武汉易如反掌，广州南站甚至有直达麻城的高铁，而就算先到武汉再转乘动车，武汉到麻城也不过半个多小时就能到。

我们是早上近8点在广州乘坐南上的动车，经武汉转乘，到达麻城时不过中午1点多。麻城不算太大却很热闹，随处可见正在开发建设的住宅小区，主要街口高高挂着醒目的广告牌，"人间四月天，麻城看杜鹃"两行大字非常引人注目。

蓓蓓爸爸亲自驾车来接的站，和眉善目精神健旺的一位老大哥，虽然只会操一口麻谱话，却待客情礼兼到，到家才坐没多久就急着要张罗吃的招待我，因为女儿一早交代过我的饮食清淡不能吃辣的，大哥一边张罗一边打趣地说："哎，你不能吃辣的还真的不好招呼呢！"看来吃香的喝辣的也是湖北饮食的最高境界，难怪蓓蓓老抱怨说每次回家都会撑得胖乎乎

麻城龟峰山留影

回广东，然后再运动运动狂减肥。蓓蓓妈是白衣天使，气质高雅美丽大方还是个女强人，即使是女儿回家也要坚持到点才下班，不过一进门把外套一脱就直奔厨房做菜去了，个人觉得入得厨房出得厅堂的漂亮女人特别有气场。小哥哥一家听闻妹妹回来了赶过来一起吃晚饭，布置得温馨小资的小院子一下子好热闹。为了不辜负两位前辈的热情招待，我只好也把自己吃得撑肠拄腹。

今年麻城杜鹃节的时间是4月10日到28日，生怕花期过了和考虑到五一节人太多，我们决定第二天就赶紧去赏花。

杜鹃花节的地点在距离麻城市区25公里的龟峰山风景区内，据说高峰期每天都会有十几万人入内赏花。前往龟峰山的道路因此实行交通管制，路口布满警力，私家车不许前往，游客只能在指定的车站坐专线大巴进入景区。大哥早早就把门票买好了，其中包括直达景区门口的专线大巴车票，早餐后把我们送到专线车站。

龟峰山方圆一百多公里，最高海拔一千三百多米，是大别山中的名山，因为山形地势酷似一只昂首吞日的神龟而得名，整只神龟由头、腰、尾等9座山峰组成。进入景区的山路非常险峻，以至于坐在车头挡风玻璃前的蓓蓓感觉就像坐过山车一样惊险刺激。早上的晨雾还未散去，太阳从厚重的云隙迸裂出万丈光芒，打在连绵起伏的山峦上，如同一幅淡逸劲爽、笔酣墨饱的水墨画，到了景区门口一抬头，就见神似乌龟头的龟峰在一道几百米高的断崖上昂首挺立，在缥缈的云层中忽隐忽现，像极了仙境中的千年神龟。

蓓蓓毕竟是本地人，熟悉这里的地理环境，蓓爸蓓妈怕我们体力不支也一再叮嘱一定要坐缆车上山，再步行下山。坑爹的是从门口到缆车站也远得要命，幸好路宽好走，在我们走得要断气之前终于找到了缆车，幸好人不多，不用等，买了票就能上车，奇怪的是工作人员不撕票，直接把票收了去，蓓蓓醒目，非得让他把票根撕了去，悄声对我说："不让他拿去重复卖给其他人！"真是个好孩子！

缆车坐得多了就淡定得很，不过放眼望去也惊叹龟峰山的巍峨险峻，天际的群山连绵起伏，缆车缓慢地穿越数道深渊峡谷，脚下是大片大片的原始森林，沿途的苍松古树之间，山花灿烂，其中最耀眼的正是盛开的杜鹃花。蓓蓓说小时候经常来，这样的杜鹃花随处可见，当时并不觉得有啥特别。蓓妈昨天也介绍过，大概十年八年前，政府号召当地群众把散落在群山各处的杜鹃花集中种植在龟峰上，加上龟峰本来平均树龄200年以上的成片古杜鹃群，而今龟峰山上的杜鹃林竟10万余亩之多，成为中国唯一跻进世界十七处最美花海的景观，麻城杜鹃花也因此被誉为"大别山上最美的红飘带"、"世界最大的古映山红群落"、"北纬30度最激荡人心的红色花海"。

缆车足足行走了近半个小时才到达山顶，但蓓蓓很快发现周边的杜鹃花丛大多还在含苞待放，难道我们来早了？！广东的杜鹃花大多都是比较矮小的毛杜鹃，这里的杜鹃树丛却比人还高，颜色以红色为主，花间的木质栈道和围栏修得很唯美，人穿行其中很多时候都会被高大的杜鹃树淹没。游人不多，走在繁密清幽的花海里感觉非常惬意，只有蓓蓓担心让我失望，不停地向经过的游客打听前方的花情。

缆车站在山麓背面，我们慢慢往山南走，游人也渐渐多了起来，看来大多数游客比我们强大，都从山南徒步爬上山呢！很快就到了传说中的"杜鹃花王"跟前，好大的一丛杜鹃树！生气蓬勃地长着56个枝丫，刚好被巧喻为56个民族的团结繁荣，据说还有吉尼斯证书，并有保险公司投保，真不愧为花魁，可惜花魁还羞羞答答半遮半掩不肯露脸，或者是故意给我这个远道而来的游客留点儿遗憾，好让我改年再访花海吧！

告辞了花中精灵，转过一座山头，眼前的花色却豁然亮了起来，原来这边的杜鹃花情正好，一丛丛一树树，如十八岁的姑娘般婀娜多姿，清风过处，一袭红色的轻纱摇曳生辉，越显娇媚。沿着花间栈道一路前行，远远望去，对边山头更是一片红云，层层叠叠、团团簇簇蔚为壮观，那就是龟峰山的杜鹃花海了。更妙的是火红的花海之间点缀着高大挺立的苍松，翠绿的树枝张开一把把的大伞，活像一个个护花使者风度翩翩地保护脚下一群群娇艳欲滴的花仙子。

头上的云层不知道什么时候轻盈起来，阳光变得热情无比，蔚蓝的天空正好做拍摄杜鹃花的背景，而漫山遍野的杜鹃花海则装饰了我们的臭美。时间虽然充足，但龟峰山也实在太大了，不可能全都走完，既然是来赏花，就决定直奔花海而去。花实在太美，怎么看也看不够，怎么拍也拍不完，走走停停，行行摄摄，不知不觉就登上了位于山顶的"杜鹃亭"，凭栏远眺，壮美的花海一览无遗，直看得我们如痴如醉，赞叹不已，难怪说龟峰山的杜鹃有五绝：面积之大、年代之久、密度之高、品种之纯、花色之美，不仅是中国之最，在世界也属罕见，的确不枉此行。

在杜鹃花海尽情徜徉了几个小时，再怎么不舍也得回家，绕了几圈才找到下山的石径，龟峰山的石阶非常陡峭而且很狭窄，几乎没有一处稍微平缓的地方，周边是嶙峋的岩石，不时有茂密的松枝和烂漫的杜鹃花从岩隙间伸展开来。俗话说得好，上山容易下山难，在我看来上山难下山也难，必须小心翼翼地扶着石壁而行，稍有不慎摔一跤的话后果不堪设想。

才没走多远就觉得双腿发软打战，还有不少游人陆陆续续气喘吁吁地往山上走，看见我们无一例外地都会问："前面还有多远啊？"蓓蓓总是坏坏地吓唬他们："很远很远！还早着呢！你看我们下山都已经花了一个多小时啊！坐缆车上去都要30分钟！"有人闻言立马就泄了气，一屁股坐在石阶上不肯走了，禁不住又问："上面美不美？""美！美！美！"，才又强打精神站起来继续上路。也有人不服气地说："我不会跟你们下山滴！我才不会上当！"换得我俩一阵大笑，可惜前途崎岖不可大笑着扬长而去，啊哈哈！

不过我们真没有骗他们，我们中途歇息了好多回也不停地抱怨怎么还没到啊！看见脚下艰险难行的阶梯，还有那些往上爬得快断了气的游客，真的非常庆幸今早坐缆车上来，要不我俩肯定爬不上山顶的。尽管如此，还是有不少人带着几岁大的小孩或者蹬着高跟鞋往上爬，真让人佩服得五体投地，究竟他们有没有坚持到底也真不得而知，估计他们心里也纠结得很：半途而废又怕错过了山顶美丽的风景，继续往上又担心体力不支。

　　起码一个半小时后我们终于接近了山脚，前面忽然来了一大群外国留学生，毕竟年轻精力充沛，不少学生都大踏步地迈上石阶，一边还不忘跟过往的游人用中文打招呼，可是走在最后面的几个韩国姑娘却犹犹豫豫地不知道要不要上山，其中一个问我们前面远不远，我们说："远得很啊，现在才是山脚哦！"姑娘往上爬了没几步又转了回来不走了，我忍不住把相机里的照片翻了出来，"看啊，上面的风景这么漂亮，你们也不去看看吗？"几个姑娘探过头来一看，全都哇得叫了起来：真的美哪！其中一个弱弱地问："能把这些照片给我吗？"我为难地说"怎么给啊？"蓓蓓斩钉截铁地说："不给！自己上去看！"姑娘们只有乖乖地往山上走去，剩下蓓蓓捂着嘴在笑。

　　是的啊，没有艰难的付出又怎么能欣赏到美丽的风景呢！我们的每一次行走都与我们一生走过的路一样，有人前半生像坐缆车上山，平顺而如意，到了山顶意气风发，后半生却像徒步下山一样，也免不了受些磨难与煎熬，有人年轻时诸事不顺，如登山一样举步维艰，但只要意志坚定不畏艰难险阻坚持到底，也终究会有一天登顶成功，一览人生的美景。

　　如此，上山也好下山也罢，只要懂得停顿一下脚步欣赏沿途的风景，只要能有一份愉悦的心情，那么脚下的路是平是陡反倒显得不太重要了。

走进大别山

　　印象中的大别山只跟革命战争有关系，党史读得多，自然知道大别山作为著名的革命老区，是中国红军第四方面军诞生的摇篮，好像还有一部老电影《挺进大别山》，讲的就是解放战争时刘邓大军千里挺进大别山，人民解放军转入战略进攻，刘邓大军开辟大别山根据地的故事。大别山横贯麻城境内，所以麻城也造就了无数革命先烈和几十位将军，其中最著名的有王树声大将。

　　趁着五一假期，午饭后蓓蓓家大姐姐邀请我们去大别山桐枧冲瀑布群游玩，同行的还有难得休息的蓓妈以及小哥哥家的女儿，小妹妹不过十一二岁，活泼可爱。大别山桐枧冲瀑布群位于麻城市最北边的黄土岗镇，离麻城市区25公里，大姐亲自驾车，沿途经过诸多村落小镇，居民修建的房屋多是两三层的小洋房，外墙装修也很洋气漂亮，据说麻城属于全国贫困县市，当地居民的收入不太高，我有点儿不敢相信，或许是当地人外出打工的多，挣下的钱全都用在回乡修房子上了。蓓妈介绍说有些居民的房子都是自己动手花好几年的时间慢慢地建起来，包括地基，这样可以省下不少费用，但基建可是个技术活，房子质量要达标也真不容易。

　　大别山主峰白马尖景区在安徽境内，而麻城境内的桐枧冲瀑布群景区总面积有3000亩，山峰平均海拔350米，从山脚到山顶景区门口要走几十公里的盘山公路，幸好允许车辆直接开上去，看到半山腰上有车辆停靠，我们见状也把车停好打算走一段路上山。放眼看去，不远处一潭清澈的湖水像一块碧绿的美玉镶嵌在巍巍群山之中，蜿蜒而上的山径旁开满了不知名的小花，高大苍翠的松树上挂满了硕大的松果，美景当前，我恨不得把所有的景色都收入镜头，大姐只能不时催促着："前面的美景多的是！"走了好远一段路程发现身边不时还有车辆飞驰而上，蓓蓓立马决定和妹妹回头再去把车开上来。事实证明蓓蓓的决定非常英明，因为等她把车开上来后，天空飘起了蒙蒙细雨不说，我们的车顺着九曲十八弯的公路走了很久才到达位于山顶的景区门口停车场。

原来景区设定的游览线路是从景区门口顺着石阶直下到谷底的瀑布下游，再沿着奔流直下的溪水逆流而上，然后从另一个方向回到景区门口。2.5公里的峡谷最宽处百余米，最窄处仅5米，其间瀑布深潭众多，风景秀丽宜人。往下的石阶狭窄陡峭很不好走，幸好雨适时地停了，脚下的路才不至于危险。妹妹虽然是小孩子，精气神却要比大人们旺盛得多，腿脚麻利地走在前面去了，但又很懂事，看到有石阶陡峭难行的地方，又会回过头来拉我们一把，嘴里还叮嘱着小心点儿，像个小大人似的。因前几日爬

快乐的蓓蓓一家

湖北大别山景区留影

龟峰山累得感觉腿脚好不利索，等我感到有点儿吃力时，山谷下方隐隐传来了瀑布奔腾的轰鸣声，转过一丛灌木林，妹妹欢快的叫声也响了起来："到了啊！"

只见前面的悬崖峭壁上，一道瀑布沿着石壁顺势而下，下方是一泓晶莹碧透、清澈见底的深潭，水落潭中，轰然作响。已经有不少游人在潭边留影，也有胆大点儿的在湍急的溪流中戏水，拍够了照，稍做歇息，我们继续从瀑布一旁的栈道往上游追寻第二道瀑布而去。再没有比雨后的青山更迷人的了，整个山谷都是苍翠欲滴的碧绿，树木葱茏，茂密的植被中到处都是开满洁白小花的野刺玫，清香淡雅，沿途怪石奇景遍布，溪水清澈见底，溪底是斑斓的鹅卵石，银色水流飞溅其上，再从岩石的缝隙中旋转而去。

有摄影爱好者蹲在溪水边耐心地拍片，我瞄了一下说，拍出来的水流像缎子一样漂亮，旁边一个半大的男孩问，"阿姨你去过黄果树瀑布吗？"我说，"去过呀！"他说那里的瀑布也像缎子一样！看他脚下只穿着一双拖鞋，在一起的还有几个小伙伴，猜他或许是本地人，心里觉得家乡的山山水水足可以跟著名景点的风景媲美吧。不说不知道，早在20世纪五六十年代，刚才提及的老电影《挺进大别山》，就是长春电影制片厂在这里拍摄的，其他还有《土地》《吉鸿昌》等革命影片。而近年不少国内的电视连续剧外景拍摄地也选择到这里，其中有去年曾热播的大型神话电视剧《麻姑献寿》，虽然没看过，但导演吴家骀，演员孙菲菲还是有些名气的。

继续沿着溪流溯流而上，左边是悬崖峭壁，右边脚下就是清澈的溪水，爬上一段惊险的悬壁栈道后，上方又见一条瀑布从天飞驰而下，刹那间仿佛飘过千万根耀眼的银链，让人眼前一亮，惊喜万分。整段峡谷中大大小小的瀑布众多，因落差的高度不同，有些气势磅礴，有些清雅秀丽。我们在峡谷中的索桥、绝壁栈道和林荫小道中穿行，周边树木丛生，百草丰茂，眼前清泉徘徊、耳边飞瀑如雷，清风吹过，心旷神怡，不由感叹：高处固然有高处的佳境，而低谷也自有低谷的妙处。

移民圣地，孝感乡都

麻城人不太习惯说普通话，就算你是客人也总是兴高采烈地跟你说麻谱话，乍一听，感觉麻谱话跟四川和重庆话有点儿相似，因为工作中经常跟三峡移民打交道，所以大概也能听懂，跟蓓爸交流基本可以不用蓓蓓翻译。直到蓓爸带我们去孝感乡都赏牡丹花，我才明白了为什么麻城方言跟四川话相似。

知道湖北有个孝感市，离麻城不远，但不想麻城这里也有一个孝感，不过叫孝感乡都。原来明代麻城县分有四个乡区，其中就有孝感乡，后来并入了仙居乡，也就是现在麻城的沈家庄。孝感乡都的全称是麻城古孝感乡都文化产业园，是近年才新开发的一个旅游景点。来这前只听说这里的牡丹花开得正好，便以为这是一个牡丹主题公园，看到介绍才知道古孝感乡是中国八大移民圣地之一（其他七个分别是山西大槐树、苏州阊门外、江西瓦屑坝、山东枣林庄、福建石壁村、河北小兴州，还有我们广东南雄的珠玑巷），这八大移民圣地以其在历史上移民规模大、影响深远而闻名。

据考证，麻城的鼓楼办事处沈家庄就是当年的古孝感乡都，近年来时兴旅游和寻根问祖，每年都有数以万计的川籍人来麻城寻根，所以麻城政府也就乘此致力于挖掘古孝感乡都移民历史，打造麻城孝感乡后裔的精神家园，在古孝感乡都原址鼓楼办事处沈家庄村恢复性地开发并重建了古孝感乡都文化产业园。

整个景区基本保留了沈家庄独特的地形地貌、自然山水和村落传统风貌，用寻根故里作主题，突出移民民俗文化，再现了麻城孝感乡移民历史场景。里面主要包括四大功能景区：移民文化景区，寻根祭祖景区，休闲度假景区，山寨文化景区，每一个功能景区又分设若干个主题鲜明的子景区，因为是新开发，还有很多地方尚待完善，但因为周边的自然环境非常好，山清水秀，清澈的湖面上横架着一道长长的铁索桥，我和蓓爸气定神闲地走过，留下蓓蓓大呼小叫踉踉跄跄地跟过来，湖中心还有一个孤零零的小亭，不知道有谁会撑一叶小艇上亭去发呆。

　　景区里设有很多可以让小朋友玩乐的设施，还有个可以冲浪的水上游乐园，的确是闲暇时一家老小来休闲度假的好地方，难怪连扫地的阿姨向我们介绍景点时的口气都自豪得很。我们来晚了一点儿，楼前的大片牡丹花好些已经开过了，不过也足以让我们兴奋了好一阵子，在旁收拾花架花卉的工作人员也十分照顾我们的情绪，迁就着不妨碍我们拍照，感觉麻城人朴实得很！可惜任我们怎么臭美，也美不过高贵艳丽的牡丹花，着实辜负了人家的一番好意。

孝感乡都景区里的铁索桥

因为自己是地道的客家人，祖上就是从中原迁徙到广东的移民，加上工作的地方也有十多年前安置广东的三峡移民，所以除了艳丽的牡丹花外，我对麻城的移民文化也特别感兴趣。明清两朝的移民运动是中国移民史上最重要的组成部分之一，而麻城则是"湖广填四川"的起始地和集散地，也是"江西填湖广"的中转站，千百年来，麻城移民后裔已遍及川渝大地，民间有"湖广填四川，麻城过一半"之说，如果你问四川人，他的祖辈从何处来？他们大多会回答是从湖广麻城县或麻城孝感乡而来。此说可考证诸县志，如民国《南溪县志》称："今蜀南来自湖广之家族，溯其始，多言麻城孝感乡。"不过"孝感乡"一直被掩藏在历史迷雾的深处，在当今的麻城地图上再也找不到孝感乡都的地名，其真实情况不被社会和学界所知，淹没在历史中达五百多年之久。

近年来关于麻城孝感乡的考证估计费了专家们不少精力，考据之一二三四反正够你看半天的了。2007年重庆市建设了"湖广填四川博物馆"，2010年麻城也开始恢复重新规划古孝感乡风景区的建设。在麻城这么几天里，蓓蓓家的哥哥姐姐嫂嫂姐夫不停地给我张罗着好吃的，而蓓爸总指着家门对面街比画着说，从这里到那里的一大片房子都让政府征收了，要在这里建一个大的公园呢。蓓爸口中的公园就是麻城近年大手笔投资12亿，用现代化手段打造的移民主题公园。这座新建的公园被命名为麻城孝感乡公园，2012年7月开建，地址就在县城旁，向南三公里，是移民沿水路出发入川的高岸河古码头；向东四公里，则是孝感乡都旧址。

一天晚饭后一起去散步，蓓爸兴起，特意回头把车开来带着我们在公园外围绕了一圈。公园规模宏大，占地超千亩，牌坊以及三座宏大的仿古建筑已经建好，极具古代湖北民居的建筑风格，不过还在围闭中，外人并不能进去。而在靠近公园牌坊的一幢建筑物里却专门设有移民文化陈列馆供市民和游人参观，里面的中式装修典雅大方，非常有品位，里面除了有公园的整体规划实景陈列外，还设有卡位座椅供游人喝茶歇息，各式盆景花卉点缀其间，案上摆着李可染等名家书画册子，书架上则排满了线装书籍和一卷卷当地二百二十多个姓氏家谱资料。据说麻城计划将当地二百二十多个姓氏现有家谱资料通过数字化的方式，输入百家姓祠堂的数据库，从而形成一个巨大的寻根资料库。任何一个来寻根的人，不但可以免费使用数据库，还可以将自己的家谱资料输入数据库进行自动比对，方便其他人查询和研究。寻亲数据库不但可以帮助寻亲，还可以记录、收集和整理各个家族的历史及发展现状，在未来形成一个巨大的家谱博物馆，供学术研究之用。

馆所外的牌坊下非常热闹，除了孩子们欢快的嬉闹声外，大妈们的广场舞是必不可少的，喷水池和部分绿化广场建好了，已经开放给市民休闲娱乐，夜色中的广场在五光十色的灯光映衬下，显得美不胜收，火树银花，流光溢彩。其中还有很多雕塑，再现了当年移民跋涉千里入川的线路、情景，形象地再现了移民的迁徙之苦，让游人了解和认识这段悲壮、艰辛的历史。

"再过两三年这里就该全部建好了，欢迎你到时再来"，蓓爸热情地说。是啊，我肯定会再来的，美丽的麻城，热情而淳朴的麻城人！因为除了想再次体验麻城的移民文化，我还想随着寻根者的脚步穿越时空回到明清时代呢！

历史文化之旅——山西行

一

平时习惯只身云游，一般都不会挑人多天热团费贵的暑假旅游旺季出门，但今年例外，因为要带上爸妈和家里正在上小学的侄女。

考虑到有老人小孩，特意参加行程安排比较轻松的旅游团，到达太原时不过下午3点多，当天没有景点安排，下榻的酒店门前有热闹的街市可供闲逛，一圈走下来，感觉太原的物价不贵，人也淳朴。侄女酷爱小动物，在万达广场被几只宠物狗迷住了，看见侄女喜欢，小狗的主人非常友善地特意停下来让小姑娘不停地拍照，我们很快就发现这样的小猫小狗在太原的街道上随处可见，或者可以总结为太原市民不光淳朴而且包容性很强。

都说"十年中国看深圳，百年中国看上海，千年中国看北京，三千年中国看陕西，五千年中国看山西"，那么我们的历史文化之旅从山西博物院开始自然也显得非常应景。现在各省市的博物院大多实行免费，旅行社以此充当景点之一，幸好参观博物院（馆）既可以了解古代历史和前人的智慧，丰富历史文化知识，也可以领略当地的历史文化底蕴以及新时代的人文精神，相信大多数游客还是乐意接受的。

山西博物院是一座四层方正基础建筑，逐层向外斜挑，四座角楼衬托着雄伟的主馆，介绍中说此建筑风格体现了古代建筑"如鸟斯革，如翬斯飞"（语出诗经·小雅—《斯干》）的审美取向，被赋予了"斗"和

"鼎"的寓意，而"斗"象征丰收喜悦，"鼎"则象征安定吉祥。

山西博物院荟萃了全省的文物精华，珍贵藏品约40万件，因为时间所限，只能照例挑些重点的镇院之宝来看。参观途中见有不少大人拿着手册带着小孩在各个展区对着展品讲解着什么，拉了一位六七岁的小朋友问，才知道这是准备考博物院的小讲解员在父母的陪同下备考，让我想起了前几年在内蒙古博物院里遇到过的小讲解员，只是这么小的孩子连历史课都没开始上，却要死记硬背下这么多枯燥难懂的讲解词，难为的真不知是父母还是孩子。

离开博物院后前往阎锡山故居。阎锡山，民国时期四大军阀之一，曾统治山西近40年，与徐向前、薄一波同是山西人，三人的故居相隔并不远，不过阎锡山故居现在已被开发成旅游景点，变作河边民俗博物馆，每天前往参观的游客络绎不绝。

阎锡山故居位于山西省定襄县河边村（原属五台县），始建于1913年前后，到1937年抗战爆发前夕，先后建成了都督府、得一楼、上将军府、二老太爷府、穿心院、东花园、西花园以及子明慈幼院等大小三十多座院

和父母在阎锡山故居留影

落，差不多一千间房屋（现存27座院落，700余间房屋），总占地面积3.3万余平方米。

这组建筑群在今天看来仍旧显得气势堂皇，大大小小的花园院落雕梁画栋，格局和工艺都十分讲究。进了大门，是东花园的一院。这是阎居里最大的一个院子，迎面而来是一座影壁，红底金字上书"阎锡山故居"几字，转过背面，镌刻着当年孙中山先生书赠阎锡山的"博爱"二字手迹，蓝底金字非常醒目。

在这个院子的东北角，还有一个喷水池，全部用青石雕砌而成，四周围栏上刻有花卉、人物，栏杆顶部蹲有姿态各异的小石狮，自来水巧妙地通过中间一根高达四米的用整块巨石雕成的盘龙石柱，让顶部莲花座上一只惟妙惟肖的顽皮小石猴尿出来，与建在院子中心的喷水池、假山相映成趣，可惜这些石雕在"文革"中遭到不同程度损坏，细看之下并不完美。

东花园的对面是西花园。比起东花园，西花园的规模要小得多，受到的破坏也较为严重。从东花园钻过一道又黑又窄仅可容一人的过道可以到达一楼，而走上五姑娘（阎锡山堂妹阎慧卿）闺房的顶楼，可以一览阎居的全貌，经过六十多年的风雨沧桑，这座建筑群仍不乏诡奇的气势，它不仅是研究阎氏家族繁衍兴衰的珍贵实物，也见证了阎锡山本人政治仕途升降沉浮的历史遗迹，具有它特有的文化价值和美学价值。

山西人至今却还时时念他的好，因为当年阎锡山确实为山西老百姓做了不少好事实事。据说当时山西的大龄青年娶不上老婆，阎锡山都管，免费帮他们娶媳妇。民国时期，国有铁路极少，是他在山西建了一条贯通山西南北的同蒲铁路，虽然是窄轨，但已经很不简单，这条铁路现在还被一些煤矿使用着。

在1917年到1924年的7年间，阎锡山对山西实行的内政，不但没有卷入军阀混战，安定了百姓，还做了些振兴山西的改革，使得许多地方的流民，到了山西，就像是到了自己的家一样，那时全国都兵荒马乱，而山西却有模范省之称，也实属不易。虽然反共，但抗日战争时，他领导的晋绥军在军长傅作义的指挥下参加绥远抗战，和日本关东军展开激战，并在百灵庙取得大捷，振奋了全国抗战军心和人心，说起来对抗日还是有一定贡献的。

至于历史该如何正确评价阎锡山，相信大多数不懂政治的老百姓是不太关心的，在一般的老百姓眼里，为官一方，就该造福一方，政绩只有得到当地百姓认可才能流芳百世，如此看来，阎锡山至少不是一个令山西百姓唾骂的狗官吧！

二

在阎锡山故居旁的饭店用餐，导游安排我们与来自江苏无锡的一家六口搭成一桌，他们是一家三口带着双方父母出来玩，用我爸的话说，江苏人斯文，素质高，因此下来几天大家都相处得很好，或许这也是一种缘分吧。

饭后往五台山赶。五台山或许是山西最负盛名的景点之一，普通游客到了山西，恐怕没有不去五台山的。五台山位于山西省忻州市五台县境内，位列中国佛教四大名山之首，西南距省会太原市230公里，与浙江普陀山、安徽九华山、四川峨眉山共称"中国佛教四大名山"，并与尼泊尔蓝毗尼花园、印度鹿野苑、菩提伽耶、拘尸那迦并称为世界五大佛教圣地。

五台山由五座山峰环抱而成，五座山峰的顶端平坦宽阔，好像土砌的平台，分别称为东台、西台、南台、北台、中台，合称"五台"。五台山原名五峰山，相传文殊菩萨到东海龙王那里搬回一块叫"歇龙石"的神石，使原本酷热难当的五峰山变成一个清凉无比的天然牧场，于是五峰山也改名叫作清凉山了。人们又在这里建了一座寺院，起名叫清凉寺。龙王五个龙子得知文殊菩萨拿走了"歇龙石"后前来寻仇，一怒之下把五座山峰削平了，五峰山也因此变成了五台山。

五台山地处华北大陆的腹地，与恒山和太行山连续，范围非常大，五座山峰（东台望海峰、南台锦绣峰、中台翠岩峰、西台挂月峰、北台叶斗峰）环抱整片区域，五峰之外称台外，五峰之内称台内，台内以台怀镇为中心。五台山原来是修炼道教的人的居住之地，这个很多在与五台山有关的古籍和志史中都有记载，近代便有相传清顺治皇帝当年就是在五台山的清凉寺修身向佛之说，现代媒体发达，各种各样的影视剧更使五台山广为世人所知。

"南朝四百八十寺，多少楼台烟雨中"，盖极言南朝寺庙之多。到了五台山，我的脑海里立即浮现了唐朝诗人杜牧这两句诗，因为在周长约250公里，总面积两千多平方公里的景区内，大小寺院遍布整个山间谷地，蔚为壮观，据传五台山拥有寺庙128座，现存寺院还有47处之多，台内39处，台外8处，如此多的寺院真令人叹为观止。

五台山还有一个特别之处，就是青庙（汉传佛教）与黄庙（藏传佛教）在此可以和谐共处，交相辉映。中心区台怀镇，身处五台形成的怀抱之中，故名"台怀"，山环水绕，几十个自然村落，不过万余人，汉、蒙、藏、满、土家族分布散居，多以经营与旅游相关的旅馆小超市为生。在台怀镇街道和乡间小路上，随意可见披着绛红色袈裟的喇嘛、身着土黄色僧服的和尚以及穿着青灰色缁衣的尼姑在匆匆赶路，构成一道非常独特的风景线。宗教气息与现代文明及商业化的世俗气息，在此融合得天衣无缝。

五台山菩萨顶风光

目前常年在山里居住的僧人有三千多人，加上世界各地前来"挂单"的和尚，最多的时候有近万僧侣在五台山修行。这里的僧人可以用手机，如常人一样上网、购物，外出的时候一样打车或搭顺风车，你甚至可以在街上看见开着汽车拉货的和尚喇嘛，除了外面披个袈裟长袍，还要诵经做功课外，基本与常人无异。我们的旅行车就顺道带过几个年轻和尚，带着手机，上来就和相熟的导游说说笑笑。导游小任就是一名居士，每年会在冬季（旅游淡季）安排一两周时间住在寺院里修行，或者与其他信众一起徒步大朝台（就是走遍五台山五座台），所以跟不少寺院的和尚相熟，为我们介绍起五台山来也显得特别在行到位。

山内寺院众多，不可能一一拜访，我们一行人到达时已近黄昏，晚上住在山里，晚饭前被安排到菩萨顶和显通寺。菩萨顶是五台山中规模最大的黄教寺院，位于台怀镇的灵鹫峰上，因其盘踞山头，地势高，殿宇云集，屋顶都用三彩琉璃瓦覆盖，五彩缤纷，金碧辉煌，远远望去，整座建筑群显得雄伟壮观，非常醒目。

菩萨顶具有典型的皇家特色，之所以这么有皇气，是因为它是历代皇帝朝拜五台山时的行宫，东禅院当中的碑亭，耸立着两面乾隆皇帝的御碑，每面御碑高达六米。汉、满、蒙、藏四种文字镌刻的碑文，简述了菩萨顶的历史和乾隆皇帝朝拜五台山时的经历，书法字体流利，气势不凡。

山门内，分布着天王殿、钟鼓楼、菩萨顶、大雄宝殿等主要寺庙建筑，印象最深的是山门前的108级石阶，暗指山西旧属的108个县，同时也暗喻人间的一百〇八种烦恼，沿一百〇八级石阶登高，按照佛家的说法，就把所有烦恼都踩在脚下了。

置身108级石阶之上的牌楼下，举目远眺，是日艳阳高照，蓝天澄碧白云悠游，周边群山巍峨，山谷中是错落有致的寺院群，半山不远处塔院寺的大白塔在阳光下格外耀眼夺目，确有"灵峰胜景"之妙。

走下108级台阶，再沿蜿蜒的山径下行，便可一路走到五台山第一大寺显通寺。显通寺建于东汉明帝永平年间（公元58年——公元75年），与洛阳白马寺同为中国最早的寺庙之一，也是五台山建立的第一座佛教寺院。在全寺的中轴线上，寺前铜塔耸立，七重殿宇分布从南到北，依次为观音殿、大文殊殿、大雄宝殿、无量殿、千钵文殊殿、铜殿、藏经楼，此外，还有钟楼、僧舍和各种配殿。其中大文殊殿内供着七尊文殊菩萨像，方便信众不用大朝台便可参拜各方文殊菩萨。

从显通寺出来天色已晚，当晚下榻山中旅馆。旅馆为三层建筑，条件有限，就餐用的碗筷都没能洗净，所幸房间还算整洁，入夜气温颇低，7月份，晚间还需加盖棉被。因为要去宝华寺过堂（用早斋），第二天天蒙蒙亮，不过5点多钟就起来了，6点半赶到宝华寺。

宝华寺在台怀镇北的塔儿沟，原本是一座华严道场，为明代僧人所建，后在康熙年间，札萨克大喇嘛老藏丹贝重建寺宇，成为黄教道场。相比其他寺院，宝华寺显得有点儿朴实甚至有点儿破陋，但因为背依北台，东西临山，面南又视野开阔，周边草甸浓绿，山花烂漫，所以风景极佳。

让人觉得宝华寺与众不同的是，在大天王殿和文殊殿之间的院中，有一座高耸的燃灯佛母白塔，这塔很有来头，它是乾隆年间格隆尊仿照尼泊尔"掐荣卡笑塔"而建，相传其塔座飞到了西藏，塔身飞到了西宁的塔尔寺，塔萨飞到了五台山，或许也暗喻了五台山的藏传佛教都是从尼泊尔、西藏和青海传来的。

善众在寺院用早斋叫"过堂"，本来有一整套严格的礼规，规定了碗筷的摆放、使用和添饭加菜的步骤与方法，例如，如果不想要某种食物，或者觉得碗里的饭菜已足够，可将右手竖起，掌心向外，或用右手在碗上方做一个遮挡的动作，以表示不需要；用筷子在碗里比画一下，表示需要添加多少等等，但这些规矩估计只有居士才懂。此行不过是听从旅行社安排，一行人里也没几个修行中人，只能做到安静地按序进入斋堂止语端坐，等和尚师傅派过饭后，尽量嚼食无声。斋饭不过是一碗小米粥一个窝窝头，不够可以加但不可浪费。第一批客人吃过后，把碗筷带到廊下的洗碗盘里洗干净，再放回原处让下一批客人用。只不过几十人的碗筷就在两个不换水的盘里洗，让人觉得很不卫生心里不太舒服，但在佛门之下也不好抱怨什么，我妈善解人意，说："不怕呢，有佛祖保佑，不会吃坏肚子的。"

过堂后众人列队进入大雄宝殿准备听僧众诵早课。等我们两队人分两侧排好，殿堂中只有三两个僧人就位，其他的和尚三三两两睡眼惺忪姗姗来迟，个别还哈欠连天，分辨不出有无寺院主持在列，反倒是游客们显得虔诚得很，低眉顺眼双手合十一点儿都不敢造次。听闻正规的寺院早课该是凌晨三四点就开始，或许有别于类似这种有普通游客参与的早课吧。唱念的经文有好几种，有快有慢，并不易听懂，所幸还能听出其中的《心经》及《大悲咒》，也不算太过愚钝。

听罢早课，带上寺院免费送的小佛珠链，一行人到五台山大名鼎鼎的五爷庙许愿祈福。话说当年文殊菩萨把东海龙宫的清凉神石"歇龙石"搬回五台山后，龙王五个太子便尾随而来大闹五台山，直把五座陡峭如剑的山峰削成五座平台，要讨回清凉石。不过文殊菩萨很快就降服了他们，让他们分别住在五座台顶。五龙王被安排在最高的北台，专管五台山的耕云播雨。人们感激他为五台山地区造福，就为他建造了庙宇。

五爷庙殿内供奉的五爷是广济龙王文殊菩萨的尊称，也是五台山五顶文殊菩萨的化身，据说这里是整个五台山香火最盛的寺庙，五爷有求必应。上五台山烧香的人大部分都是冲着五爷庙去的，不管懂不懂佛理，只要一说五爷庙，没有不知道的，几乎成了五台山的一张名片。其实鉴于五台山寺院众多，为方便管理，也为安全起见，管理方也不鼓励信众在其他庙宇烧香拜佛，只单指定五爷庙让信众烧香许愿祈福，五爷庙所得的善款要平分给其他的寺院，这样一来，五爷庙自然是香火最旺的寺院。

来五爷庙许愿灵验了的话就得再来还愿，虽然没有规定啥时来。因为五爷爱看戏，很多来还愿的人会请戏班在五爷殿对面的戏台上唱戏，自然是唱五爷如何惩恶扬善、救民于水火、有求必应的故事了。殿里的戏台每天都没闲着，足以说明五爷庙的灵验（导游语），来朝拜许愿的各式人等熙熙攘攘，各色面孔、各样装扮、各式心态、各种际遇，春风得意也好，命运乖蹇也罢，都脱不开求丁、求财、求官运、求学业，心态平和点儿的则求平安求健康。似乎震慑于五爷的法力，人们难得心存敬畏之心，一切的张狂在此得到暂时的收敛。江苏那一家子有个明年高考的姑娘，自然是要求学业了，事后我说，"要是考上清华得来还愿哦。"做父亲的接话道：那得马上来！

走过不少庙宇，却鲜有去烧香朝拜，因一向认定佛祖自在心上，平日为人向善，做人做事皆通佛理则可。但这次扶老携幼而来，心有压力自然有所忌讳，也不免入俗，贡献了几两香火钱，却没有跟在那长龙似的人流后面去五爷跟前许愿，因为相信五爷神明，自然会保佑天下从善之人，许好人一生平安。

三

悬空寺本来并不在我们的行程之内，参团旅游免不了在导游的推荐和要求下增加自费景点，导游没有底薪，出来几天的收入就靠客人加景点和购物赚取提成，小任的讲解水平非常不错，推荐景点的方式方法和态度口吻都拿捏得比较到位，线路也合理，以至于一团人的意见都没有太大的分歧。

悬空寺位于大同市浑源县城南面五公里处，地处北岳恒山。去悬空寺要翻越五台山，旅游车的司机姓郭，太原本地人，一路上的服务态度和善友好，上了车就特意告诉我们不要只顾着睡觉，因为要穿过五台山，山上的风景很美，"我昨晚已经把玻璃窗擦得干干净净了，好让你们拍照！"郭师傅有点儿得意地说。我听罢干脆跑到前面把小任的导游位置占了以便沿途拍照。

车子离开台怀镇开始沿着蜿蜒的山路往上爬，已经硬底化的道路还算平坦，但山路曲折，山势险峻，郭师傅一点儿都不敢大意。山上的植被以草甸和灌木丛为主，偶尔有茂密的松树林从车窗旁一闪而过，群山逶迤，流云缥缈，蓝天白云下，风景独好。我问郭师傅，"听说以前山西的空气质量很差？"郭师傅说："是啊，出来几天衣领子肯定是黑的，现在好多啦，整治了好多煤矿，你看对面来的运煤车，全都用帆布盖得严严实实的。"我一看果然是，比我们广东的泥头车强多了。

车子接近山顶时可远远望到北台和东台，翻过一座山口，看见一条通往东台寺院的土石路，路口有一座石牌坊，上面题有"东台顶望海寺"，而翻过这个山口，我们的车就开始往山脚下走了，东台山脊上的寺院群在我的眼中渐行渐远，最后消失在巍巍群山之中。

出了五台山之后基本就走国道了，两旁的山梁渐渐荒凉起来，光秃秃地裸露着红褐色的石头，陡峭的山体没有任何的防护，似乎随便谁打个喷嚏，头顶上的石头就会滚落下来一般。这样的山脊连绵一百多公里之后，恒山就在眼前了。

北岳主峰——恒山山脉起始于太行山，东连燕山，西临雁门关，绵延五百余里。作为五岳之一，恒山是我国首批国家级重点风景名胜之一，著名景点众多，而号称恒山十八景之首的悬空寺，就悬挂在恒山金龙峡西侧翠屏峰的悬崖峭壁间，远远望去，巨大的壁面上无端端地镶嵌着一座玲珑精致的浮雕，面向恒山，背靠翠屏峰，上悬危岩，下临深渊，奇哉妙哉！因为奇险，悬空寺入选2010年《时代》周刊公布的全球十大最奇险建筑。

古人为何要把寺院建在悬崖峭壁上，让人感到匪夷所思。据导游介绍，以前金龙峡经常洪水泛滥，危及下游村庄，建寺当初是为了镇水，而把寺建在悬崖上自然也是为了避免洪水的冲刷。当年金龙峡的水位比现在低得多，据说悬空寺离水面最高的地方起码有八九十米，很难想象当初是如何建寺，建好以后又如何上下的。

悬空寺

整座悬空寺都是木质框架式结构，利用力学原理，在陡崖上凿洞插悬梁为基，巧妙地借助岩石的依托，梁柱上下一体，廊栏左右相连，寺庙虽小，却五脏俱全，南北楼加起来总长不过约32米，却有楼阁殿宇40间，里面有铜、铁、石、泥佛像八十多尊。南北楼之间有一条长约10米的栈道桥，桥上建楼，楼中建殿，殿内供佛，可谓集奇、险、巧于一身。沿着狭窄的梯级往上爬，很多地方只能钻过去，中间栈桥部分最为惊险，不断有广播提示游人不要在此停留拍照，脚下只有几根横插在岩壁里的木桩承重，只要在此地堵上几十号人估计就得摇摇欲坠，着实让人捏了一把汗。

仰头一看，悬空寺头顶正是崖壁凹进去的部分，石崖像突出的屋檐一样可以遮雨，两边突出的山崖可以挡风，而东边的天峰岭遮去了大半的阳光，这样的自然环境让悬空寺可以免受风侵，雨蚀、日晒，于是历经千年还保存完好。

恒山是历代兵家必争之地，悬空寺之所以没遭战火所累，估计是因为寺内同时供奉佛祖释迦牟尼、儒家始祖孔子以及道教主老子李耳，佛、道、儒同处一室却可以和平共处，既体现了"和为贵""仁者爱人""智者见智"的儒家思想，以及"无量度人""礼度为先"的道家和"普度众生"佛教的思想，也为指点世人化解矛盾纷争做出了标榜。

悬空寺下有一巨石，上书"壮观"二字，是唐代诗仙李白的墨宝，传说当年李白游览恒山进入金龙峡后，被悬空寺奇险的气势所震撼，情不自禁在石崖上挥笔写下"壮观"两字，后又觉得意犹未尽，随手一挥在"壮"字上加了一点，以表达感叹悬空寺实在太壮观的激动之情。

四

离开悬空寺后前往云冈石窟。云冈石窟离大同市不远，就在西郊十几公里外的武周山南麓。云冈石窟很出名了，一般的游客都知道，它与敦煌莫高窟、洛阳龙门石窟和天水麦积山石窟并称为中国四大石窟艺术宝库，存有主要洞窟45个，大小窟龛252个，石雕造像51000余躯，是中国规模最大的古代石窟群之一。

景区门口设有游客服务中心，后面是宽阔的昙曜广场，走过笔直的礼佛大道，再穿过一座秀气典雅的七孔桥，眼前是一座高大雄伟的寺院，"灵岩寺"三个遒劲的大字非常醒目，整个寺院为三进院落，是按照北魏著名地理学家郦道元在《水经注》中的描述而仿建的，两侧还有4座角楼和6座配楼。因为是建在景区的湖心岛上，在绿波荡漾的湖水和蜿蜒曲折的回廊映衬下，整座北魏风格浓郁的古建群显得格外宏伟壮观，气势不凡。

沿着蜿蜒的小径穿过树木葱茏的园林就可到达石窟景区，石窟依山开窟，东西延绵1公里。云冈石窟按石窟形制、造像内容和样式的发展，可以分为早、中、晚三个阶段。早期的"昙曜五窟"是北魏著名的高僧昙曜主持开凿，富有西域情调，气势磅礴，浑厚淳朴。中期石窟则具有北魏时期的艺术风格，精雕细琢，装饰华丽，复杂多变而又富丽堂皇。晚期的窟室规模很小，但塑造的人物形象清瘦俊美，比例适中，是中国北方石窟艺术的榜样和"瘦骨清像"的起源。

云冈最大的石窟是第三窟，整座石窟分前后室，前室上部中间凿出一个弥勒窟室，左右凿出一对三层方塔。后室南面西侧雕刻出三尊造像，本尊坐佛高足有10米，面貌丰满圆润、衣纹花冠雕刻得精细流畅。在云冈石窟中部的第五六窟是一组双窟室，也分前后室，后室的北壁主像是三世佛，中央的坐像足有17米高，是云冈石窟里最大的佛像。

我们的导游非常尽责，亲自带着一团人从"昙曜五窟"走起，详细地一直讲解到中期的主要石窟，使我们大概了解每个石窟内容的故事背景，连小侄女都听得津津有味，跟得紧紧地，只差没拽着小任哥哥的衣襟。

团友中有10年前来过这的，非常惊讶如今云冈石窟的变化，说："以前的云冈石窟破旧的很，除了这几个破窟也就没啥好看好逛的，怎么现在就搞得这么漂亮、整洁了？"小任导游说，"这得感谢当年执政大同的耿彦波耿市长。"

以前的云冈石窟景区狭小，内容单调，配套设施也十分不足，而且山西多煤矿，不少外露的石窟都被煤尘熏得黑黑的，塞外的风沙也把佛像侵蚀得厉害，很多连脸面都分不清了，保护这个闻名世界的文化遗产也显得迫不及待。2009年大同市委市政府按照世界眼光、国际标准和大同特色的要求重新规划，全面启动了云冈石窟大景区的建设工程，扩建后的景区比原来大了8倍多，把云冈石窟建成了一个园林式的旅游景区，重现了云冈石窟这一世界文化遗产的形象、文化和历史之美，而这一切，老百姓认为得归功于当时大同的明星市长耿彦波。

耿彦波是一个争议颇大的明星官员，在2008年到2013年主政大同的5年期间，他雄心勃勃地推出了一揽子古城重建计划，希望把大同3.28平方公里的古城真正恢复到明代时的格局。他有关城市建设的理念，追求铁腕效率的行事风格，曾招来不少争议，甚至有人送花圈骂他是疯子。

据说当年的大同市就像一个大工地，到处都搞拆迁，四处可见起重机和脚手架，整个城市灰尘滚滚，不知道当时的老百姓是否怨声四起，反正如今我们看到的大同市，高楼林立，道路宽敞，市容整洁，漂亮住宅和古建筑群相得益彰，古香古色之中不乏生机勃勃的现代气息，显得非常大气。

到了2013年耿市长调任太原市长时，大同市民竟然感到非常失落，纷纷在网络空间发文挽留，甚至还有市民走上街头，签名、拉横幅表达不舍，同时也担心他走后大同城市建设政策的延续性，一时引发了很大的舆论轰动，面对强大的舆论压力，新任领导也不得不纷纷表态当初市委向市

云冈石窟留影

民的承诺一定会兑现。

无论耿彦波有什么争议，一个地方官员能得到民众的挽留，既说明他得到了难能可贵的民心，也可以视作如今的广大老百姓对不干实事、庸碌无为的官场恶气的否定。

五

在大同市住一晚，下榻的酒店对面刚好有一条美食街，全国各地的小吃明点琳琅满目，小孩子嗅觉灵敏，一下就嗅到了一股臭豆腐的味道，细寻之下果然有打着正宗长沙臭豆腐招牌的摊档，且勿论正不正宗，价钱不贵，10块钱够一家人解个馋。

大同市民好客不欺生，小超市的老板对我们几个外地人非常友善，特别是那街边卖水果的大叔，虽然不会说普通话，却没有立地涨价，我们十来块钱就买回一大摞水果。大同作为北魏都城有将近一个世纪，素有"三代京华，两朝重镇"之称，不仅自古为军事重镇和战略重地，看来人心也淳朴厚道得很。

古时候的大同已属塞外之地，南离太原市已有352公里之远，现在的版图也位于山西省差不多最北部，再往上走就是内蒙古境界了，因为下一站要去位于晋中的平遥古城，这就意味着我们要回头往塞内走，而这一回头，就得先过大名鼎鼎的雁门关。

国人如果听过宋朝杨门女将的故事就一定会知道雁门关。雁门关又叫"西陉关"，在山西的忻州市代县境内的雁门山中，是长城上的重要隘口，与宁武关、偏关合称"外三关"。"天下九塞，雁门为首"，雁门关依山傍险，高踞勾注山之上，是大雁南下北归的主要中部通道之一，在九塞中被尊崇为第一关实不为过。因为历代都被视作战略要地，所以雁门关自古多战事，而无数忠烈之魂亦使雁门关名震天下。

忻州代县境内的北边是绵延逶迤的巍巍恒山，蜿蜒的内长城将雁门山、馒头山和草垛山连成一条山脉，北靠雁门高原，南临忻定盆地，而闻名于世的雁门古塞就屹立在峻拔的雁门山脊上。景区门口有一标志壁，上面除刻有苍劲有力的毛体"雁门关"三字外，还有历史上与雁门关有关的几十位历史人物的浮雕，南面的关桥两侧排列着24位杨家将人物塑像，站在关桥上首先看到的是雁门关城郭北口的第一道门户明月楼，城门正中嵌有横额"雁门寨"。

沿着古老的石板路往上走是雁门关村。雁门关村本来有五十多户二百多人，但现在在这里居住的只剩六户二十来人了。历史上这里的村民是地地道道的"边民"，也就是"关外人"，村庄位于中原与塞外的分界点上，中原的农耕文化和塞外的游牧文化在这里相互碰撞又相互交融，至今他们的生活方式依然体现着南北兼容的特点，风俗习惯仍可看到杂糅胡汉的痕迹。

现今的雁门关村变成了一个旅游景区，古老的村道上由几十间仿明建筑组成了一条边贸街，店铺多以出售雁门关特色的手工艺品和土特产为主，也有村民利用自家的房子开饭店和客栈为生，尽管如此，雁门关村与雁门关仍旧保存着古朴沧桑的色彩与边关风貌。

雁门关村的街道上还有一小亭，中有一泉，明朝有史料记载"平地涌泉，水势猛奋，形似兽然"，故名"突泉"。现在看来这泉眼跟普通水井差不多，但毕竟是千年古泉，至今的涌水量仍不输当年，旱不涸，涝不

雁门关留影

溢，千百年来滋养了无数边关将士，现在仍然是雁门关村民和景区工作人员的主要饮用水源。

历史上的雁门关道北通塞外高原，南接中原腹地，全长大约20公里，数千年来始终都是中原北出和塞外南下的咽喉要地，正是这条曲折的通道造就了雁门关的历史使命，成就了雁门关数千年的辉煌。"盘盘雁门道，雪涧深以阻。半岭逢驱车，人牛一何苦！"，无论是巡边的帝王、守关的将相，还是出塞的昭君、南归的文姬，都在这条崎岖的关道上留下过深深的车辙和脚印。

今天这条古道虽然经过整修，但沿用石板铺就，少数地方完整保留了坑坑洼洼的车辙痕迹，而沿着这些历史的痕迹走过雁门关村，再往山岭上走就是雁门关的瓮城与地利门了，在校场前放眼远望，两边山脊上的长城宛如大雁伸展的翅膀，相传每年春来，塞雁南归，口衔芦叶，飞到雁门上盘旋半晌直到叶落方可过关，故《山海经》有"雁门山者，雁飞出其间"的说法。

跟着雁门关的讲解员把主要景区走完后，剩下的时间已经不足以再去其他观音殿、云际泉、壮士亭、杀虎碑、观景台等景点了，我们爬上地利门的城楼，这里向北可以俯视瓮城、关街和雁门关村，远处是孤寂的烽火台，向南可与天险门和雁塔对望，西面可极目远眺关城绝顶，下面是校场、点将台等遗址，而往东面，贯通天险门的千米城墙已经恢复如初，可供游客信步怀古，可惜时间不够，要不可以一直走到天险门去。

"雁门历经千余战，将士戍边万古传"，因有一夫当关万夫莫开之势，古往今来，历朝边关将士为"报君黄金台上意"，在雁门关"提携玉龙为君死"，如今的广武城旧址还埋葬着无数个汉朝守卫雁门关将士的忠烈之骨，离我们最近的战事，则是抗日战争时期著名的雁门关大捷。

凭栏吊古，耳边似乎还可听见铮铮战鼓声，心中却默念：希望雁门关，从此再无战事。

六

雁门村村民开的小饭店收拾得很干净，院子里、墙垛下开满了茂密的格桑花，硕大的花朵非常耀人眼目。吃过午饭后，天空不经意地飘起了小雨，而我们，则要开始几个小时的长途跋涉，继续南下穿过太原，直奔晋中的平遥古城而去。我妈平时晕车，一直在担心几个小时的车程她会顶不住，或许是旅程还算愉快，精神状态不错，一路下来竟然一点儿事都没。

平遥古城自1997年被列入世界遗产名录之后就名声在外，2009年更荣膺世界纪录协会中国现存最完整古代县城的称号。多年来平遥一直存在于无数个光环之中，给国人一个非去不可的感觉。

与晋北凉爽舒适的气候相比，晋中显得非常闷热，到达古城时太阳还明晃晃得非常刺眼。平遥古城并不需要门票，只是所有的旅游大巴都停在古城外指定的停车场，必须另外乘坐电瓶车方可进城。

作为保留有完整城墙的古城，2.25平方公里已经显得挺大，十几米高的城墙把平遥县城分隔为两个截然不同的世界，城内的明清建筑与城外新城的高楼迥异共存。

载满游客和行李的电瓶车穿过护城河从南面的门洞进了城，无声地在青石板铺就的大街小巷中穿行，城内的居民或骑着自行车躲闪着行人迎面而来，或坐在店铺前闲聊，对一辆跟着一辆的电瓶车熟视无睹，两边闪过的民居年久失修，破旧得出人意料，一时不禁对平遥古城颇感失望，有团友在旁说："该让耿市长来看看么，好几年前来过，怎么一点儿都没变，感觉还越来越破烂了。"

电瓶车并没有把我们送达下榻的住处，一行人跟着导游拉着拖箱沿着长长的街巷继续走，天气闷热得难受，感觉走了很久才在一个院门前停了下来，抬头一看，檐下正中高挂的横额上，"东南海"三字醒目得很。

走进大院才惊觉此院落之大，由东海、南海、西海、北海、中南海几个小院组成，各具特色又院院相连，这是一处花园式的民俗客栈，看来是由以前某个富商的大宅子改建而成的，庭院很美，种满了开得正灿的月

平遥大戏堂

季。我们分到中南海两间设有土炕的房间，古色古香，热水、电视、电水壶齐备，也算干净整洁，感觉还可以。

晚饭前还有时间逛逛古城，平遥虽然大，但真正开发成旅游步行街的地方也就城中心四个方向的几条街。下榻的东南海位置还好，离城中心很近，穿过东南海几个小院落就是平遥大戏堂，内面可供几百人同时边就餐边观看演出，我们就餐的地方也在这里。大戏堂前有一堵巨大的九龙壁，这里也是东南海的北门，从北门出去往左一直走，就可以到中心街区了。

平遥城已经有两千七百多年的历史，17世纪到19世纪的古民居、古店铺、古庙宇、古街道、古县衙都依然保留完整风貌，平遥还是中国近代商业文明和银行票号的发源地，位于西大街的老字号"日昌升"就是当年的老票号。中心街道铺砌的石板上刻有古城的地图，游客可以看图选择行走的方向。街道呈十字形，店铺沿街而建，相比刚进城时看见的街区，这里显得繁华整洁多了，经营着各式商品的铺面都被重新装饰过，屋檐下的彩画、房梁上的彩雕都显得古色古香，手工艺术品、剪纸、小吃，还有那高高悬挂的红灯笼上"××老陈醋"几个大字非常具有地方特色，游客熙熙攘攘。

闷热的空气多少有点儿影响心情，随意逛过一段后，陪酷爱历史的老爸去找平遥县衙。没来过自然不知道衙门的具体位置，只能沿着衙门街边走边看边找，但感觉整条街差不多走完了还不见衙门的影子，有点儿怀疑这衙门是不是早就改头换脸认不出来了，心里也有点儿不耐烦起来，好不容易看到一间屋檐下挂着一方斑斑驳驳的匾额，上有"衙门官舍"的字样，却见大门紧闭，本想随便应付老爸说这就是衙门了，老爸却急了："官舍只是官老爷住的地方，不是衙门哪！"好吧，那继续走。官舍的几步外有一座高大的楼阁，上书"听雨楼"三字，而穿过听雨楼后果然一眼就看到了平遥县衙的大门了。

平遥县衙看起来颇具规模，想进去得另买门票，因时间不够，只在外面往里面看看，虽然大门后有照壁，但仍能看个大概，衙门外有游客装扮成皇帝老爷拍照留念，我却发现那"听雨楼"变成了"观风楼"（背面）。回来以后查资料，才知道平遥县衙是中国现有保存完整的四大古衙

爱在一座城市里

之一，也是全国现存规模最大的县衙，忽然就很后悔没有陪老爸进去好好看看。

到点赶回平遥大戏堂，吃过晚饭后去看大型情景体现剧《又见平遥》，因为演出的剧场在城外，还得坐电瓶车出城。这个团的人员组成有点儿复杂，70岁以上老人、60岁以上老人、大中小学生、小孩、成年人，有免票有半票有全票，进场时遇到个特别较真的中年女工作人员，把两个年轻的导游气个半死，好在两小伙修养确实不错，好歹把团友们顺利送进了场。

《又见平遥》是中国第一部大型情境体验剧，创作团队把《又见平遥》作为一个大型文化旅游产业来打造，以前没接触过，感觉很新鲜。《又见平遥》讲的是一个血脉传承的故事：清朝末期，平遥古城镖局的东家赵易硕抵尽身家，用自己及两百多个镖师的性命从沙俄保回了分号王掌柜的一条血脉。剧场迷宫似地被分割成繁复的空间，演员时而混夹在拥挤的人流中间，时而吊挂在半空中，时而在观众旁一闪而起，清末的平遥城、镖局、赵家大院、街市、南面广场……观众边走边看，在不同的主题空间里跟随着剧情一起穿越时空，观众不再只是看客而更像亲历者，因此对情感具有强烈的冲击力。

看完演出送老人孩子回东南海歇息后，独自一人在古城的大街上游荡（小巷是绝对不敢去的，怕迷路）。空气依然闷热，一轮明月不知什么时候悄悄爬上了城墙，五彩缤纷的灯光打出城楼变幻迷离的轮廓，10点不到，游人依然密集，街市热闹而繁华，白天显得简朴的古城，到了夜晚却忽然靓丽甚至风骚起来，传统店铺高悬在屋檐下的红灯笼与时尚咖啡屋、酒吧外闪烁的霓虹灯箱交相辉映，大多数的酒吧大门敞开，音乐伴随歌手高亢的歌声充斥着古城本该静谧的夜空。

回到东南海宾舍时夜色已深，客人们都歇息了，独自穿过幽深的几重院门，庭花树影摇摇曳曳，檐下红灯笼散透着暗淡的光晕，这座昔日富商的深宅大院，幽怨地泛着明清时的温婉，雕花的木窗后掩埋了太多的前朝旧事，仿佛《又见平遥》中的记忆碎片，随着巷陌深处迤逦的脚步，散落在寂寞的回声里。

七

乔家大院是因电视剧《乔家大院》出名的吧！起码我是因此剧才知道乔家大院的。乔家大院在祁县，离平遥不远，因此一大早先安排去了一间牛肉加工企业后才去的乔家大院。

电影《大红灯笼高高挂》没看完整，《乔家大院》也只草草瞄过几眼，所以对现实中的乔家大院并没有特别的情结。但乔家大院的气派如雷贯耳，来山西不得不到此一游。乔家大院的主人是清代商业资本家乔致庸，富甲一方的晋商代表人物。山西的导游为游客介绍起晋商时经常显得慷慨激昂，因为晋商至今仍让山西人倍感骄傲。

晋商，一般是指明清几百年间的山西商人，多经营盐业、票号，尤其是以票号最出名，民国时期的晋商家族显赫一时，秉承中国的传统观念，他们无不例外不遗余力地为自己的子孙后代营造一个庞大的归宿，因此一批具有北方特色的深宅大院散布晋中各地。

晋商由于种种的历史原因在民国后期衰落，很多当年显赫的家族只落了个白茫茫一片，着实干净，子孙散落世界各地，几十年的风雨过去，在这些深宅大院的颓垣残壁间早已难觅当年的辉煌风采，只有祁县的乔家大院、渠家大院和长治的申家大院、王家大院还有常家庄园五座大院被视为传统民居建筑艺术得以保护，经过政府有关部门修复还原。

乔致庸当年究竟多有钱？据说乔家各种动产不动产加起来有白银数千万两之巨，相当于现在的近百亿家产，在当时的经济水平下，这是个难以置信的天文数字。难怪当年连慈禧太后都要向乔家借钱。

20世纪80年代，乔家大院作为民俗博物馆对外开放，整座建筑是全封闭的城堡式，共有6个大院20个小院超300间房屋，占地一万多平方米，三面临街，不与周围的民居相连，外围的砖墙足有十几米高，显得气势宏伟，作为一座民居，放在当今不知哪门权贵可与其匹敌。进入乔家大院大门，有一条笔直的石铺甬道，把6个大院分为南北两排，整个大院的布局是一个"双喜字"造型，又称"在中堂"。游客很多，院里显得颇为拥挤，基本拍不了好的片子，只好随着人流走马观花。

看过电视剧《乔家大院》的游客可根据剧情在大院里寻找剧中人物生活过的痕迹，或许更能感受到乔家几百年的兴衰沉浮，而对乔家不太了解的游客，在错综复杂、形形色色、大大小小的宅院中穿行，欣赏着随处可见巧夺天工的木雕、壁雕、石雕、屏雕甚至扶栏雕，屋檐下的真金彩绘和板绘工艺，各个门庭所悬挂的牌匾以及价值不菲的收藏品，眼花缭乱之余，只能感叹乔家的财大气粗。

纨绔子弟多浮夸，或穷奢极侈挥霍无度，或为恶一方不可一世，鉴于这些教训，"在中堂"从乔致庸起就立下了严格的家规家法，用于约束子弟，维护家族尊严，所以乔家兴盛二百余年，富了足足六代也不无道理。如今这些乔家家训一一挂在乔家大宅院的外墙，可惜认真驻足细读的游人寥寥无几。

至今为止，共有三十多个影视剧组在乔家大院取景拍摄过，在以影视作品的形式阐释三晋文明史，解读晋商辉煌史的同时，也让乔家大院声名远播。如今几十位乔家子孙大多生活在国内，据说大多都是工薪人士，过

乔家大院牌坊

着平凡而安静的生活，外人很难想象他们在自己的祖辈大宅院聚首时的心情，但我想守不住家业不要紧，要紧的是能守住乔家的家训并将之发扬光大吧。

在乔家大院附近的餐厅吃过午饭，动身去这次旅程的最后一个景点——晋祠。晋祠位于太原市西南，距离市中心不远，从乔家大院出发不过个把小时车程，在车上打个盹就到了，午后阳光炽烈，晋祠高大的门楼在蓝天白云下越加雄伟。

晋祠原来叫晋王祠，新中国后改为晋祠，理由是某国家领导认为新中国由老百姓当家做主，中国已没有王侯，故去掉其中的"王"字。这里说的晋王，是指唐叔虞，而唐叔虞又是谁呢，他是周成王的弟弟，说起来这里有一段叫"桐叶封唐"的故事：西周初年，武王姬发死后，长子姬诵年纪轻轻就在周公姬旦的辅佑下做了国君，也就是周成王。有天成王和弟弟姬虞在花园里玩耍，成王把一片梧桐叶剪成圭型送给弟弟说：把这个玉圭送给你，封你去做唐国之侯吧！旁边的史官立即请成王择日封叔虞为侯，成王却不以为然地说："我和弟弟闹着玩的！"谁知史官一本正经地说："天子无戏言。"周公旦也觉得有理，于是成王就只能封叔虞到唐地做了诸侯，唐地，就是现在的晋。唐叔虞也就成了晋国的开国元勋了。

晋祠依悬瓮山麓临晋水之滨而建，虽说是为纪念晋王，但也供奉晋王的母后邑姜。祠内有几十座古建筑，整体布局中轴对称，主次分明。进了祠门可看见一戏台，面向圣母大殿，戏台主要用于祭祀，四周开阔，可以容纳上万人。圣母大殿是祠内的建筑主体，里面供奉晋王母后，宽敞的大殿内竟然没有一根明柱，重檐式的殿顶，四周有廊柱撑托着屋顶架，柱上雕有8条造型精巧栩栩如生的蟠龙，据说是中国现存木构建筑中最早的蟠龙大柱。

圣母殿的楹联匾额非常多，最醒目的是前廊正中所悬挂的慈禧御笔"三晋遗封"，还有光绪十五年祁县渠本翘写的"永锡难老"一匾。导游花了很多时间给我们讲圣母殿内的几十尊宫女彩塑，说每一个宫廷仕女都被塑造得非常逼真，可以看出每人的内心世界和喜怒哀乐，其实游客只能站在廊下往黑乎乎的大殿里张望，根本看不清里面的彩塑，对导游所言也只能半信半疑了。

圣母殿前有一座很独特的十字桥，叫"鱼沼飞梁"，看起来像现代的立交桥。古代桥梁大多都是一字型，这桥却连通四方成十字形，独具匠心，而且是国内现存古桥中仅有的孤例，所以显得十分珍贵。十字桥下有座鱼池，立刻吸引了我家小姑娘的兴趣，赖在栏边不肯走，走近一看，原来清澈的池水中有一群群色彩艳丽的锦鲤在游弋，煞是好看。

众多的景点中令我印象较为深刻的是祠内的难老泉。难老泉源自晋水，在圣母殿外南北两个八角亭下南面的就是难老泉，北面本来还有一条善利泉。难老泉与侍女像、圣母像被誉为"晋祠三绝"，有"晋阳第一泉"之称，祠内的善利泉和鱼沼都干涸了，只有这口老泉还不分旱涝奔涌不息，故取"永锡难老"之意，名为"难老泉"。

泉水东侧有一汪清澈见底的水潭，上架曲桥方便游人戏水，也留有泉眼供游人掬水一尝泉水之甘洌。往北则有一道南北走向的石堤，堤旁有"中流砥柱"，这里面却又有一段故事：相传北宋年间，晋祠一带时有干旱，晋祠南北两村常为争水械斗，官府出面调解，却在潭边支上一口大锅，内放铜钱十枚，代表十分泉水，哪条村有人当众从滚烫的油锅里取出

乔家大院里的大算盘

几枚铜钱，就代表哪条村可用分得几分泉水，结果北村有一勇士从中取得七枚铜钱，这就是堤上10孔泉眼南3北7之分的由来。后勇士被油烫至伤重而亡，人们为纪念他，将其葬于中流砥柱之下。

晋祠的环境非常优美，殿宇气势恢宏，古柏郁郁含烟，鸣泉夹路，曲径通幽，芳草如茵，游人三三两两在林间闲坐，放眼望去，悬翁山麓延绵入云，的确是太原市民闲暇时一个极好的去处，也是值得远客前来一游的好景点。

游罢晋祠，一行人就此别过，火车飞机各奔东西，几天下来，与江苏无锡一家子竟然也有惜惜之情，既然彼此能在旅途中偶遇，想必也是前世修来的缘分，且行且珍惜。

说来惭愧，虽然自己东西南北几乎都走了个遍，但正经八百带父母出游还是第一次，虽然这次好歹也算尽了一次孝，但在旅途中明显不够耐心，对父母的情绪照顾不周，留下不少遗憾和自责。父母老了，步伐远远地落在我们的身后，其实只要身体尚可，他们并不需要我们的撑扶，他们希望的，只是我们能耐着性子，笑眯眯地等他们跟上我们的脚步，一起同行。

朋友们，趁着爸妈还未老去，赶紧带上他们去旅行吧！

追雪的日子

一

年终岁尾，舍不得还剩下的几天年假，此时大江南北都已经有了些天寒地冻的样子，于是决定一路向北，追雪去。

上午的飞机，晴好的天气，虽在万米高空仍可看到地上的景物，高山，湖泊，蜿蜒的高速公路以及密集的城市和乡村，还有各式吞云吐雾的烟囱，只是全都笼罩在一层淡淡的灰霾之中。飞机中转常州，再次起飞后向北越过渤海湾，雾霾依旧严重，只是大地的颜色渐渐变得单调起来，河流、山塘、湖泊都结了冰，白雪把大地遮得严严实实，世界忽然变得纯净而静寂，大地白茫茫一片，非常干净，仿佛不曾有过任何丑陋的痕迹。

飞机掠过一望无际的东北平原，慢慢降低飞行高度，村庄和道路越来越清晰，与南方不一样的是，路上车流稀疏，大小村庄人迹罕至，看来严冬里东北人鲜有无事出来溜达的了。

下午到达哈尔滨太平机场，一行人第一件事就是加衣服，也有逞强不加装备的，等出了机场，零下十几摄氏度的气温立马让他后悔不已。因为这次是夫妻出行，跟的是广之旅的团，团友大多也是一对对的夫妻，彼此感到特别容易沟通，很快就熟络起来。导游先带着一团人去购置装备，雪靴，雪帽，围巾、手套等等，缺的全得补上，因为都是些必需品，没被强迫要买，也就没人去理会是否有特意安排购物的嫌疑，等大家全副武装好了，天也全黑了，但时间不过下午4点半而已。

晚餐吃过团里安排的饺子宴后去逛市区内的景点，索菲亚大教堂、斯大林公园里的防洪纪念塔和中央大街，几个地方都在市中心而且相隔不是太远，时间充足的话可以一路走去。索菲亚大教堂是哈尔滨的标志性建筑之一，也是目前我国保存最完美的拜占庭式建筑，已经有近百年的历史，当初是沙俄东西伯利亚第四步兵的随军教堂，后来归属了哈尔滨的东正教会。夜幕下的索菲亚大教堂霓虹璀璨，宏伟壮观之余不失古朴典雅，第一次来的游人惊讶其迷人的色彩，冒着滑倒摔跤的危险踩着地面湿滑的薄冰小步跑上前去拍照，也顾不上双手冻成了硬姜。教堂外的广场周边建有现代化专业展馆，可惜没能进去参观，旁边还有陶吧、影吧、酒吧等娱乐场所供游人消遣。

松花江畔的斯大林公园已经结了厚厚的冰层，很多市民聚集在冰面上放孔明灯，一盏盏明亮的孔明灯摇摇曳曳飞向夜空，颇引人瞩目。天气虽然很冷却没有风，厚重的雾霾中弥漫着呛鼻的烟雾，虽然不敢确定造成严重雾霾的原因，但在这样的天气条件下显然并不适合燃放孔明灯，只是这样的事情估计也不会有人管，斯大林公园里穿得像粽子一样的大妈大爷依然潇洒淡定地在湿滑的冰面上跳着整齐划一的广场舞，仿佛空气里弥漫的不是雾霾，而是为他们装饰舞台的烟火。

十几年前的初冬到过哈尔滨，生平第一次看到雪就是在中央大街上，想当年怀着狂喜的心情走在雪花飘舞的中央大街上，感觉确是不一般的浪漫，那时候其他城市还不时兴步行街，中央大街就显得很有特色，且不说它年代久远，单是两边独特的充满欧陆风情的建筑和时尚繁华的高档商厦在当时就已经是哈尔滨一道亮丽的风景线。

如今全国各大城市都有繁华热闹的商业步行街，但中央大街仍有自己独特的魅力，毕竟这条远东最著名的街道涵盖着百多年来厚重的历史底蕴，大街上典型的欧式建筑无不展现出欧洲最具魅力的近几百年文化发展史，就连游人脚下光滑的方形石板也仿佛无声地诉说着它的博大精深。当年的俄国工程师把铺路用的花岗岩雕铸得像一块块俄式小面包似的，硬是把路面铺得精巧密实而又光亮，当时一块方石的价格就值一个银圆，够穷人一个月的伙食费了，整条街因此显得高贵起来，现在看来，成本贵也就贵了，关键是质量也好，据有关专家说了，这些保留下来的石块还能磨上一二百年呢。

与所有步行街一样，夜色中的中央大街霓虹溢彩，游人如织，休闲、娱乐、旅游、购物都是上好的选择，见有一双双情侣挽手相偎而行，不禁也拽了一下身边的大手，感觉缺了点儿什么，抬头望了望略显沉闷的天空，心想老天爷咋就那么不懂风情呢，飘点儿小雪不行吗？

二

到了酒店分配房间时，导游小孟不停地吩咐说，"明天一早我们去雪乡！很冷！把所有能穿的装备都穿上！"

上次来东北，去过哪些景点记得不太清晰，但对北方的寒冷却很有感觉，那种手脚刺痛得像刀割一样的滋味至今刻骨铭心，回来以后总结说北方的冷，像突如其来的爱情，可以让你诗情大发，柔情满怀，却也可以让你痛彻心扉。

好在这样的冷是可以隔离的，躲进房间就可以了，不像南方的冷无处可逃，只是一直搞不懂北方酒店的暖气为什么要给得那么足，零下一二十

亚布力拉雪橇的马

摄氏度的气温，房间温度却足足有二十六七摄氏度，室内室外简直就是冰火两重天。第二天早上乖乖地把自己穿成粽子，令人气恼的是连房间门都还没出就热得满头大汗了，这不是浪费资源吗？

其实隆冬时节来东北，到处都是雪乡，我们要去的雪乡具体在哪里，没来之前还真说不清。自从那个大款明星晒娃的综艺节目《爸爸去哪儿》在这里拍过一集以后，雪乡就在中国几乎家喻户晓了。

特意百度了一下，这里所指的雪乡正式地名是黑龙江省牡丹江海林市大海林双峰林场，距离哈尔滨近三百公里。冬天雨雪多，高速公路动辄就关闭，就算能走，路面结冰也挺危险，几百公里路程也得走上大半天。团友中不少人只为看雪而来，路边的积雪并不能满足他们的好奇心，总希望此行能看到漫天飞雪，而有经验的人都知道，赶路的时候遇上下雪会意味着什么。

出发时天还没亮透，空气冷冽，但依然没有风，起得太早，早餐也要打包在车上解决，没一会儿一车人也就昏昏欲睡了。车窗外一片白蒙，远处沉寂的村庄炊烟袅袅，提示还有人的存在，深秋时色彩斑斓的白桦林已经洗净铅华，光秃秃的枝干压满积雪，红彤彤的旭日在晓雾中若隐若现，跳跃着爬上枝头。喧嚣的城市渐渐远去，天越来越蓝，空气变得清新起来。

临近中午到了亚布力，导游说服我们去体验体验马拉爬犁，也就是马拉雪橇，这种东北农村最原始的交通工具看起来很简陋，一匹马拉着六个人沿着凸凹不平的山路摇摇晃晃地进入林海雪原，周边是一望无际的白桦林，据说当年这里是土匪的地头，山顶也被开发成土匪山寨供游人娱乐，只可惜土匪迎亲时随意燃放鞭炮的碎屑把干净的原始森林都给糟蹋了。不过十几分钟，看着拉雪橇的马匹身上散发的腾腾热气，马夫的鞭子还不时地抽打在它的身上，心里突然觉得好心疼。

中午团里不包吃，团友要自由组合吃饭，在当地一间颇有特色的农家饭店，我们几对较为投缘的夫妻很自然就围成了一桌，来自广州的阿媚是如假包换的西关小姐，性格直爽却又贤惠，直接称呼爱人做"男人"，而汕尾的美华则是传统的潮汕女子，提起做医生的丈夫总用很自豪的语气说

"我家老公"，几个女人很投缘，男人们也很快找到共同的话题，竟然围着一锅东北杀猪菜喝起酒来，时间不知不觉去了一个多小时，导游小孟比较憨厚，见大家兴致高涨，竟然还不敢催。

酒足饭饱后有人去玩雪地摩托，有人在铺满厚雪的白桦林间溜达，南方人显然对身边的一切都感到新奇，看那兴奋的样子也许恨不得在雪地里打滚呢，男人们在妻子的指挥调教下耐着性子为她们拍照，心想几天罢了忍忍就过去了。

下午3点多，西沉的太阳越发温软起来，金色的霞光穿过茂密的树林打在雪地上，把周边的林海雪原全都染上了一层淡淡的金褐色，笔直的树干在淡白的雪地上拉下长长的投影，金色的树林在白雪的映衬下绚丽多彩，镜头里的光与影层次分明，像一幅幅重彩油画，美得无与伦比。

天色渐渐暗了下来，因为惦记着还有一个冰雪画廊没去，心里着急起来，小孟和师傅安慰说不怕，那景点很近，十几分钟就能到。冰雪画廊果然很近，但到的时候天色已经很暗了，雪地和森林都裹上了一层暗暗的冰蓝色，进了景区的门，有向导前来领着，沿一条已经被厚雪覆盖的山径往森林深处走去，一边介绍沿途的景点，要拍照的几个人远远跟着，小孟断后。

不过短短10分钟左右的功夫，林子里的光线就完全暗了下去，没有任何光源，以至于单反相机在不开闪光的情况下根本无法对焦，尽管如此，黑暗中我们仍然可以感受到周边的冰雪世界那令人震撼的壮美，面对如斯美景却无法进行拍照，一向淡定的我也不禁对着小孟抱怨起来，批评他这次安排的时间掌握得不好，我们南方人没经验，不知道天黑得那么早，难免磨蹭，但他就没理由不晓得。小孟听了赶紧道歉，之后交代了几句全陪导游，然后竟然扭头沿路返回去了。

天彻底黑了，寂静的森林里诡影重重，树枝上的积雪偶尔扑哧地散落下来，大家已经无心欣赏雪景，相互搀扶着深一脚浅一脚地继续往前走，走着走着突然发现后面只剩下我们五六个人了，连全陪导游都不见了人影，大家不禁怨声四起，抱怨导游竟然把我们丢在森林里了，要是迷路了该怎么办！周边的积雪泛着银光，但脚下的路却不好辨认了，感觉全是积

雪乡留影

雪，根本不知道哪里才是路，天越发黑了，后面时不时传来团友被树枝绊倒或误踩雪坑的惊呼声，前面走的人犹豫着不知走哪个方向，我说我走前面吧，你们跟着来。

天寒地冻的夜晚在东北的深山老林里行走，没有任何相关经验的我竟然丝毫不感到害怕甚至觉得有点儿刺激，毕竟知道当时不过是下午5点多，而且是在景区里，就算迷路还有大把时间让人来解救，没有下雪，天气不算恶劣，权当探一回险罢了。

其实我也不知道路在哪里，但判断前面略有反光的雪地大概就是有人走过的地方，然后凭着直觉大步走在前面，平日坚持瑜伽锻炼和日走万步的好习惯现在派上了用场，在雪地上走起来气不喘步不乱，不能说如履平地但至少身手敏捷，一边听着脚下雪靴踩着积雪发出嘎吱嘎吱的声音，一边不忘提示后面的人注意脚下的雪坑和横着的树干，还要不时停下来等后面的人全跟上。

前面隐约看到了灯光，没多久我们就走出森林，但前面出现两条不同方向的岔路，凭感觉选了一条，居然也没错，绕过一座山包，景区门口的灯光豁然就在眼前，全陪的喊声也立马传了过来，一行人终于舒了一口气。

有惊无险地摸黑在林海雪原徒步走了一圈，也算是一个意外收获，虽然没有拍到满意的照片觉得很遗憾，事实固然不可改变，但心态总可以由自己来把握，我的心情我做主，出来旅行，追求的不是结果，而是一种心情，一个过程。

追雪的日子

311

三

走出森林时全陪导游在黑暗中大喊着挥舞双手飞奔过来："我在这里！我在这里！"我家哥哥没忍住骂了一句："在你个头！你倒好，把我们几个扔后面了。"小孟赶紧跟过来说，今晚来迟了确是他的失误，实在没想到天黑得那么快，他没跟上来就是去想办法补救，刚才跟景区的工作人员磨了半天，景区的人总算答应他明天早上让我们再来一趟。大家一听心情立马好起来，我也不禁对小孟另眼相看：错误人人都会犯，但知错能改并晓得去积极应对才最难得，基本上也可以体现一个人的素质和能力。

来东北的游客无非就是为了看雪，东北的旅游旺季也就这三两个月，大兴安岭地区的林场基本都是私人承包，所以无论是坐雪橇玩雪地摩托，还是这个冰雪画廊，门票都接近300元，一点儿都不便宜，所以小孟能说服人家让我们再来一次也是不容易的事。

离开冰雪画廊前往雪乡所需的时间不长，不过十几分钟车程，司机师傅是东北本地人，在他眼里雪乡平常得很："其实就是你们住的地方！晚上还觉得漂亮点儿，明天白天你起来就觉得也没啥好看的！"

双峰林场占地大概500公顷，平均海拔在1000米以上，这里的降雪频繁，雪期还特别长，从每年10月开始一直到次年的5月，积雪期长达7个月，年平均积雪厚度可以达到2米，堪称中国之最。

因为雪景绝美，这里是摄影爱好者的天堂，近年很多影视剧组都前来拍摄外景，除了《爸爸去哪儿》，还有电影《智取威虎山》，电视剧《闯关东》等，原本名不见经传的双峰林场渐渐变成广为人知，并成为冬季炙手可热的旅游胜地，只是名字已被雪乡替代。

冰雪画廊留影

进入雪乡需要换乘景区的车辆，尽管那车跟我们的中巴并没两样。景区大门挤满了游客，现在还不是真正的旅游旺季，估计到了寒假这里就人满为患了。验票采取指纹识别，一张票只限一进一出，都只认指纹，按小孟所说，我们明早再去一次冰雪画廊后还得返回雪乡，中午时分才离开，这样多出来一次来回的换乘车票也需要小孟去协调。

一般旅游团和散客来雪乡，住的都是东北农家改建的民宿，也有按农家风格新建的小旅馆，里面的生活设施基本齐全，被褥也收拾得挺干净，只是为保留东北乡村特色，一般都设火炕，一张火炕大多都安排三个以上的铺位，因为要男女分开住，夫妻俩参团的话就鲜有愿意住炕的，所以这次我们住的雪韵阁不设农家特色火炕，都是清一色的标间。景区门口有雪乡的住房标价，瞄了一下，无论是火坑还是双人标间，价格都贵得让人咋舌，上千元一晚有的是。

景区大门到雪乡中心街区不过10分钟左右的车程，接驳车把客人拉到雪韵大街的街口放下，雪韵大街是雪乡唯一的一条大街，大概也就500米长，我们住的雪韵阁就在大街上。雪韵阁，名字起得好雅致。雪乡的雪确实很有神韵，而这种神韵在夜色里更散发得淋漓尽致，乡里几乎所有房前屋后的雪杉都被霓虹灯装饰得五彩斑斓，大街两旁是一座座木头搭建的客栈民宿和小商铺，估计好些是由当地民居改建的，单家独户的小院显得原始而淳朴，家家户户的门楼屋檐高高挂着清一色大红灯笼，就连区林业局的院门也不例外，屋顶街面全覆盖着厚厚的积雪，门前的小雪人都插着一串串冰糖葫芦，夜色中橘红的灯笼和紫翠的霓彩灯在白雪的映衬下散发着温暖的柔光，宛如童话世界一般充满了魅惑。

晚饭后冒着严寒上街溜达欣赏夜景，游客很多，街上很热闹，满街的红灯笼让人觉得很喜庆，小情侣和孩子们在雪地里打雪仗坐雪橇尽情嬉笑打闹，打闹声尖叫声混杂着小商贩的叫卖声，让人觉得这小山村并没有远离城市的喧嚣。有情侣在一座房屋的小雪人前留影被房主人索要留影费，突然觉得很扫兴，呃，还是早早回房歇息去吧。

一早醒来，天还只是蒙蒙亮着，早餐前趁着街上人少，独自拎着单反出门去了。清晨的雪乡恢复了本该有的朴实无华，雪韵大街行人稀少，显得静谧安宁，家家户户积满厚雪的烟囱冉冉升起了一缕缕炊烟，在山谷里飘飘袅袅。屋檐下的大红灯笼仍亮着柔光，木门上大红对联醒目亮眼，尽管房顶上的积雪还厚到人们形容的像蛋糕上的牛油往下流淌的程度，但眼前的银色世界已经美轮美奂。

大街一侧的小巷尽头是一条冰封的河流，不远处横架着一道廊桥，炊烟在河谷间萦绕，晨曦打在桥后的山梁上，为影影绰绰的雪杉镀上一层金黄。河边因为没有人走动，积雪特别厚，一脚踩下去几乎拔不起来，为了取景索性坐雪地里了，那雪细得像白砂糖一样，晶莹剔透。惊讶这里的冬天并没有颓废的萧飒，放眼尽是绝美的雪景，难怪都说这里是摄影爱好者的天堂，果然名不虚传。

太阳差不多越过山梁照到房顶时，我们离开雪乡前往昨天去过的雪谷冰雪画廊。从亚布力到雪乡，雪谷冰雪画廊是必经之地，这里是东北地区高山最密集的地方，亚雪公路横跨大雪谷，穿越茫茫林海雪原。

天气非常好，与昨晚相比，蔚蓝的天空下，银装素裹的原始森林别有另一番韵味，壮美中平添了几分妖娆。景区门口几只雪地犬摇头摆尾地欢迎我们的到来，那些年长的雪地犬可能是因为长期用雪橇拉客人的缘故，看起来神情都很疲惫，只有一只幼犬或许还没经过太多的生活磨砺，显得特别活泼可爱，摇着尾巴一味往美华身上蹭，特别有灵气，引得美华夫妻不忍离去，恨不得买下抱回家去。

雪谷仍保留着深山老林最原始的风貌，除了一条被踩出来的雪径外，厚厚的积雪并没有遭到人为破坏，晶莹的白雪在阳光的照射下闪闪发光，并在奇形怪状的树枝上叠成各式巧夺天工的造型，琼枝玉叶皓然一色，令人惊喜不断，自然界的鬼斧神工，自有人造雪雕不能比及的神韵，

阳光灿烂，老林里光线非常充足，路标清晰不需要导游引领，加上时间非常充足，一行人玩得非常尽兴，一致夸小孟极力推荐的这个景点果然不枉到此一游。

正所谓错有错着，如果没有昨晚的失望，哪来今天的惊喜呢！

四

　　在冰雪画廊玩够后回到雪乡雪韵大街，午饭前还有时间让大家在街上欣赏雪景，部分人则到"梦幻家园"玩去了，"梦幻家园"就在雪韵大街边上，本是个影视基地，里面设有很多游乐项目，进去要另收门票，而且还不便宜，从街上可以看见里面的雪房子和大大小小的雪蘑菇，可惜积雪还不够，雪蘑菇远没有胖乎乎可爱的样子。

　　在街上的农家饭店吃过午饭后，我们离开雪乡前往吉林长白山，原本明朗的天色不知什么时候变得阴沉起来，有人忍不住问司机："会下雪吗？"司机很肯定地说，"放心吧，你们这次出来一定能看到下雪的！"

　　雪乡到长白山又是好几百公里的路程，半天走不完，当晚必须在敦化住一晚再赶路。敦化在吉林省东部，是延边朝鲜族自治州下辖的一个县级市，到了敦化以后就得换一个吉林导游，小孟把我们送到敦化，第二天自己坐火车回哈尔滨。

安图县长白山大关东文化园留影

傍晚时分到达敦化时，吉林段的导游接过了小孟的班，晚饭就在下榻的酒店吃，饭后还惦记着外面有没有下雪，不时打开窗户伸出手看看天，但每次都失望，并没有丝毫雪的影子。敦化的酒店暖气热得离谱，足有二十七八度，这个温度要在广东我们都要开冷气了，结果又干又热一夜没法睡好。第二天出门一看，车顶地面早就铺上一层薄薄的白雪，司机正忙着扫车上的雪呢，晚上真下雪了，我们居然没察觉！昨晚饭后有出去逛的团友说是下雪了，不过下得很小，阿媚夫妇仍然觉得很遗憾，毕竟这次就是为了看雪而来的。

敦化只是一个过站，早餐后继续赶路。导游是个高大的小伙子，姓雒（音骆），他估计车上也没几个人认得他这个姓，就干脆让大家叫他小胖。小胖健谈，看得出头脑跟他的嘴巴一样灵活，一路上除了介绍延边和我们要去的景区外，讲得最多是他自己家人的故事。

小胖的爷爷当年从山东闯关东到了东北，在当地娶了他朝鲜族的奶奶，就是说他也是朝鲜族人。当地的朝鲜族人因有语言优势，多以外出务工为主，小胖家里人也多在朝鲜或韩国务工。延边与朝鲜交界，经常有受不了苦的朝鲜人偷渡过来，小胖说他家一个舅舅以前就是专门帮助朝鲜人偷渡的"人贩子"，其实在当地已经形成一条暗地里的"产业链"，能把朝鲜人一站一站送到俄罗斯或者韩国去，因为前不久发生朝鲜人过境杀害中国人的事件，最近政府查的非常严，所以这种生意也就没法干了。

而小胖的另一个身有残疾的舅舅娶的是从朝鲜买回来的老婆，本来日子过得好好的，不料这舅妈虽然家里穷，却非常有骨气，容不得中国人侮辱自己的国家而得罪了邻居，邻居一怒之下向公安局告发，他舅妈被遣回朝鲜，最后被朝鲜当局作为叛国罪处死，而且死得非常悲惨。小胖带团到朝鲜时也总会去看看舅妈的家里人，不过也被这些穷亲戚"勒索"得够呛。

小胖的一番描述着实让来自广东的客人开了眼界，这些故事或许只能在本地才能听到，也只有来自民间的故事更贴近事实，俗语说的"读万卷书不如走万里路"所言不虚。

天色越来越阴沉，司机说了句："下雪了。"中途车辆停靠在安图县的长白山大关东文化园，雪还在下，不大，星星点点地飘落在肩头，但已经让我们觉得很兴奋，阿媚夫妻说，"总算让我们看到雪了。"

安图县离长白山还有八十多公里，文化园附带汽车服务区，进去需要几十元的门票，据说景区挺大，但因为只安排我们跟着讲解员听她介绍各式产品，感觉就是一个购物点，里面除了有较为大型的超市外，还设有专门推销长白山动植物产品的展馆，汇集了大量人参、乌拉草、梅花鹿、紫貂还有雪蛤等产品。我们对这些东西都不感兴趣，趁团友购物，跑到院子里拍照去了，雪花看起来有点儿像柳絮，飘飘洒洒纷纷扬扬地落在屋顶、马路、树枝还有我的肩上，将身边的一切都装扮成童话般美丽的银色世界，一时觉得好浪漫，暗自庆幸带了一个私人摄影师，心情也禁不住与雪花一起飞扬，然而雪越下越大，高兴之余忽又担心起来：如果雪一直这样下，长白山就有封山的危险呢！

个人认为长白山是我们这次行程最重要的一个景点，没理由千里迢迢来到山门口却因为封山上不去吧！导游小胖证实了我的担心不是多余的，长白山的气候变化多端，尤其是冬季，大雪封山是很正常的事。一年到头来长白山的游客基本上只有20%的人能顺利看到天池，再加上20%的人能进山，其余的就只能望山空叹啦！小胖还说江泽民总书记一共来了三次长白山，每次都没能一睹天池的芳颜，而邓爷爷只来一次就看到天池了，所以能不能看到天池只能看个人的缘分。

大名鼎鼎的长白山位于中国吉林省与朝鲜两江道三池渊郡，是中朝两国的界山，素有"千年积雪万年松，直上人间第一峰"的美誉，因为也叫白头山，所以还有一个"长相守到白头"的美好寓意，它是一座休眠的火山，在东北是第一高峰，号称"东北屋脊"，著名的天池位于长白山主峰的顶部，是中国最大的火山湖同时也是世界海拔最高的火山湖，从天池一泻而下的长白山飞瀑是世界上落差最大的火山瀑布，很多游客就冲这两著名景点而来的长白山。

已经是隆冬季节，小胖对我们的装备非常不满意，说："你们穿成这样肯定不行，山上的风硬得很，几个小时下来你们的腿会疼死你！你看我也得加上护膝。"被他这么一吓唬，几乎所有人都花了钱在指定的服务站租了防风眼镜、加厚护膝、手套、暖宝宝、羽绒服等一大堆装备，一个个都成企鹅了。

见大家都这么服从，小胖看起来心情不错，在车上跟我们描绘了一番长白山天池的绝美和瀑布的壮观后说，"很遗憾啊，刚才有在山上的同事打电话来，说山上正下着暴雪呢！天池就先不说了，封不封山还不知道啊！不过你们大老远来一趟也不容易，我给老天爷打个电话，请他老人家行行好就别再下雪了，让大家都能看到天池和瀑布。"

天似乎很听话地明朗了许多，到长白山景区北门时，天竟然放晴了，蔚蓝的天空白云朵朵，只是奇怪仍然有细细的雪花在半空中飞扬，一时分不清究竟是下雪了还是北风把屋顶上的积雪扬起来了。一行人顺利坐上了景区的观光大巴，这就证明山门没有封，高兴地问小胖，"那么我们就能上天池咯？"小胖给大家泼了一盆冷水，"难说呀，山上还下着暴雪呢！"看着车窗外的蓝天白云，心里半信半疑。

进山的路修得不错，两旁挂满积雪的白杨树站得笔直，像提醒我们这里已经是长白山茂密的原始森林，天上的云层显得飘忽，一边蓝天耀眼一边乌云遮日，半空中飘扬的雪花越来越密，渐渐地，天彻底阴沉下来，快到倒站点时看见路边停靠着一排排登天池用的越野车，心里也明白这回真是天池无望了。

长白山的观光车与九寨沟和喀纳斯景区的一样，环山一个个景点坐着去，游客可以一站站游玩，可惜因为天气不好，我们只能直接到还能到达的景点去。观光车把我们放在倒站口，刚下车，狂风席卷着满天飞雪扑面而来，长这么大可没见过这个架势，感觉快要被狂风吹跑一样，整理好衣帽定神放眼一望，能见度很低，狂舞的暴风雪把眼前所有的风景全都简化成黑白灰三种颜色，连绵的高山、树木、房子或许还有草地，全被铺盖着一层厚厚的白雪，仿佛像是用淡墨泼出来一样，穿着鲜艳衣服的游人点缀其间，啊！分明就是一幅意境绝美的水墨画！

我扭头对兴高采烈的阿媚说，"这么大的风雪，这回可以看个够了吧！"已经找不到北了，只能导游说怎么走就怎么走，一行人从高山摩托体验场下方河谷上一条长长的栈道往山谷去，栈道旁的河道早已被厚雪铺盖，流动的河水却没有结冰，汇成一股涓涓溪流顽强地在雪地上忽隐忽现，蜿蜒而去。这回导游并没有骗我们，9级大风使寒冷直逼骨髓，幸好戴着护膝外加暖宝宝，但脸和双手像刀割一样疼，严寒中单反相机容易受损，电池会很快消耗尽，拍完照要赶紧把相机藏在怀里，顶着风雪前行，要拍照还要保护机器，一时狼狈不堪。好不容易到了观景台，继续走可以到小天池去，零下十七八度，我家哥哥居然已经走得汗流浃背，怕他里面的衣服湿了容易着凉，我也没力气了，决定原路返回，到倒站口的小木屋避避寒修整歇息再说。

等众人都回到小木屋后，小胖带着大家从另一条雪径到绿渊潭去。绿渊潭在北坡山岳的白桦林内，本以为大冷天瀑布没什么看头，不料却收获了一份惊喜：零下十几摄氏度的严寒下，本该从峭壁上一泻而下的瀑布像静止了一般，一帘瀑布硬被冰成了一幅画，晶莹剔透的冰凌和洁白的积雪错落有致地铺盖其上，但在贴近地面的白雪下方仍有一方清澈的潭水缓缓流动，乍眼一看，恍若一幅动静两宜的水墨山水画，如此奇妙的景观真让人叹为观止。

雪还在下，依然飘飘洒洒，尽管周边游人如织，但视野中只有梦幻般的寂静与空旷，看似平淡的黑白灰，默默地散发着一种无形的空灵之美，直逼心扉，令我久久不能忘怀。

回到车上小胖总结道："老天爷说了，哎呀小胖，还是让你的客人留些遗憾吧，这样以后就可以再来一次长白山啦！"估计小胖与老天爷的交情也就一般般，老天爷不可能下一阵雪让你爽爽然后立马雪过天晴，把天池的天姿国色也让你欣赏个够。要看下雪就看不了天池，要看天池就看不了下雪，这真是个两难的选择，但对我而言，没有天池的遗憾，就没有见识风雪长白山的意外惊喜。

随遇而安，斯真隐矣。

五

离开长白山时已经是下午3点多，到酒店之前可以中晚饭一块吃了。小胖安排我们吃一顿正宗的东北山珍火锅，只不过是团友自己掏钱，每位

180元，贼贵。几天下来，团友们的阶级感情都已经培养起来了，加上时间充足，女人们互加微信电话，男人们喝开了酒，美华家的医生老公贵为院长却是性情中人，平时因为工作慎微慎独，但一高兴也开怀喝起酒来，席间气氛热烈，一顿饭吃得非常开心。

晚上下榻的长白山万达假日度假酒店(Holiday inn Resort)位于吉林省抚松县松江河镇长白山国际旅游度假区内，Holiday inn Resort是国际连锁酒店，我去苏格兰旅游时也曾住过两回。

长白山国际度假区是吉林省白山市与万达、泛海、一方等国内著名民营企业合作的区域旅游开发项目，这里离长白山机场不过15公里，距长白山景区也就二三十公里，建设规模很大，档次也很高，据说代表了中国休闲度假旅游项目的最高水平。整个度假区占地18平方公里，总投资超过230亿，里面分为南北两区，北区是旅游新城，有县行政中会议中心、文化中心、购物中心和学校、医院还有住宅区等，南区为国际度假区，有多家高级酒店、滑雪场、狩猎场、国际会议中心、度假小镇等等。

到酒店时已接近晚上8点，住的酒店免费送滑雪套餐，临近圣诞节，酒店大堂的装饰已经有着浓浓的节日气氛。为了第二天上午滑雪的时间充足点儿，我们拿到房卡后先去度假小镇办理滑雪手续，万达假日度假酒店离度假小镇很近，从大堂偏门出去走200米左右的栈道就到了。

小镇上有超市、药店、麦当劳、KFC、小酒吧、小商店等。这个钟点小镇滑雪服务中心没什么游客，两位标准的东北美女面无表情地为我们办理手续，每人需要缴付2000元的押金，还不包滑雪服眼镜手套，换来一块小黑牌，明天一早凭小牌领取雪具。回到酒店房间，发现窗外就是滑雪场，酒店的夜景也装饰得绚丽华贵。

酒店的自助早餐很合广东人的胃口，餐厅环境优雅舒适，喝着热气腾腾的咖啡，看着窗外雪花纷飞，对面滑雪道上穿着鲜红滑雪服的健儿如燕子般从高坡上疾速滑下，心想经济允许的话，在这里待上几天也真不错。

吃过早餐和美华、阿媚夫妻一起到滑雪服务中心去拿雪具，中心里游客已经非常多，一进门马上有服务员过来问办理手续没？还需不需另外租雪服，要不要请私人教练等等，问了一下教练费用，220元一个人两个小时，包教会，觉得太贵说还是免了，自己学去吧。

第一次滑雪，感觉自己就像刘姥姥进大观园一样，什么也不懂，只能在工作人员的指点下凭小牌去柜台领了雪具头盔和雪鞋，把私人物品放到小柜里锁好，然后坐下开始穿滑雪靴，我怀疑那靴子是不是铁板造的，硬得不得了，好不容易才把双脚硬生生地塞了进去，却没办法把上面几个铁扣子扣上，旁边一个穿着工作服的帅小伙见状赶紧过来帮忙，一边帮我把鞋口扣紧一边笑着问是不是第一次来滑雪，还交代了几个注意事项。

吉林万达国际滑雪场

我家哥哥穿好雪靴站起来没走几步，就叫："不玩了不玩了，连路都不会走了还怎么玩呀！脚疼死了！你玩吧，你玩吧，我负责照相好了！"其实我还没站起来双脚就觉得疼死了，摇摇晃晃站起来，硬邦邦的雪靴紧紧地卡住两个脚腕感觉都走不动了，试着弯曲膝盖走了两步，发现还行，于是扛起雪橇一步一步挪到外面的滑雪场去，那个笨拙的样子估计跟企鹅差不多。

美华和阿媚看样子好不了我多少，阿媚家男人跟我家哥哥一样不玩了，扶着阿媚到雪地上去，还是美华家老公厉害，已经滑到前面去了。等工作人员领着我们几个做完了热身动作后，我们就自己到雪道上一显身手去啦，也顾不上留意该上哪个雪道合适。阿媚才玩没几分钟就受不了不滑了，可能是因为本来会玩旱地溜冰的缘故，没多久我就找到了平衡点，稳稳当当地靠雪杖可以滑动了，引得美华在旁边叫姐姐你好厉害！

毕竟没有教练教，所以来来去去就这么几下，觉得很不过瘾，心想找个小坡试试看，于是自个下了雪板，傻傻地竟然没看见旁边另一个雪道上有传送带可以上坡，扛起了雪板艰难地就往前面的小山坡走去，根本听不见我家哥哥在雪道外围高声叫我不要上去的呼喊声。

爬了一段路觉得差不多了，想自己把雪板套上，但怎么也使不上劲，只能请旁边走过的正带着学员的教练帮忙，那教练一看我那个狼狈样就知道我是菜鸟了，一边帮我一边还不忘数落我："你又不会滑，跑来这干吗？你这不是自己找摔吗？"我重新踩上雪板扭头一看，哇！真的已经爬上了好高嘞！不过心想既然已经上来了，没理由就这么走下去吧？于是一咬牙，姐姐我今天豁出去了，装模作样地弯下腰身，摆弄好雪板的方向，费劲地站稳咯，然后用雪杖轻轻往后一撑，身体就像箭一样往坡下冲了出去，哇，好快好爽！只听见耳边的风呼呼地一阵子刮过，自己也觉得太快了呀，但不知怎么才能刹得住哪，还没等我回过神来，哗地一下我已经侧着身子向后重重地摔了出去，因为摔得很不专业，右脸颊被地上的积雪狠狠地擦了一下，顿时火辣辣地疼，坐在雪地上半天都爬不起来了，下意识地回头找自家哥哥，只见他在后面拿着相机直摇头。

身边没有人经过，只能费劲地重新站起来，拍干净身上的雪继续往前滑去，听见身边有教练对学员说，从坡顶上往下滑，摔它几次就学会咯！想想也是，没听说过哪个不摔跤就能学会滑雪的，怕就怕现在不好好摔几回，以后老了想摔都没机会了。意犹未尽还想继续，但无奈时间也差不多了，还有观光缆车没坐呢，退雪具时得知我家哥哥居然没把我摔跤的精彩画面抓拍下来，顿时觉得很遗憾呐，他闷声说还不是只顾着急了么！

度假村里有多达43条雪道，多条缆车索道用于运送大批游客上山，凭小黑牌坐上其中一条缆车索道，沿着高级滑道直达山顶，天上依然飘着密密麻麻的雪花，脚下绵延起伏的山脉、团团簇簇的白桦林，还有山脚下的度假村全都淹没在白茫茫的风雪之中，看着雪道上年轻的滑雪高手身手矫健地向山下一飞而去，不禁感慨万分：年轻是什么？年轻就是你还有摔跤的本钱，朋友们，趁还年轻，上路吧！

六

11点准时在酒店大堂集合退房，午饭吃东北特色菜乱炖，一口大锅里面究竟炖了些啥，吃过了也就忘得七七八八。饭后往长春去，因为下雪的缘故，到长春的高速公路临时关闭了，司机只能一个路口一个路口往下走，一直快到敦化才顺利上了高速，估计再没什么玩的吃的买的要推荐了，小胖没了昨天那种神气，一路显得沉闷，大家也只能埋头苦睡了。

脸上的伤口变得又红又肿，破相啦！糟糕的是当晚到长春我还有约在身呢！大白天还可以用墨镜遮挡一下，晚上就没理由还学大明星装酷吧！因为高速封闭耽误了点儿时间，到长春时已经很晚，下了高速在城区足足堵了一个多小时，下午6点半才到了吃晚饭的地方，饭后团友们直接去看东北二人转，我们因为有约，饭也不吃了打的直奔下榻的长春开元名都大酒店。

吉林是我唯一未曾到过的国内省份，这次踏足吉林对我来说意义非凡，意味着我已经走遍中国包括台湾在内的所有省份和自治区，值得一提的是，我的诗词集最近经野夫老师推荐并亲自作序交由长春时代文艺出版社出版，这次到东北，特意选择能在长春逗留的线路，为的是见一见出版社的责任编辑。非常巧，我的一个闺蜜这几天也在吉林大学进修，一起约了见面。感觉和闺蜜非一般有缘，已经和她因工作一起出行过很多次，每次都是无心安排的巧合，这次没一起参加同一个学习班，却偏又在异乡遇上了。

长春开元名都大酒店的自助火锅很不错，环境也非常合适朋友聚会聊天，我家哥哥与闺蜜本来就相熟，大家与责编虽是第一次见面，却都是爱书之人，谈得很投缘，责编姓李，年纪不大却显得很沉稳，在他的努力下我的第一本书新年后马上就可以付印了，真的很感谢也非常期待！其实从来没有想过自己的诗词可以集成一本书出版，对出版业也感到非常陌生，连一些基本的常识都一窍不通，所以有关出版的一切事宜都有幸李老师费心，而最开心的是，在北国春城，从此又多了一个值得交往的朋友。

长春的景点不多，第二天不用早起，优哉游哉地吃过早餐才前往伪满皇宫博物院。博物院在长春市宽城区光复路，离住的地方也不算太远，天气虽是晴好，但风大，感觉很冷。博物院配有专业讲解员和讲解器，听起介绍比较方便。

　　相信很多人都知道伪满皇宫以前的主人是清朝末代皇帝爱新觉罗·溥仪，从1932年到1945年日本战败投降前，溥仪在此生活和从政了13年。说是皇宫，其实是由民国时期管理吉林、黑龙江两省盐务的吉黑榷运局官署的办公楼扩建而成的，虽然占地也有20万平方米，但作为皇宫就略显寒碜啦，以至于当时的老百姓取笑说"小皇帝住盐仓，咸（闲）龙一条"，尽管如此，它好歹也是皇帝住过的地方，仍然是中国现存的三大宫廷遗址之一（其他两个是北京故宫和沈阳故宫）。

　　如今的伪满皇宫已经作为日本帝国主义武力侵占中国东北，推行法西斯殖民统治的历史见证，成为集伪满宫廷（核心保护区）、红色旅游、文化休闲区、旅游商服于一体的特色人文景区，同时也是中国近代史殖民文化的典型纪念地和警示性教育基地。

　　伪满皇宫以中和门为界分内外两部分，内廷是溥仪和眷属的生活区，主要有缉熙楼、同德楼、膳房、御花园、书画库，外廷包括勤民楼、怀远楼、嘉乐殿、宫内府、日本宪兵室等，是溥仪的政务活动区，当然另外还有御用汽车库、跑马场、马厩、营房等附属设施，有点儿麻雀虽小五脏俱全的架势。

　　伪满皇宫有大小建筑几十座，建筑风格古今中外都有，现在对外开放的景点大大小小三十多处，展览面积有四五万平方米，展出的各式展品和历史照片挺多，内容丰富，跟着讲解员在各幢楼房穿行感觉有点儿像走迷宫。印象较深的只有几处：勤民楼，1934年伪满推行帝制，3月1日溥仪在此举行登基大典；同德楼，日本人专门为溥仪设计的宫殿，建好以后因为溥仪怀疑日本人在里面安装了窃听器，所以从未正式启用，直到1943年溥仪最后一个妃子李玉琴自己一个人在这座皇宫内最大的建筑里住了两年，据说溥仪偶尔也会来这里找李玉琴聊天，不过怕日本人听到，这个悲催的末代皇帝只敢和他的妃子打着手语交流；溥仪的御用汽车，它是由美国派克汽车公司于20世纪20年代制造的当时世界上最时尚的180型豪华轿车，1956年，派克汽车公司彻底倒闭，这辆车也因而成为派克汽车的绝版。

作为一个伪满政府的傀儡，溥仪毫无自由可言，堂堂一个皇帝却完全受日本关东军摆弄的日子也过得很屈辱，但今天看来，他的宫廷生活还是很有保障的，甚至过得颇为小资滋润，吃西餐穿洋服，出入有汽车，生活的缉熙楼里有理发室、独立卫生间、佛堂甚至中药库，几任妻子也先后陪伴在他身边，撇开政治不说，优越的物质生活不知是否也是溥仪甘为伪满傀儡政权卖国求荣、效忠日本、当儿皇帝、奴役残害东北人民的理由之一呢？

从皇宫里出来，车还没到，觉得冷，钻进景区门口旁的小商店取暖，结果一行人花掉不少银子买了一大堆小玩意做手信。拿小胖开玩笑："你带的客人，是不是该问老板拿点儿提成？"小胖连忙摆手避嫌："没我的事，没我的事！"说实在的，既然客人有消费而且是自愿的，我倒希望导游有提成，毕竟出来几天也辛苦，有点儿额外的报酬也不过分。游览完伪满皇宫我们在吉林的旅程也结束了，与小胖告辞后司机带着我们继续上

沈阳故宫留影

路，再驱车几百公里直奔最后一站——沈阳。

为了赶路，午饭在半途的服务站随便解决，五六个小时后才到了下榻的酒店。真心佩服司机的体魄，这几天动辄跑几百公里也没个人替换，他却整天精力充沛的样子。广之旅的全陪导游是个刚参加工作一年多显得有点儿傻乎乎的丫头，可能都还年轻，司机跟全陪导游一路上呱呱说个不停，我还暗地里担心会影响司机的行车安全，但他居然能把车开得稳稳当当的。

沈阳的地陪导游姓关，是个比小胖胖得多的姑娘，安排好房间后晚餐还是自己解决，酒店旁就是沈阳新开张不久的万达广场，于是和阿媚夫妇一起去逛逛，广场里面有各式餐馆可以选择，溜了一圈最后在"刘一锅"美美吃了一顿火锅，味道不错还挺便宜。东三省三个省会城市中沈阳算是最繁华的一个，但再怎么繁华也比不上广州，于是饭后也没心思再闲逛，早早回房歇息。

第二天早餐后前往沈阳故宫。沈阳别称盛京，以前也叫奉天，作为老牌特大城市，沈阳的建城历史已经有2600年之久，素有"一朝发祥地，两代帝王都"之称。1625年，清太祖努尔哈赤建立后金迁都于此，更名盛京，1636年皇太极改国号为"清"，正式建立清朝，1644年清世祖福临率清兵攻入关内定都北京，以盛京为陪都。清初皇宫的所在地就是沈阳故宫。

沈阳故宫和北京故宫是我国现今仅存的两座最完整的皇宫建筑群，个人认为是来沈阳必须到此一游的景点，没有之一，所以选择行程时特意避开周一到沈阳（沈阳故宫逢周一闭馆）。

沈阳故宫占地6万多平方米，虽然规模与气势远比不上北京故宫，但在建筑上有着自己独特的民族风格，院藏的文物珍宝也享誉中外，尤其以明清宫廷文物弥足珍贵。

沈阳故宫分东路、中路和西路三部分，东路是清太祖努尔哈赤时期的大政殿和十王亭，中路是清太宗时期的大中阙，包括大清门、崇政殿、凤凰楼以及皇后居住的清宁宫、关雎宫等，西路是乾隆时期的文溯阁，整座皇宫楼阁林立，保存完整，尤其是位于东路的大政殿尤为巍峨，这座八角重檐式建筑也叫八角殿，是清太祖努尔哈赤营建的重要宫殿，它在前面八字形排开的10座亭子的衬托下显得非常有气势。大政殿是皇宫内最庄严神圣的地方，专用于举行重大典礼以及其他重要政治活动，例如皇帝即位、颁布诏书等等，顺治皇帝福临就是在这里登基即位的。

沈阳故宫究竟于何年开始建造，史料没有任何明文记载，对此专家解释说可能是因为修建皇宫是劳民伤财的举动，尤其当年正处战乱时期，民不聊生，清皇朝刚刚定都沈阳就修建皇宫显然不是明君所为，史官明白江山未稳而大兴土木实为不妥之举，所以对此采取回避态度，只字不提。

沈阳故宫没有为游客配置讲解员和讲解器，使我顾得拍照就顾不上听讲解，略显不便。美华能每每接过导游的话题评论两句，也能正确回答导游的提问，显然对清史颇为了解，看得出是好学之人，很难得。

游览完毕还有时间在故宫的红墙边为美女们好好拍上一组特写，阳光非常好，心情所致，镜头中人也显得特别美丽动人。喜欢拍照的女人爱好摄影有一个最大的好处，就是有足够的耐心为其他女人拍照，一张又一张，不厌其烦，仿佛镜头中的女人是另一个自己。

下午近6点的飞机回广州，所以午饭后逛完特产商店和中街后时间仍然非常充足，于是一行人早早赶往机场，导游和司机也乐意，毕竟司机还得连夜狂奔600公里赶回哈尔滨。

到了机场，意味着相处7天刚刚相互熟悉的团友们转眼间又要说声再见了。虽说"萍水相逢，尽是他乡之客"，但佛说前世的五百次回眸才换得今生的一次擦肩而过，茫茫人海中既能相遇即是难得的缘分。

爱旅行，不是为了在某个景区的标志物前留下倩影，而是为了旅行中许多的不期而遇，为了前世频频回眸换来的每次惊艳的邂逅，为了寻得三五个知心的朋友。

喜欢在路上，喜欢在不同的路上欣赏不同的风景，以及遇上不一样的你！美华，阿媚，再见亦是朋友！

美哉，呼伦贝尔！

海 拉 尔

去过好几回内蒙古，可惜所到过的草原都沙化得厉害，早已没有风吹草低见牛羊的丰茂，都说呼伦贝尔的草原最美最辽阔，于是在草原游最炽热的暑假，携几位好友直奔海拉尔而去。

第一次在凌晨3点睡眼惺忪地赶飞机，只为能从广州直飞海拉尔，好在传说中的9元航空非常准点，不到上午11点就到了海拉尔的东山机场。租车公司有人来接，机场离市区不过是十几分钟的车程，感觉非常方便，接机的小伙子把车开得飞快，只差没有飘移了，一问，果然以前是开赛车的。

海拉尔是呼伦贝尔市的市辖区，也是呼伦贝尔的政治、经济、文化中心。海拉尔这名字让人听起来感觉非常浪漫，似乎蕴含着某种不一般的意境，或者该有一个凄美的故事，特意百度了一下，竟然没有一个靠谱的说法，最广泛的解释竟然是"野韭菜"的意思，未免有点儿失望。趁着Cloud和弓虽与租车公司交接车辆的功夫，我好奇地打量着海拉尔的市容市貌，这座因旅游业而闻名的北国城市，乍一看并没有多大的特点，偶尔能望见富有民族特色的圆形屋顶，但不成规模，还略显杂乱。

东张西望看天看地的我赫然发现头顶的楼房上竟然横躺着半截彩虹，彩虹一般只会在雨后横跨在天际或半空，而海拉尔当时并没有下过雨，这截彩虹却突兀地横躺在了海拉尔的中天之上，因为位置特殊，光线昏暗，我的单反相机怎么摆都无法将它的身姿拍下，禁不住问身边的当地人是不是海拉尔的彩虹都长这个样，不料那人抬头看了半天也纳了闷："以前没见过，可能是你们来了以后才这样。"

巧的是我们拿到手的别克7座商务车的车牌号码数字与Cloud家里的一模一样，是个好兆头。来之前经验丰富的农夫已经交代过，海拉尔并没有多少值得游览的地方，因此我们并不打算在此逗留，计划午饭后直奔额尔古纳。

虽然此行我们自始至终都没有在海拉尔逗留过夜，但海拉尔仍旧给我留下了深刻的印象。为图方便，第一天中午在租车公司对面的菌香园用餐，负责我们房间的服务员是个口齿伶俐的小姑娘，张嘴一溜地道的东北方言，语速极快，每每要我们打断请她重复说一遍才能听明白，弓虽想跟她开个玩笑，质疑她的推荐，不料她却认真跟我们申辩，让人忍俊不禁。菌香园的装潢与它的消费水准一样高大上，好在味道确实不错，也因为念叨着小姑娘的可爱，以至于我们在行程中的最后一天"食过返寻味"再次

美哉，呼伦贝尔！

海拉尔成吉思汗广场留影

回到菌香园用餐，小姑娘显然也认出了我们，一句"来啦"，宛如家人一般亲切自如。

几天后回程时，因为临飞前还有小半天时间，我们得以在海拉尔城区转了几圈。市政府斜对面的成吉思汗广场只有一座成吉思汗塑像和几根柱子和几圈花坛，看起来非常简单，估计政府投入不足。倒是呼伦贝尔民族博物院有点儿特别，居然和市政府同在一座仿古建筑物的院子里，只不过不是同一个门进出而已。位于院子前端的市政府正对着十字路口，没有围墙，离市政府不远的胜利市场里面的商家非常友善，也不欺生客，跟我们这帮外乡人有说有笑，因不小心踩脏了刚拖干净的地板表示歉意，拖地的阿姨笑眯眯地连说没关系，让人心里暖暖的。

几圈转下来感觉海拉尔真的一点儿都不浪漫，缺乏时尚的气息，更没有豪华的街景，像一位大婶，虽然不修边幅却慈眉善目，笑眯眯地招呼着每一位前来做客的游客，让人倍感亲切。

额尔古纳

晌午时分离开海拉尔，沿着国道一路向北，嘈杂的人烟渐行渐远，广袤的呼伦贝尔大草原慢慢地展现在我们眼前。天色不太明朗，一望无际的大草原并没有广告中那么青葱翠绿，甚至有点儿泛黄，那是因为今年的雨水不够充沛的缘故，尽管如此，空阔的草原草甸沿着连绵起伏、迤逦千里的山梁尽情地舒展开去，还是使呼伦贝尔大草原显得格外舒张而富有层次感。

除了一个大概的方向，我们并没有既定要去的旅游景点，所以走起来显得特别轻松自在，Cloud和弓虽负责轮流驾驶车辆，伯乐和新新负责记账和购买添置必需品和食物，我和林林小帅哥这一对老少只负责一边悠然自得地欣赏风景一边坐享其成，一时满足感爆表。沿途的草原隔三岔五地就有当地牧民自己开设的旅游景点，大多只是简单地搭上几顶蒙古包，圈起几匹马，再冠上某某部落的名称，吸引游人领略一下蒙古风情，也有规模大一点儿的，停靠的车辆自然就多些。

经过一处颇有架势的部落，我们决定停下来进去看看，路口有一个由三角铁架搭成标志，走近一看，原来是号称全国十佳文化生态景区的金帐汗蒙古部落。金帐汗的由来与铁木真相关，一代天骄成吉思汗曾在这里秣马厉兵，与蒙古其他部落争雄，最终占据了呼伦贝尔草原称霸一方。金帐汗景点的布局，就是当年成吉思汗行帐的缩影和再现。金帐汗地处呼伦贝尔草原有"中国第一曲水"之称的莫尔格勒河边，是一处水草丰美、野花繁茂的天然牧场，历史上很多北方的游牧民族都曾在这里游牧，繁衍生息。如今的金帐汗成了呼伦贝尔唯一以游牧部落为景观的旅游景点，据说还是非常理想的草原影视基地。

金帐汗建在一处平缓的高地上，经过部落标志后有一条长长的水泥路直通山顶的景点，景点的中心建筑群多以砖木结构的蒙古包为主，周围则环绕有成吉思汗金帐和其他蒙古包群，功能各异。看得出来这里的设施已经非常完备，游、行、吃、住、娱乐、购物样样兼备。

花20元进入景区，山顶开阔处有一个巨大的敖包，上面的五彩经幡迎风飘扬。放眼望去，四野茫茫，深深浅浅的青绿顺着远处蜿蜒起伏的山坡，无边无际地铺张开来，山坡下雪白的羊群和黄褐色的牛马散落在草原上缓缓挪动，天色依然阴沉着，我在清劲的风中扬起了纱巾，只因厚重的云层在天际翻卷着，竟然很有云卷云舒的意境，让人心绪飞扬。

过了金帐汗以后，沿途的景色越发丰富，草原上的半灌木和灌木逐渐多了起来，零落地点缀其间，广袤的原野浩瀚中更显雄浑，眼前掠过的大片大片已经盛开的黄灿灿的油菜花引起我们一阵阵的惊叫，不时见有游人进入花田拍照，不亦乐乎的劲头很有感染力，吸引更多的游人停车驻足观赏。

傍晚时分到达额尔古纳，决定在此逗留一晚。额尔古纳是呼伦贝尔下属的一个县级市，也是中国最北的边境城市，具体的地理位置在大兴安岭西北麓，呼伦贝尔大草原北端，美丽的额尔古纳河从城市旁边缓缓流过。找到下榻酒店安顿好后已经是晚上8点多，见天色还非常明亮，大家也就不着急找吃的，晃悠着到街上去。

额尔古纳给我的第一印象是酒店客栈不是一般的多，一条主要街道上两边全是酒店、旅馆和客栈，再就是大大小小风格各异的小食店，街道旁有很多摆卖当地水果的小摊，有以前没见过的新鲜松塔和一些叫不出名字的野果，还有松子、油桃、水蜜桃等时令水果，最让我惊喜的是平常最爱吃的新鲜蓝莓这里才卖20元一斤，要知道在家里20元只能买到小小的一盒（125克）。摆摊的大婶说是她上山采的野生蓝莓，虽然多，但不好采："满山的蚊虫咬死人呢。"新新花二十多元买了一个已经煮熟的松塔，却不知道怎么吃，按大婶的提示把松子全掰出来后松塔也散了架，最后发现硬邦邦的松子把牙磕坏了也吃不了几颗，权当长见识了。

　　大街的中心路段正对着一个偌大的广场，锣鼓喧天，一群穿红戴紫盛装打扮的市民踏着节拍在跳舞，甚至还有人打扮成齐天大圣孙悟空，心想跳个广场舞要不要这么夸张，仔细一看又不像一般的城市广场舞，以为是当地什么节日搞活动，一问之下才知道这就是传说中"扭秧歌"。觉得新奇举起单反相机一阵猛拍，两个叼着烟斗摇着彩扇打扮得花枝招展的公公婆婆不但不生气，还特意扭到我的镜头前大大方方地任我拍。这旁边还有一群穿着统一运动服装的叔叔阿姨整齐划一地跳着时兴的广场舞，对面也有另一群大爷大妈在扭他们的秧歌，几支队伍各跳各的互不干扰，一时热

金帐汗蒙古部落

闹非凡。

在广场侧面的饭馆挑了个临窗的位置坐下，老板娘是位面容姣好身材曼妙的时尚青年女子，羊排的味道也美味可口，大家来了点儿啤酒小酌助兴，但我的视线仍舍不得离开这载歌载舞的人群。夜幕渐渐降临，广场周边的建筑物亮起了色彩斑斓的霓虹，璀璨的灯光使对面街上富有民族特色的圆形穹顶格外耀人眼目，犹如童话世界一般梦幻。突然"嗖"的一声，一束烟火冲上中天，然后"啪"的一下在广场上空炸开了一朵烟花，紧跟着又是一朵，五颜六色的烟火叠加着在空中绽放，照亮了半边天，又悄无声息地分散成无数的小光点，如漫天的流星雨撒落在夜幕之中，那闪烁着霓虹的穹顶和纷呈的烟火却永远定格在我的心上。

第二天早上起来，在酒店附近的小食店用过还算丰盛的自助早餐后，弓虽特意找到一家小书店买了好几张当地的旅游地图，伯乐和新新则到超市补充水果和食物，当然少不了我最爱吃的新鲜蓝莓。

额尔古纳河湿地公园就在市区附近，不过早上七八点钟的样子，却已经日上三竿，公园前的停车场差不多爆满，游人很多，足以证明这个景区

333

金帐汗蒙古草原

颇负盛名。进了景区门有一条宽敞的大路通往一处名叫西山的山头，山顶上设有观景台，我们决定放弃乘坐电瓶车选择徒步上去。

天气非常晴朗，头顶上猛烈的阳光令人炽热难耐，但沿途的风景很快让我们觉得累点儿热点儿也非常值得。蔚蓝的天空上挂着一堆堆雪白的云朵，干净得像刚出浴的小绵羊，站在半坡回头向东眺望，可以看见美丽的边陲小城额尔古纳（旧称拉布大林）的全貌，天际是连绵不绝的山峦，一大片金黄色的油菜花和青绿的草甸，点缀着五颜六色的格桑花，美得十足一幅绚丽多彩的图画。

西山顶的观景台视野极其开阔，依着陡峭的山崖而建，崖下就是广阔的湿地。迎风凭栏，放眼四望，见到的又是另一番壮美的景色。山脚下地势平缓而开阔，蜿蜒曲折的额尔古纳河支流根河在绿意盎然的草甸、河滩、水泡子以及郁郁葱葱的灌木丛中缓缓流过，优美的河湾七转八拐地勾勒出众多的岛屿，天际头，重重叠叠、连绵起伏的山峦描画着流畅的线条，整个河谷就像一幅浓墨重彩的油画，及其壮美秀丽。山顶有盘旋而下的实木栈道通往谷底的河边，但景色远不如居高临下的山顶壮观。我们身处的西山具有悠久的人文历史，东坡依山傍水，背风向阳，有证据表明，早在两千多年前，就有古鲜卑人在这儿生存，可见额尔古纳确是个人杰地灵的好地方。

额尔古纳湿地原来就叫根河湿地，有"亚洲第一湿地"的美誉，据说是国内目前保持原始状态最完好，面积最大的湿地，它位于根河、额尔古纳河、得尔布干河和哈乌尔河交汇处，包含有大范围的冲积平原，并在此形成了一个三角洲。湿地涵盖了额尔古纳除原始森林外几乎所有类型的自然生态系统，就算在干旱的季节，由于拥有稳定充沛的水情、充足广阔的湿地，这里仍可成为许多鸟类非常重要的庇护场所。

栈道上已站满了游客，骄阳似火，Cloud和弓虽一家子到河边去了，满头大汗的我和新新则躲进一边的小亭纳凉，好在北方空气干燥，只要躲过明晃晃的烈日立马就觉得非常凉爽。小亭里坐着一位面目慈祥、打扮得体的老大妈，笑眯眯地主动和我们打招呼，问我们来自哪里，还要去哪里玩，一问一答大家便非常自然地聊起家常。攀谈之下得知大妈是本地人，老伴退休几年后嫌无聊，自己在景区找了一份管理员的工作，今天嗓子疼，老太太特意上山给他送药来了，完了还指着太阳底下正忙着的一位肤色黝黑却神清气爽的一位大爷说："喏，就是他。"

大妈大爷每月有三四千元的退休工资，当地老人的医疗保险和福利待遇也很齐全，加上儿女就在本市工作，生活过得去，平时也非常孝顺，所以大爷出来工作纯属为打发时间。"日子都过得很好，儿女买的衣服都穿不过来了，只要身体好就行。"大妈满足地说。如此看来，虽然地处边远，当地市民幸福指数却挺高。

大妈邀我们到街上的家里做客，可惜我们已经到了要离开的时候，道了谢，跟大妈告别时真心祝愿老人家身体健康，大妈和善地说"闺女，玩开心点儿。"一声"闺女"，让我听着亲切，也从此记住了这座风景优美的边陲小城：额尔古纳。

莫尔道嘎

穿过景区设定的购物街离开额尔古纳湿地，我们上了201国道继续向西北而行。蓝天白云下，沿途净是清一色的草原和山坡夹带着黄灿灿的油菜花田，令人心旷神怡，Cloud和弓虽感叹着说在这么优美的风景下驾车真是一种享受。

到了三河回族乡的地界，路边有牧民骑着马赶着一大群牛羊，大家兴致正好，停下想去拍几张照片。放牧的牧民是一位被太阳晒得黝黑的老人家，见我们也下了马。我说大叔能拍一下您的马吗？以为他会不乐意，谁知他友善得很，连说："拍吧！拍吧！这可是蒙古马，你敢不敢骑？"呵，不是不敢骑，而是他的善意和爽快反倒令我再不好意思有分外的要求呢。

老人家很善谈，我因而得知他今年64岁，每月的退休养老金加上村里的分红补贴大概有4000元的收入，家里有二三十头牛，今天放的这群牛羊是三儿子的。"就他的日子过得紧，我得帮帮他，这牛如果请别人放，每天至少得200元，我这是替他赚钱呢，呵呵。我3岁时随父母来这里的时候，这村才一百多户人家，现在你看，"他指了指不远处楼房栉比的三河

和小帅哥林林一起骑马

镇，"现在的日子真好多了，不过这钱也越来越不好使了。以前我四十多元的工资可以养一大堆孩子，现在就是四千多也买不了啥呢！"老人家60年的沧桑岁月见证了近代中国农村的巨大变迁，他的一番话也令我感慨万千，在中国，到哪里角落都一个样，"可怜天下父母心"，没有一个父母不为自家的儿女操心的。

在三河乡的中石油加满油继续上路，中午在恩和俄罗斯族名族乡的路边小食店吃午饭，面条的味道非常正点，但那盘已经忘记名字的野菜却辣得无法吃，更惨的是店家生意太好了，一口水都没让我们喝上。

从恩和沿201国道没走多久就到了边境小镇室韦。穿过密密麻麻摆卖各式旅游商品的小店铺，终于看见了景区的入口。景区不需要门票，开阔的广场中央放置着一块巨石，上面刻有"蒙兀室韦"四个绿色大字，巨石正对着广场尽头的两根高大柱子，柱子前的广场边上设有一溜栏杆，走近栏杆抬眼一望，底下一道宽阔的河滩横在眼前，不远处是一条流速舒缓的河流，河对岸可以清楚地看见一个小山村，房屋略显破旧，身旁一直跟着不断游说我骑马的老人告诉我："那就是俄罗斯的小村庄了，这条河流就是中俄边境的界河：额尔古纳河。"

　　一时非常好奇地问："对面的村庄看起来不咋样，是不是很穷哦！""才不会哪，人家什么都不用钱！"再问："那这边的人有跟对岸通婚的吗？""有啊，以前随便就可以走过去，这几年严了很多，不过说过要搞边境游的，不知道为啥又搁置下了。"

　　来之前并没有听说过室韦，知之甚少。特意查了资料，在此照搬：蒙兀室韦又作"失韦"、"失围"。中唐以后，文献上又把室韦称作"达怛"、"鞑靼"，在历史上是东胡一支，也是现代蒙古族的祖先。而东胡是包括同一族源、操有不同方言、各有名号的大小部落的总称。大概在我们中原的魏晋时期，东胡各部还处于原始氏族社会的发展阶段，各部落过着"俗随水草，居无常处"的生活，直到北魏时期，室韦各部落才开始与中原王朝通贡。而到了隋代，室韦分为南室韦、北室韦、钵室韦、深末怛室韦、大室韦5大部分，内分大小部落无数。随后经过唐五代十国宋等朝代，到了辽金，这些蒙古部落子孙繁衍，氏族支出，各部落之间经常发生争斗，最终成吉思汗脱颖而出，成就一代天骄，所以才有蒙兀室韦是当代

莫尔道嘎小镇的地标

蒙古族的祖先之说。

　　据说眼前这条中俄界河为清康熙所定,一直沿用至今。而蒙古族的发祥地为何最后演变为俄罗斯民族乡,估计又得另去费一番功夫考证了,太费周章,就此略过也罢。抵不过当地老人的极力推荐,大家每人花了50大洋骑着马在河滩上溜了一圈,马的主人显然也见过点儿世面,可以用我的单反相机替我们拍照。对岸的小村庄静悄悄的,人影都不见一个,不知有没有躲在门口窥视着河对岸这些无聊至极的游客。

　　离开室韦之后我们不知不觉已经离开呼伦贝尔草原进入了大兴安岭的森林地带,去莫尔道嘎的途中经过"八间房"林家大院,这个在旅游地图上有明显标志的景点竟然已经完全破落荒废,乱草丛生。不明白为何在这里有这么一处满目荒芜的景区,回来特意上网查阅了相关的资料。原来这地方还真有些来头,早在清雍正年间这里是一处驿站,因为最早建有八间木屋而得名,到了清咸丰年间,中国曾有一股"闯关东"的热潮。"八间房"慢慢形成了一个小型村落,有少量的俄罗斯侨民和汉人居住,到了20世纪60年代,政府动员最后一批村民整体搬迁,"八间房"彻底消失,大

三河回族乡留影

概七八年前又被开发成一个旅游景区，建了不止八间房子，不知什么原因却又落魄成如今这个样子。

道路的两旁是长得不太高却又非常茂密的树林，以白桦和松树为主，景色变化不大，直到我们看到莫尔道嘎森林公园那醒目的红顶门楼。莫尔道嘎森林公园有好几个"最"：中国面积最大、位置最北、观光路线最长、寒温带生态多样性最完整。

景区两层的门楼由木头搭成，有楼梯可以爬上二楼观景，一眼望去，只有望不尽的山头和树林，景观不怎样。售票处标示的门票价格是160元每人，确实贵。考虑已经是下午四五点，游览的时候不够充足，Cloud和弓虽研究后决定当晚在附近的莫尔道嘎小镇住一晚，明天早晨再穿越景区直奔白鹿岛。

莫尔道嘎镇位处大兴安岭北段原始森林的腹地，周边全是起伏的山地，人口不过两万多，不过却包含了汉、蒙、鄂伦春、鄂温克、满、俄罗斯、朝鲜、达斡尔、藏、高山、白、土家等14个民族，真够多的。我们在小镇外围的路边找到一家干净整洁价钱合理的小旅馆住下。

天气尚早，我们决定听从老板娘的推荐，到镇上免费开放的龙山公园走走，"上面拍日落正好。"热心的老板娘说。莫尔道嘎镇只有一条主要街道和几条横街，镇中心的十字路口中竖着一尊飞马雕像，在蓝天白云映衬下天马行空气势非凡，令人印象深刻。小地方没有明显的地标，以至于我们绕了一大圈才找到龙山公园的入口。在公园门口遇到几个讲粤语的游客，很自然会搭个讪，得知他们从广东东莞一路开车过来，确实牛逼哄哄。

龙山公园建在位于小镇中东侧的龙岩山上，并不高，大概千米左右，据说是因为西坡横卧一条苍劲威武的龙形巨岩而得名，门口的牌坊下一道长长的木栈道通向山顶，两边是茂密的松树林，阳光透过树隙撒将下来，显得非常清幽安逸。太阳渐渐西下，松林间的光线也开始变得昏暗，弯弯曲曲的栈道却总也看不见尽头，一位来自额尔古纳的小姑娘越过我跑到前面去了，还不忘回头对我说："加油！"心急要赶在日落前到达山顶，我便加快步伐埋头向山顶前进，很快把新新、伯乐几个都抛在后头了，能跑

美哉，呼伦贝尔！

这么快证明手术后身体恢复得不错，说实话心里也蛮开心的。

气喘吁吁终于爬上了山顶，却失望地发现山顶除了一座成吉思汗的塑像并没有其他的制高点，周边茂密的树林挡住了几乎所有的视线，根本无法拍日落，心里有点儿不甘心，见有人从山的另一头走过来，立马前去询问，得知山后真有一处观景台可以看到夕阳，转过山头果然有一条土路通往一座电视信号发射塔，旁边有幢两层的小楼房，房顶就是观景台，爬上咣咣响的铁制楼梯上了房顶一看，已经有人架好三脚架和单反相机等着拍晚霞了。

这里果然视野开阔，东面可以鸟瞰小镇全貌，其他三面崇山峻岭全是莽莽苍苍的原始森林，蔚为壮观。太阳在悬挂在西山头，我们只好耐心等待夕阳西下。趁着这个缝隙，干脆调教起新新做自己的个人摄影师，各种造型一一尝试，新新果然聪慧，稍微指点一二即可，照出的水平已经拿得出手。

夕阳慢慢落到山后，房顶的人多了起来，但只有最早来的那位看起来有点儿像摄影大师，一身不吭地调试着他的佳能5D Mark III，本想请教一番，却不料大师酷得很，拒绝搭讪。可惜西边的云层过厚，云霞明显不够惊艳，而且东西两侧各有一个信号发射塔，影响景观，真不具备出大片的条件，但淡淡的彩霞仍如薄薄的纱巾一样轻轻地在山谷林间飘飞弥漫，将漫天的云朵镀上一层胭脂红。东边一轮明月悄然爬上山头，与西边的落日交相辉映，旖旎动人。

晚风吹过，寒意阵阵，山下的莫尔道嘎小镇越发显得宁静安逸，非常庆幸自己这回不需要赶路，我已经懂得把脚步放慢，这边风景独好，让我呆坐，静赏漫天霞飞，只等到天色昏沉，月上云天，看才依依不舍而去。

莫尔道嘎森林公园

第二天一早在酒店自设的餐厅用过简单的早餐后，出发到昨天已经踩过点的莫尔道嘎森林公园。Cloud和弓虽决定从公园的正门进入，横穿森林公园直达公园后门的白鹿岛。不过大家对森林公园160元的门票价格有点儿耿耿于怀，不是不舍得，而是担心性价比不高。

到了景区门口时间尚早，乖乖地去买门票，但发现售票亭中没人上班，而景区大门的拉闸门居然敞开着，以为景区里面还有收费的门口，于是径直把车开进了景区。可是我们很顺利地走了一大段路程，还是没人出来拦截，于是都窃窃暗喜：难道我们成功逃票了？嘿，也管不了那么多了，走到哪里算哪里。

莫尔道嘎森林公园有好几个"最"：中国面积最大、位置最北、观光路线最长、寒温带生态多样性最完整。虽然咱中国人什么都爱争第一，动辄就拿"最"来说事，但莫尔道嘎森林公园这几个"最"并不像是争回来的。

进了景区不久我们就看见掩映在森林里的小火车站，一般游客都会选择坐上小火车进入森林，沿途可以十分惬意地欣赏原始森林的优美风光，小火车的游览线路大概十公里左右，沿途停靠的景点有樟子松、花园林海、林溪水畔和森林牧场四个站。我们自驾，自然不会去坐小火车，不过那与我们并驾齐驱一直延伸到森林深处的铁轨却颇有吸引力。"不如上去走走？"要知道平时的火车轨道确实见得多了，不过鬼都知道危险哪，哪

白鹿岛激流河边留影

里敢走上去呢，这不过是森林小火车轨道，估计安全些，想不到大家跟我一样疯狂，弓虽毫不犹豫"嚓"的一声踩下了刹车。

印象中凡是与火车铁轨有关的场景不是悲壮就是浪漫的吧，悲壮于冷冰冰的铁轨穿越历史跨越时空，一眼望不尽也似乎看到不终点，多少人不愿屈服于命运的安排拒绝奔向无望的将来，选择在铁轨上终止自己的生命历程，多少人沿着铁轨拼命追赶把自己落下而渐行渐远的列车，又有多少人在铁轨边演绎着世上最伤感的离别。浪漫于不断延伸的轨道终究托载着满载远行者的列车一路前行奔向远方，而远方有梦，远方有爱，远方有未来。我也禁不住在轨道上奔跑起来，尽管跑得磕磕碰碰跌跌撞撞，但我的心中自始至终都知道将奔向哪里，从不迷茫。

在铁轨上嗨够了继续沿着砂石土路在大片的原始森林中穿行，这条横穿莫尔道嘎森林公园的土路非常狭窄很不好走，会车时必须相互相让，时速只能在三十公里左右，而且道路两旁的景色略显单调，大多都是长得不高却又非常茂密的松树、白杨、白桦林和灌木丛，但可以想象到了深秋时节这片森林该是怎样的醉美。

森林里的空气非常清新，如果前面没有车辆扬起灰尘，我们宁愿关掉空调打开车窗，尽情呼吸空气中的负离子。游客不多，沿途在一些景点会遇到几辆自驾游的越野车。

我们在杜香林红豆坡停留，山坡上长满郁郁葱葱修长笔直的松树林，整齐得像经过人工修剪一般。杜香是一种长在森林里的灌木，可以提取香料，红豆也不是我认知中的红豆杉，而是一种矮灌木的果实，据说酸甜可口，但照看景点的大爷说今年的红豆结得不多，我们也就没有了去细细寻找的兴致。

经过神木、雷击木、猎人之路，到了森林深处的一目九岭停下，因为想去探究一下究竟是否能一目九岭。本以为要爬好长一段山径，没想到才转过两三小段的石梯就看见一座由木头搭建的观景台，楼梯设计得非常精巧，上下分流，就算游客多的时候人流也不会挤在一起。走上观景台，顿觉山风清爽，极目远眺，只见满目葱茏，山岚缭绕，深邃辽阔、大气磅礴的大兴安岭尽收眼底，山外有山岭外连岭，重重叠叠层次分明。细细屈指数来，确有九重山岭依次排出，一览无遗。

走走停停，大概用了好几个小时才走完几十公里的砂石土路，终于接驳上一条水泥硬底路，接近白鹿岛时才有了关卡要收费，白鹿岛度假村作为莫尔道嘎森林公园一处相对独立的景区，每人要收费80元，这也意味着我们确实成功逃掉了森林公园的80元门票，无端端占了个小便宜大家自然心情大好。

白鹿岛位于莫尔道嘎森林公园北段，其实有苍狼、白鹿两个岛，森林内的激流河注入额尔古纳河的河口上游处，有两座岛相偎而卧，这就是苍狼和白鹿两岛，河水弯曲回环于两座小岛之间，风光旖旎，美不胜收。

路口立着一座苍狼和白鹿的大型石头塑像，蕴含着一个非常凄美动人的传说。远古时期，蒙古部落与突厥部落发生了一场战争后，仅有两男两女幸存逃到额尔古纳山中。其中一对丈夫叫勃儿贴赤那(意为苍狼)，妻子叫豁埃马阑勒(意为白鹿)的男女，来到激流河边繁衍子孙，渔猎为生，死后便化作两个小岛，交颈而卧，相依为伴。后来成吉思汗功成名就，回室韦祭祖，游猎于此，夜里梦见一只苍狼和一只白鹿，浑身伤痕累累，奔跑哀鸣。醒后惊异，随即召集随从解梦，得到的顿悟是"莫忘祖先劫难，大业未就，且勿高枕无忧"，于是派自己的弟弟拙赤·哈撒尔出兵讨伐生活在大兴安岭的百姓。其弟凯旋后，成吉思汗便将额尔古纳流域包括这两个小岛分封给了哈撒尔。本来梦见苍狼和白鹿伤痕累累奔跑哀鸣，给出的寓意更该是黎民百姓因常年战争颠沛流离民不聊生才对，但所谓一将功成万骨枯，成吉思汗之所以能成就一代天骄，自然拥有与常人不一样的心肠和思维。

如今的白鹿岛已经成了一个以度假功能为主的旅游景区，茂密的落叶松林中建了很多幢独立的俄式木头别墅，各处的别墅之间相隔甚远。之前曾有打算在此小住一晚，但动辄上千的房价让人望而却步，但也幸好没选择在这住，因为景区内游人极少，明显幽静有余而人气不足，不少硬件设施略显破旧，偌大的森林寂静得有点儿过，试想到了晚上夜深人静时还有没有人敢出来，说不定睡到半夜还会有些什么动物前来造访，来个小松鼠还罢，要是来了个啥熊，还不给吓个半死。

莫尔道嘎森林公园苍狼和白鹿

据说旁边的苍狼岛上放养着成群的野鸡野兔，冠了个"哈撒尔王天然猎场"的名堂供游客切身感受原始森林狩猎的乐趣，我们的兴趣不大，只沿着幽静的林间小路走了一段路，看见激流河有人在漂流，一时兴起也走到河边去了。激流河清澈见底，对岸就是白鹿岛，河岸林木青葱翠绿，环境清幽，坐在平坦的河滩上感觉异常舒适，心情也格外放松。

几个漂流的游人手忙脚乱地划着皮艇在河中心团团转还不忘跟我们招手，我们笑疼肚皮也顺带替他们加油。对着秀丽如画的风景，连平时不太喜欢拍照的新新和伯乐都显得兴致勃勃，一行人拍得"嗨"起，干脆卷起裤脚脱掉鞋跑到水中戏水去了，林林玩得太开心，竟然一屁股坐到水里去了，哈哈，美景当前，我们的小帅哥也实在太有"献身精神"了，相信他从此终生难忘令他"湿身"一回的白鹿岛。我们非常喜欢这个帅帅而又乖巧的小男孩，一路上特别懂事，也会体贴妈妈，跟几个大人相处融洽，虽然没有其他孩子作陪却也晓得怎样自娱自乐，情商一级棒。

在激流河边尽兴撒完野时已经日上中天，弓虽和我们商量着去哪里吃午饭，岛上并没有足够吸引力的餐厅，我提议下午不如转回根河看看，

Cloud和弓虽说那就干脆从另一条路回到莫尔道嘎镇去吃午饭，然后直奔根河去。原路返回公园正门虽然距离最近，但那砂石土路实在太不好走，还不如从森林边缘的水泥路绕着走，不过用了个把小时我们就看到了莫尔道嘎森林公园的正门。

昨晚曾在镇上的老长城酒家用晚餐，精明能干的老板娘干脆利落而又信心十足地为我们点了几样拿手好菜，果然非常合我们广东人的口味，而且价钱实惠，我们决定再寻上门去。虽然早就过了饭点，但酒家仍然在营业，看到我们是回头客，店家都格外热情，一边招呼我们坐下一边说，"咱家的饭好吃吧？咱家的回头客就是多。"满脸的自豪。

其实很想好好跟精明的老板娘聊聊家常，想知道她是哪个民族的人，想知道她在这个小镇生活得怎么样，但看她忙里忙外，生意火红，估计日子也过得足够踏实，临走前特意向她道个别，我们来自千里之外，萍水相逢有过两面之缘，想必也是前世修来的缘分，真心祝愿她在位处边远小镇的饭店生意兴隆，希望下次有机会再访莫尔道嘎时，还能找到老长城酒家的招牌，掌柜的还是她，精明能干的老板娘。

莫尔道嘎森林公园的正门

根　河

　　下午两点多离开莫尔道嘎小镇的老长城酒家往东向根河而去，这段路很好走，快到根河时天气还很明亮，于是决定到根河市郊的敖鲁古雅鄂温克民族乡去看看。

　　敖鲁古雅鄂温克民族乡紧邻301国道，比较容易找到，景区门口停满了车辆，游人挺多。鄂温克的意思是"住在大山林中的人们"，我国的鄂温克族人口应该不足3万，原本是东北亚地区的一个民族，而敖鲁古雅鄂温克人是鄂温克族的一个分支，敖鲁古雅鄂温克在鄂温克语中是"杨树林茂盛的地方"的意思。他们的上祖大约在一千多年前从俄罗斯的勒拿河一带迁徙到额尔古纳河流域，传统上以狩猎为主，因为依靠驯养和使用驯鹿生存，所以他们又被称为"使鹿部落"，因为常年生活在深山老林，敖鲁古雅鄂温克人几乎与世隔绝，新中国成立前基本还处于原始公社末期氏族公社的阶段，到了20世纪60年代才基本实现了定居。这个景点大概就是展示敖鲁古雅鄂温克民族的历史、文化、宗教、习俗的一个地方。

根河源湿地花海留影

景区的门口由若干木头搭建而成，非常简单，让人生疑里面是否也一样简单得没什么看头。在门口拍照时遇到一帮广州客人正从里面出来，随口搭了个讪问问什么情况，回答说里面很大，挺好玩，于是每人便又花了30元进景区。

确切地说景区就建在一片茂盛的杨树林里，范围非常大，树林间的木质栈道四通八达，可供游人随意行走，还有很多由桦树干桦树皮搭成的圆形尖顶帐篷，这是敖鲁古雅鄂温克人平常住的"仙人柱"，没进去看，并没弄明白何为仙人柱，个人觉得还是汉人称作"撮罗子"形象些。帐篷外挂着吊床，看林林躺着舒服也忍不住坐上去摇了摇。

正饶有兴趣地拍圈养的梅花鹿，却有人惊叫着追兔子去了，也不知是野生还是放养的。还没回过神来，突然看见前面叮叮当当跑来一群银灰色的驯鹿，一个戴红帽的小男孩在后面屁颠屁颠地追赶着，一边还兴奋得尖叫，跌跌撞撞地要去拾地上的树枝撵驯鹿，那样子可爱极了。

驯鹿奔跑着消失在森林中，正想找找哪里还有鹿群走过，却发现前面的树林中热闹非凡，原来这里有大群的驯鹿可供游人近距离喂养，只要花20元买一大篮草料，往驯鹿嘴边一送，驯鹿就乖乖跟着跑，各种姿势任你拍个够。孩子们无疑玩得最开心了，有些孩子既好奇又害怕，父母提着篮子在旁不断地鼓励才敢伸手摸摸驯鹿的脑袋，场景温馨。

不过游客太多，很多驯鹿吃得太饱了，对送到嘴边的食物不再感兴趣，懒洋洋地躺坐在地上对游人爱理不理的，我并没看见附近有管理人员，开始担心着驯鹿会不会撑坏肚子。森林里的光线不知何时暗淡下来，游人逐渐离开，Cloud和弓虽两对夫妻却趁着游人稀少荡起大树下的秋千，秋千在空中飞了起来，虽然女主角没有飘逸的裙摆，但快乐的笑声就是她们的翅膀，直把她们送上幸福的云端。

玩得有点儿疯，晚上7点多才到达根河市区，开始到处找下榻的地方。根河是县级市，市区不大，不过市容还算整齐大方。位于市中心的根河宾馆看起来不错，不过价钱估计也是最贵的，最后找到一条横街，临街全都是客栈食肆，弓虽非常耐心地看了好几家，最后挑了新开张不久的"友安宾馆"住下。

宾馆只有两层，统共不过十间八间房，下面的地下室用作厨房，房间窄小，连床铺都显得小巧玲珑，但被褥都是新的，所以很干净。宾馆没有服务员，只有老板的父亲在忙前忙后，老人家很热心地一再吩咐我们把明天用早餐的时间告诉他："我值夜，明早我给你们做早餐。"

见对面街上居然开有发廊（一路上我们曾谈论过在这种高寒小城开发廊该如何生存的问题，到了隆冬季节还会不会有人愿意出门上发廊做头发等），我和新新抓紧时间去洗头发。本以为发廊只有一个老板做事，有客人正剪头发，我们耐心等就是，后来才发现老板娘也在，闲着无事却没有帮忙的打算，两夫妻也怪得很，连个招呼也懒得和客人打，更别说聊个家常了，我和新新对视一眼，二话不说起身走人。

很快找到另一家发廊，做事的是两个年轻的帅小伙，不但态度热情，手艺也不错，甚至还把自己上山采的野果拿给我们分享。心想这才像个开门做生意的样子，有点儿不明白为什么两间发廊不过相隔十几米，为何经营态度却相差甚远，面对竞争，那对夫妻又靠什么维持生意。年轻人健谈，一通闲聊下来，得知年长一点儿的年轻人做了十几年的北漂，今年刚回家乡自己创业，都说眼界决定人生高度，看来还真有点儿靠谱。根河有中国冷极村，据说最冷可达到零下58℃，好奇地问到了大冬天他们干啥去，发廊是不是该关门了，回答说冬天的暖气足得很，有时候还要打开窗户透透气呢，生意自然继续做，看来南方人都上这过冬得了。

第二天起来，万里无云，天气非常晴朗。老人家已经做好了早餐请我们到厨房吃。厨房虽然设在地下室，里面却宽敞明亮，也收拾得很整齐干净。早餐有热辣辣的小米粥、馒头和煮鸡蛋，有点儿感觉像在自己家一样。

根河在蒙古语中意为"清澈透明的河"，根河市因境内的根河而得名。清澈的根河从这里蜿蜒曲折地流向额尔古纳，所以在这里形成的湿地叫根河源湿地，离根河市区不过四五公里。或许不及额尔古纳湿地公园出名，根河源国家湿地公园显得有点儿冷清，上午8点多我们找到景区门口时，管理人员竟然还没上班，只有一个保安看守着一条需要手动操作的栏杆，门口排着好几辆车在等候，十几分钟后才看见几个工作人员手里拎着

和林林一起喂驯鹿

肉菜走下一辆大巴上班来了。

门票是每人80元，也不便宜，保安随便往车内瞅了瞅，解开栏杆的绳索放行，大家开玩笑说早知道这样趁他们还没上班先钻几个进去，留一人买票开车进去就是。

进了景区大门沿一条坑坑洼洼的土路前行，路的一边是陡峭的山体，一边则是欢快流淌的根河。今夏雨水不足，河面不宽，但清澈见底，不少河段裸露着大片的河滩，岸边林木茂盛，矮树和灌木丛生，绿意盎然。

一路上除了几条横跨河面直达对岸树林的人行栈道外，并没发现有多少可供游览的景点，我们在冷极湾漂流处的小栈道上停留片刻，然后打算再到森林深处的根河源头，但过了户外拓展训练基地后路况变得非常差，估算了一下觉得再往前走费时太多，于是调转车头往回走，免不了觉得这80元的门票有点儿不值。弓虽心细，回到冷极湾地段时发现路边停靠有车辆，原来靠近山体这方还有一处主要的景点：冷极湾栈道。栈道口的标志不够明显，所以经过时没留意。

山边的树林中，一道宽敞的实木栈道蜿蜒曲折地在山腰盘旋着通向山顶郁郁葱葱的原始森林，栈道边有介绍各种植物的小木牌，难怪这也叫科普栈道。阳光猛烈，天气炎热，但踏着栈道在清幽的林间穿行，觉得很凉爽。这是一片落叶松白桦混交林，落叶松笔直挺拔，威武高大，白桦洁白雅致，显得婀娜多姿，两种树木相依相伴，倒是挺像森林情侣。每走一段就设有一处开阔的观景平台，不过要到达最高最开阔的平台需要一定的体力，最终只有Cloud、弓虽和我坚持到最后。

站在观景台上可以眺望脚下广阔的河谷，清澈的根河在阳光下波光粼粼，九曲十八弯地在青翠的草甸和茂盛的灌木丛及浓密的树林中左旋右转地画着优美的线条，裸露的河滩又像为根河镶上一条银边，整个山谷就像一幅巨大的绿色画廊，非常壮美。

心满意足下了山，本来已经觉得那80元门票非常值了，不料快到景区大门时，眼尖的我又发现翠绿的山丘和茂盛的落叶松林之间有一大片花海，急忙叫停，其实这里本来就是一处景点，叫湿地花海，进来时我们竟然没看见。虽然野花不是特别地靓丽，但有森林和蓝天白云的映衬，让人感觉如若仙境。

关于草原，最美好的的情景并不是风吹草低见牛羊，而是蓝天白云下，一碧千里的绿草地上开满姹紫嫣红的鲜花，最好有一位长发白衣女子，牵着一匹雪白的高头大马，迎着草原的风，衣袂飘飘地从天边走来。不知道是不是每个女人心中都有这般浪漫的情结，反正眼前突然出现了这么一大片的花海，我的心情简直不能只用激动来形容。

机会总是留给有准备的人，我穿一袭白裙，从开满鲜花的草原上款款走过，虽然没有白马，但我有飘飞的心情，还有一班出众的摄影师。

黑 山 头

离开艳丽的森林花海，收拾过于兴奋的心情继续前行，离开根河一路向西，过额尔古纳市而不入，直达地处俄罗斯边境的黑山头。

沿途的地势平坦而又开阔，天际有舒缓起伏的山坡丘陵，大片盛开的油菜花和牧民种植的草地相间掠过，风景优美，心情非常舒畅，不论是灿黄的花田还是草场上一垛垛的草团都能引起我们极大的兴致，不过也惹来

爱在一座城市里

黑山头弘吉喇部大营的蒙古包

大群的蜜蜂牛蝇钻进了车厢。

经过一片令人惊艳的油菜花田，因为路边刚好有供车辆停靠的安全岛，不少游人停车拍照，花田间已经被游人踩出了很多小道，刚想靠近，不料耳边立马传来一声怒斥，原来有当地人骑着摩托车驱赶踩进花田的游客，也难怪，游人实在太多，把油菜都糟蹋了。

靠近黑山头时太阳已经偏西，跟大家提议不如找个蒙古包住一晚，可以就近拍草原上的日落。恰好经过一处大型的蒙古包度假村，叫弘吉喇部大营，应该也是一个景点，可以骑马射箭，住宿条件完善，生意也很火爆，自称是四星级水平，当然价钱也一样四星级，嫌贵，我们决定再找找。

黑山头离额尔古纳市60公里，很小的一个镇，西北边与俄罗斯仅隔额尔古纳河相望，附近有黑山头口岸，近年边境游越演越烈，似乎全镇的村民都把民居改成民宿和小饭店了，俄罗斯的木头房子和蒙古族的毡房混搭在一起，非常富有边境特色。过了小镇也没找到在网上搜的蒙古包部落，经过一条叫梁西的小村庄，看到路边有家名叫宋音吉雅的旅馆，院子里有蒙古包，环境也挺整齐干净，于是决定住下。

　　见天色已近黄昏，行李还没放下就急着问店家附近的山头可有路上去拍日落，热心的老板带着我们转到屋后，指着不远处的额尔古纳河说，山那边就是俄罗斯，东面对着河的山头就叫日落山，你看停了很多车的那座山包，已经有人在那拍日落了，后面有条便道可以一直上到山头。于是把新新、伯乐、林林留下登记入住，其他人飙车直奔落日山而去。

　　山后果然有便道可以直接上山，山坡不陡，没长一棵树，草也不高，对面山有越野四驱车顺着山坳跨过沟壑直接爬了上去，后面扬起漫天灰尘，那个爽！我们看着也觉得惊险刺激，简直羡慕嫉妒恨。爬上一座山头，车刚停好，迫不及待地跳下车，却惊起一片蚱蜢，活蹦乱跳甚是吓人。

　　我们显然太心急了，再过一个山头才是最佳的拍摄点，不过看着对面竖着一堆人影，也不再想去凑热闹。山顶上没有任何阻挡，视野非常开阔，山脚下是平坦舒缓的河谷，蜿蜒曲折的额尔古纳河在葱绿茂密的灌木丛中静静流淌，有牧民正赶着马群走向河边那条静谧安宁的小村庄。

　　下午还飘忽轻盈的云层不知什么时候变得黑重浓厚起来，颇感失望，

黑山头梁西村的早晨

黑山头暮归的马群

尽管如此，夕阳还是慢慢地从厚厚的云隙中挣脱来，最终露出镀了金边的圆轮，光芒四射，美丽的额尔古纳河沐浴在一片霞光之中，波澜不惊。山下的小村庄传来阵阵马的嘶鸣，天际的夕阳渐渐西沉，又慢慢躲进了云层，却迟迟不肯收敛起耀眼的绮霞，落日山上，三条被斜阳拖得长长的身影，欲归还小立,为爱夕阳红。

　　第二天清晨被村里的鸡鸣狗叫声吵醒时不过6点多，外面已经日上三竿白云朵朵，其他人还沉睡着，简单洗漱后出了院门，旅馆对面的梁西村文化活动室大门紧闭，估计也是八九点才有人上班，回身拎了单反相机，然后独自向额尔古纳河边走去。

　　乡村的早晨显得格外的宁静，太阳越过东面的山头照在额尔古纳河上，清澈的河水泛着浅淡的霞光，河边青翠葱茏的树林和灌木丛间飘着轻纱般的晨雾，远处长满青草的河滩上有牛群在挪动，其中一只淌过清浅的河水走向对岸，惊起一滩鸥鹭，鸣叫着飞向蔚蓝的天空，张开洁白的翅膀在我头顶盘旋着，又落在水中央的河滩上，好一幅和谐自然的乡村风景画！

　　河边马圈的主人出来放马了，马群奔向河边饮水，我也飞奔过去，只可惜河边那触目惊心的垃圾让我无法很好地构图，直到主人赶着马群经过梁西村文化活动室向落日山走去，才心有不甘地回到旅馆。临离开时问老板当地人为什么要在河边乱扔垃圾，怎么不好好爱护优美动人的额尔古纳河，这位走南闯北回家创业的老板也一脸的无奈。

黑山头口岸并没有什么看头，只在门口拍个照，竟然没有留下任何印象。倒是路口一块标有哈撒尔古城遗址的巨石引起了我们的兴趣，于是决定回过头探寻古城去。按路标拐进一个路口，沿着坑坑洼洼的土路走了好一段路，没有发现任何蛛丝马迹，又看到了一座绿色大铁桥，像是苏联援建的模样，只够单向开过一辆车，问蹲在桥头附近赶工的人，证实确实有座古城在桥那边，于是轰隆轰隆过了桥，又走了一段土路，见山坳里好似有个建筑群，七拐八转爬上去一看，却是个以《狼图腾》为名还没完工的旅游景点，或许怕我们是什么密探，还不许我们拍照。

如此转了好几处地方，一路上很留意地看，甚至连一个土堆也没放过，但还是没有发现任何醒目或不醒目的标记，茫茫草原无以为记，就算再怎么好奇也只好放弃。

黑山头宋音吉雅的旅馆留影

而这个我们到处探寻不得的古城主人哈撒尔，就是成吉思汗的弟弟，当年成吉思汗梦见苍狼、白鹿奔跑哀鸣，认为大业未就，切勿高枕无忧，于是派自己的弟弟拙赤·哈撒尔出兵讨伐生活在大兴安岭的百姓，哈撒尔凯旋后，成吉思汗便将额尔古纳流域包括黑山头分封给了哈撒尔。

虽然没有寻到古城遗址，但也可以想象古城的残垣断壁已经淹没于茫茫草原之中，时光荏苒，八百多年过去了，相信哈撒尔的后人已经在这片肥沃丰美的草原繁衍生息了十几代人，无论他们生活在何处，骨子里仍旧会保留在哈撒尔的血性与魂灵，哈撒尔的卓越战功，仍旧会被传唱千古。

满 洲 里

从黑山头到满洲里基本是沿着边境的额尔古纳河向西南而行，路况很好，其间要经过的186彩带河是各旅行社都极力推荐的景点，来过的朋友也一再说186有不可错过的精彩，所以，虽然满洲里是我们的目的地，但也对186彩带河充满了期待，打算花足够的时间在这段路上。

沿途都是清一色的草原牧场，天际是延绵开阔的山坡丘陵，没有油菜花田，偶尔可见人工种植的草场，上路后不久在路旁看到一片草原花海，虽然没有山丘森林的衬托，略显单调，但仍然吸引了大批游客停车拍照，自然也少不了我这个花痴的身影。

186是301公路上一座里程碑的数字，因为这个路段的山坡可以俯瞰与俄罗斯交界的河湾湿地，秀美的额尔古纳河在此逶迤徘徊，据说那九曲十八弯的河水在夕阳映照下就像一条彩色的绸带漂移在中俄边境上，所以聪明的开发商把这几个山头开发成蒙古包度假村，并干脆就以186为名。我们乘坐电瓶车到达山顶时已经接近晌午，阳光虽然强烈天色却有些灰暗，山顶上是一块裸露着沙石的平地，中间立着一座经幡飘拂的敖包，大风刮过扬起漫天尘灰。

环顾四周，尽管正是炎夏，几座山包上的草地却枯黄得令人触目惊心，山脚下的额尔古纳河水量也不甚丰沛，或许光线不好，河水没有折射出七彩的光芒，显得无精打采，或许是期望值太高，未免有点儿失望。

草原地域广阔，人流容易分散，游人看起来不算太多，山顶边上设有

呼伦湖留影

两台望远镜供游人观望对岸的俄罗斯，也有人选择骑马射箭，弓虽则带着林林每人花100元从山顶的滑草轨道俯冲而下。

午饭在33湿地解决，对几碗淡而无味的面条印象深刻。33估计也是路程碑的号码，这段湿地的景色反而比186彩带河色彩丰富，深浅黄绿的草甸也较为茂盛，靠近路边的河道上可以看见水鸟在水边嬉戏，有游人靠近又扑棱着飞向草甸深处。午饭后有点儿犯困，难为Cloud、弓虽两个还得开车。车窗外，天地间，茫茫的草原顺着一道道舒缓的山坡一直延伸到天际，根本望不到尽头，犹如一幅巨大的绿色画卷，无边无际。

经过两片开阔的湖泊，地图上标示为哈日淖日，成群的牛羊散落湖边，湖光在烈日下闪耀，远远望去，像极了一块镶在草原上的宝镜，心里不禁感叹：这才是真正的呼伦贝尔大草原，怪不得歌唱呼伦贝尔的歌曲永远也唱不完！

一路走走停停，太阳开始偏西的时候经过满洲里的标志建筑，意味着我们已经到了满洲里的地头。额尔古纳河边的草甸开始变得格外茂盛丰美，有不少半人高的水草，确有"风吹草低见牛羊"的壮美了。作为一座拥有百年历史的口岸城市，被誉为"东亚之窗"的满洲里早已广为人知。

满洲里口岸是目前中国最大的陆路口岸，如今也被开发成国门景区向游人开放，因为计划在满洲里逗留的时间较为充足，我们在满洲里的二子湖、国门大街兜了一大圈，经过色彩斑斓的大型套娃广场再回到市区，打算先找酒店住下。

满洲里是直属县级市，可以视作内蒙古的准地级市，虽然不大，但整座城市融合了中、俄、蒙三国风情，给人一种非常独特的气质。最让人惊叹的是城市的每一条街都有不同的异国特色，而且干净整齐，光鲜亮丽，好像全都是刚建成不久的样子，显得非常时尚繁华，一时难以相信这是中国地处偏远的边境城市。

街上的酒店旅馆林立，连问了几家都临近爆满，见天色已暗，Cloud、弓虽和新新用手机搜寻附近的酒店，最终决定入住××商务酒店。酒店外表看起来像是星级酒店的架势，门前有开阔的停车场，新新懂事而且尊老，把最大的一个套间让给我住，她夫妻俩则住到楼下那间没有淋浴设备的标间去了。

可是当我拉着行李到房间去的时候感觉整个都不好了。房间在酒店后

满洲里186彩带河

满洲里国门景区

面的六层副楼里，叫X号大院，以前应该是个酒楼食肆，一楼黑咕隆咚的大堂中间还保留着已经废弃的鱼池，旁边的餐厅漆黑一片。上电梯到了6楼，幽深的走廊里灯光昏暗。服务员居然说房间暂时没有门卡，所以开不了灯，打开房门心里倒吸了一口凉气，套房是很大的一厅一室，装修色调偏暗，偌大的客厅里靠边摆着一张矮沙发，一张麻将台旁边零乱地摆放着几张靠椅，里面的大房间只有简单的一床一桌一椅，显得空空荡荡，打开洗手间的门，被正对床头的镜子里穿着白色长裙的自己吓了一跳，硬着头皮打开房门在昏暗的客厅呆坐了10分钟，寻思着市中心这么大的一间套房为什么才300元那么便宜，想起蓓蓓以前深夜入住酒店的灵异故事，顿觉得整个套间阴森可怖。

伯乐过来叫我一起上街吃饭，天已经黑透，楼下大堂竟然一盏灯也没亮，弓虽气得马上去找经理，风风火火的女经理叫来保安去开灯，特意吩咐只能开两盏，听了差点儿晕倒。其实这家酒店地处满洲里市中心的步行街附近，人流熙熙攘攘，热闹非凡，周边的高楼大厦无不灯火通明金碧辉煌，只有这家酒店连招牌的霓虹灯箱也不亮，乌灯黑火惊悚诡异。

去繁华的步行街吃饭逛街购物，回来时已经快10点，走到楼下时特意

满洲里国门景区的我国边境

数了数六楼亮了几个窗户，拿临时做好的门卡开门，把所有的灯打开，光线仍觉昏暗，仔细打量发现房内的设施也残旧不堪，连房门也上不了锁，幸好被褥是新的，还算干净。禁不住好奇，翻出房间里的酒店简介，原来这家酒店是某某房地产集团下属的一处物业，集娱乐、饮食、健身、美容于一体，估计也曾是某个群体经常光顾的地方，应该有过红极一时的光景，至于为何弄到如今这种地步则不得而知了。破天荒睡觉时让客厅房间的所有灯光全亮着，无奈心魔难克，竟然辗转反侧，直到凌晨三点天麻麻亮了，才沉沉睡去。

　　好在诡异的 X 号大院只为我的旅程增添些许花絮，并没有影响我第二天的心情，毕竟满洲里是个让人愉悦的地方。用过早餐后经猛犸广场到市区二三十公里外的呼伦湖，当地牧民喜欢把大名鼎鼎的呼伦湖称作达赉诺尔，据说是蒙语"海一样的湖泊"的意思。呼伦湖是我国第五大淡水湖，与它相对的还有一个较小的湖叫"贝尔湖"。相传呼伦与贝尔是一对恩爱夫妻，被恶魔用魔法硬生分开，后来各在一方的呼伦和贝尔化为相对而流的两股清泉再也不分开，于是就有了呼伦湖和贝尔湖，像两颗银光闪闪的珍珠镶嵌在绿色的呼伦贝尔大草原上。

呼伦湖景区只需30元门票，如果想坐船游湖得另买船票。天气晴好，站在码头举目眺望，蔚蓝的天空下，方圆八百里的湖面果然像海一样宽阔，水天一色，碧波荡漾，游船在浪花中来回游弋，海鸟在蓝天上自由飞翔，有游人拉着孩子在湖边的碎石滩上戏水，悠闲惬意。

一阵风把谁的黄洋伞吹到湖面去了，烟波在太阳底下闪着晶莹剔透的银光，我看着小小的洋伞随波逐流飘向远方，一切都静谧美好。

来了满洲里自然要到4A级的国门景区去看看，本以为国门景区就是个口岸，花80元进去有点儿不值，但进了里面发现名堂也不少。现在的国门已经是第五代，不但成为满洲里主要的旅游景点，还作为爱国主义教育基地之一，也算是红色旅游景点。刚好遇到一个当地人向自己的朋友作介绍，赶紧凑过去搭讪旁听，原来第四代的国门建得质量特别好，但因为中俄两国经贸关系的不断发展，铁路货运量持续攀升，原来的国门已经不能适应中俄两国的贸易需求，所以才于2007年拆除，而对面俄罗斯的国门因为一早就预留有位置，所以沿用至今还能满足需要。

第五代国门非常高大上，总投资达八千多万，铁路由原来的一宽一准改为两宽一准，同时还预留了两条准规的位置。国门上方镶嵌着"中华人民共和国"七个鲜红的大字，上面悬挂着闪着金光的国徽，刚好有一列长长的火车拉响鸣笛，徐徐从国门穿过开往俄罗斯。

国门的主体建筑被开发成免税商场，各式俄罗斯特色的商品一应俱全，横跨铁路上方的走廊是展示满洲里百年建市历史的展览馆，从这里还可以把中俄两边的车站、建筑、街道以及行人都尽收眼底。

两国中间的缓冲带对面是显得略为逊色的俄罗斯的国门，国门上有"россия"六个硕大的字母，再后面就是俄罗斯的一座人口仅几千人的小城。游人可以穿过国门到对面的缓冲带边上去看看41号界碑，旁边是我国的边防哨所，有边防战士在站岗，界碑的正前方是俄罗斯的第40号界碑，不远处孤零零地伫立着的小亭是俄方的哨所。

国门景区跟一般的旅游景点一样也变着法子赚尽游客的银子，如果不愿花几十元坐小火车出景区的门（其实也就是几百米的距离），就必须绕一个大圈穿过景区特意设立的互贸区国际旅游商厦才能离开景区，说实话，利用国门就可以开发成一个门票80元的4A级景区，不得不令人佩服之极。

在市区的万达广场用过午餐后离开美丽优雅犹如一位摩登女郎的满洲里，优哉游哉继续前行，开始此行最后的一段旅程。满洲里到海拉尔的301国道是几天来我们在呼伦贝尔走过的最好最舒畅的一条公路，不到两个小时，就到了距离海拉尔只有四十多公里的呼伦诺尔湖。

呼伦诺尔湖景区大概处于呼伦贝尔大草原的中心，就在301国道边上，交通非常便捷，附近有陈巴尔虎旗的巴彦库仁镇。景区与其他蒙古包度假村一样，集吃、住、观光、娱乐于一体，门票仅需20元。

呼伦诺尔，蒙语意为"青色的湖，"与呼伦湖的宽广与海相比，我更喜欢这点缀在绿浪奔涌的大草原上平缓无波的一泓碧水，秀美怡人。大家似乎都有同样的感觉，于是决定在这里的蒙古包小住一晚。

下午五六点钟的太阳光线依然猛烈，Cloud说要试一下骑着马在草原上奔驰的感觉，新新、伯乐几个定房子去了，剩下我心安理得地呆坐在湖边凉亭，任湖风轻拂脸庞。只见巨大的勒勒车，洁白的蒙古包和时尚的房车

满洲里猛犸广场

在绿毡似的草原上零散排开，骆驼趾高气扬地从我眼前走过，鸥鸟一次次欢快地掠过湖边的苇草飞向天际，成群的牛羊在远处徜徉，汽艇载着游客在宽阔的湖面来回飞驰，傻傻的我独自享受着黄昏静谧的时光，直坐到夕阳西下。

天终于暗了下来，正想离开，身后突然传来一阵急促的马蹄声，扭头一看，远处的马群正从山坡上奔驰而下，越过呆立的我，互相追逐着径直跑入湖中低头畅饮，一缕斜晖打在肥硕健壮的马群身上，泛着淡淡的金光。夕阳下，湖水波光粼粼，飞鸟在绯红的云彩间翱翔，啊！好一幅夕阳饮马图！只看得我如痴如醉，不忍离去，直到新新和伯乐叫喊着寻我而来。

天黑以后照例会有民族歌舞表演和篝火晚会，本来见得多了也觉无甚惊喜，却没想到时值农历十八，红红的篝火，嘹亮的歌声，璀璨的烟火，只为衬托着一轮明月，明镜似地悬挂在半空，惊艳了所有人的眼眸。

实在舍不得就此离去，凌晨3点多，天刚破晓，周边的蒙古包还朦胧着身影，我已经站在湖边静候草原的第一缕阳光。远处隐约传来马的嘶鸣，昨晚那轮明月已移至西天，东边的湖天开始泛白了。

地平线上的云层黑而厚，旭日顽强地从云隙间透出万丈光芒，硬将黑厚的云团撕裂成片，然后染上漫天玫红，又往湖面偷抹了一把胭脂，于是满湖红粉霏霏。天蓝了，草原醒了，我醉了。

呼伦诺尔湖，就这样任性地为我的呼伦贝尔之行画上最浓墨重彩的一笔，让我久久不能忘怀。